...
und nehmt euch in Acht,
wenn die Masken
fallen
...

"More than I can bear ..."
(Matt Bianco)

© 2019 Steven Gaston
Umschlag, Illustration: Nadine Drexler
Lektorat, Korrektorat: Antonia Jost

Verlag: Edition Sternsaphir, Saldenburg

Neuauflage Februar 2020

ISBN
Paperback   978-3-9819702-2-7
E-Book   978-3-9819702-4-1

Das Werk, einschließlich seiner Teile, ist urheberrechtlich geschützt. Jede Verwertung ist ohne Zustimmung des Verlages und des Autors unzulässig. Dies gilt insbesondere für die elektronische oder sonstige Vervielfältigung, Übersetzung, Verbreitung und öffentliche Zugänglichmachung.

Autor
Steven Gaston

„Ich danke Melanie,
die diesen Roman aus
ihrer weiblichen Sicht entscheidend
mitgeprägt hat."

Inhaltsverzeichnis

- Prolog 8
- Perfektes Leben 10
- Prachtexemplar 44
- Win-Win-Situation 50
- Neuer Schritt 74
- Heimkehrer 81
- Böse Überraschung 88
- Schicksalsbegegnung 106
- Verwirrungen 117
- Aufwühlende Nacht 120
- Auf ein Neues! 130
- Spielchen 132
- Beziehungen 147
- Veränderungen 154
- Schicksalsbande 159
- Der Anfang vom Ende 167
- Hingabe 173
- Von Üppigkeit und Dürre 182
- Pures Leben 187
- Pläne 224
- Ziele 249
- Die Suche nach Antworten 258

Unmissverständlich 263

„Fröhliche" Weihnachten 276

Neujahrsentscheidungen 280

Kontakt 292

Annäherung 300

Aussprachen 307

Glanzlos 318

Wahrheiten 329

Abgründe 333

Sorgen 349

Erlösung 353

Epilog 367

Prolog

Evan Maglin ist ein sympathischer und sehr beliebter Geschäftsmann, der alles erreicht hat, was ein Mann sich nur wünschen kann: Familie, Geld, Ansehen und Erfolg als Chef seiner eigenen Unternehmensberatung. Sein Leben erfüllt all die Klischees, die eine perfekte Fassade nach außen abgeben – ein Leben wie aus einem Hochglanzmagazin.

In Wahrheit ist aber alles ganz anders ...

Evan ist ein Meister der Manipulation und exzellenten Menschenkenntnis. Hinter seiner glanzvollen Fassade lauert ein skrupelloser, gefühlskalter Magier, der seine Energien so gekonnt einsetzt, dass er jedes seiner Ziele erreicht. Als genauer Beobachter entgeht ihm kein Detail. Mit dieser Gabe macht er sich die Schwächen anderer Menschen für seine Zwecke zunutze.

Für ihn ist das Leben nicht mehr als ein banales Theaterstück, in dem er die Spielregeln bestimmt und die Fäden zieht, unbemerkt von seinen Mitmenschen, die seine Schachzüge nicht durchschauen und denen nicht bewusst ist, dass er nur ein Heuchler und Lügner ist.

So ist es bis zu dem Tag, an dem Evan Valeria das erste Mal sieht. Diese schicksalhafte Begegnung rührt Abgründe in ihm an, die ihn bis ins Mark erschüttern. Bittere Wahrheiten und verdrängte Schattenseiten, denen er bisher ausgewichen ist, drängen nun mit brutaler Macht in sein Bewusstsein. Innere Dämonen, die er in seiner Seele eingemauert hatte, lassen sich nicht mehr beiseiteschieben.

Er kann sich selbst nicht mehr ausweichen, denn Valeria nimmt ungewollt Besitz von seiner Seele und nach und nach von seinem ganzen Leben. Diese Frau ist anders als alle Frauen, denen er je begegnet ist. Sie durchschaut ihn vom ersten Moment an, was ihn fasziniert und zugleich verstört.

Aber auch Valeria wird in eine für sie befremdliche Rolle gedrängt, aus der sie sich nicht mehr befreien kann.

Evans Leben nimmt eine dramatische Wende.
Er weiß, dass er sie nie wieder gehen lassen kann, denn sie ist „seine Frau" – die Frau, auf die er immer gewartet hat. Sie weckt seine Sehnsüchte und Leidenschaft so intensiv, dass er kaum noch einen klaren Gedanken fassen kann und zu jedem Mittel greift, um sie an sich zu binden.

Perfektes Leben

Evan stand wie jeden Morgen vor dem Spiegel im Bad. Am liebsten hätte er dieses Zerrbild seiner selbst erschlagen, das ihm erbarmungslos entgegenblickte.

Ich könnte kotzen, dachte er angewidert, als er versuchte, seine störrischen schwarzen Haare zu bändigen.

Mein grandioses Leben! Mein Gott, wie perfekt alles ist, dachte er spöttisch. Ja, sein Leben war „perfekt". Dieses Wort löste fast Brechreiz in ihm aus, was es noch nie zuvor mit dieser Intensität getan hatte, aber heute war alles anders – alles!

Ungeduldig band er seine rote Krawatte, die ebenfalls „perfekt" abgestimmt zu seinem dunkelblauen maßgeschneiderten Anzug passte, und natürlich sollte auch die Frisur korrekt sein, jedes einzelne Haar musste sitzen – was es bei ihm nie tat. Es schien fast so, als wollte es ihn ärgern, ihm zeigen, dass es sich nicht zähmen lassen würde – im Gegensatz zu ihm, der gefangen war in einem Leben ohne Höhen und Tiefen, angepasst, makellos und genauso glatt gebügelt wie seine Klamotten.

Über seinen Augen schien ein grauer Schleier zu liegen, als wollte er sich selbst ausblenden. Eine schier unerträgliche Unzufriedenheit nahm Besitz von ihm. Er glaubte, nicht zu wissen, warum er heute derart frustriert war, aber wenn er ehrlich war, war dem nicht so – er ahnte es ...

„Morgen!", riss ihn Julia, seine Frau, aus den Gedanken, die in diesem Moment das Badezimmer betrat.

Ohne ihn anzusehen, ging sie an ihm vorbei, stellte wie gewöhnlich die Dusche an und begann, ihren Schlafanzug auszuziehen.

„Ja! Morgen!", erwiderte er gereizt, was seine Frau aber nicht zu bemerken schien. Das war ihre morgendliche Unterhaltung, wenn man es denn so nennen konnte.

Mehr gab es nicht zu sagen oder zu tun; weder küssten sie sich, noch gab es irgendeine Berührung, nichts. Aus dem Augenwinkel beobachtete er sie, als sie in die Dusche stieg. Für ihr Alter hatte sie noch immer eine gute Figur, aber außer Langeweile und Desinteresse empfand er nichts bei ihrem Anblick. Evan konnte sich gar nicht mehr daran erinnern, wann er seine Frau das letzte Mal geküsst hatte, geschweige denn, wann sie Sex miteinander gehabt hatten.

Er verließ das Bad und ging ins Schlafzimmer nebenan. Aus einem Schrank nahm er seine Anzugjacke heraus.

Diese ewige Uniformierung, dachte er genervt und knallte die Schranktür zu. Für einen Moment blieb er an dem geöffneten Schlafzimmerfenster stehen und sah in den weitläufigen herbstlichen Garten. Unter den Obstbäumen lagen bereits viele Äpfel verstreut herum. Evans aufgewühlte Seele beruhigte sich ein wenig bei diesem idyllischen Anblick.

Seltsam, dass Julia die Äpfel noch nicht aufgesammelt hat, wunderte er sich. Sie war immer sehr akkurat, was Haus und Garten anging. Bei ihr gab es keinerlei Nachlässigkeiten oder minimalste Versäumnisse, daher war es ungewöhnlich, dass sie sich noch nicht darum gekümmert hatte.

Es war Ende Oktober. Bald würde der erste Nachtfrost kommen und Julia würde das Obst nicht mehr verwenden können, wenn es erfroren war.
Warum mache ich mir über sowas Gedanken? Ist doch scheißegal, was sie macht.

An diesem Morgen war er extrem frustriert. In diesem Ausmaß war er das nicht von sich gewohnt. Genervt ja, aber nicht dermaßen angekotzt wie heute. Steckte er etwa schon in der Midlife-Crisis?

Das Klischee schlechthin – um die fünfzig werden alle unzufrieden und wollen noch einmal richtig was erleben. Lächerlich, dass man deswegen durchdreht, dachte er, während er einem Eichhörnchen zusah, das zwischen dem Laub herumwühlte.
Bei diesen Zu-kurz-Gekommenen werde ich mich bestimmt nicht einreihen!

*

Viele von Evans Bekannten und Kollegen stellten in diesem Alter ihr Leben infrage. Einige trennten sich von ihren Partnern, kündigten ihre Jobs oder was auch immer. Allerdings hatte er den Eindruck, dass sie hinterher auch nicht wesentlich zufriedener waren als vorher. Jeder Einzelne von ihnen schien irgendetwas zu suchen, etwas Grundlegendes zu vermissen … War es die Wehmut nach vergangenen Zeiten, noch einmal jung zu sein und alles ganz anders zu machen? Vielleicht war es der Gedanke, dass man andere Wege hätte einschlagen sollen? Hätte man an Träumen und Idealen festhalten sollen, anstatt sie mit fünfundzwanzig zu begraben und sich in den wirtschaftlich profitablen Reihen anzustellen, in der Hoffnung, das größte Stück vom Kuchen zu ergattern?

Fast alle waren von einem unstillbaren Hunger getrieben – er eingeschlossen. Aber was war das für ein Hunger? Die stete Gier nach irgendeiner Art der Erfüllung, die man überall vergeblich suchte? Der Leere entfliehen ... irgendwie ... egal wie ... Manche seiner Kollegen oder Freunde begannen zu trinken und stumpften noch mehr ab. Evan würde sich nie irgendeinem Suchtverhalten hingeben. Da war er sich sicher. Für ihn bedeutete das nur, dass einer zu schwach war, sein Leben bei vollem Bewusstsein zu ertragen. Stattdessen wurde sich in billige Ersatzbefriedigungen geflüchtet, die in Wahrheit nur noch mehr dazu beitrugen, sich noch frustrierter zu fühlen. Wobei er inzwischen selbst schon ein Maximum an Leere und Verdruss empfand, mehr ging nicht.

Vor allem an diesem Morgen.

In einem Monat war sein achtundvierzigster Geburtstag. Am liebsten würde er an diesem Tag gar nicht erst aufstehen und sich lieber die Bettdecke über den Kopf ziehen. Seit seiner Kindheit hasste er seine Geburtstage und das hatte sich bis heute nicht geändert. Schrecklich, wenn er so tun musste, als freute er sich über die vielen Glückwünsche oder, noch schlimmer, die ganzen sinnlosen Geschenke. Noch nie hatte ihm jemand etwas überreicht, was ihm gefiel oder was er zumindest brauchen konnte. Seine Frau schenkte ihm bevorzugt Krawatten, Pullis und Socken, manchmal auch Unterhosen oder ein Hemd. Sie traf nie seinen Geschmack, die Krawatten waren zu bunt, die Pullis zu weit, die Socken zu eng, die Unterhosen zu spießig, nur bei den Hemden konnte sie nicht viel falsch machen – die waren einfach nur weiß ...

Besonders einfallsreich war Julia nicht.

Bei ihr ging es hauptsächlich um „Praktisches", weniger um besondere Dinge. Das Schlimmste war, dass sie dafür auch noch Dank und Freude von ihm erwartete, ebenso wie alle anderen, die ihm irgendeinen Firlefanz schenkten. Was er brauchte und wollte, kaufte er sich selbst. Wenn er sich den ganzen Tag für diesen Mist bedanken und „freuen" musste, war spätestens abends sein Kiefer verspannt und er hatte üble Magenschmerzen. Zum Glück erwartete diesmal niemand eine Party, ganz anders als bei seinem fünfundvierzigsten Geburtstag. Der war mit einhundertzwanzig Leuten gefeiert worden, denn Julia hatte ihn mit einer durchorganisierten Feier im teuersten Hotel der Stadt überrascht.

Für ihn war das eine böse Überraschung gewesen.
Den ganzen Abend hatte er gute Miene machen und seine Zeit mit Leuten verbringen müssen, die ihm völlig gleichgültig waren und ihn nur vollquatschten mit ihren Banalitäten.

*

Julia betrat in ein Handtuch gehüllt das Schlafzimmer.
„Du bist noch hier? Es ist gleich halb neun", stellte sie verwundert fest. Er hatte gar nicht bemerkt, wie lange er da am Fenster gestanden und auf den Garten gestarrt hatte.

„Du musst die Äpfel aufsammeln, sonst erfrieren sie", erwiderte er, ohne sie anzusehen.
„Ach, so schnell friert es nicht. Ist ja nicht mal November, da habe ich noch Zeit. Außerdem ist doch schönstes Oktoberwetter", antwortete sie und warf das Handtuch auf das Bett. Sie hatte recht, es war ungewöhnlich warm für die Jahreszeit.

Er beobachtete sie, wie sie nackt am Kleiderschrank stand und sich ihre Unterwäsche zusammensuchte. Sollte er nicht so etwas wie Lust empfinden bei dem Anblick seiner Frau, die unbekleidet vor ihm stand? In diesem Moment durchfuhr ihn ein sehnsuchtsvolles Gefühl, ein Gedanke, wie es wäre, jetzt Sex zu haben, einfach nur Sex. Das gemeinsame Ehebett lag im Sonnenschein und wirkte so einladend – was könnte man hier jetzt alles machen ...

Aber nicht mit Julia.

*

Hatte er sie überhaupt jemals begehrt?
Er wusste es nicht mehr. Wahrscheinlich war er beziehungsunfähig. Sexuelle Leidenschaft und berauschende Verliebtheit hatte er noch nie erlebt.

Wahrscheinlich gibt es so etwas nur im Kino, war er der Meinung, wenn derartige Sehnsüchte überhandnahmen. Immer öfter erwischte er sich bei dem Gedanken, dass er die Richtige einfach nie gefunden hatte.

Was für ein Blödsinn!
Die Richtige – was sollte das für eine Frau sein?
Er hatte in seinem Leben sehr viele Frauen getroffen, bei seiner Arbeit war er ständig von Frauen umgeben, doch keine war je dabei gewesen, die sein Herz höher hatte schlagen lassen oder die es gar berührt hatte.

*

„Was siehst du mich so an?", fragte Julia plötzlich, während sie ihren BH zumachte.
„Nur so", murmelte er ertappt. „Ich mache Kaffee." Er verließ das Zimmer und ging in die Küche im Erdgeschoss.

Immer dieselben Handgriffe, dachte er, als er die Kaffeemaschine bediente. *Jeden Tag dasselbe.*

*

Er war schon so lange mit Julia verheiratet. Bevor er sie kennengelernt hatte, hatte er einige belanglose Bekanntschaften mit irgendwelchen Frauen gehabt. Evan wusste nicht einmal mehr ihre Namen. Er hatte sich damit abgefunden, dass es die großen Gefühle wohl nicht gab, zumindest nicht für ihn. Zum Glück war er im Lauf seines Lebens nur wenigen Menschen begegnet, die aus Liebe geheiratet hatten und nicht aus wirtschaftlichen Gründen oder weil es „irgendwie schon passte". Diejenigen, die sich wirklich liebten, strahlten das aus, denn sie wirkten angekommen. Es umgab sie eine Art inneren Frieden und keine suchende Unruhe, wie man es bei den meisten anderen erlebte. Evan war neidisch, wenn er verliebte Paare beobachtete, wie sie sich ansahen, küssten, berührten oder Händchen haltend spazieren gingen. Dieses nagende Gefühl konnte er aber nicht zulassen und so radierte er es aus seinem Bewusstsein.

Nur erbärmliche Versager waren neidisch ...

Er hatte alles erreicht, was er sich vorgenommen hatte. Materiell mangelte es ihm an nichts, aber etwas ganz Entscheidendes fehlte ihm.

Julia war in Ordnung. Sie kümmerte sich bestens um die Familie und den Haushalt und schien ihr Leben an seiner Seite sehr zu genießen. Für die Kinder, die siebzehnjährigen Zwillinge Anna und Philipp, die zurzeit auf einem zweiwöchigen Schulausflug waren, war sie eine liebevolle Mutter.

Streit gab es zwischen ihm und Julia nie – ab und zu Meinungsverschiedenheiten, aber nichts dramatisch Weltbewegendes. In ihren gemeinsamen Jahren hatte es nur nach der Hochzeit eine ernste Krise gegeben.

„Wenn die Gefühle lauwarm oder vielmehr gar nicht vorhanden sind, gibt es auch keine leidenschaftlichen Auseinandersetzungen und vor allem Versöhnungen", hatte Mrs Short, seine Sekretärin, augenzwinkernd zu ihm gesagt, als sie ihm von ihrer gescheiterten Ehe erzählt hatte. Diese Worte gingen ihm nicht mehr aus dem Kopf. Sogar danach sehnte er sich – nach temperamentvollen Gefühlsausbrüchen mit der dazugehörigen Versöhnung …

Evan konnte sich nicht beklagen, das tat er ja auch nicht, zumindest nicht nach außen. Er funktionierte als treu sorgender Familienvater, souveräner Geschäftsmann, verlässlicher Freund, engagierter Sportler und Sohn.

Alle sind zufrieden mit meiner Leistung, dachte er zynisch. *Meine Rollen spiele ich absolut grandios. Mehr kann man wohl vom Leben nicht erwarten. Ist schon gut, es passt schon,* versuchte er, sich selbst immer und immer wieder einzureden.

*

Er stellte zwei Kaffeetassen auf den massiven Holztisch der geräumigen rustikalen Wohnküche. Kaffee war das Einzige, was er heute herunterkriegen würde. Julia konnte sich ja selbst ihr Frühstück machen.

Als er gerade die Kaffeekanne aus der Maschine nehmen wollte, spürte er mit einem Mal einen reißenden Schmerz in der Brust, so intensiv, dass ihm die Luft wegblieb.

Sein Brustkorb verengte sich und es fühlte sich an, als würde eine kalte Eisenhand nach seinem Herzen greifen und es zusammenpressen. Nach Luft schnappend und in Panik riss er die Terrassentür in der Küche auf.

„Verdammte Scheiße!", japste er und lockerte hastig die Krawatte, die sich wie ein Strick um seinen Hals anfühlte. Während er an der weit geöffneten Terrassentür tief ein- und ausatmete, ließ der Druck langsam nach.

Als er sich sicher sein konnte, dass die Atemnot nachgelassen hatte, ging er zurück in die Küche, goss sich mit zittriger Hand eine Tasse Kaffee ein, setzte sich auf einen der Holzstühle und sah in seinen Garten. Der Blick in die Natur und die frische Luft entspannten ihn, doch sein Herz schlug nach wie vor schwer, aber er hatte nicht vor, das, was eben geschehen war, überzubewerten.

Diesen kleinen Anfall vergesse ich am besten ganz schnell wieder, dachte er und zündete sich eine Zigarette an. *Vielleicht sollte ich weniger rauchen.*
An stressigen Tagen, die eindeutig in der Überzahl waren, rauchte er mittlerweile fast zwei Schachteln.

Hoffentlich meinte Julia nicht, ihm ausgerechnet an diesem beschissenen Morgen Gesellschaft leisten zu müssen. Sie arbeitete nur an zwei Tagen pro Woche in einer Schule. Heute hatte sie frei, also konnte sie tun, was immer sie wollte.
„Es ist wie Urlaub, wenn die Kinder außer Haus sind", hatte sie mal gesagt und legte sich in diesen Tagen manchmal gleich wieder hin oder stand gar nicht erst auf, sondern las bis mittags ihre Romane.

Er war froh, wenn sie im Bett blieb, so konnte er ungestört seine Mails checken, Zeitung lesen oder einfach nur seinen Gedanken nachhängen. Jetzt, da es ruhig im Haus war, ließ er sich viel Zeit und hatte alle Termine auf frühestens neun Uhr oder später gelegt. An diesem Morgen musste er erst um zehn Uhr im Büro sein. Allerdings hatte er weder Lust, zu lesen noch seine Mails zu bearbeiten. Seine Stimmung war seltsam melancholisch, was ungewohnt für ihn war. Für solche Anwandlungen hatte er weder Zeit, noch war er der Typ für derartige Sentimentalitäten.

Ausgerechnet heute hatte er kein Glück. Julia kam im Morgenmantel in die Küche.

„Du rauchst schon wieder? Ach, Evan, du weißt doch, wie schädlich das ist", seufzte sie. Er hatte gar nicht gehört, dass sie die Treppe heruntergekommen war, was sie sonst immer lautstark mit ihren hölzernen Clogs tat.

„Schau mich doch nicht so entgeistert an", lachte sie, „ich wollte dich nicht erschrecken."
„Ich habe dich nicht kommen gehört", murmelte er und drückte seine Zigarette aus.
„Ich finde meine Clogs nicht, hast du sie vielleicht gesehen?" Er schüttelte den Kopf.

„Ach, sie werden schon wiederauftauchen", meinte sie. „Aber sag mal, du wirkst heute etwas angespannt. Geht's dir nicht gut?"
„Alles in Ordnung, habe nur schlecht geschlafen, passt schon", antwortete er so neutral wie möglich, während er in seiner Kaffeetasse rührte und es vermied, sie anzusehen.

Auf keinen Fall würde er ihr auf die Nase binden, dass er vorhin diesen kleinen Erstickungsanfall gehabt hatte – sonst würde sie ihm wieder ihre Vorträge halten, was er alles verkehrt machte: zu viel Arbeit, zu viele Zigaretten, unregelmäßige Mahlzeiten, zu viel Fleisch und natürlich, dass er sich unbedingt sofort durchchecken lassen müsste! Wahrscheinlich würde sie gleich wieder ans Telefon rennen und Doktor Sowieso anrufen.
Er konnte sich den Namen von diesem Quacksalber einfach nicht merken. Allein bei dem Gedanken, was da wieder alles auf ihn einprasseln würde, wäre er so unklug, ihr von dieser banalen Episode zu berichten, begann sich, sein Brustkorb schon wieder zu verkrampfen.

Julia stand am Kühlschrank, nahm Butter, Konfitüre und Brot heraus und stellte alles vor ihm hin:
„Du musst morgens etwas essen! Das ist nicht gesund, immer nur Kaffee und Zigaretten. In deinem Alter muss man besonders auf die Gesundheit achten, sonst …"

Er hatte das Gefühl, als zerreiße es ihn innerlich vor Unbehagen. Ihm wurde fast schlecht, während sie wieder zu ihren üblichen Monologen ausholte über das Alter, die Ernährung und diverse Vorsorgeuntersuchungen, die Julia im Gegensatz zu ihm regelmäßig in Anspruch nahm.
Er versuchte, auf Durchzug zu schalten.

Warum ließ sie ihn nicht in Ruhe?

Warum merkte sie nicht, dass es ihn einen Scheiß interessierte, was sie zu sagen hatte? Ihre Banalitäten hingen ihm zum Hals heraus!

„Entschuldige, ich muss einen wichtigen Anruf erledigen", unterbrach er ihren Redefluss, nahm seine Tasse und ging in den ersten Stock in sein Homeoffice.
„Ja, ist schon gut", rief sie ihm nach. „Aber mach dir mal Gedanken, ob du nicht gesünder leben willst. Hörst du?"
Evan schloss seine Bürotür, setzte sich in seinen Sessel und atmete erst einmal tief durch. Wie es ihm wirklich ging, interessierte sowieso niemanden, auch Julia nicht, obwohl sie immer so tat als ob.

*

Aber auch wenn ihn jemand ernsthaft nach seinem Befinden gefragt hätte, hätte er nur geantwortet:
„Danke! Bestens!"
Das erwartete man schließlich von ihm. Und er erwartete es vor allem von sich selbst. Wofür hätte er sonst so hart gearbeitet? *Mein Umfeld würde kopfstehen, würde ich antworten:*
„Scheiße geht's mir!"

Um Himmels willen, was wäre dann los!
Es wäre unvorstellbar für seine Mitmenschen, dass er nicht glücklich sein sollte, wo er doch alles besaß, was man sich nur wünschen konnte. Sie hätten ihn auf das Heftigste verurteilt, von wegen „undankbar" und so. Niemand war es wert, seine Wahrheit zu erfahren, niemand – nicht einmal, oder gerade, seine Frau.

*

Heute war er nicht einfach nur schlecht gelaunt.
Nein, es war schlimmer, er fühlte sich extrem aufgewühlt und unwohl. Seine für ihn typische Souveränität hatte sich im Lauf der letzten Nacht in eine bisher nicht gekannte Unruhe verwandelt.

Bis zu diesem Morgen war er stets in der Lage gewesen, alles zu ertragen, sogar Julia und ihre langweiligen Monologe; mit allem hatte er umgehen können, auch wenn ihn etwas nervte, fand er schnell wieder in seine gewohnte Balance zurück. Nichts konnte ihn je ernsthaft aus der Ruhe bringen. Er ließ nicht zu, dass irgendjemand oder irgendein Umstand Zugriff auf seine Seele hatte.

*

Vergangene Nacht aber musste er sogar das Ehebett verlassen, weil er glaubte, durchzudrehen, wenn er noch länger Julias gleichmäßigen Atem hätte hören müssen. Er wälzte sich hin und her, bis er aufstand und auf die Terrasse ging. Obwohl es kalt war und er gefroren hatte, saß er über eine Stunde in der Dunkelheit. Während sich sein Blick im Sternenhimmel verlor, rauchte er eine Zigarette nach der anderen – und dachte an diese Frau, die ihm nicht mehr aus dem Sinn ging.

Gestern Nachmittag, als er auf dem Weg ins Büro gewesen war, war sie ihm begegnet. Sie fiel ihm sofort auf, denn sie wirkte ganz anders als die Frauen, die ihn sonst so umgaben. Die Frauen, die er kannte, schienen ebenfalls „perfekt und makellos" zu sein: dünne Gestalten mit gepflegten Einheitsfrisuren in Designerklamotten. Designte Frauen ohne Wiedererkennungswert.

Und dann sah er auf einmal diese Frau.

Entgegen seiner Gewohnheit war er sogar stehen geblieben, um ihr nachzusehen. Bisher wäre ihm ein derartiges Verhalten nicht in den Sinn gekommen.

Erstens wäre es ihm viel zu plump erschienen und zweitens hatte es bis zu diesem Tag nichts Sehenswertes gegeben, das ihn gefesselt hätte, sodass er wie angewurzelt verharrte und es ihm egal war, wie das andere empfanden, die diese Szene vielleicht beobachteten.

Ihr Aussehen hatte ihn vom ersten Moment an fasziniert. Ihre taillenlangen blonden Haare sahen unfrisiert aus, als wäre sie gerade erst aus dem Bett gestiegen ... Ihre Figur glich der Form einer Sanduhr. Evan fühlte sich unwillkürlich in einen 60er-Jahre-Film zurückversetzt, während er ihren Körper abscannte, die schmale Taille, den knackigen Hintern in den engen zerrissenen Jeans und ihr üppiges Dekolleté. Nicht, dass er auf große Brüste stand, aber ihre schienen absolut perfekt zu sein, leicht wippend unter einer dünnen roten Bluse – und dieses Mal meinte er es ernst, wenn er das Wort „perfekt" benutzte. Er fand diese Frau unglaublich anziehend.

Sie strahlte Sex aus.

Aber es war nicht allein ihr ungezähmtes Aussehen, es war ihre sinnliche, weibliche Ausstrahlung, die ihn umhaute. So hatte er sich immer eine Vollblutfrau vorgestellt. Er hatte nicht einmal zu träumen gewagt, dass so etwas tatsächlich existierte. Er war wie elektrisiert.

Das, was ihn allerdings irritierte, ja, sogar ärgerte, war, dass sie ihn überhaupt nicht wahrgenommen hatte.
IHN ... nicht wahrgenommen!
Sie hatte ihn zwar kurz angesehen, aber er konnte erkennen, dass er ihr nicht aufgefallen war.

Mit einem gleichgültigen Ausdruck in ihrem Blick hatte sie ihn nur gestreift und das war's! Auch wenn er gewollt hätte, konnte er sich nicht einreden, dass das von ihr nur gespielt gewesen war, um sich interessant zu machen.

Sie. interessierte. sich. nicht. für. ihn!

*

Evan kannte seine Wirkung auf Frauen. Ihm war bewusst, dass er gut aussah. Seine eisblauen Augen mit den dichten Wimpern konnten seinem Blick etwas Unschuldiges verleihen. Dagegen ließen ihn die schwarzen Haare, die ihm sein italienischer Vater vererbt hatte, verwegen wirken. Er war fast einen Meter neunzig groß, hatte eine sportliche Figur, einen Dreitagebart und markante Gesichtszüge.

Die Natur hatte ihn reich beschenkt.

Da er sich noch dazu seinen „süßen Jungencharme" bewahrt hatte, wie ihm eine seiner glühendsten Verehrerinnen bei einer Firmenfeier mitgeteilt hatte, hatte er auf manche Frauen eine geradezu verheerende Wirkung. Den Damen, die ihn anschmachteten, war es gleichgültig, dass er verheiratet war und zwei Kinder hatte. Früher oder später versuchten sie, bei ihm zu landen. Die Röcke wurden kürzer, die Blusen durchsichtiger und weiter ausgeschnitten, die Parfümwolken aufdringlicher, die Blicke tiefer und vielsagender. Sie umgarnten ihn wie Katzen, schmeichelten ihm, heuchelten Interesse an seiner Familie, lockten ihn oder versuchten, ihn zu ignorieren, um seinen Jagdinstinkt zu wecken. Sein Jagdinstinkt war in seinem ganzen Leben noch nicht einmal geweckt worden.

Aber er sehnte sich genau danach, mehr als er sagen konnte. Es war die Sehnsucht, eine Frau zu finden, die ihn zutiefst faszinierte. Eine Frau, die er so sehr begehrte, dass er sein bisheriges Leben wegwerfen würde, um sie zu erobern, und der er in heißblütiger Leidenschaft hinterherjagen konnte.

Endlich lebendig fühlen.

*

Die gestrige Begegnung mit dieser Wahnsinnsfrau war vielleicht nur eine einmalige Sache gewesen.
Wahrscheinlich sehe ich sie nie wieder, dachte er resigniert. Mit einem Mal wurde ihm bewusst, dass er sich wie ein Loser benahm, der im Selbstmitleid versank. Was war bloß in ihn gefahren, dass er so an sich zweifelte?

Wer bin ich, dass ich mich damit abfinden würde? Nein! So einfach geht das nicht!

Er musste sie wiedersehen!
Und er würde sie wiedersehen!

Sonst würde er gar nicht mehr zur Ruhe kommen, jetzt, da er wusste, dass sie irgendwo da draußen war. Auch wenn die Begegnung sehr kurz gewesen war, hatte diese Frau etwas in ihm angerührt, was er so bisher noch nie hatte erleben dürfen. „Dürfen", genau dieses Wort traf es. Ja, er hatte etwas empfunden – Bewunderung und Begehren.

Jetzt gab es endlich ein Gesicht zu seiner Fantasie. Sein Entschluss stand fest, er würde sie suchen und finden, egal zu welchem Preis! Schließlich hatte er bisher noch alles bekommen.

*

In den frühen Morgenstunden war er wieder ins Haus gegangen. Im Wohnzimmer richtete er sich ein Bett aus Kissen und Decken her, denn er brauchte Abstand von Julia. Die Terrassentür blieb weit geöffnet, er brauchte frische Luft. Irgendwann schlief er endlich ein und wurde um sieben Uhr von seinem schrillen Handywecker aus dem Tiefschlaf gerissen. Er fühlte sich wie gerädert, sprang aber trotzdem sofort von seinem Nachtlager auf, ordnete Kissen und Decken, damit Julia nicht doch noch bemerkte, dass er im Wohnzimmer geschlafen hatte. Das würde nur wieder zu lästiger Fragerei führen, die er sich ersparen wollte. So leise wie möglich ging er hinauf ins Bad und war erleichtert, als er feststellte, dass seine Frau noch immer schlief.

*

Als er sich nun in seinem Homeoffice gerade die nächste Zigarette anzündete, hörte er plötzlich seine Frau von unten rufen: „Evan! Ist alles in Ordnung?" Widerwillig erhob er sich aus seinem Sessel und öffnete die Tür. Julia stand am Treppenabsatz und sah zu ihm hinauf.

„Was soll nicht in Ordnung sein?", fragte er unwirsch.
„Na, es ist gleich zehn und du bist immer noch da. Wo bist du nur mit deinen Gedanken heute?" Sie wartete auf eine Antwort, aber er schwieg.

„Schau doch mal auf die Uhr", sagte sie und schüttelte ungläubig den Kopf. „Müsstest du nicht langsam mal los?" Er sah auf seine Armbanduhr. Jetzt musste er sich tatsächlich beeilen, er verabscheute Unpünktlichkeit und Unzuverlässigkeit.

„Danke für die Erinnerung", antwortete er mit einem spöttischen Unterton, „aber ich weiß schon, was ich tue!"

Heute konnte und wollte er sich nicht zusammenreißen. Er hatte sowieso keine Lust mehr, sich ständig zu beherrschen und auf einen angemessenen Ton zu achten. Für einen Moment ging er in das Büro zurück, nahm seinen Aktenkoffer, lief die Treppe hinunter und ging, ohne Julia anzusehen, an ihr vorbei.

„Ciao", sagte er und ließ die Haustür hinter sich zufallen. Bevor er den Wagen startete, rief er seine Sekretärin an und teilte ihr mit, dass er sich verspätete: „Kümmern Sie sich bitte um meinen Zehn-Uhr-Termin und entschuldigen Sie mich."

Während der Fahrt in die Firma, die im Stadtzentrum lag, dachte er wieder an die geheimnisvolle Schönheit. Mit einer bisher nicht gekannten Aufregung und Hoffnung, sie wiederzusehen, fuhr er auf den Firmenparkplatz und – tatsächlich!

Da war sie!

Von weitem schon erkannte er ihre blonde Mähne, die der Herbstwind so durcheinanderwirbelte, dass sie noch wilder aussah.

Wow, was für eine Windsbraut, dachte er fasziniert. Sein Herz raste, aber diesmal fühlte es sich nicht bedrohlich an. Evan parkte seinen Wagen neben dem Eingang und stieg eilig aus, wobei er sie keine Sekunde aus den Augen ließ.

Er musste unbedingt herausfinden, was so eine Frau in diesem Viertel zu suchen hatte. Da er sie hier schon das zweite Mal sah, musste sie ja auch irgendetwas zu tun haben. Sie verschwand in einer der Banken. Arbeitete sie etwa dort? In diesem Aufzug? Enge Jeans, hohe Stiefel, Rucksack lässig über einer Schulter, offene Haare. Schwer vorstellbar, zu unseriös, zu unkonventionell, zu scharf …

Gut, dass sein Büro in Richtung dieser Bank lag, so konnte er den Eingang im Blick behalten. Da er nicht annahm, dass sie dort arbeitete, kam sie sicher auch bald wieder heraus. Als er sein Firmengebäude betrat, sammelte er sich, zwang sich zur Konzentration und setzte sein antrainiertes Business-Gesicht auf. Es war wie ein Programm, auf das er je nach Situation automatisch umschaltete, wie es gerade erforderlich war. Jetzt stand es auf Modus:
„Souveräner Geschäftsmann"
Seine Lieblingsrolle.

Schwungvoll öffnete er die große Glastür, die in die großzügige Eingangshalle führte. Die beiden jungen Empfangsdamen strahlten, als sie aufblickten und ihn sahen.

„Guten Morgen, Mr Maglin", flöteten sie.
Er nickte freundlich und schenkte ihnen ein Lächeln.

„Guten Morgen, die Damen", begrüßte er die beiden, als er vorbeimarschierte und die geschwungene Treppe hinaufging. Aus dem Augenwinkel bemerkte er, wie sie sich vielsagende Blicke zuwarfen, tuschelten und kindisch kicherten. Dieses Schauspiel langweilte ihn, denn diese Szenerie wiederholte sich fast täglich.

Auch kamen ihm jeden Morgen immer wieder die gleichen weiblichen Büroangestellten auf dem Flur entgegen, um ihn mit einem überdrehten „Guten Morgen, Mr Maglin" anzustrahlen. Sogar heute, obwohl er spät dran war, kamen zwei Kolleginnen auf ihn zu, die schon von weitem erwartungsvoll lächelten. Abschätzig dachte er:

Wenn ihr wüsstet, was ich in Wahrheit von euch halte.

*

Ob in der Firma, im Freundes- oder Bekanntenkreis, es fand sich immer irgendeine Frau, die ihn anhimmelte. Zwar registrierte er die Schwärmerei, ließ sich aber nichts anmerken. Hätten seine Verehrerinnen gewusst, was er über sie dachte, hätten sie ihm mit ihren künstlichen Fingernägeln die Augen ausgekratzt. Seiner Ansicht nach waren sie alle durch und durch Kunstobjekte – aufgesetztes Lachen, affektiertes Getue und immer darauf bedacht, unwiderstehlich zu wirken. Dabei glich eine der anderen, nichts weiter als nichtssagender Durchschnitt.

Evan durchschaute alles – ihre diversen Tricks und Bemühungen um ihn. Manchmal amüsierte ihn ihr Getue, aber meistens verachtete er sie, vor allem, wenn sie selbst verheiratet waren und ihn auf Teufel komm raus anmachten. Ab und zu spielte er Katz und Maus mit einer der Kandidatinnen, wenn er besonders genervt war, weil diejenige nicht aufgab, ihn anzubaggern – dann führte er sie aufs Glatteis. Seine Taktik war so subtil, dass „die Maus" nicht bemerkte, dass er sie langsam aber sicher in den Wahnsinn trieb. Die Aktionen waren so fein abgestimmt, dass er weiterhin als ehrenwerter Gentleman durchging, garniert mit seinem „süßen Jungencharme".

Mal sah er ihr für den Bruchteil einer Sekunde zu lange in die Augen, mal setzte er ein schüchternes Lächeln auf. Evans Taktik zielte auf das Unterbewusstsein seiner „Opfer" ab. Nichts war greifbar, es konnte so sein oder auch nicht ...

Seine Verehrerin wurde mit der Zeit immer verwirrter. Einerseits nahm sie sein vorsichtiges Interesse an ihr wahr und deutete es wohl so, dass er zu schüchtern oder zumindest zurückhaltend war. Dass er in seinen Absichten nicht deutlicher wurde, machte ihn noch aufregender. Andererseits passte sein Verhalten nicht mit seiner Ausstrahlung zusammen, denn in seinem Blick war keine Warmherzigkeit erkennbar, auch wenn er sonst nahezu perfekt war in seinem Schauspiel als schüchterner Liebhaber.

Seine perfide Show konnte seine Kälte und zynische Verachtung nicht gänzlich verbergen, die in Nuancen immer wieder zum Vorschein kamen.

Nach einer kurzen Phase des zur Schau getragenen Interesses ignorierte er die Bewerberin, was ebenfalls zum Repertoire seines Theaters gehörte. Diese Ignoranz wurde aber so gedeutet, dass er sich nicht traute, oder noch besser, dass er Angst vor seinen Gefühlen hatte und versuchte, sich dagegen zu wehren, schließlich war er ja verheiratet. Evan konnte unglaublich boshaft in sich hineingrinsen, wenn er sich nach einem besonders tiefen Blick schnell wegdrehte.
Der Reiz, den er auf diese Frauen ausübte, war so intensiv, dass sie von ihm nicht mehr lassen konnten, selbst wenn sie durch ihn an ihre Grenzen kamen – hatten sie doch die Hoffnung, dass er sich doch noch für sie entscheiden würde. Jede von ihnen wollte das Rennen machen.

Denn wäre sie diejenige, die ihn einfing, wäre es ein echter Triumph über alle anderen Frauen. Und falls er dann auch noch seine Ehefrau für sie verlassen würde, wäre es ein grandioser Sieg.

Wie erbärmlich!

In den gemeinsamen Jahren mit Julia hatte Evan sie nie betrogen und er hatte es auch nicht vor. Die Frauen, die ihn umgarnten, wussten, dass er treu war. Sein integrer Ruf eilte ihm voraus. Er hatte sich noch nie etwas zuschulden kommen lassen. Darauf legte er Wert, diesen Anspruch hatte er an sich selbst. Billige One-Night-Stands und Affären waren etwas für Loser, das hatte er nicht nötig und vor allem: Warum sollte er sich einem nichtssagenden Abenteuer hingeben? Was hätte er davon? Entweder ganz oder gar nicht.

Er wartete auf die Eine, und wenn es die nicht gab, hatte Julia nichts zu befürchten. Niemals würde er sich mit einer Frau einlassen, die ihn kaltließ. Und jede ließ ihn kalt.

Mit Unbehagen erinnerte er sich an einen Vorfall vor zwei Monaten, als eines seiner Opfer in Tränen aufgelöst vor ihm gestanden und ihm seine Liebe offenbart hatte:
„Evan, ich liebe dich", hatte diese Frau geschluchzt.
„Bitte schlagen Sie sich das aus dem Kopf. Ich habe kein Interesse!", hatte er zur Antwort gegeben und sie stehen gelassen. Am nächsten Morgen erschien sie nicht zur Arbeit. Sie war krankgeschrieben und reichte kurz darauf die Kündigung ein. Das ließ ihn zwar völlig unberührt, allerdings war er froh, dass solche Liebesgeständnisse bisher ein Einzelfall gewesen waren – und das sollte auch so bleiben.

Er nahm sich vor, in Zukunft vorsichtiger mit seinen Spielchen zu sein, damit sich solche Peinlichkeiten nicht wiederholten. Eigentlich machte ihm dieses Theater schon lange keinen Spaß mehr, also konnte er es auch ganz bleiben lassen. Wahrscheinlich war es höchste Zeit, damit aufzuhören, bevor er riskierte, dass sich so etwas noch einmal ereignete.

*

Auf seiner Büroetage blieb Evan an einem der Fenster im Flur stehen, das den Blick auf den Parkplatz ermöglichte. Er sah hinüber zur Bank, in der die Schönheit verschwunden war. Auf keinen Fall wollte er versäumen, wenn sie das Gebäude wieder verließ. Jetzt war es sowieso schon egal, dass er dadurch noch später kam.
Er war sich heute selbst fremd …

Eine unbekannte Frau – die ihn noch dazu ignoriert hatte – interessierte ihn mehr als die hohen Ansprüche, die er an sich selbst hatte: Pünktlichkeit, Zuverlässigkeit und Pflichtbewusstsein. Es war noch nie vorgekommen, dass etwas wichtiger war als seine Arbeit.

Die Frau erschien einfach nicht – und er musste ins Büro. Sein Kunde wartete schon eine Ewigkeit auf ihn, falls er nicht bereits gegangen war.

Als er das Vorzimmer betrat, rief seine Sekretärin Mrs Short amüsiert: „Ah, Mr Maglin! Wie nett, dass Sie auch schon da sind."

„Guten Morgen, Mrs Short. Tja, da habe ich mich heute wohl ein wenig in der Zeit vertan", grinste er.

„‚Ein wenig' ist gut, mein Lieber, sehen Sie mal auf die Uhr! Sie können froh sein, dass ich mich so angeregt mit Ihrem Kunden unterhalten habe, sonst wäre der sicher schon über alle Berge. Ich habe ihm eine wilde Story aufgetischt, warum Sie nicht an Land kommen", schimpfte Rosie Short mit gespielter Empörung. Nur sie und Sebastian, sein einziger wahrer Freund und Geschäftspartner, redeten in diesem Ton mit ihm.

„Ich danke Ihnen, dass Sie mich gerettet haben. Es kommt bestimmt nicht wieder vor, das verspreche ich Ihnen", lächelte er. „Was haben Sie denn heute alles für mich?"

„Nun, das Übliche. Nichts, was Sie großartig überraschen würde. Ihr Kunde ist gerade in Ihr Büro gegangen, um zu telefonieren, weil er seine Termine wegen Ihnen nach hinten verschieben muss. Bis eben habe ich mit ihm Kaffee getrunken. Zum Glück hatte ich heute Morgen wieder etwas Gebäck gekauft, das ich ihm dazu reichen konnte", meinte sie und zwinkerte ihm freundschaftlich zu.

„Gut, vielen Dank! Ach ja, wenn Mr Segal anruft, stellen Sie ihn bitte gleich durch, auch wenn ich hoffe, dass ich gerade heute von dem verschont bleibe", sagte er und verdrehte die Augen. „Natürlich, sehr gerne", entgegnete Mrs Short mit einem ironischen Unterton. Als er sein Büro betrat, saß sein Kunde mit einer Tasse Kaffee in einem Sessel und tippte geschäftig in sein Handy.

„Ich bitte um Entschuldigung, ich bin aufgehalten worden", gab sich Evan zerknirscht.

„Alles bestens, machen Sie sich keine Gedanken. Ich habe mich sehr nett mit Ihrer Sekretärin unterhalten", antwortete der Kunde freundlich.

Rosie Short ist Gold wert!

„Sehr gut, das freut mich", antwortete Evan erleichtert. „Dann machen wir uns an die Arbeit, wenn es Ihnen recht ist." Die Beratung verlief sehr positiv für beide Seiten. Man konnte sich in allen Punkten schnell einigen, sodass das Gespräch nicht allzu lange dauerte und der Kunde zufrieden das Büro verließ.

Nach dem miesen Start in den Tag war Evan wieder etwas versöhnt und fühlte sich um einiges entspannter. Kaum war er allein im Büro, kam Mrs Short mit einem vollgepackten Kuchenteller und einer Tasse Kaffee herein und stellte alles vor ihm auf den Schreibtisch: „So, mein Junge, ich bin mir sicher, dass Sie heute noch nichts Anständiges gegessen haben, stimmt's?"
„Was würde ich ohne Sie nur tun?", lächelte Evan dankbar. Inzwischen hatte er tatsächlich Hunger.
„Lassen Sie es sich schmecken", sagte sie und ging wieder in ihr Vorzimmer zurück. Seine Sekretärin war die einzige Frau in „diesem Verein", wie Sebastian die Firma stets bezeichnete, die geradezu mütterliche Gefühle für ihn hegte.

„Sie sind wie ein Sohn für mich. Daher kann ich Ihnen natürlich auch nicht alles durchgehen lassen!", neckte sie Evan des Öfteren, wenn er in ihren Augen zu nachlässig mit sich selbst umging und Mittagspausen ausfallen ließ.

Rosie Short war die einzige Frau, die Evan wertschätzte und von ganzem Herzen gernhatte, ehrlich achtete, respektierte und der er bedingungslos vertraute.

Ihre erfrischende Geradlinigkeit war Balsam für ihn.

Ihr hatte er es auch zu verdanken, dass sein Arbeitsplatz zu einer Oase für ihn und seine Kunden geworden war. Im Vorzimmer gab es eine Küchenzeile und ein büroeigenes Bad. Es glich mehr einer Wohnung als nur einem sterilen, kargen Büroraum, der seinen Zweck erfüllte. Überall standen exotische Pflanzen, die Mrs Short jeden Tag mit Hingabe pflegte. Auf dem Boden lagen teure Teppiche und dezente Naturbilder schmückten die Wände. An den Fenstern hingen champagnerfarbene Gardinenstores. Die Kunden fühlten sich sehr wohl und lobten die geschmackvolle, außergewöhnliche Büroeinrichtung.

*

Auch wenn Evan von Mrs Shorts Einrichtungsideen anfangs nicht gerade begeistert gewesen war, hatte er sie dennoch bei der Gestaltung gewähren lassen. Sie sprudelte über vor Enthusiasmus und fegte seine Bedenken mit den Worten: „Sie verbringen den Großteil Ihres Lebens in diesen

Räumen, also lassen Sie mir gefälligst freie Hand!", vom Tisch.

„Wie Sie meinen", gab er sich geschlagen, war aber erst überzeugt, als das Büro vollständig mit allen Möbeln und Pflanzen fertig eingerichtet war. Sogar Sebastian war begeistert und das wollte etwas heißen:

„Wow! Nicht mal meine Wohnung hat so ein Flair, Alter. Deine Kundschaft wird gar nicht wieder gehen wollen und dich um den nächsten Termin auf Knien anflehen."

Grinsend hatte er sich an Mrs Short gewandt:

„Echt Hammer, Rosie! Wann schlagen Sie in meinem tristen Büro auf?"

„Gar nicht, mein Junge. Sie sind mir viel zu chaotisch", entgegnete sie. „Sie würden mir den letzten Nerv rauben."

„Sie enttäuschen mich, Mrs Short. Allerdings müssen Sie ab sofort mit gehäuften Besuchen meinerseits in diesen heiligen Hallen rechnen."

*

Als Evan Rosie Short vor Jahren bei der Firmeneröffnung eingestellt hatte, hatte das Bewerbungsgespräch über zwei Stunden gedauert. Er war von ihrer Offenheit, ihrem Humor und ihrer Ehrlichkeit beeindruckt, was sich bis heute nicht geändert hatte. Sie besaß all die Eigenschaften, die er vermissen ließ … In diesen Stunden unterhielten sie sich so vertraut und freundschaftlich, als kannten sie sich schon ewig.

„Erzählen Sie von sich", begann Evan damals das Vorstellungsgespräch. „Ich möchte Sie kennenlernen."

„Also gut, wenn Sie unbedingt wollen, dann plaudere ich gerne ein wenig aus meinem Nähkästchen. Mein Mann und ich lassen uns gerade scheiden, und ich brauche dringend eine neue Aufgabe. Leider haben wir es nicht einmal geschafft, Kinder in die Welt zu setzen. Unsere Ehe war dadurch etwas … wie soll ich sagen? Eintönig, na ja, eigentlich sehr langweilig, wenn ich ehrlich bin. Verstehen Sie mich nicht falsch, ich war ja selber schuld, dass ich das so lange ausgehalten habe. Und dann bin ich auch noch krank geworden und habe nach dem Krankenhausaufenthalt in der Kur einen anderen Mann kennengelernt. Der war alles andere als langweilig! Mit dem ist es zwar nichts geworden, nichts Festes, wenn Sie verstehen, was ich meine", erzählte sie augenzwinkernd,

„aber mir wurde dadurch klar, dass ich mein Leben ändern muss. Auch wenn ich schon sechsundfünfzig bin, bin ich doch noch keine Mumie!"

„Nein, das sind Sie wahrlich nicht", grinste Evan. Er war von dieser Dame sehr angetan, die so offenherzig ihr Leben darlegte und ihre Worte gesten- und mimikreich unterstrich. Was ihm besonders gut gefiel, war, dass sie sich selbst nicht so ernst nahm.

„Ich habe die ganzen Jahre im Büro meines Mannes mitgearbeitet. Die Arbeit war genauso trist wie er. Er ist Steuerberater, wenn Sie verstehen, das sagt alles. Eines Tages sagte ich zu mir: Rosie, krieg deinen dicken Hintern endlich hoch und fang noch mal neu an! Und hier bin ich! Ich dachte, ich melde mich einfach mal bei Ihnen, als ich die Stellenanzeige las. Ich habe ja nichts zu verlieren. Es geht mir ja auch nicht ums Geld. Wir verkaufen gerade unser gemeinsames Haus. Von dem Geld kann ich bis an mein Lebensende gut auskommen und verdient habe ich als Bürofachkraft auch nicht schlecht. Also, Mr Maglin, jetzt habe ich Sie ganz schön zugetextet, aber nun wissen Sie, mit wem Sie es zu tun kriegen, wenn Sie mich wider Erwarten einstellen würden. Allerdings glaube ich nicht, dass Sie jeden Tag so eine alte quasselnde Schabracke in ihrem Büro sitzen haben wollen", kicherte sie.

„Sie irren! So jemanden wie Sie brauche ich hier", antwortete Evan ernst.

„Wie bitte? Wirklich? Ich war schon ganz aus dem Häuschen, dass Sie mich überhaupt zum Vorstellungsgespräch eingeladen haben", staunte sie ungläubig.

„Ich sagte zu meiner Nachbarin: ‚Liz, ich weiß wirklich nicht, warum mich so ein gut aussehender junger Mann zu einem Vorstellungsgespräch einlädt.' Und wissen Sie, was Liz geantwortet hat? Sie sagte: ‚Der will bloß sehen, was das für ein dreistes Weibsbild ist, das sich allen Ernstes einbildet, noch Chancen auf dem Arbeitsmarkt zu haben. Und dann auch noch so eine kugelige Vogelscheuche wie du!'"

Mrs Short lachte Tränen bei der Erinnerung an die Worte ihrer Nachbarin. „Bitte entschuldigen Sie, ich benehme mich mal wieder unmöglich", sagte sie und wischte sich mit einem verknüllten Taschentuch über ihre Augen.

„Wann können Sie anfangen?"

Mrs Short starrte ihn mit offenem Mund an.

„Sie verscheißern mich jetzt nicht, oder?"

„Nein, ganz im Gegenteil. Genau Sie will ich hier haben."

Sie sah ihn prüfend an und er nickte nur amüsiert.

„Also, jetzt bleibt mir echt die Spucke weg! Das muss ich gleich Liz erzählen. Die glaubt mir das nie!"

„Sagen Sie ihr einen schönen Gruß von mir."

„Und ob ich das tun werde!"

*

Evan mochte gar nicht daran denken, irgendwann eine neue Sekretärin einstellen zu müssen.

„Was mache ich nur, wenn Sie in Rente gehen wollen?", hatte er Rosie vor ein paar Tagen gefragt.

„Keine Sorge, mich werden Sie nicht los. Nur mit den Füßen voran werde ich dieses Büro verlassen. Vorher nicht! Das versichere ich Ihnen!"

Normalerweise fühlte Evan sich wohl, wenn er in seinem großzügigen, wohnlichen Büro seine Arbeit erledigte. Heute wollte sich das Gefühl des Wohlbefindens aber nicht einstellen, obwohl er sich, im Gegensatz zu heute Morgen, inzwischen wesentlich besser und nicht mehr ganz so angespannt fühlte. Aber die Ruhe in seinem Büro, die er sonst genoss, störte ihn mehr, als dass sie ihn beruhigte. Auch das war ungewöhnlich für ihn.

Sein Blick schweifte alle paar Minuten zu dem Eingang des gegenüberliegenden Gebäudes. Während des Kundengespräches hatte er sich so platziert, dass er immer wieder hinausschauen konnte, um zu sehen, ob die Windsbraut auf der Bildfläche erschien.

Wie sollte er so konzentriert arbeiten?
Um das Notwendige mit dem Angenehmen zu verbinden, erledigte er ein paar Anrufe. Dabei ließ er die Bank keine Sekunde unbeobachtet.

„Verdammt, die Bank hat ja noch einen Ausgang auf der Rückseite!", fiel ihm plötzlich ein. Er schmiss sein Telefon auf den Schreibtisch und erschrak über sich selbst. Wie konnte er sich derart gehenlassen, wegen irgendeiner Frau, die er nur zweimal gesehen hatte? Und die ihn noch dazu ignoriert hatte!

Ich bin ja nicht mehr ganz klar im Kopf!
Er war sauer auf sich selbst, dass er die Kontrolle verloren hatte. Wahrscheinlich lag es daran, dass er kaum geschlafen hatte, das machte nervös und gereizt. Das musste die Erklärung sein für all das Unangenehme an diesem Tag.

Evan war ein durch und durch rationaler Mensch. Er war der geborene Analyst, Stratege und Mathematiker. Zahlen und Statistiken waren seine Welt. Daher war er jetzt mehr als genervt über sich selbst. „Das kann doch nicht wahr sein, dass mich so etwas aus der Bahn wirft!"

„Seit wann wirft dich irgendwas aus der Bahn?", kam es plötzlich von der Tür. Erschrocken fuhr Evan zusammen. Sebastian stand im Türrahmen und grinste ihn belustigt an.
„Äh ... nichts weiter", stammelte Evan. „Hab schlecht geschlafen. Wo kommst du denn plötzlich her? Angeklopft hast du ja anscheinend nicht, sonst hätte ich dich wohl gehört!", sagte er gereizt. Irgendwie musste er seine Ehre wiederherstellen. Unsicherheit zu zeigen oder Schwäche – das passte nicht zu ihm!

„Nein, ich habe mich weder von Rosie anmelden lassen, noch habe ich geklopft. Ich habe ganz leise die Tür geöffnet und mich hereingeschlichen, mit Rosies Segen übrigens. Die versteht wenigstens Spaß, im Gegensatz zu dir", spottete Sebastian. „Sonst alles okay bei dir?", fragte sein Kollege in lauerndem Ton, den Evan überhörte; er hatte nicht vor, darauf zu reagieren. Stattdessen fragte er knapp: „Was gibt's?"

„Ach, unser Problemkind Segal", begann Sebastian abschätzig. „Der wollte anscheinend nicht mehr länger warten, und anstatt uns erst einmal anzurufen, sitzt er bereits im Konferenzraum ..."
„Na prima", seufzte Evan, das konnte er jetzt auch noch gebrauchen. Nun war wieder einmal sein Improvisationstalent gefragt.

„Dann lass uns gehen. Ich hoffe, wir kriegen den Typen endlich klein!" Er schnappte sich den Ordner mit Segals Unterlagen, der griffbereit neben seiner Telefonanlage lag.

„Dein Wort in Gottes Gehörgang", seufzte Sebastian und verließ mit Evan das Büro.

„Wir müssen in den Konferenzraum, der Segal ist da", informierte Evan seine Sekretärin.

„Viel Spaß!", flötete Mrs Short, wofür sie einen vernichtenden Blick von Sebastian kassierte.

„Sagen Sie alle Termine für heute ab", rief Evan ihr zu, als er schon zur Tür hinaus war. „Das kann Stunden dauern!"

„Alles klar!" Evan konnte das Lachen in Rosies Stimme hören. So wie er sie kannte, würde sie sich etwas einfallen lassen, um die angespannte Situation mit diesem Segal aufzulockern. Die beiden machten sich in Richtung Konferenzraum auf, während Sebastian die ganze Zeit vor sich hin schimpfte: „Blöder Mist, der versaut einem den ganzen Tag! Als hätte ich nichts Besseres zu tun!"

*

Sebastian war kurz nach Firmengründung als Geschäftspartner in Evans Team gekommen. Auch er hatte Evan mit seiner natürlichen Art, seinem Sinn für Ironie und schwarzen Humor imponiert. Bei beiden Männern war es Sympathie auf den ersten Blick gewesen. Schon bald wurden sie Freunde, was für Evan untypisch war, denn als Freund konnte und wollte er keinen seiner unzähligen Bekannten bezeichnen. Sebastian war eine Ausnahme, ihm vertraute er, allerdings hatte auch dieses Vertrauen seine Grenzen.

Sein Kollege war zehn Jahre jünger als er. Im Gegensatz zu Evan versuchte er bei jeder hübschen Frau sein Glück, die „nicht bei drei auf dem Baum war", wie Evan es nannte.

„Solange ich meine absolute Traumfrau nicht gefunden habe, muss ich ja wohl alles testen, was auf dem Markt ist, oder?", war Sebastians Meinung dazu.

„Ja, mach nur, mein Freund. Ich hoffe, du findest, was du suchst", entgegnete Evan und musste aufpassen, nicht allzu resigniert zu klingen.
„Wenn ich auch mal so ein Sahneschnittchen wie deine Julia eingefangen habe, lasse ich es dich wissen", hatte Sebastian theatralisch geseufzt. „So ein Glück wie du hat nicht jeder."

Evan erwiderte nichts darauf.

Zwar vertraute er Sebastian als Mensch und Kollege, aber sogar ihn ließ er in dem Glauben, dass sein Leben perfekt und er zufrieden war. Vielleicht würde er ihm eines Tages anvertrauen, dass er Julia nie geliebt hatte, aber jetzt war er noch nicht soweit. Bis jetzt war er noch in dem Stadium, dass ja eigentlich alles in Ordnung war.

Daran wollte er auch vorerst nicht rühren. Außerdem hatte er nicht vor, seinem Freund die Illusion zu nehmen, dass es die einzig wahre Liebe wahrscheinlich gar nicht gab.

*

„Hey, hörst du mir eigentlich zu?", fragte Sebastian ungeduldig. „Ich labere hier vor mich hin …"

„Was? Nein! Ich muss mich auf unseren Kunden konzentrieren, der uns seit Monaten in Atem hält mit seinen ständig wechselnden Sonderwünschen", erwiderte er gereizt. „Wir sind da."

Sebastian atmete tief ein. Evan öffnete die Tür zum Konferenzsaal. „Guten Tag, Mr Segal, wie nett! Schön, Sie zu sehen!", begrüßte er den nicht sehr sympathischen Klienten. Sebastian versuchte, sich ebenfalls ein Lächeln abzuringen, sparte sich allerdings irgendwelche Floskeln – das war nicht seine Art.

Die Show konnte beginnen.

Prachtexemplar

Irritiert stand Julia an der Treppe, als Evan schon längst aus dem Haus war. In so einem Ton hatte er noch nie mit ihr geredet. Ihr kam es so vor, als wollte er an diesem Morgen nichts mit ihr zu tun haben. Sie hatte ihn auch nicht telefonieren gehört, als er in seinem Büro verschwunden war, aber sie konnte sich nicht erklären, was mit ihm los war.

Wahrscheinlich hat er Stress bei der Arbeit, dachte sie und ging zurück in die Küche, um das Frühstücksgeschirr wegzuräumen.

Als sie etwas später aus dem Haus ging, um einkaufen zu fahren, machte sie sich noch immer Gedanken über das abweisende Verhalten ihres Mannes. Zwar war sie es gewohnt, dass er vor allem morgens keine Lust hatte, sich zu unterhalten, aber bisher war er immer zugänglich gewesen und nicht so gereizt und unleidlich wie heute. Irgendetwas hatte er von „schlecht geschlafen" gesagt, fiel ihr wieder ein. Ihrer Meinung nach lebte er viel zu ungesund. Oft vergaß er zu essen, aber dafür rauchte er umso mehr. Schrecklich fand sie das, aber es war ihm einfach nicht abzugewöhnen.

Als sie durch die vertrauten Straßen Richtung Stadtmitte fuhr, hatte sie plötzlich den Impuls, in eine fast vergessene Gegend der Stadt zu fahren. Sie wusste nicht, warum, aber sie verspürte auf einmal das Bedürfnis, das Café wiederzusehen, in dem sie als Studentin gearbeitet und Evan kennengelernt hatte.

Ob es dieses Café überhaupt noch gab?

Nach einer halben Stunde war sie in dem Stadtteil angekommen, in dem sie damals gelebt hatte. Langsam fuhr sie durch die Straßen – nichts hatte sich verändert. Alles wirkte noch immer so vertraut wie damals. Warum nur war sie in all den Jahren nie wieder hierhergekommen? Es war die schönste Zeit ihres Lebens gewesen, als sie in der Altstadt in einer WG mit vier anderen Studentinnen gewohnt hatte.

Aber das war alles schon so lange her …

Tatsächlich – dort war es! Noch immer hing die gelbe Fahne mit der lachenden Kaffeetasse vor dem Eingang. Aufgeregt parkte sie am Straßenrand, ging die Treppe hinauf und öffnete die Tür. Das kleine Café war noch genauso gemütlich eingerichtet wie früher mit den roten Plüschsofas und den schweren Vorhängen an der Fensterfront. Und genau wie damals duftete der Raum nach Zimt, Vanille und Schokolade.

Julia setzte sich an einen freien Platz am Fenster und bestellte bei der jungen Bedienung eine heiße Schokolade. Unwillkürlich kamen ihr die Tränen, als sie sich im Lokal umsah und so viel Vertrautes entdeckte. Bilder, die noch immer an der gleichen Stelle hingen, das Sparschwein auf dem Tresen, in das die Gäste damals das Trinkgeld steckten, das goldene Grammophon als Zierstück, auf das der Chef des Lokals so stolz gewesen war. Sie fühlte sich wie auf einer Zeitreise in einen Lebensabschnitt, in dem sich alles so leicht und unbeschwert angefühlt hatte.

Warum fühlte sie sich heute nur so?
So sentimental war sie lange nicht mehr gewesen.

*

Als sie Evan das erste Mal in diesem Café gesehen hatte, war es um sie geschehen. Für sie war es Liebe auf den ersten Blick gewesen. „Dieser verwegene Mann", wie sie ihren Freundinnen damals vorschwärmte, interessierte sich aber offensichtlich nicht für sie. Gleichgültig ihr gegenüber bestellte er Tag für Tag seinen Kaffee, wobei seine auffallenden eisblauen Augen jedes Mal durch Julia hindurchsahen, falls er überhaupt von seinen Unterlagen aufblickte. Ihre Hände zitterten, wenn sie ihm die Tasse hinstellte, was er aber nicht zu registrieren schien, zumindest ließ er sich nichts anmerken. Woher er wohl kam? Wahrscheinlich aus einem anderen Land, vielleicht Spanien oder Italien. So gut wie er aussah, musste er aus einem fernen Land kommen, war sie sich sicher.

Aber sie machte sich keine großen Hoffnungen.

Niemals wird dieser aufregende Typ mich wahrnehmen.

Wenn sie abends nach der Arbeit nach Hause ging, war sie unglücklich, denn er hatte wie gewöhnlich keine Notiz von ihr genommen.

In seiner Gegenwart fühlte sie sich unsichtbar. Aber nur in seiner Nähe, denn kaum war er gegangen, war sie wieder die quirlige Rothaarige, die mit ihrer unbekümmerten Art auf alles eine Antwort wusste. Die anderen jungen Männer, die augenscheinlich hingerissen waren von ihrer Fröhlichkeit, nahm Julia gar nicht mehr wahr. Für sie gab es nur noch diesen einen unnahbaren Studenten, der sie keines Blickes würdigte.

Doch an einem Abend im Dezember, drei Tage vor Weihnachten, geschah das Wunder, auf das sie nie zu hoffen gewagt hätte. Als sie ihm den Kaffee servierte, sah er ihr plötzlich in die Augen und fragte lächelnd: „Hast du vielleicht Lust, mit mir auf den Weihnachtsmarkt zu gehen?"

Julia brachte kein Wort heraus und nickte nur schüchtern. Zwischen den weihnachtlich geschmückten Buden kamen sie sich bald schon näher. Fürsorglich legte er den Arm um sie, um sie zu wärmen. Überall duftete es nach Glühwein und gebrannten Mandeln, der Schnee knirschte unter ihren Schuhen und es schneite leicht. Zu später Stunde gab er ihr endlich einen zaghaften Kuss auf den Mund und Julia fühlte sich am Ziel ihrer Träume. Seit diesem märchenhaften Winterabend waren sie ein Paar.

Sie hatte Evan nie gefragt, warum er damals auf sie zugegangen war, wo er sie doch monatelang ignoriert hatte. Aber es war ihr auch egal. Sie hatte sich nie Gedanken darüber gemacht, dafür war sie viel zu glücklich und stolz, diesen Mann für sich gewonnen zu haben.

Auch ihre Eltern waren erfreut gewesen, dass ihre Tochter so einen patenten jungen Mann als Freund gefunden hatte, der genau wusste, was er wollte. Evan hatte schon damals einen unbeugsamen Willen und enormen Ehrgeiz ausgestrahlt. Er hatte Rückgrat und würde es einmal weit bringen, waren sie der Ansicht.
Julia würde bei ihm in guten Händen sein und ein angenehmes Leben im Wohlstand und in Sicherheit an seiner Seite führen, davon waren seine Schwiegereltern überzeugt gewesen, als sie ihn kennenlernten.

Natürlich entging Julia nicht, wie begehrt er war. Manche ihrer Freundinnen und Kolleginnen schwärmten für ihn und bekamen leuchtende Augen, wenn er auftauchte. Evan erschien nicht einfach – es wirkte vielmehr so, als würde er mit dominierender Präsenz eine Bühne betreten. Nicht nur einmal wurde von Frauenseite geseufzt:
„So ein Glück wie du hätte ich auch gern, Julia!"

Die anderen Frauen beneideten sie um ihren gut aussehenden, treuen und erfolgreichen Ehemann. Ein Mann, der Seltenheitswert hatte. Und noch dazu schien er sich nichts aus all dieser Bewunderung zu machen. Eitelkeit schien ihm fremd zu sein. Es wirkte sogar so, als ob er nicht einmal bemerkte, wie sehr man zu ihm aufblickte. Er behandelte jeden mit charmanter Freundlichkeit und zuvorkommendem Respekt, was ganz natürlich zu seinem anziehenden Wesen zu gehören schien. Die Männer schätzten ihn und waren gerne mit ihm befreundet.

Julia war stolz auf dieses Prachtexemplar von einem Mann. Er gehörte ihr ganz allein!

*

In ein paar Wochen war schon wieder Weihnachten. Auch wenn erst Oktober war, musste sie sich langsam Gedanken machen und viele Listen erstellen mit Besorgungen und Geschenkideen. Die Zeit bis dahin würde wieder wie im Fluge vergehen. Bald schon würde der erste Advent sein – und Evans Geburtstag am einundzwanzigsten November. Was ihre Kinder betraf, hatte sie genügend Einfälle, was sie ihnen schenken konnte. Aber was sollte sie ihrem Ehemann für ein Geschenk machen?

Wenn sie ihn fragte, kam immer dieselbe Antwort:
„Du brauchst mir nichts zu schenken!" Also kaufte sie ihm etwas, was er anziehen konnte, was auch sonst?

Julia sah auf die Uhr. Es war höchste Zeit, dass sie sich auf den Weg in die Innenstadt machte. Sie bezahlte und verließ das Café. Als sie zu ihrem Auto zurückging, fühlte sie sich sehr niedergeschlagen.

Diese kleine Reise in die Vergangenheit hatte ihr nicht gutgetan. Damals war alles so anders gewesen ... sie war anders gewesen ...

Aber jetzt musste sie an ihre Besorgungen denken.
Was heute wieder für ein Trubel in der Stadt war, überall hetzten die Menschen mit vollen Einkaufstaschen und angespannten Gesichtern umher, und die Autos standen in langen Schlangen an den Ampeln. Julia seufzte bei dem Gedanken, wieder endlos an den Kassen warten zu müssen.

In zwei Tagen kamen die Kinder von der Klassenfahrt zurück, da musste der Kühlschrank voll sein.

Ach, die Zeit ist so schnell rumgegangen, dachte sie wehmütig und stieg aus dem Auto, nachdem sie einen freien Parkplatz gefunden hatte. *Evan und ich haben es nicht einmal geschafft, abends schön essen zu gehen. Nicht einmal dafür hat er Zeit.*

Win-Win-Situation

Evan streckte sich nach der Ewigkeitsbesprechung mit Segal, seine Knochen waren schwer wie Blei und seine Muskeln starr. Er musste unbedingt mehr Sport treiben. Sein Rücken war seit Monaten verspannt. Aber er hatte es wieder einmal geschafft, einen bedeutenden Auftrag erfolgreich unter Dach und Fach zu bringen.
Dieser sture Wichtigtuer hatte ihm zwar den letzten Nerv geraubt, aber nun war der Fall endlich vom Tisch. Zum Glück war Sebastian bei dieser mühsamen Verhandlung dabei gewesen, der mit seinem lockeren Mundwerk so manche Stagnation im zähen Verhandlungsverlauf auflösen konnte, sodass Segal ab und zu ansatzweise sogar gelächelt hatte.

„Wir haben folgende Lösungen und Konzepte für Sie erarbeitet ..."

Das waren Evans immer gleiche Phrasen, es war so öde!

„Natürlich wollen wir einen wichtigen Kunden wie Sie in höchstem Maße zufriedenstellen ..."

Blabla – was für ein elendes Geschleime!
Sebastian kamen solche Worte nicht über die Lippen, dafür war er zu geradlinig. Immer öfter war Evan von sich selbst nach solchen Verhandlungen angewidert. Seine Pläne für heute waren mit diesem Meeting auch hinfällig geworden. Mrs Short hatte ihrem Ruf als gute Seele der Firma Maglin mal wieder alle Ehre gemacht und war zwischendurch mit einer Platte Sandwiches und Gebäck in den Konferenzsaal gekommen:

„Pause, meine Herren! Nur mit vollem Magen lässt es sich gut arbeiten!"

Ihr Erscheinen lockerte die anstrengende Verhandlung auf. Durch ihre erfrischende Art sorgte sie für eine bessere Atmosphäre in dem stickigen Konferenzraum. Die Fenster durften nicht geöffnet werden, weil Segal keinen Zug vertrug. Ein weiterer Grund, ihn abscheulich zu finden, fand Sebastian.

„Setzen Sie sich doch zu uns", schlug Evan seiner Sekretärin vor, als sie die Teller verteilte.

„Ich dachte, Sie fragen nie", scherzte sie und ließ sich neben Segal nieder. „Nun, Mr Segal, erzählen Sie doch mal! Wie geht es Ihnen?" Evan goss ihr eine Tasse Kaffee ein und sie stapelte währenddessen zwei Sandwiches und ein Schokocroissant auf ihren Teller.

„Bitte entschuldigen Sie, Mr Segal, aber ich habe einen Bärenhunger. Sie erzählen und ich esse, einverstanden?", sagte sie und biss herzhaft in ein Sandwich. „Aber so nehmen Sie doch auch etwas, damit Sie mir nicht vom Fleisch fallen", forderte sie Segal mit vollem Mund auf, der daraufhin nach einem Stück Gebäck griff. Verschwörerisch lächelte sie Evan an, der ihr Lächeln dankbar erwiderte. Sebastian und er bekamen endlich eine Verschnaufpause von ihrem Verhandlungspartner. Segal berichtete ausführlich von seinen zahlreichen Urlauben, seinen Autos und seiner dritten Scheidung. Rosie hörte aufmerksam zu und stellte ab und zu eine Frage. Evan und Sebastian saßen schweigend daneben – beide wirkten abwesend, während sie ihre Sandwiches aßen.

„Ich muss sagen, ich habe mich lange nicht so gut unterhalten", sagte Segal zum Abschied, als Rosie Short samt Geschirr den Konferenzraum wieder verlassen wollte und er zur Tür eilte, um sie ihr aufzuhalten.

„Ich wünsche Ihnen alles erdenklich Gute, mein Lieber", lächelte sie charmant.

„Famose Person, ganz famos!" Segal war sichtlich begeistert, als er sich wieder seinen Geschäftspartnern zuwandte.
„Schön, dann machen wir mal weiter", sagte Sebastian ungeduldig, wofür er von Evan einen strengen Blick kassierte. Man sah Sebastian deutlich an, dass er keine Lust mehr hatte, noch länger dieser Sitzung beizuwohnen.

Auf Rosie Short war wie immer Verlass gewesen.
Mit ihrer unkonventionellen Art hatte sie schon mehrfach so manch verzwickte Situation gerettet. Und tatsächlich war Segal nach dieser, für ihn sehr vergnüglichen, Mittagspause wesentlich entspannter und zugänglicher, was die Verhandlung zügig und erfolgreich zum Ende kommen ließ.

Als der unliebsame Kunde endlich gegangen war, stieß Sebastian einen Seufzer der Erleichterung aus. „Mann, bin ich froh, dass ich den nicht alleine abfertigen musste! He, magst du auch noch einen Kaffee? Ich brauche jetzt wirklich eine Überdosis Koffein, damit ich wieder in Schwung komme. Wir haben uns heute einen frühen Feierabend verdient! Der Typ hat echt einen Stock im ..."

„Ist schon gut, ich ahne, was du sagen willst", unterbrach ihn Evan.

Eines Tages würde er es seinem Freund schon noch austreiben, derartige Ausdrücke in der Firma zu benutzen, was seiner Meinung nach äußerst unprofessionell war.

„Ja, ja, ich hab's kapiert", lästerte Sebastian. „Du wirst mir aber nicht verbieten können, dass ich etwas lockerer in meiner Wortwahl bin als du, mein spießiger Freund. Von mir könntest du übrigens noch einiges lernen, das weißt du bloß nicht." Evan deutete nur ein Lächeln an, er war sehr müde.

Gerade heute würde er sich nicht auch noch mit seinem Kollegen ein schlagfertiges Wortduell liefern, obwohl es sonst immer Spaß machte, sich gegenseitig herauszufordern, wer denn nun das letzte Wort hatte. Die goldene Wanduhr erklang in einem kurzen hellen Ton. Es war bereits vier Uhr.

„Ich mach jetzt erst mal alle Fenster weit auf", stöhnte sein Freund und verzog das Gesicht. „Ich brauche dringend frische Luft! Der Typ hat wie ein parfümierter Iltis gestunken!"

Evan schüttelte grinsend den Kopf. Sebastian hatte recht, der ganze Raum roch unangenehm süßlich. Sie saßen noch ein paar Minuten zusammen und tranken ihren letzten Kaffee für heute.

„So, ich hau ab", gähnte Sebastian genüsslich. „Ich hab meiner Sekretärin schon Bescheid gesagt: alle Termine auf morgen. Hab keinen Bock mehr heute!"
Von Ehrgeiz zerfressen war er ganz und gar nicht, auch das schätzte Evan an ihm. Sein Kollege war das ganze Gegenteil von ihm, daher ergänzten sie sich auch so gut.

Einerseits würde Evan niemals verstehen können, wie man derart unstrukturiert und chaotisch arbeiten konnte, andererseits bewunderte er ihn für seine Lässigkeit und seinen Optimismus sowie die Fähigkeit, die schwierigsten Dinge auf leichte Art und Weise anzugehen. Sebastians easy-going und sein schwarzer Humor waren exakt die Eigenschaften, die ihm fehlten.

Von ihm könnte er sich tatsächlich so manches abschauen, allerdings würde er das ihm gegenüber niemals zugeben.

Nachdem sein Kollege den Konferenzraum verlassen hatte, blieb Evan noch eine Weile sitzen und hing seinen Gedanken nach. Er genoss die Ruhe. Das schwere, extrem süßlich riechende Rasierwasser von diesem Segal waberte trotz Durchzug noch immer durch das Zimmer. Das war zwar keine leichte Verhandlung gewesen, aber eine ernsthafte Herausforderung nun auch wieder nicht. Sebastian übertrieb seiner Meinung nach, aber Sebastian war eben Sebastian.
Ein Rohdiamant, dem der Feinschliff fehlte.

Dieser Kunde war nicht schwer zu knacken gewesen, man musste nur wissen, wie. Evan spulte dafür sein Programm ab, das aus Menschenkenntnis, fachlichem Know-how und perfektionierter Professionalität bestand. All das, was er sich in Fachbüchern angelesen und in Management Seminaren gelernt hatte, fand in seinen Besprechungen Anwendung. Im Lauf der Jahre hatte er an sämtlichen Fortbildungen über Manipulationstechniken teilgenommen, die angeboten wurden, um seine Ziele mithilfe dieser unentbehrlichen Skills zu erreichen. Und tatsächlich:
Es funktionierte!

*

Schon als Jugendlicher hatte er Bücher über Psychologie verschlungen. Nie wieder wollte er sich derart machtlos fühlen wie damals, daher hatte er alles gelesen, was er über Körpersprache, Menschentypen und psychologisches Fachwissen auftreiben konnte. Er hatte diese Bücher nicht nur gelesen, sondern sie studiert, sich Randnotizen gemacht, Karteien mit seinem Wissen angelegt, um jederzeit darauf zurückgreifen zu können und um sich diese wertvollen Erkenntnisse einzuverleiben. Unzählige Tage verbrachte er in seiner Studienzeit in der Bibliothek und vertiefte sich in die Schriften der Psychologie. Er war gefesselt von den menschlichen Schwächen und verborgenen Schattenseiten. Sein Ziel war es, jede Situation unter Kontrolle zu haben und seine Mitmenschen zweifelsfrei einschätzen zu können, um keine bösen Überraschungen mehr erleben zu müssen. Nie wieder würde er mit diesem Wissen, das ihm im Laufe der Zeit in Fleisch und Blut übergegangen war, in irgendwelche Fallen tappen.

Das hatte er sich geschworen.

In seinen beruflichen wie privaten Begegnungen wandte er seine Studien mit Erfolg an. Evan war in jeder Situation zu einhundert Prozent präsent. Ihm machte niemand mehr etwas vor. Er bemerkte kleinste Augenbewegungen, verdächtige Zuckungen um den Mund herum, die nur für den Bruchteil einer Sekunde erkennbar waren, und jedes andere minimalste Detail, das die Menschen während Unterhaltungen nonverbal und unbewusst preisgaben.

Ihm entging nichts und er täuschte sich nie.

Die Kehrseite war allerdings, dass er vor den meisten seiner Mitmenschen jegliche Achtung verloren hatte. Er fand immer etwas, was ihm nicht gefiel und viel zu oft versuchten sie, ihn anzulügen oder ihm etwas vorzumachen, was er sofort durchschaute. Nach außen ließ er sich zwar nichts anmerken, aber in seinem Inneren verbuchte er das als weiteren „Fail".

Falls ihn wider Erwarten doch jemand positiv überraschte, sah er das als Ausnahme an und stellte denjenigen erst recht auf den Prüfstand, was bedeutete, dass er Fangfragen stellte, um auszutesten, wie dieser Mensch reagierte und wann dessen Grenzen erreicht waren.

Sein Repertoire war vielfältig. Er prüfte sein Gegenüber auf Loyalität, Ehrlichkeit sich selbst und anderen gegenüber, auf Fairness, auf Sein oder Schein …

Das letzte „Opfer", das kurzzeitig Evans echtes Interesse geweckt hatte, war einer seiner neuen Kunden gewesen, der auf ihn einen selbstgefälligen und zufriedenen Eindruck gemacht hatte. Deswegen sagte er eines Tages zu ihm:
„Sie haben aber eine nette Familie. Letzten Sonntag habe ich Sie in der Stadt gesehen."

„Oh, vielen Dank", freute sich der Neukunde überrascht.

„Ich sagte zu meiner Frau, dass Sie sehr glücklich wirken. Das ist beneidenswert und sehr selten …" Er ließ den Satz im Raum stehen und beobachtete seinen Kunden ganz genau. Mit Absicht vollendete er den Satz nicht, als indirekte Aufforderung an den anderen, antworten zu müssen.

„Nicht jeder hat so ein Glück. Wie machen Sie das nur?", fuhr er lächelnd fort und spießte den Mann mit seinen eisblauen Augen förmlich auf. Dessen Gesicht verdunkelte sich für einen Augenblick.
„Ach, wissen Sie, so ideal ist es auch wieder nicht. Auch bei uns läuft nicht alles rund", gab der zögerlich zu.
„Tatsächlich?", fragte Evan interessiert. „Das kann ich mir gar nicht vorstellen ..."
„Nein, leider nicht ..." Und er begann zu erzählen.

An besagtem Sonntag hatte er den Kunden mit seiner Familie im Vorbeifahren gesehen. Dieser hatte eine sehr hübsche Frau an seiner Seite, die rein äußerlich Evans Ideal ziemlich nahe kam: sinnliches Gesicht, halblange blonde Haare und sexy Figur trotz der drei Kinder. Also musste er mehr darüber herausfinden, denn ein Anflug von beißendem Neid erfasste ihn bei dem Anblick dieser Familie, die so glücklich zu sein schien. Natürlich hatte er nichts zu seiner Frau gesagt, wie er im Gespräch behauptete. Sein Kunde gab ihm ein wenig Einblick in sein Leben und Evan war beruhigt – da gab es nichts zu beneiden!

In den meisten Fällen wurden seine „Prüfungen" nicht bestanden, was ihn wieder bestätigte. Aber er hatte sich so gut im Griff, dass seine Herablassung, Genugtuung und Arroganz nach außen nicht sichtbar wurden.

Sein wahres Gesicht kannte nur er.

Gab es denn wirklich niemanden, der den Durchblick hatte? Ein Mensch auf Augenhöhe, der ihn ernsthaft herausforderte und wahrhaft überraschte?

Alle waren so leicht zu manipulieren und zu durchschauen, so leicht hinters Licht zu führen. Langeweile war noch zu wenig, um auszudrücken, was er empfand.
Wie dumm sie doch waren!

Wenn ihr wüsstet, wie ich euch verarsche, dachte er, während er ihnen freundlich ins Gesicht lächelte.

Aufrichtig war er nur zu Sebastian und Mrs Short, allerdings mit Einschränkungen, zumindest spielte er mit den beiden keine manipulativen Spielchen. Sebastian hatte bei ihm „Welpenschutz". Irgendetwas an seinem Freund erinnerte Evan an sich selbst, obwohl er nicht einmal ansatzweise je so oberflächlich wie Sebastian durch das Leben gegangen war. Wahrscheinlich gab es einen Teil in ihm, der gerne so wäre wie sein jüngerer Kollege. Und Mrs Short – allein der Gedanke an sie entlockte ihm ein Lächeln.

*

Erschöpft verließ er den Konferenzraum im Erdgeschoss und ging hinauf in sein Büro. Zum Glück begegnete ihm niemand auf dem Weg dorthin.

„Mr Maglin?", rief ihm seine Sekretärin nach, als er schon seine Bürotür hinter sich schließen wollte. Er zuckte zusammen, er hatte sie vollkommen übersehen und war einfach an ihr vorbeigegangen. Was war heute bloß los mit ihm?
„Ja?", fragte er müde und ging zurück in das Vorzimmer.
„Wollen Sie denn keine Pause machen?", begann sie und rückte ihre große Brille zurecht. „Sie haben ja Ewigkeiten mit diesem Segal verbracht. Soll ich Ihnen einen Kaffee bringen?"

„Nein, nein, bloß keinen Kaffee mehr. Schon in Ordnung. Sie waren mir wieder einmal eine große Hilfe. Ich danke Ihnen", erwiderte er und rang sich ein Lächeln ab. Besorgt sah sie ihn an. Für heute wollte er nur noch in Ruhe gelassen werden. Kaum hatte er die Tür geschlossen, rief Sebastian an: „Hey, Kumpel, unser Erfolg muss gefeiert werden, das haben wir uns echt verdient! Ich habe ein paar Kollegen für heute Abend ins „Coconut" gelotst." Evan versuchte, ihn abzuwimmeln, aber Sebastian ließ ihm keine Ruhe, bis er widerwillig einlenkte: „Okay, wenn's sein muss. Hol mich um halb acht hier ab."

Nun gut, er war abends schon ewig nicht mehr in der Stadt unterwegs gewesen. Vielleicht würde er dabei auf andere Gedanken kommen. Sebastian nutzte jede Gelegenheit zum Feiern – war ja klar, dass er es sich nicht entgehen ließ, gleich wieder eine Party anlässlich ihres Geschäftsabschlusses zu veranstalten.

Evan hatte keine Lust, jetzt schon Feierabend zu machen. Nach Hause zu fahren und auf Julia zu treffen, war keine Option. Sie würde sich wieder über alles Mögliche unterhalten wollen. Außerdem hatte er den Eindruck, dass sie die Zeit ohne Kinder intensiver mit ihm verbringen wollte.

„Essen gehen ... nur wir beide ... wäre schön" – zumindest hatte sie das angedeutet. Evan hatte das absichtlich überhört und zum Glück klingelte sein Handy, sodass er ihr keine Antwort geben musste.

Wenn er ehrlich war, konnte er darauf verzichten, mit ihr essen zu gehen.

Sie würde sich „einen Salat mit ganz wenig Öl und fettarmen und kohlenhydratfreien Beilagen" bestellen, dazu ein stilles Mineralwasser. Und dann würde sie wieder vorwurfsvoll jeden Bissen Fleisch und Nudeln, den er in den Mund schob, kommentieren und mit besorgten Blicken verfolgen. Dass sie genau mit dieser Art dafür sorgte, dass ihm sein Essen wie ein Stein im Magen lag, war ihr nicht bewusst. Er war froh, dass die Kinder in zwei Tagen wieder nach Hause kamen, dann war Julia mit ihnen beschäftigt und nicht mehr mit ihm.

In seinem Büro stand eine große orange Couch, in der man fast versank, wenn man sich darauf niederließ. Mrs Short war damals sichtlich stolz auf ihre Errungenschaft für ihren Chef gewesen. „Wenn Sie sich einmal ausruhen wollen, da können Sie sich wenigstens ein Stündchen hinlegen und die Füße hochlegen. Meiner Meinung nach arbeiten Sie viel zu viel und gönnen sich zu wenig Entspannung", hatte sie sich wieder einmal mütterlich gegeben.

Er war gerade heute dankbar dafür, dass ihm diese Couch von ihr aufgezwungen worden war, auch wenn so etwas nicht seinem Einrichtungsstil entsprach.

*

„Finden Sie so etwas seriös für ein Büro?", hatte er seine Sekretärin damals zweifelnd gefragt. Mit einem „Papperlapapp!" wischte sie seine Bedenken daraufhin vom Tisch.
„Sie werden sehen, wie gut Ihnen dieses Möbelstück tut! Sagen Sie mir einfach Bescheid, wenn Sie Ihre Ruhe haben wollen. Ich wimmele alle ab, die es wagen sollten, Sie zu stören."

Dabei wedelte sie drohend mit einem Lineal vor seiner Nase herum. „Außerdem ist Orange eine ganz besonders warme Farbe, wissen Sie das überhaupt, Mr Maglin? Jeder Mensch braucht Wärme ... Sie ganz besonders", hatte sie erklärt und ihn mit einem Blick angesehen, den er nicht zu deuten wusste.

Gefühlsmäßig kam bei ihm an, dass Rosie Short sich wirklich Gedanken um sein Wohlbefinden machte. Es kam von Herzen und wirkte nicht so krampfhaft und steril wie die Kommentare seiner Frau, die ihn ständig zwingen wollte, mit dem Rauchen aufzuhören und ihm predigte, sich gesünder zu ernähren und so weiter und so fort. Oft genug fühlte er sich wie ihr drittes Kind, das erzogen und gegängelt werden musste. Sie war wahrscheinlich der Meinung, dass das Liebe sei, wenn sie über seine Gesundheit und Lebensweise referierte und an ihm herumkritisierte.

Julias Lieblingsthema war die Ernährung. Alles musste Bio sein. Sie war längst Veganerin und versuchte, die Kinder und ihn dazu zu bewegen, wenigstens Vegetarier zu werden, wenn nicht gleich Veganer.

Er hasste das!

Allein das Wort „Ernährung" nervte ihn.

„Früher haben wir einfach nur gegessen und heute *ernähren* wir uns!", hatte er sich Rosie Short anvertraut.

„Ach, wissen Sie, mir ist es nur wichtig, dass es meinem Chef gut geht", antwortete sie ihm lächelnd.

„Sonst hätte ich ja keinen Arbeitsplatz mehr, wenn der schlappmachen würde. Nein, ganz im Ernst, rauchen Sie von mir aus so viel Sie wollen, solange Sie sich dabei wohlfühlen und essen Sie, was Ihnen schmeckt. Das Leben soll ein Genuss sein."

„Ja, ich weiß, Sie sind ganz anders", erwiderte er unglücklich.

„Es heißt nicht umsonst: Essen hält Leib und Seele zusammen. Mein Freund, Sie wissen schon, der aus der Kur, sagte immer, man erkenne die Sinnlichkeit einer Frau daran, wie und was sie äße. Wenn eine nur an Salatblättern herumkaue, sei das kein gutes Zeichen."

Interessanter Gedanke, darauf werde ich in Zukunft auch achten, dachte er und lächelte sie an.

Rosie liebte deftiges Essen, Kuchen, Süßigkeiten und Eis.
„Ich halte nichts von Diäten", hatte sie bereits beim Einstellungsgespräch verlauten lassen. Jeden Morgen kaufte sie beim Bäcker Kuchen fürs Büro. Schließlich konnte man ja nie wissen, wofür man den im Laufe des Tages brauchte – für die Kunden, für den gestressten Chef und für den ewig hungrigen Freund des Chefs. Allerdings schaffte sie es, wenn es sein musste, auch ganz allein, die verschnörkelte silberne Tortenplatte, die sie extra dafür angeschafft hatte, leer zu futtern.

Evan hatte ihr ein „Kuchenschwein", wie er es nannte, auf den Schreibtisch gestellt, in das er regelmäßig ein paar Geldscheine steckte.

„Es ist nett von Ihnen, dass Sie meine Kuchenorgien sponsern wollen, aber das ist wirklich nicht nötig."

„Ich habe ja auch etwas davon, also lassen Sie mir bitte die Freude", hatte ihr Chef geantwortet und den nächsten Schein in das Sparschwein gesteckt. Sebastian ließ sich ebenfalls nicht lumpen und beteiligte sich gerne am Sponsoring, da er manchmal nur wegen des Kuchens in Evans Büro kam.

Meistens holte sich Rosie in der Mittagspause einen doppelten Cheeseburger mit Pommes und Mayo oder einen Döner mit extra viel Knoblauch, wobei sie sich regelmäßig ihre Bluse mit Soße bekleckerte und lautstark darüber schimpfte, wie sie diese Flecken bloß wieder herausbekommen sollte.

Manchmal bat Evan sie, auch für ihn „etwas besonders Fettiges und Ungesundes" mitzubringen. Dann saßen sie gemeinsam im Vorzimmer und verspeisten mit Genuss all das, was im Hause Maglin strikt verboten war.

Zwar rochen dann die Büroräume wie eine Imbissbude, aber nach dieser Mittagspause fühlte sich Evan in jeder Hinsicht gesättigt – das Essen füllte seinen Magen und die Anwesenheit von Rosie Short erfüllte seine Seele.

Seine Sekretärin erzählte ihm dabei gern ausführlich, was in ihrem Leben alles schiefgelaufen war. Nicht jammernd, nein, sie hatte die seltene Gabe, sich selbst nicht so ernst zu nehmen. Oft musste sie Tränen lachen bei der Erinnerung daran, was sie schon alles gesagt oder getan hatte:

„Ich habe wirklich kein Fettnäpfchen ausgelassen."

Aber es gab auch Schicksalsschläge in ihrem Leben wie ihr unerfüllter Kinderwunsch. Evan hörte ihr aufmerksam und schweigend zu. Sie war ihm dankbar, dass er darauf verzichtete, mit nichtssagenden Phrasen zu antworten. Dass er fast nichts über sich erzählte, respektierte sie. Sie fragte ihn niemals über sein Leben aus, was er sehr an ihr schätzte. Oft genug versuchten gerade Frauen mit aufdringlichen Fragen, mehr von ihm zu erfahren. Sie hielten das für Interesse an seiner Person, er aber empfand es als Penetranz, da sie kein Gespür dafür hatten, dass sie ihn mit ihrer Neugier belästigten.

Diese herzerfrischende Lockerheit beim Essen mit Mrs Short kannte er nicht. Zu Hause waren die Themen meistens beschränkt auf seine Arbeit oder Julias Lieblingsthema, die gesunde Ernährung, das sie wie eine Religionslehre zelebrierte. Ausführlich dokumentierte sie, was sie wo eingekauft und was sie in der Zeitung darüber gelesen hatte. Dass sich die Zwillinge heimlich bei McDonalds die Bäuche vollschlugen, wusste nur er. Ihre Mutter hätte ihnen sofort das Taschengeld gestrichen, wenn sie das geahnt hätte.

Evan hatte das Gefühl, dass seine Sekretärin von seiner Frau nicht allzu viel hielt. Wenn Julia ab und zu in sein Büro kam, tat Mrs Short zwar stets zuvorkommend und interessiert, lachte dabei aber nicht auf ihre typisch herzliche Art, sondern beschränkte sich auf belangloses Blabla.
Sie war freundlich – und kalt! Meistens fragte sie nach den Kindern oder machte Komplimente über Julias Kleidung. Rosie war eine Meisterin im Small Talk.
„Ich bin froh, dass du sie als Sekretärin hast, da muss ich mir keine Sorgen machen", sagte Julia erleichtert.

Nein, du musst dir keine Sorgen machen, leider nicht ...
*

Evan saß unschlüssig an seinem Schreibtisch. Wie sollte er die Zeit jetzt rumkriegen bis zum Abend? Er stand auf und ging in das Vorzimmer. „Machen Sie Feierabend, ich bleibe noch ein bisschen und strecke mich aus."

„Braver Junge! Wenn Sie mich schon nach Hause schicken, werde ich natürlich sofort Ihren Anweisungen folgen." Sie räumte schnell den Schreibtisch auf, schnappte sich ihre riesige altmodische Handtasche und verließ pfeifend das Büro. „Bis morgen", rief sie, als die Tür hinter ihr zufiel. Nachdenklich ging er in sein Büro zurück. Alle freuten sich auf den Feierabend und auf ihr Zuhause. Bis zu diesem Zeitpunkt war ihm nicht aufgefallen, dass er sich schon lange nicht mehr auf sein Zuhause freute.

Es tat gut, als er aus den Schuhen herauskam, die Krawatte abnahm und sie auf den Schreibtisch schmiss. Er schrieb Julia eine kurze WhatsApp-Nachricht, dass er heute in der Stadt bleiben würde. Nachdem er ihr geschrieben hatte, schaltete er das Handy aus.

Um acht Uhr sollte er also im „Coconut" sein, dem angesagtesten Club der Stadt. Bis dahin konnte er vielleicht noch ein wenig schlafen. Seltsamerweise fühlte er sich wieder jung und an seine Studienzeit zurückerinnert, wenn er im Büro übernachtete und nicht im Hotel, in das er meistens ging, wenn er länger in der Stadt blieb wegen Geschäftsessen oder anderen Business Angelegenheiten – oder wenn er Abstand von seiner Familie brauchte.

Obwohl er erschöpft war, kreisten seine Gedanken unablässig um sie – die Windsbraut. Er musste sie kennenlernen und herausfinden, was hinter ihrer kühlen Ausstrahlung steckte. Vor allem wollte er wissen, ob sie tatsächlich anders war als all die anderen Frauen oder ob er sich wieder enttäuscht abwenden würde. Sollte er vielleicht in der Bank nach ihr fragen? Schließlich hatte er dort einige sehr gute Bekannte. Nein, er würde nicht fragen. Evan glaubte an Vorbestimmung. Das Leben hatte ihn vieles gelehrt, vor allem aber, dass alles so kam, wie es vorgesehen war. Es war eine Art Urvertrauen in den Lauf der Dinge – wie hätte er auch sonst überleben sollen? Irgendwann fiel er in einen tiefen Schlaf. Als ihn sein Wecker um halb acht aus dem Schlaf klingelte, erhob er sich schwerfällig, ging in das büroeigene Bad und wusch sich das Gesicht mit kaltem Wasser. Dann stellte er die Dusche an. Er hatte keine Lust auf den Trubel im Club, aber den Abend mit Julia zu verbringen, war auch keine Alternative für ihn.

Als er gerade seine Krawatte vor dem Spiegel band, polterte Sebastian ins Büro. Es war bereits nach acht Uhr, wie immer war er unpünktlich. Sebastian kam ständig zu spät und meistens entschuldigte er sich nicht einmal, was Evan unmöglich fand. Aber er sagte deswegen schon lange nichts mehr zu ihm. Es hatte keinen Sinn, ihn darauf hinzuweisen – Sebastian grinste dann nur und redete sich lapidar heraus.

„Mann, lass doch einmal deine Krawatte weg! Wir gehen nicht auf einen Kongress, wir gehen in eine Bar", lästerte Sebastian, der eine Jeans trug, ein weißes T-Shirt und natürlich Turnschuhe, die er sogar manchmal zur Arbeit anzog, was Evan stets mit einem Kopfschütteln quittierte.

„Ich bin kein Berufsjugendlicher wie du", erwiderte Evan gelassen. Obwohl Sebastian achtunddreißig war, wirkte er mindestens zehn Jahre jünger. Die blonden Haare trug er lässig zurückgegelt und seine hellblauen Augen blitzten voller Energie und Abenteuerlust. Man sah ihm an, dass er den Schalk im Nacken hatte.

„Verkleiden müssen wir uns, wenn wir unseren Job machen, aber den lassen wir jetzt in diesen vier Wänden und genießen den Abend. Alles klar, Alter?", belehrte ihn Sebastian. Evan lächelte nur und zog seine Anzugjacke an.
„Dir ist nicht zu helfen! Wieso bist du bloß so kleinkariert?! Wie kann ich mit sowas wie dir überhaupt befreundet sein?!", fragte Sebastian verzweifelt. Derartige Unterhaltungen hatten sie schon oft geführt.

„Ich bin langweilig und spießig", grinste Evan und verließ mit seinem Kollegen das Büro. „Das müsstest du doch inzwischen wissen."

Auf der Straße winkten sie ein Taxi heran. Sebastian und der Taxifahrer unterhielten sich angeregt über die Locations der Stadt, während Evan seinen Gedanken nachhing.

Ob sie auch in Clubs geht?
Sie wäre ihm sofort aufgefallen, hätte er sie schon einmal im „Coconut" gesehen, aber sie war nicht der Typ für diese Art von Bar, in der nur Banker und Geschäftsleute anzutreffen waren. Sie passte eher in eine Kneipe mit Rockmusik.
Im „Coconut" wurden sie von Sam, dem Besitzer des Lokals, freudig begrüßt, der sogleich herbeieilte und sie zu ihrem Stammplatz begleitete.

„Was darf's sein, die Herren?", fragte er. „Schön, dass du uns auch mal wieder beehrst, Evan, ist ja schon ewig her."

„Ja, wirklich schade, dass ich so wenig Zeit habe, mein Freund", antwortete er lächelnd, wohl wissend, dass er, auch wenn er mehr Zeit gehabt hätte, die bestimmt nicht in diesem Lokal verbracht hätte.

Nachdem sie sich an ihrem Stammplatz niedergelassen hatten, kamen nach und nach Geschäftspartner und Bekannte an den Tisch. Stühle wurden herangeschleppt und bald war kein freier Platz mehr zu bekommen.

„Hey, Evan, dass ich dich mal wiedertreffe! Dass du dich hier blicken lässt?", rief ein Bekannter freudig zu ihm herüber und bahnte sich mit einer Schar von Bankern den Weg durch die gut besuchte Bar zu ihrem Tisch.

„Hallo, lange nicht gesehen. Das ist Bill, er hat vor ein paar Jahren in der Bank gegenüber gearbeitet", stellte Evan seinen ehemaligen Kollegen den anderen vor.

„Das waren noch Zeiten! Jetzt bin ich am anderen Ende der Stadt und mache da die Gegend unsicher", scherzte Bill und klopfte ihm mit seiner kleinen dicken Hand kräftig auf den Rücken. „Ihr habt doch sicher nichts dagegen, wenn wir uns zu euch setzen, oder?", grinste er breit, wobei sein rundes Gesicht noch runder wirkte.

„Gerne, allerdings müssen wir uns bald übereinandersetzen, wenn der Andrang hier so weitergeht", schmunzelte Evan.

Die Ablenkung und der schottische Whisky, den Sebastian geordert hatte, entspannten ihn – und es würde sicher nicht bei dem einen Glas bleiben. Die illustre Männerrunde beherrschte das gesamte Bild in der Bar und zog die Blicke der anderen Gäste auf sich. Es wurde viel gelacht, diskutiert und ein Witz nach dem anderen gerissen.

„Na, mein Freund! Erzähl mal! Bist du immer noch mit deiner Rothaarigen verheiratet oder hast du dir schon anderweitig das Leben versüßen lassen?", fragte Bill Evan anzüglich lachend, der selbst seit über dreißig Jahren verheiratet war, was ihn aber nicht davon abhielt, jede Gelegenheit zu nutzen, um fremdzugehen. Grinsend antwortete Evan:
„Bin ich so ein Hallodri wie du? Nein, bin ich nicht! Du bist doch der Frauenheld von uns beiden."
Bill johlte lauthals auf. Er mochte es, so bezeichnet zu werden – und Evan wusste das. Er konnte diesen kleinen dicken Mann mit graumeliertem Haarkranz, der ein unumstößliches Selbstbewusstsein besaß und sich für unwiderstehlich hielt, auf den Tod nicht ausstehen. Was für ein Kotzbrocken!

*

Evan hatte ihm damals des Öfteren ein Alibi verschafft, als der was mit einer Kollegin am Laufen gehabt hatte, was aber zu Komplikationen und Ärger führte und zur Folge hatte, dass Bill nun woanders arbeitete. Bisher hatte Evan diese Spielchen „Kollegen mit Kolleginnen" gelangweilt beobachtet – nach außen hin blieb er aber ganz Evan: freundlich, verschwiegen und hilfsbereit. Er hatte schon einige Affären und Seitensprünge seitens seiner Freunde und Geschäftspartner – damals überwiegend mit Bill – miterlebt und war auch jederzeit zu Alibifunktionen bereit.

Das Einzige, was er dabei wissen wollte, war, ob bei dem Rumgebumse auch Gefühle im Spiel waren und ob irgendjemand ernsthaft verliebt war. Er konnte nichts feststellen. Es schien einem trivialen Schema zu gleichen. Zuerst war alles aufregend und es wurde sich mächtig ins Zeug gelegt, aber irgendwann war es nur noch stressig, sodass die Männer versuchten, ihre Seitensprünge schnellstmöglich wieder loszuwerden, da sie nervten und herumzickten. Mit dem Sex war es dann auch ganz schnell vorbei, da viele der Damen mehr als nur das wollten und anfingen, Ansprüche zu stellen.

„Da kann ich auch gleich bei meiner Alten bleiben", hörte Evan mehr als einmal, wenn sich einer seiner Freunde mal wieder bei ihm beschwerte, weil ihm seine Geliebte auf die Eisen stieg, dass er sich endlich von der Ehefrau trennen sollte, weil sie etwas Festes anstrebte.

Bill hatte ihm vor Jahren eine seiner lästig gewordenen und mittlerweile ungeliebten Geliebten angeboten, als Nachfolger sozusagen: „Hey, Kumpel, wie wär's, wenn du mir die Tante abnimmst? Die ist nicht schlecht im Bett und es würde dir sicher nicht schaden, wenn du auch mal was Neues ausprobieren würdest." Als Antwort hatte Evan gelacht, ihm freundschaftlich auf die Schulter geklopft und gedacht: *Du elendes Arschloch, als ob ich deine abgelegte Muschi benutzen würde.*
Seinen Geschäftsbeziehungen tat das alles keinen Abbruch. Es war ihm viel zu unwichtig, sich darüber aufzuregen, dass manche seiner Kollegen und Freunde ihn anscheinend für völlig verblödet hielten, da er bei dem Gevögel nicht mitmischte.

Sie belächelten ihn nicht nur versteckt, sondern grinsten ihn spöttisch an und zogen ihn auf. Bill hatte kein Verständnis dafür, dass Evan nichts von anderen Frauen wissen wollte:
„Bist du etwa noch immer in deine Frau verliebt? Die muss eine echte Granate im Bett sein, wenn du auf all die scharfen Kätzchen freiwillig verzichtest?!"
Evan beantwortete diese Sprüche mit einem Grinsen. Wahrscheinlich hielten sie ihn für den größten Langweiler unter der Sonne. Das tangierte ihn ungefähr so sehr wie der berühmte Sack Reis in China.

Auf seinen unzähligen Geschäftsreisen hatte er viel, wirklich viel, erlebt. Einige Kollegen ließen im wahrsten Sinne des Wortes die Sau raus, während Evan das Treiben mit einer gewissen Neugier verfolgte. Unterhaltsam fand er ihr lächerliches Schauspiel durchaus. Wie albern er das Gebalze fand, ahnte keiner von seinen Geschäftsfreunden. Er lachte über die dümmsten Witze und grinste, wenn einer wieder irgendeine Frau gefunden hatte, die sich von einem Firmenboss oder von Bill, der einen hohen Posten im Vorstand einer Bank bekleidete, besteigen ließ, und der dann zu später Stunde zurück in die Hotelbar kam, um ausführlich über die Qualitäten seines Betthäschens zu berichten. Dann prosteten sich die noch oder wieder anwesenden Herren johlend zu und klopften sich gegenseitig auf die Schultern. Evan spielte ihr Spiel mit, bis er irgendwann in sein Hotelzimmer ging, sich auf sein Bett schmiss und sich fragte, wie lange er diesen Zirkus noch mitmachen wollte. Seine Gesichtsmuskeln waren angespannt und taten weh von dem gezwungenen Lachen, das er den ganzen Abend aufgesetzt hatte.

Was bin ich doch für ein Lügner, der schlimmste von allen!

Die anderen waren wenigstens so aufrichtig und zeigten ihr wahres Gesicht ... Sie jammerten über ihre langweiligen Ehefrauen, bedauerten sich selbst, weil sie in einem faden Leben festsaßen und vom großen Abenteuer träumten und alles falsch gemacht hatten ... und so weiter.

Ohne Scham legten sie vor Evan ihre Seelen bloß. Da er über niemanden herzog oder sich über andere lustig machte, wurde ihm blindlings alles anvertraut. Ihn umgab eine Aura von Vertrauen, Souveränität und Format. Seine Gesprächspartner waren überzeugt davon, dass er einen grundehrlichen Charakter hatte.

Es wäre unter seiner Würde gewesen, sich auf das übliche Waschweib-Niveau herabzulassen und bei dem Getratsche, das überall herrschte, mitzumachen. Er gab den verständnisvollen Zuhörer und jeder fühlte sich von ihm verstanden. Frauen legten ihm ihr Herz zu Füßen, wenn er nach ihren Lebensgeschichten fragte und gar nicht müde wurde, immer noch mehr wissen zu wollen. So erkundigte er sich nach den Kindern, nach Urlaubsreisen ... und merkte sich jedes Detail, das ihm gern und ausführlich anvertraut wurde.

Er betrieb seine Studien an den Menschen – er sah, hörte und bemerkte alles, was um ihn herum geschah. Es gab nicht viele Menschen, die ihm imponierten – das waren die paar wenigen, die sich nicht als Mittelpunkt des Kosmos sahen. Allerdings konnte er diese Zeitgenossen an einer Hand abzählen, die sich nicht lang und breit über ihr belangloses Dasein ausließen.

*

„Mann, Evan! Du erzählst wie immer gar nichts! Los, sag doch auch mal was! Nie erzählst du uns was aus deinem spannenden Leben", klagte Bill ironisch und umfasste aufdringlich seine Schulter. Evan rang sich ein paar Sätze über seine Arbeit ab und dass die Kinder auf Klassenfahrt waren. Nach ein paar Minuten aber drängte sich Bill wieder in den Vordergrund, dem die Alltagsgeschichten seines Bekannten viel zu trivial waren, und posaunte seine Möchtegern Abenteuer heraus, ob sie jemand hören wollte oder nicht.

Der Abend plätscherte so dahin. Und wieder einmal wusste Evan, warum er schon länger nicht mehr im „Coconut" gewesen war – es ödete ihn unsäglich an. Sebastian hatte wieder Glück gehabt und eine Barbekanntschaft abgeschleppt. Wenn man es denn Glück nennen konnte ... oder eher Ernüchterung ... wie meistens.

Wie der morgen früh zur Arbeit erscheinen würde, konnte sich Evan vorstellen. Aber wahrscheinlich kam er erst gegen Mittag. Es war eine weise Entscheidung gewesen, Gleitzeit einzuführen.

Gegen Mitternacht kehrte Evan in sein Büro zurück und richtete sich sein Nachtlager auf der Couch her. Mrs Short hatte in seinem Büro einen rustikalen Holzschrank aufstellen lassen, in dem er alles fand, was er brauchte für den Fall, dass er hier übernachtete. Das Handy schaltete er nicht mehr an. Er wollte gar nicht wissen, was Julia davon hielt, dass er nicht nach Hause kam.

Neuer Schritt

Valeria hatte heute schon wieder einen Banktermin und ihr graute davor, konnte sie doch mit diesem Finanzkram rein gar nichts anfangen. Das war nicht ihre Welt. Aber sie konnte es nicht länger hinauszögern. Nun saß sie in der modernen Empfangshalle und wartete auf ihren Finanzberater, der eine etwas längere Sitzung hatte, wie ihr die freundliche Dame am Schalter mitgeteilt hatte. Während sie in dem Sessel im Foyer der Bank saß, überfiel sie wieder ein Gefühl der Trauer, eine Last, die sie seit Monaten quälte. Sie musste sich zusammenreißen, dass ihr nicht die Tränen kamen – nicht hier!

Ihre geliebte Großmutter Hilde war im Frühjahr verstorben.

*

Fast ihre gesamte Kindheit hatte sie in der weißen Villa ihrer Oma verbracht, die sie ihr nun hinterlassen hatte. Jedes Mal, wenn Valeria die verschnörkelte, knarrende Gartentür zu dem Anwesen öffnete, fühlte sie sich zu Hause. Die Innenräume waren mit bunt zusammengewürfelten Möbeln und seltenen Zierstücken ausstaffiert, die Hilde auf der ganzen Welt gesammelt hatte. Sie scherte sich nicht um irgendwelche Einrichtungsstile, sondern kaufte alles, was ihr gerade gefiel. Das konnte ein teures Stück aus einem edlen Möbelhaus sein, aber genauso gut ein uraltes von einem Flohmarkt. Ihre Großmutter war Valerias großes Vorbild und würde es für alle Zeiten bleiben. Hilde hatte stets nach ihren eigenen Grundsätzen gelebt, was ihr in der Verwandtschaft viel Missbilligung eingebracht hatte, aber das war ihr egal gewesen, was andere von ihr dachten oder über sie sagten.

Valeria stand alleine da mit ihrer Liebe für diese „Furie", wie ihr Vater seine Schwiegermutter bezeichnet hatte. Hilde war eine konsequente Frau gewesen, die sich nicht gescheut hatte, den Kontakt mit ungeliebten Mitmenschen rigoros abzubrechen. Es gab nicht viele Menschen, die mit ihrer Offenheit umgehen konnten, aber es waren andererseits auch nicht viele, die sie respektierte und wertschätzte. So hatte sie nur einen sehr kleinen Freundeskreis.

„Alles Verrückte", lachte die alte Dame oft, wenn sie von ihren Freunden sprach.

„Valeria", hatte Hilde kurz vor ihrem Tod zu ihrer Enkelin gesagt, „ich werde dir mein Haus und etwas Bargeld hinterlassen. Ich möchte dich um eines bitten – nein, nicht bitten, ich erwarte, dass du dir deinen Herzenswunsch erfüllst. Vielleicht willst du das Haus behalten, vielleicht aber auch nicht und dann leistest du dir von dem Geld etwas, was du dir schon immer gewünscht hast, hörst du?"

Aus diesem Grund war Valeria nun in dieser Bank.

Als sie zwölf Jahre alt wurde, finanzierte ihr Hilde Reitstunden in der besten Reitschule des Ortes. Ihre Oma stattete sie mit teurer Reitkleidung aus und prophezeite ihr schon damals: „Wenn ich sehe, wie du mit den Pferden umgehst, wie du mit ihnen sprichst, wie du sie berührst, dann bin ich mir sicher, dass du später einen eigenen Reitstall haben wirst." Auf dem Rücken der Pferde vergaß Valeria ihr liebloses Elternhaus. War sie nicht bei ihrer Großmutter, war sie von nun an im Reitstall.

Wenn die Reitstunden beendet waren, mistete sie freiwillig die Ställe aus und machte sich nützlich, wo immer es nötig war. Bald schon hatte sie das Vertrauen der Besitzer des Gestüts gewonnen, die ihr zwei Pflegepferde anvertrauten, die sie hingebungsvoll betreute. Zu ihrem achtzehnten Geburtstag schenkte ihr Hilde Sunny, eine junge schwarz-weiße Stute, die Valeria noch immer besaß und die ihr Trost spendete, jetzt, da Hilde für immer gegangen war.
Sunny war ein Andenken an sie.

*

„Ms Blackwood, schön Sie wiederzusehen! Tut mir wirklich leid, dass Sie so lange warten mussten, es geht momentan etwas zu bei uns. Man hat den Eindruck, man arbeite auf einem Bahnhof!", begrüßte sie ihr Finanzberater freundlich und reichte ihr die Hand.

„Machen Sie sich keine Sorgen. Es war ja nicht allzu viel Zeit, die ich in Ihrer Bahnhofshalle verbringen musste", scherzte sie.

Mr Smith sah sie für einen Moment überrascht an. Offensichtlich war er es nicht gewohnt, dass seine Kunden Scherze machten, aber er bewies Humor und schmunzelte.

„Freut mich, dass Sie eine angenehme Zeit hatten bei diesem Durchgangsverkehr hier. Nun, wollen wir?", fragte er lächelnd und wies ihr die Richtung zu seinem Büro. Als sie Platz genommen hatten, begann er ohne Umschweife.

„So, haben Sie sich denn entschieden, was Ihre Erbschaft angeht?"

„Ja, das habe ich! Ich behalte das Haus und den Grund, denn ich habe vor, mir dort einen Reitstall errichten zu lassen. Als Erstes muss ich von Ihnen wissen, ob die Erbschaft und mein Eigenkapital für mein Vorhaben ausreichen."

Hilde hatte ihr mehr als nur „ein wenig Bares" hinterlassen. Als Chefsekretärin einer großen Firma hatte sie viel Geld verdient, das sie über die Jahre gewinnbringend angelegt hatte. Außerdem hatte sie stets ein glückliches Händchen bei ihrem liebsten Hobby gehabt – den Casino Besuchen. Mehr als einmal gewann sie größere Geldbeträge, die Valeria nun zugutekamen.

„Über mangelndes Kapital brauchen Sie sich keine Gedanken zu machen", stellte Mr Smith fest und überflog erneut die ihm vorliegenden Unterlagen.

„Ihre Großmutter hat Ihnen einen derart stattlichen Geldbetrag hinterlassen, dass Sie durchaus größere Planungen ins Auge fassen können. Zur Not sind wir ja auch noch da. Ich habe mir letzte Woche persönlich ein Bild von den Örtlichkeiten gemacht, da Sie bei Ihrem letzten Besuch Ihre Pläne schon erwähnt hatten. Die Villa könnte Wohn- und Geschäftshaus werden und der weitläufige Grund bietet sich geradezu für eine Pferdehaltung an. Die benötigten Baugenehmigungen dürften meines Erachtens kein Problem sein."

„Das freut mich aber, dass Sie schon im Vorfeld so großes Interesse an meinem Vorhaben zeigen, dass Sie sogar persönlich dort waren", lachte Valeria amüsiert, da sie nicht erwartet hatte, dass die Bank ohne ihr Wissen das Gelände bereits besichtigt hatte.

„Es war mir wirklich ein Vergnügen, Ms Blackwood. Das ist schließlich mein Job. Wenn es Ihnen recht ist, sehe ich mir das Objekt auch gerne demnächst von innen an."

„Ich verstehe schon", lächelte sie vielsagend. „Sie wollen natürlich wissen, was für Ihr Bankinstitut herausspringen würde, falls ich das Objekt verkaufen müsste. Allerdings habe ich nicht vor, mein Geschäft in den Sand zu setzen!" Als Antwort grinste ihr Berater und lehnte sich in seinem Chefsessel zurück.

„Unsere Bank unterstützt Sie natürlich sehr gerne, sollte eine weitere Finanzierung nötig sein. Und was die gesamte Unternehmungsplanung für Ihr Vorhaben angeht, kann ich Ihnen, wenn Sie wollen, eine Empfehlung anbieten."

„Ja, natürlich, schießen Sie los."

„Gut, na dann, also ..."

Nach der Beratung fühlte sich Valeria das erste Mal seit langer Zeit erleichtert. Smith hatte ihr bestätigt, dass sie ihr Vorhaben durchaus erfolgreich umsetzen konnte, wenn sie sich kompetente Geschäftspartner, wie zum Beispiel seine Bank, an ihre Seite holte. Zwar war es noch ein weiter Weg, ihre Pläne in die Tat umzusetzen, aber nun war sie voller Enthusiasmus und Vorfreude. Sie war froh, endlich den Weg in die Bank gemacht zu haben und mit positivem Feedback wieder „entlassen" worden zu sein. Außerdem hatte sie den Tipp bekommen, sich zusätzlich in der Unternehmensberatung Maglin beraten zu lassen.

„Praktischerweise ist die gleich in der Nachbarschaft", hatte der freundliche Mr Smith augenzwinkernd erwähnt.

Vielleicht sollte sie gleich noch persönlich einen Termin bei diesem Unternehmensberater vereinbaren. Für einen Moment überlegte sie, in das gegenüberliegende Gebäude der Firma Maglin zu gehen, aber sie verwarf den Gedanken. Gleich morgen oder spätestens übermorgen wollte sie dort anrufen. Als sie über die Straße in Richtung Tiefgarage lief, sah sie eine alte Dame in einem Käfer Cabrio. Überrascht blieb sie stehen und sah dem Gespann hinterher. Es war wie ein Déjà-vu! Als wäre Hilde an ihr vorbeigefahren.

*

Ihre Großmutter war bis ins hohe Alter mit ihrem roten Käfer Cabrio über die Landstraßen gebraust – im Sommer mit offenem Verdeck und einem mondänen weißen Sonnenhut, großer Sonnenbrille und weißem Seidenschal. Im Winter saß sie dick eingemummelt mit elegantem Strickhut und voluminösem Kunstpelzmantel, in dem sie fast gänzlich verschwand, am Steuer. Mit einem Meter zweiundsechzig war sie nicht besonders groß gewesen, aber ihre resolute Art ließ sie wesentlich größer erscheinen.

Hilde legte viel Wert auf elegante Kleidung und achtete darauf, gut angezogen zu sein; selbst wenn sie zu Hause war, trug sie weiße Blusen mit goldenen Broschen, knielange Röcke oder schlichte, aber teure Hosenanzüge. Hilde umgab eine natürliche Autorität, ihr Auftreten hatte die Klasse einer Grande Dame. Man konnte sie als raumfüllende Persönlichkeit bezeichnen, die auf manche Menschen einschüchternd wirkte, vor allem auf jene mit nicht allzu stabilem Selbstbewusstsein. Da sie kein Blatt vor den Mund nahm, war sie bei einigen Zeitgenossen regelrecht gefürchtet.

*

Valeria verstand diese Begegnung mit dem roten Käfer als Wink des Schicksals, ein Zeichen von ihrer Granny. Sie war sich nun vollkommen sicher, dass sie das Richtige tat und sich richtig entschieden hatte.

Vor vielen Jahren hatte Hilde es ihr prophezeit und nun war es an der Zeit, der Prophezeiung zu folgen.

Heimkehrer

Donnerstag und Freitag zogen ereignislos an Evan vorbei. Wann immer es möglich war, hatte er nach der Windsbraut Ausschau gehalten, aber sie war nicht mehr aufgetaucht. Seine Laune war im Keller, er schwankte zwischen Frust und Zorn. Vor allem Julia regte ihn wie nie zuvor auf. Alles, was sie sagte oder tat, nervte ihn. Ihm war bewusst, dass er ungerecht war, aber er kam kaum noch gegen seine negativen Gefühle ihr gegenüber an. Indem er ihr aus dem Weg ging, versuchte er, sich selbst im Zaum zu halten und das Zusammenleben erträglich für beide zu gestalten. Eigentlich war es ganz einfach, Distanz zu halten, er brauchte nur seine Arbeit vorzuschieben. Dagegen konnte sie schließlich nichts sagen, außer ein lapidares „du arbeitest zu viel". Schließlich finanzierte er damit den Wohlstand, den sie so genoss …

Wenn er zu Hause war, zog er sich in sein Homeoffice zurück, in dem er seinen Gedanken nachhängen konnte. Oder er verschwand mit dem Rennrad, weil er hoffte, die schöne Unbekannte irgendwo zu finden.

Am Freitagnachmittag hatte er sogar zwei Stunden im Büro hinausgezögert, um sie vielleicht doch noch zu sehen. Angespannt sah er immer wieder aus dem Fenster, während er irgendwelche Unterlagen durchblätterte, die eigentlich schon erledigt waren. Aber irgendwann musste er dann doch das Handtuch werfen, denn seine Ehefrau terrorisierte ihn schon die ganze Zeit mit Anrufen, wann er endlich nach Hause käme, um die Kinder abzuholen. Er lenkte ein. Wie sollte er es auch sonst vor sich selbst rechtfertigen, hier noch länger herumzusitzen und zwanghaft aus dem Fenster zu schauen?

Wo war bloß seine Lässigkeit geblieben?

Um fünf Uhr warteten sie beide vor der Schule auf die Ankunft ihrer Kinder. Als Evan den Blick über die anderen Mütter schweifen ließ, war er froh, Julia gewählt zu haben. Sie hatte sich ihre schlanke Figur bewahrt und war noch immer ein jugendlicher Typ, im Gegensatz zu den meisten Frauen, die hier mit ihnen warteten.

*

Als er Julia kennenlernte, hatte er den Eindruck, dass sie ganz passabel war. Sie stellte etwas dar und hatte ähnliche Ziele und Lebensentwürfe wie er. Sie war akzeptabel an seiner Seite. Keine andere vor ihr hatte zumindest diesen Status erreicht. Ihm war durchaus bewusst, wie kaltherzig er kalkulierte, aber mehr war anscheinend nicht drin.

Damals, in diesem Café, hatte er sie das erste Mal gesehen. Sie fiel ihm auf, weil sie ein sympathisches Lachen hatte und Humor zu haben schien. Er hörte gerne zu, wenn sie mit Kollegen oder anderen Gästen sprach, denn ihre Stimme war voller Esprit. Ihre roten Locken hatte sie stets zum Pferdeschwanz zusammengebunden und ihre ausgefallenen Klamotten unterstrichen ihre lebhafte Art.
Natürlich bemerkte er sehr schnell, dass sie ihn anschmachtete, was ihn weder besonders interessierte noch störte. In seiner Gegenwart war sie sehr zurückhaltend und das war ihm auch ganz recht so.

Als sich sein Studium dem Ende zuneigte, wurde es für ihn Zeit, sich eine Frau zu suchen. Das gehörte zu seiner Lebensplanung:

Studium, anschließend eine aussichtsreiche Anstellung in einem gehobenen Unternehmen, bevor er sich selbstständig machte und möglichst zeitnah eine dauerhafte Beziehung aufbauen, auf die irgendwann eine Hochzeit folgen sollte.

Seiner Meinung nach gab es ein besseres Bild ab, wenn ein Mann in geordneten Verhältnissen lebte. Aus diesem Grund sprach er Julia an jenem Winterabend an. Er war sich sicher, dass sie sofort anbeißen würde. Natürlich hatte er sich bereits im Vorfeld über sie und ihre Herkunft informiert, was sie studierte und mit wem sie sich abgab – denn die Katze im Sack würde er bestimmt nicht kaufen. Schon damals überließ er nichts dem Zufall.

Das Mädchen war zwei Jahre jünger als er und kam aus einem sogenannten guten Haus: Eltern, beide Lehrer, sie ein Einzelkind und, was besonders wichtig für ihn war, Julia verfolgte ehrgeizig ihr Studium. Soweit gefiel ihm das alles, was er über sie in Erfahrung brachte. Vor allem schien sie nicht auf einen potenziellen Versorger zu warten, sondern hatte ganz eigene Pläne. Er verabscheute Weiber, die keine Ideale und keinen Ehrgeiz hatten und die nur so lange irgendwelche miesen Jobs machten, bis sich ein Dummer fand, der sie durchfütterte. Aus Julias Erzählungen, die sie mit den Gästen oder ihren Kollegen führte, konnte er heraushören, dass sie sehr idealistisch war. Genau wie ihre Eltern wollte sie den Schulkindern nicht nur trockene Theorie beibringen, sondern sie auf das wahre Leben vorbereiten und freundschaftlich statt autoritär mit ihnen umgehen.

Das gefiel ihm. Evan sah es als reines Win-Win-Abkommen mit Julia, mehr nicht.

In den Jahren, bevor er sie kennenlernte, hatte er keine Frau gefunden, die ihn beeindruckte, also gab er irgendwann die Hoffnung auf und entschied sich für Julia, die statusmäßig zu ihm passte – und hübsch war sie auch. Die Leidenschaftlichste im Bett war sie zwar nicht, aber so musste er wenigstens keine Gefühle vorspielen, die er nicht hatte. „Sex ist Sex", war seine Meinung. Viel Erfahrung mit Frauen hatte er nicht, es fehlte ihm aber auch nichts, denn mit jeder hatte es sich gleich angefühlt.

Also, warum noch mehr ausprobieren?
*

„Hätten Sie gern ein Sandwich?", riss ihn eine der Lehrerinnen seiner Kinder aus den Gedanken. Verwundert drehte er sich um. Sie stand direkt hinter ihm und sah ihn mit großen Augen verlegen an.

„Nein, vielen Dank, Ms Harford", entgegnete er höflich. Verschämt sah dieses junge Ding zu Boden und errötete.

„Ach", hauchte sie, „das hätte ich jetzt nicht erwartet …"

„Was denn?", fragte er freundlich, obwohl er schon ahnte, was kommen würde.

„Na, dass Sie sich noch an meinen Namen erinnern können – wir haben uns doch erst einmal gesehen."

Und schon wieder eine Kandidatin mehr, dachte er gelangweilt.

„Sieh nur, da kommen sie!", rief Julia plötzlich.

„Bitte entschuldigen Sie uns, Sie sehen ja, die Kinder sind da", sagte er lächelnd zu der Lehrerin und zog seine Frau in Richtung des ankommenden Schulbusses mit sich.

„Hey", riefen Anna und Philipp gleichzeitig zu ihnen herüber, als sie ihre Eltern endlich in dem Durcheinander von Schülern, Lehrern und Eltern entdeckten. Die Zwillinge kamen lachend auf sie zu.

„Na, alles klar?", begrüßte Evan die zwei, klopfte seinem Sohn freundschaftlich auf die Schulter und drückte seine Tochter kurz an sich. Er freute sich aufrichtig, die beiden zu sehen, auch wenn die Zeit ohne sie auch mal ganz schön gewesen war.

„Sag mal, Phil", wandte er sich überrascht an seinen Sohn, „kann es vielleicht sein, dass du in diesen zwei Wochen einen Wachstumsschub gemacht hast? Du bist ja fast so groß wie ich."
„Bald wächst er dir über den Kopf!", schmunzelte Julia, während sie Anna umarmte. Phil strahlte. Das würde ihm gefallen, seinem Vater nachzueifern und vielleicht sogar einen Tick größer zu werden als er! Phil hatte dieselben störrischen schwarzen Haare und eisblauen Augen. Er sah wie eine jüngere Version seines Vaters aus.

*

Auf seine Weise liebte Evan seine Kinder, zwar nicht überschwänglich, aber er spürte, dass das so etwas wie Liebe sein musste, was er für die zwei empfand. Ihr Wohl lag ihm am Herzen und er wollte ihnen ein guter Vater sein, auf den sie sich verlassen konnten. So zeigte er seine Liebe und Fürsorge, indem er zu jeder Zeit zuverlässig für sie da war und an ihrem Leben teilnahm. Aber er war nie die Art Vater gewesen, der mit seinen Kindern im Sandkasten saß oder der Gute-Nacht-Geschichten vorlas.

Auch spielte er nicht oft mit ihnen – und wenn, dann hatte es etwas Bemühtes und Gezwungenes an sich. Julia glich dieses Defizit aus, indem sie all das tat, wozu er nicht in der Lage war. Fuhren sie ans Meer, baute Julia mit den Kindern Sandburgen, während er ihnen das Schwimmen beibrachte. Das war Evan – es musste alles einen Sinn haben, effektiv sein und ein Ergebnis dabei herauskommen. Einfach so, aus Spaß, tat er nichts.

Anna und Philipp liebten ihren Vater trotz seiner distanzierten Art und bewunderten ihn dafür, dass er jede Situation im Griff zu haben schien. Für ihn gab es keine Probleme, sondern nur Herausforderungen, das predigte er nicht, sondern lebte es vor. Was er versprach, hielt er; was er sagte, tat er. Niemals erlebten seine Kinder ihn schwach oder jammernd, wie so manch andere Väter ihrer Freunde. Evan genoss das Gefühl, als engagierter, bemühter Vater zu gelten und er wollte alles dafür tun, um den Zwillingen eine sichere Kindheit zu ermöglichen. Manchmal dachte er daran, wie es wohl gewesen wäre, Kinder aus einer innigen Vereinigung mit seiner Traumfrau zu haben.

*

„Na, habt ihr Hunger?", fragte Julia die Zwillinge.
„Mordsmäßig!", platzte Phil heraus.
„Ja, aber bitte nicht Ms Harfords Snacks!", warf Anna ein. Sie schüttelte sich, denn diese Snacks, in deren „Genuss" fast jeder an dieser Schule schon einmal gekommen war, bestanden aus trockenem Toastbrot, einer Scheibe Käse und einem zähen Blatt Salat. Man hatte Mühe, dass es einem nicht im Hals stecken blieb. Evan lächelte seine Tochter verständnisvoll an.

Nein, er hatte auch keine Lust darauf, da er schon einmal bei einer Schulveranstaltung davon hatte probieren müssen.

„Bitte, Mr Maglin, nehmen doch wenigstens Sie einen Happen", waren Ms Harfords Worte gewesen. Sie sah ihn fast flehend an, denn ihr Tablett war nach einer Stunde noch immer voll mit ihrem Toast. Also hatte er sich erbarmt.

„Einmal und nie wieder Ms Harfords Snacks", grinste er. „Na, dann rein mit euch ins Auto. Fahren wir heim! Eure Mutter hat eine Gemüsepizza vorbereitet."

Julia und er verbrachten einen schönen Abend mit ihren beiden Heimkehrern, die viel zu erzählen hatten.

Tatsächlich hatte Evan die Windsbraut fast vergessen und war wieder völlig er selbst. Interessiert lauschte er den Erzählungen seiner Kinder und freute sich mit ihnen, dass sie so viel Aufregendes erlebt hatten.

Böse Überraschung

Am nächsten Morgen wachte er entspannt auf. Endlich hatte er mal wieder die ganze Nacht durchgeschlafen, was in der letzten Zeit selten vorgekommen war.

Gestern war es spät geworden, aber es war Samstag und somit bestand keine Notwendigkeit, früh aufzustehen. Die Anspannung und Unruhe der letzten Tage waren nicht mehr spürbar – der Spuk schien zum Glück vorbei zu sein. Zwar war er mit seinen Gedanken gleich wieder bei dieser Frau, aber er fühlte sich heute Morgen wesentlich gelassener als in den Tagen zuvor.

Diese Obsession hatte selbst ihn schon erschreckt.

Julia war bereits dabei, das Frühstück zu machen, wie man an ihrem lautstarken Hantieren mit dem Geschirr erkennen und an der Radiomusik hören konnte. Im Gegensatz zu ihrem Mann, der weder das Radio ertrug, noch derart die Teller und Tassen auf den Tisch „warf", wie sie das tat, brauchte sie morgens keine Ruhe.

Die Zwillinge schliefen sicher noch in ihrer eigenen kleinen Dachgeschosswohnung. Gerade die war damals ein besonderes Argument gewesen, dieses Haus zu kaufen, da es diese separate Zwei-Zimmer-Wohnung unter dem Dach hatte. Ein wahrer Luxus für die Zwillinge, die ihr eigenes Reich an ihrem vierzehnten Geburtstag beziehen durften und es genossen, dort größtenteils ungestört von ihren Eltern wohnen zu dürfen. Julia hatte gehofft, dadurch wieder mehr Zeit allein mit ihrem Mann verbringen zu können.

Allerdings hatte sich das als Trugschluss erwiesen, denn er schien wenig bis gar keinen Wert auf Zweisamkeit zu legen, wie sie enttäuscht feststellen musste.

Heute war ihr Hochzeitstag.

Evan tangierte das wenig, für ihn war es ein Tag wie jeder andere – schenken musste er seiner Frau nichts, denn sie hatte bereits alles, was sie brauchte, ob es Schmuck oder Kleidung war. Außerdem konnte sie sich das alles auch selbst kaufen.

*

In den ersten Jahren ihrer Beziehung war es für ihn mühsam gewesen, irgendwelche Geschenke für sie zu besorgen. Daher beschränkte er sich auf die Klassiker wie Bücher, Blumen oder auch mal ein Schmuckstück.

Zum Glück hatte Julia eines Tages gesagt, dass sie nichts mehr haben wollte und dafür viel lieber Ausflüge machen würde. Und da sie nach wie vor gerne Zeit mit ihm verbrachte, wünschte sie sich wie jedes Jahr, auch an ihren Geburtstagen: „Einen schönen Tag mit dir." Für diese besonderen Tage ging das schon mal, das Zeit-miteinander-verbringen, wenn es unbedingt sein musste.

Julia fand ein reges Interesse an Museen und Galerien. Gepflegte Langeweile bedeutete das für ihn, wenn er mit seiner Frau stundenlang durch Museen oder Galerien schlendern musste. Was daran interessant sein sollte, sich irgendein Gekritzel auf Leinwänden anzusehen, würde er nie verstehen.

*

Er hatte heute überhaupt keine Lust auf irgendeinen faden Ausflug. Bei dem Gedanken, dass er den ganzen Tag von ihr vereinnahmt werden würde, weil es „ein besonderer Tag" war, löste sich sein Wohlgefühl augenblicklich in Luft auf. Lustlos stieg er aus dem Bett und ging ins Bad.

Viel lieber würde ich alleine eine Tour machen, dachte er, als er unter der Dusche stand. Es war schönstes Wetter für eine Radtour, aber er würde auch bei Regen fahren ... vielleicht würde er die Windsbraut irgendwo sehen. Er ließ sich viel Zeit im Bad. Je mehr er an den Hochzeitstag dachte, desto schlechter wurde seine Stimmung.

Ich sollte nicht so viel denken! Augen zu und durch, wie immer, hilft ja nichts, versuchte er, sich selbst zu beruhigen, zog seinen Morgenmantel an und ging hinunter.

Mit einem knappen „Guten Morgen" setzte er sich an den Frühstückstisch, an dem Julia bereits vor einer Tasse Kaffee saß. Die Zeitung hatte sie neben seinen Teller gelegt – und ein Geschenk lag auch da. „Alles Gute zum Hochzeitstag", flötete sie lächelnd.

„Danke. Dir auch alles Gute", erwiderte er und versuchte, das kleine Paket zu ignorieren.
„Na, pack schon aus", forderte sie ihn auf. Widerwillig riss er das Papier auf. Eine goldene Krawattennadel mit seinen Initialen kam zum Vorschein.
„Danke."
„Hoffentlich gefällt sie dir!"
„Ja, danke", sagte er noch einmal und schob das Schmuckstück in Richtung Tischmitte.

„Was hast du denn für heute geplant?", fragte er beiläufig, während er die erste Seite der Zeitung überflog.

„Na ja …", begann sie zögerlich, „ich hab mir gedacht … zur Abwechslung … einfach mal deine Eltern einzuladen und ein schönes Picknick draußen im Grünen zu veranstalten!"

„Wieso das!?" Seine Worte klangen wie Peitschenhiebe.

Julia zuckte zusammen.

„Na, wir haben sie doch schon ewig nicht mehr gesehen!", rechtfertigte sie sich. „Sie wollen die Kinder auch endlich mal wiedersehen. Dass du dich immer so anstellen musst! Jetzt gib doch endlich mal nach, ich weiß wirklich nicht, was du hast. Das sind ganz liebe Menschen. Du weißt doch, dass ich sie nicht von unserer Familie ausschließen will. Es sind schließlich die Großeltern unserer Kinder! Und deine Eltern! Deine Mutter leidet sehr unter deinem Verhalten. Das hat sie mir erst neulich weinend am Telefon gesagt und dein Vater ist ziemlich wütend auf dich, dass du dich so benimmst. Das muss ich dir ganz ehrlich sagen!" Ihre Worte prasselten auf ihn ein, sie holte kaum Luft. Evans Augen bohrten sich in ihre. Wortlos stand er auf, ging hinauf in sein Büro und knallte die Tür zu.

Dieses dumme Weibsstück!

Dass sie dieses Volk immer wieder in sein Leben holte, dafür verabscheute er sie abgrundtief! Seit damals musste er das aushalten … Es gab keinen Ausdruck für seinen Hass darüber, dass diese Leute immer wieder in seinem Leben auftauchten – „dank" Julia.

*

Es war noch gar nicht so lange her, dass er die hatte ertragen müssen – kurz vor Ostern hatte ihn Julia wieder einmal vor vollendete Tatsachen gestellt, dass sie die Feiertage mit denen verbringen wollte. Fast wäre er soweit gewesen, seiner Frau die Wahrheit über dieses Pack zu erzählen.

Aber nein, der Gedanke war absurd!

Sie hätte nur wieder beschwichtigt und abgewiegelt, wie es ihre Art war, sie wollte seine Wahrheit gar nicht hören. Jedes Mal, wenn er sich bei diesem Thema kaum beherrschen konnte, leierte sie dieselben Sätze herunter: dass er übertrieb, dass es schließlich alte Leute waren, die es nicht verdient hätten, von ihrem eigenen Sohn verstoßen zu werden. Julia hatte damals wieder einen ihrer Vorträge gehalten:

„Ja, vielleicht haben sie nicht alles richtig gemacht, das kann ich nicht beurteilen, aber welche Eltern machen keine Fehler? Wir haben auch vieles falsch gemacht. Denk mal darüber nach! Unsere Kinder waren sicher auch nicht immer zufrieden mit uns, aber stell dir mal vor, die würden von uns wegen ein paar Kleinigkeiten auch nichts mehr wissen wollen so wie du von deinen Eltern und …"

Es war sinnlos. Sie nahm nur das wahr, was in ihr Weltbild passte. Ihr Mann war in ihren Augen ein undankbarer Sohn, der über seine Eltern herzog. Er sollte sich endlich zusammenreißen und erwachsen werden, war sie der Ansicht.

Seine Eltern hatten schließlich auch kein leichtes Leben und wollten sicher immer nur sein Bestes. Schließlich hatten sie ihm seine Karriere ermöglicht.

Wie konnte er nur derart kaltherzig sein? Das waren Julias Reaktionen auf seine mörderische Wut.

„Und falls sie pflegebedürftig werden sollten, habe ich mir überlegt, sie zu uns zu nehmen, Platz haben wir ja genug – oder wir bringen sie in ein Heim ganz in unserer Nähe unter", hatte sie kürzlich erst von sich gegeben.

Evan hatte sich daraufhin umgedreht und ohne ein Wort das Haus verlassen. Erst nach drei Tagen war er wiedergekommen. Er war bei Sebastian gewesen, der versuchte, ihn auf seine Art aufzumuntern: mit Party- und Clubbesuchen. Sebastian kannte die Wahrheit nicht und wollte sie auch nicht wissen, aber Evan hätte sowieso nichts gesagt. Sein Freund war der Meinung, dass Evans Eltern „ein bisschen anstrengend waren", wie ja alle Eltern irgendwie.

Damals … als die Zwillinge gerade geboren worden waren, hatten plötzlich seine Eltern vor der Haustür gestanden. Evan öffnete damals nichtsahnend die Tür und konnte nicht fassen, dass diese Leute es wagten …!

„Wenn du dich schon nicht meldest, dann müssen wir das tun!", waren die erzürnten Worte seines Stiefvaters
Robert gewesen. Ohne eine Begrüßung waren sofort Beschuldigungen und Vorwürfe auf Evan eingeprasselt.
„Wir haben zufällig erfahren, dass du Vater geworden bist, nicht mal das hättest du uns mitgeteilt! Und dein toller Freund Marc wollte uns deine Adresse nicht geben! Deine Mutter musste ihn erst unter Tränen anflehen, dass der uns mitteilt, wohin es den feinen Herren verschlagen hat. Wir wussten ja gar nicht, wo du überhaupt bist.

Ich weiß nicht, wie lange das schon her ist, dass du dich sang- und klanglos verpisst hast! Weißt du das überhaupt mit deiner Schwester? Aber wahrscheinlich interessiert dich nicht mal das! Ich wäre gar nicht hier, hätte deine Mutter nicht tagelang rumgeheult!", polterte sein Stiefvater aufgebracht. Die Mutter stand stumm daneben und zeigte keinerlei Regung. Wie erstarrt ließ Evan die Beschimpfungen über sich ergehen. Als wäre er in Trance, wollte er die Tür einfach schließen und diese Leute davor stehenlassen, in der irrigen Hoffnung, dass die sich in Luft auflösten – aber dann war Julia an die Tür gekommen.

„Ach, das ist deine Frau, oder was?", grinste der Stiefvater anzüglich und musterte sie ungeniert von oben bis unten. Evan hätte ihm am liebsten die Fresse poliert.

„Sind Sie etwa Evans Eltern? Ich fasse es nicht! Ihr Sohn hat kaum etwas von Ihnen erzählt. Ich dachte schon, es gibt Sie gar nicht!", lachte sie herzlich. „Evan, warum lässt du sie vor der Tür stehen? Ich bin übrigens Julia. Na los, kommen Sie doch herein! Ich mache Kaffee. Anna und Philipp, unsere Zwillinge, schlafen gerade, aber Sie können sie natürlich trotzdem sehen. Sie sind ja schließlich ihre Großeltern." Die Eltern schoben sich an Evan vorbei ins Haus, während der Stiefvater ihm zornig ins Gesicht starrte. Als Evan die Haustür schloss, fühlte er sich wie gelähmt. Wortlos ging er in sein Arbeitszimmer, schlug die Tür hinter sich zu und zündete sich eine Zigarette an. Von unten hörte er Julia fröhlich erzählen, seinen Stiefvater dazwischen quatschen, nur seine Mutter hörte er nicht. Er wusste nicht, wie lange es her war, dass er diese Menschen das letzte Mal gesehen hatte. Was das anging, hatte er kein Zeitgefühl.

Ihm war schlecht vor Wut, seine Hände zitterten, als er aus dem Kinderzimmer nebenan hören musste:

"Ganz die Mami, hahaha. Da müssen wir aber ab jetzt viel öfter zu euch kommen!", grölte der Stiefvater.

Seine Mutter murmelte irgendetwas Unverständliches. Wie sollte Evan damit umgehen, dass die wieder aufgetaucht waren?

Er war überzeugt davon gewesen, dass er sie nie mehr sehen musste, dass dieses Kapitel für alle Zeiten abgeschlossen war. Wie sehr hatte er sich getäuscht! Würde er es ertragen können? Würde er fähig sein, so viel Selbstbeherrschung aufzubringen, sich all dem noch einmal zu stellen als erwachsener Mann? Aber er war dazu fähig! Aus dem einzigen Grund, weil er seinen Vorteil aus diesem Desaster zog. Wenn die bei ihnen waren, hatte er mehr Zeit für sich. Julia war mit denen voll ausgelastet und er ging seiner Wege. Auf diese Weise konnte er sich damit arrangieren, dass er sie von nun an zwei- dreimal im Jahr sehen musste, weil seine Frau großen Wert auf "Familienzusammenführung" legte.

Seit diesem Tag waren diese Leute wieder ein Bestandteil in seinem Leben. Julia freute sich, dass die Zwillinge von nun an zwei Opas und Omas hatten.

"Was für ein Glück und Gewinn für alle", war sie der Überzeugung. Aus Julias Sicht war Evans Egoismus schuld daran, dass der Kontakt mit seinen Eltern abgebrochen war, was der Stiefvater auch immer und immer wieder betonte:

"Der ist einfach abgehauen und hat uns im Stich gelassen! Und dann ist das mit seiner Schwester passiert ..."

Für Evan unfassbar, aber seine Frau schien diese Menschen tatsächlich in ihr Herz geschlossen zu haben.

Sogar seinen abstoßenden Stiefvater fand Julia „zwar etwas derb, aber nett", und seine Mutter war „eine ganz liebe Frau", ihrer Meinung nach. „Und wie schrecklich, was da mit deiner Schwester passiert ist! Furchtbar, was diese Menschen mitmachen mussten!" Sie war voll des Mitgefühls. Evan musste den Raum verlassen, wenn sie wieder anfing, über das grausame Schicksal dieser „armen, armen Menschen" zu referieren.

*

Und heute auch noch dieser verhasste Hochzeitstag! Plötzlich stand Julia in seinem Büro. „Das wird schön, glaub es mir doch endlich! Die Kinder sind auch dabei."

Er konnte sie nicht einmal ansehen, geschweige denn etwas sagen. Der Tag hatte so entspannt angefangen. Nach der vergangenen Woche schien er sich endlich wieder gefangen zu haben und nun das! Am liebsten wäre er auf sein Rad gestiegen und davongefahren – hätte sich ausgepowert, bis jeder Muskel seines Körpers wehgetan hätte – um diesen vernichtenden Zorn nicht fühlen zu müssen. Er ging an seiner Frau vorbei ins Schlafzimmer, um sich anzuziehen.
Es musste etwas passieren, so konnte es nicht weitergehen.

Zwei Stunden später standen seine Eltern vor der Tür. Wellen des Hasses übermannten Evan, aber sein Gesicht blieb ausdruckslos. Es war keine Regung darin zu erkennen – nichts.

„Hallo, meine Lieben!", begrüßte Julia ihre Schwiegereltern herzlich und umarmte sie. Evan nickte knapp und vermied es, sie anzusehen.

„Ach, der liebe Sohnemann! Gesprächig wie eh und je!", spottete Robert. Seine Mutter huschte geduckt an ihm vorbei. Sie schien sich in Gegenwart ihres Sohnes sehr unwohl zu fühlen.

In Evans Fantasie waren sie schon tausend Tode gestorben. Wie oft hatte er Robert in Gedanken den Schädel eingeschlagen und seiner Mutter den Hals umgedreht.

Jedes Mal, wenn er sie besuchen musste oder wenn sie, wie heute, zu Besuch kamen, weil Julia Wert auf „Heile Welt" legte, spielte er allen die Maskerade Sohn vor.

Er war voller Abscheu für die Menschen, die sich seine Eltern nannten und die nicht ahnten, dass ihr schlimmster Feind ihr eigener Sohn war. Nichts, rein gar nichts konnte diese vernichtenden Gefühle in ihm auflösen – auch nicht die Tatsache, dass sogar Anna und Phil „Oma und Opa" mochten. Er musste zugeben, dass die sich alle Mühe gaben, liebevolle Großeltern zu sein oder es zumindest vorspielten. Anscheinend kam dieses Schauspiel bei seiner Familie gut an.

Evan war überzeugt davon, dass seine Eltern nichts von ihrer Bosheit und Widerwärtigkeit verloren hatten. Wahrscheinlich hofften sie tatsächlich, von ihnen aufgenommen zu werden, wenn sie gebrechlich waren, denn etwas anderes als Egoismus und Eigennutz kannte er nicht von diesen Leuten. So etwas wie ein Gewissen oder Schuldgefühle war denen fremd. Das, was die ihm und seiner Schwester angetan hatten, hatten sie aus ihren Köpfen gelöscht. Und nun machten sie auf gut Wetter und alle fielen darauf herein.

Nachdem Robert an diesem Morgen das ganze Haus mit seiner polternden Art aufgeweckt hatte und Anna und Phil wenig erfreut und müde aus ihren Zimmern hervorgekommen waren, konnte der „Spaß" beginnen.

Eifrig packten Julia und seine Mutter die Picknicksachen zusammen, während die Kinder und Evan alles im Auto verstauten, kommentiert von Roberts primitiven Sprüchen:
„Na, du bist ganz schön steif in der Hüfte, wenn ich sehe, wie schwerfällig du dich bewegst, mein … Sohn", spie er das Wort aus. „Da hilft Bettsport, hahaha. Glaub mir, ich weiß, wovon ich rede!" Die Zwillinge verdrehten die Augen, Evan schwieg, seine Mutter sah verschämt auf den Boden und Julia gab sich besonders fröhlich: „Ach, Evan muss einfach mehr Rad fahren, aber vor lauter Arbeit kommt er ja zu nichts mehr."

„Vor lauter Arbeit! Dass ich nicht lache! Ich glaube nicht, dass sein kleines Geschäftchen so gut läuft, dass der Stress hat", höhnte der Stiefvater. Julia versuchte, zu erklären, was ihr Mann alles zu tun hatte und wie gut seine Firma lief. Aber niemand schenkte ihren Worten Gehör. Ihr Schwiegervater schüttelte nur hämisch grinsend den Kopf, während sie redete und redete.

Evan startete seinen grauen SUV und verfluchte das erste Mal dieses Auto, weil es so viel Platz hatte, dass seine Eltern auch mitfahren konnten, was Julia beschlossen hatte, ohne ihn vorher zu fragen.

„Ihr fahrt natürlich mit uns! Spart euch das Benzin. Wir haben genügend Platz."

So fuhren sie alle zusammen an ein „ganz feines Plätzchen", das Julia bereits vor Wochen für ihr Picknick ausgesucht hatte, wie sie im Auto fröhlich erzählte. Evan wusste nicht, wohin mit sich und seinem Zorn. Seit Wochen hatte sie diesen Termin geplant – und ihm nichts davon gesagt!

Während sie sich gemeinsam auf der eigens dafür angeschafften riesigen Picknickdecke niederließen, setzte sich Evan etwas abseits auf einen Felsen. Es war ein schöner Ort, sehr malerisch an einem Fluss gelegen. Unter anderen Umständen sicher sehr schön. Seine ganze Familie amüsierte sich prächtig und ließ sich das mitgebrachte Essen schmecken, während Evans Blick auf dem ruhig dahinfließenden Wasser ruhte. Wie friedlich dieser Platz doch sein könnte ...

„Mein Herr Sohn ist natürlich mal wieder was Besseres und will nichts mit seinen Eltern zu tun haben", stänkerte der Stiefvater von weitem. Sein Tonfall war lallend und aggressiv so wie früher. Evan hörte, wie Julia den Alten beschwichtigte: „... gestresst ... braucht Ruhe."
Kurz darauf kam sie zu ihm.
„Nun komm doch endlich zu uns, hast du denn keinen Hunger?", fragte sie ungeduldig.
„Lass mich einfach", erwiderte er müde, während er den Blick nicht von dem Fluss abwendete.

„Dir ist nicht zu helfen! Wir spielen jetzt Karten, falls du vielleicht daran teilhaben willst", fuhr sie ihn an. „Heute ist doch unser Hochzeitstag, und du machst mit deiner schlechten Laune alles kaputt. Ich bin sehr enttäuscht von dir. Es ist eine Sünde, wie du deine Eltern behandelst", schimpfte sie und ging zurück zu den anderen.

Julia war keine Frau, die mit Religion viel am Hut hatte, genauso wenig wie er. Derartige Floskeln, dass er sich „versündige", benutzte sie nur im Zusammenhang mit seinen Eltern. Wahrscheinlich war sie geimpft von seiner fanatischen Mutter, dass sie diesen Schwachsinn selbst schon glaubte.

*

Wie sehr hatte Evan als Kind seine scheinheilige Mutter verabscheut, die damals stundenlang in der Kirche beim Beten zugebracht hatte. Er hasste sie für ihre Verlogenheit. Bis heute hatte sich nichts an seinem Ekel für diese Frau geändert. Er konnte sich nicht erinnern, jemals anders für die Frau, die ihn zur Welt gebracht hatte, empfunden zu haben. Jedes Mal, wenn er früher mit ihr in die Kirche gehen musste und sie beobachtete, wie sie sich dem Pfarrer anbiederte, ihm unter Tränen ihr Elend klagte, was sie doch für ein „schreckliches Unglück" mit ihrem Ehemann durchlitt, dem schlimmsten Trunkenbold des Dorfes, drehte es ihm buchstäblich den Magen um. Unerträgliche Gefühle des Zornes stiegen in ihm auf, wenn er ihr Getue miterleben musste.

Vor Wut hatte er damals seine Fingernägel in seine Arme gekrallt, bis sie die Haut durchbrachen und Blut floss. Das verschaffte ihm zumindest kurzfristig Erleichterung. Hatte er eine offene Wunde, bohrte er immer tiefer in das rohe Fleisch. Sein Pullover färbte sich rot, manchmal tropfte es sogar auf den geheiligten Kirchenboden. Mit Genugtuung beobachtete er dann, wie sich sein Blut den Weg Richtung Fußboden bahnte. Sah seine Mutter, was er „wieder angerichtet" hatte, gab sie ihm eine kräftige Ohrfeige und fischte eilig Taschentücher aus ihrer Handtasche, um die „Sauerei" wegzuwischen.

Über das Leid ihrer Kinder sprach die Mutter nie mit dem Pfarrer, sondern nur über ihr „Pech" mit diesem Mann. Sie zerfloss förmlich in Selbstmitleid. Ihre Kinder waren es nicht wert, überhaupt erwähnt zu werden. Evan vermutete schon als Elfjähriger, dass sie sich in den Pfarrer verliebt hatte und hoffte, von ihm aus ihrem armseligen Dasein errettet zu werden.

Evan haderte heute nicht mehr mit seinem Leben, denn genau diese Umstände hatten ihn stark und unabhängig werden lassen.

*

Nach einer Weile kam sein Sohn und setzte sich schweigend zu ihm ans Flussufer. Freundschaftlich gab er seinem Vater mit dem Ellbogen einen Seitenhieb. Evan hatte das Gefühl, dass Philipp der Einzige war, der ahnte, was in ihm vorging. Die Nähe seines Sohnes beruhigte ihn, obwohl sie kein Wort miteinander sprachen – oder vielleicht gerade deshalb.

Als sie am späten Nachmittag endlich wieder zurück nach Hause kamen, ging Evan mit den Worten: „Ich muss telefonieren!" in sein Homeoffice. Er musste dringend alleine sein. Julia hatte seinen Eltern auch noch angeboten, einen Kaffee mit ihnen zu trinken, um „den Tag ausklingen zu lassen".

„Kommst du bitte herunter? Der Kaffee ist fertig", rief Julia von unten. Widerwillig drückte er seine Zigarette aus und verließ das Büro. Die letzten paar Minuten würde er auch noch schaffen. Im Wohnzimmer saßen sie wieder alle zusammen. Seine Mutter schwieg wie gewöhnlich.

Erst jetzt bemerkte er, wie alt und verbraucht sie aussah. Wie alt sie wirklich war, wusste er nicht und machte sich auch nicht die Mühe, sich daran erinnern zu wollen, wann ihr Geburtstag war. Der Stiefvater redete und redete, Julia lachte ab und zu und hörte sich das dümmliche Gewäsch bereitwillig an. Die Zwillinge sahen gelangweilt aus.
Wenn Besuch da war, durften sie sich nicht mit ihren Handys beschäftigen. Das hatte Julia als Regel Nummer eins festgesetzt und sie mussten anwesend sein, auch wenn es für sie noch so fad war. Da kannte ihre Mutter kein Pardon. Evan hatte des Öfteren versucht, Partei für die Kinder zu ergreifen, dass sie sehr wohl auf ihre Zimmer oder zu ihren Freunden gehen durften, wenn langweiliger Besuch da war, aber Julia ließ sich nicht erweichen.

Evan trank schweigend seinen Kaffee und schaltete auf Durchzug, er blendete aus, was geredet wurde. Seine Mutter saß verkrampft in der Sofaecke und starrte auf den Boden, während sie an ihrer Kaffeetasse nippte. Sie beide schwiegen, aber Julia und Robert schienen sich prächtig zu unterhalten. Evan konnte es nicht länger ertragen. Ein unerträglicher Druck schnürte ihm die Kehle zu und er wollte nur noch raus hier! Energisch erhob er sich aus seinem Sessel:
„Ich muss noch einmal ins Büro. Am Montag habe ich einen wichtigen Termin mit einem neuen Kunden." Zwar bemerkte er, dass Julia protestieren wollte, aber anscheinend wagte sie es nicht in Gegenwart seiner Eltern und brachte nur ein: „Das ist jetzt aber wirklich schade!", heraus. Der Stiefvater sah ihn abschätzig an, das Gesicht zu einer grinsenden Fratze verzogen. Fluchtartig verließ Evan das Haus, setzte sich in sein Auto und schlug voller Zorn gegen das Lenkrad. Er startete den Motor und ließ ihn aufheulen.

Er fuhr Richtung Autobahn. Er wusste nicht wohin, nur dass er wegmusste von dieser Farce. Eine Stunde raste er über die Autobahn, bevor er bei einer Ausfahrt abfuhr und sich ein Motel suchte. Undenkbar für ihn, heute Abend in dieses Haus zurückzukehren, in dem noch der Gestank dieses Gesindels in der Luft hing. Deswegen schrieb er seiner Frau eine WhatsApp, dass er heute nicht mehr nach Hause kommen würde. Sie schrieb postwendend zurück: „Was sollte das? Du hast dich unmöglich benommen! Deine Eltern sind sehr enttäuscht und ich auch! Du hast uns den ganzen Tag verdorben!" Er schaltete das Handy aus.

In dem Motelzimmer, das nur aus einem Bett, einem Tisch mit einem Stuhl und einem alten Fernseher bestand, fühlte er sich mit einem Mal unsagbar einsam. Es war ewig her, dass er diese vernichtende Einsamkeit gefühlt hatte. Ein Gefühl, das in seiner Kindheit ständiger Begleiter gewesen war. Bisher hatte er sich gezügelt, aber seine Gier nach einem anderen Leben wurde immer größer und der Hass in ihm drängender – vor allem nach solchen Tagen. Wenn er nicht bald ein Ventil fand, könnte etwas Schlimmes passieren …
Seiner Familie würde er niemals etwas antun, aber das konnte er nicht für seine Eltern garantieren. Diese Menschen – nein, in seinen Augen waren das keine Menschen, sondern Ungeziefer, das es verdient hatte, zertreten zu werden. Dieser menschliche Müll hatte ihn zu diesem Zombie gemacht. Irgendwann einmal war auch er ein Mensch gewesen, der Gefühle gehabt hatte. Es war alles in ihm vernichtet worden, was jemals lebens- und liebenswert gewesen war. Er wusste nicht, wie lange er sich noch unter Kontrolle hatte. Das Sehnen, endlich ein fühlender Mann zu werden, musste Wirklichkeit werden!

Und das konnte nur wahr werden, wenn er eine Frau traf, die diese Empfindungen in ihm wecken konnte. Davon war er überzeugt! Das gab ihm Hoffnung, das war seine einzige Chance, überhaupt noch weitermachen zu können.

Sonst könnte es zu einer Katastrophe kommen. Die Hoffnung, dass seine Kinder eine heilsame Liebe in ihm entfachen konnten, hatte sich nicht erfüllt. Er mochte sie sehr und er liebte sie wohl auch, aber es reichte nicht, ihn zu heilen.

*

Als Julia ihm damals offenbart hatte, dass er Vater werden würde, hatte er nichts als Panik und Abwehr empfunden, da er nicht gewusst hatte, ob er seine Kinder annehmen, geschweige denn lieben könnte. Familienleben war für ihn seit seiner Kindheit eine einzige Lüge gewesen. Was sich Familie nannte, war für ihn ein Alptraum gewesen. Julia war schwanger geworden, obwohl er ihr mehrfach deutlich zu verstehen gegeben hatte, dass er keine Kinder wollte. Sie hatte ihn einfach vor vollendete Tatsachen gestellt. Er trug sich sogar mit dem Gedanken, sich von ihr zu trennen, egal, ob sie nun ein Kind erwartete oder nicht. Als die Zwillinge geboren wurden, erwachte allerdings eine leise Hoffnung in ihm, dass vielleicht doch noch alles gut werden würde, dass er vielleicht seinen inneren Frieden finden würde, vielleicht so etwas wie ein Ankommen. Diese Aussicht erfüllte ihn damals mit Freude. Auf jeden Fall wollte er es als Vater besser machen als sein Stiefvater. Zumindest diese Sicherheit hatte er – auch wenn er gefühlsarm war, so wusste er, dass sich in seiner Familie niemals derartige Szenen abspielen würden wie in seiner Ursprungsfamilie.

*

An diesem Abend legte er sich in das Bett seines kargen Motelzimmers und konnte sich kaum erwärmen unter der dünnen grauen Decke. Nur die Gedanken an die fremde Schönheit retteten ihn aus diesem Zustand des Alleinseins. Und sollte sie tatsächlich „seine Frau" sein, hätte er kein Problem damit, die Frau, mit der er verheiratet war, abzuservieren. Es war ihm scheißegal, was man von ihm halten würde, hätte er nur endlich die Frau an seiner Seite, die ihn verstehen würde und die er lieben konnte. Seine wahre Frau würde ihn als Einzige erkennen, wer er wirklich war hinter seiner Maske und würde sich nicht von ihm blenden lassen. Mit ihr würde er endlich ankommen!

Um sie würde er kämpfen müssen!
Sie würde sich ihm nicht auf einem Silbertablett anbieten.

Ihm war bewusst, dass er sich immer mehr in diese Vorstellung hineinsteigerte und daher musste er schnellstmöglich herausfinden, ob es nur ein Traum war oder doch Realität.
Mit diesem hoffnungsvollen Gedanken schlief er ein.

Schicksalsbegegnung

Als Evan am Montagmorgen auf den Firmenparkplatz kam, sah er, wie letzte Woche auch schon, sofort wieder in Richtung Bank. Auch heute war sie nicht zu sehen, aber die Hoffnung starb bekanntlich zuletzt. Allerdings war er nicht der Typ Mann, der sich mit irgendwelchen Hoffnungen zufriedengab. Sein Ehrgeiz war geweckt, denn diese unbekannte Frau hatte es geschafft, ihm das vergangene miese Wochenende zu versüßen.
Einfach nur, weil sie in seinem Kopf gewesen war.

Sie war es wert, dass er sie suchte!

Sollte sie in absehbarer Zeit nicht auftauchen, würde er alle Hebel in Bewegung setzen, sie ausfindig zu machen. Wenn es sich gar nicht vermeiden ließ, würde er sogar bei seinen Geschäftsfreunden in der Bank nachfragen. Natürlich unter irgendeinem Vorwand, niemals würde er denen sagen, dass er sich für diese Frau interessierte. Deren anzügliches Grinsen und aufdringliches Gefrage ersparte er sich. Außerdem legte er größten Wert darauf, sein unnahbares Image aufrechtzuerhalten.

Nachdem er eine Weile am Fenster seines Büros gestanden hatte, setzte er sich in seinen Chefsessel. Das Durchläuten seiner Sekretärin ließ ihn zusammenzucken.

„Was gibt's, Mrs Short?", fragte er kurz angebunden.
„Ich hatte ganz vergessen, Ihnen zu sagen, dass am Freitag eine neue Kundin angerufen hat, die nur heute um neun Zeit hat. Sie wäre also in zehn Minuten bei Ihnen.

Entschuldigen Sie, dass ich Sie damit überrasche, aber ich habe es wirklich übersehen. Sorry!", sagte Mrs Short etwas zerknirscht. Evan konnte es nicht ausstehen, wenn man ihn mit einem neuen Termin überfiel!

Mrs Short wusste das zwar, aber eine Entschuldigung sollte ausreichen, damit ihr Boss ihr das kleine Missgeschick verzieh. Ihr Chef wollte freitags wissen, was er montags für Termine hatte – und nicht erst ein paar Minuten vorher.

„Ist schon gut, Mrs Short", erwiderte er mit beherrschter Stimme. An ihr wollte er seinen Unmut nicht auslassen.

„Schicken Sie sie dann herein!"

Trotzdem – heute war nicht sein Tag. Schon wieder nicht. Ihn widerte jetzt schon alles an, er hatte überhaupt keine Lust auf nichts und niemanden. Er verharrte in seinem Sessel und sah aus dem Fenster. Zu allem Übel fing es auch noch zu regnen an. Ein kurzer, kräftiger Gewitterregen prasselte auf das Vordach seines Büros. Die schwarzen Wolken und grellen Blitze entsprachen seiner Stimmung – geladen und niedergedrückt. Nun blieb ihm nichts anderes übrig, als zu warten, bis diese Klientin kam. Eine neue Arbeit anzufangen, lohnte sich nicht. Doch um neun Uhr kam niemand. Zum wiederholten Male sah er auf die Uhr und sein Ärger kochte weiter in die Höhe! Es war bereits viertel nach neun!

Das dumme Luder macht einen Mordswirbel und erscheint dann einfach nicht, dachte er stinksauer. Um zehn hatte er seinen nächsten Termin. Dann starrte er halt weiterhin aus dem Fenster, auch egal. In diesem Moment ertönte seine Sprechanlage.

„Ja?", fragte er betont desinteressiert, da er annahm, dass sein Termin nun wohl erschienen war und mithörte.

„Ms Blackwood ist jetzt da." Er antwortete nicht einmal, sondern erhob sich aus dem Sessel und baute sich vor seinem Schreibtisch auf. Eigentlich hätte er in diesem Fall sitzen bleiben sollen, aber es gehörte zu seiner Geschäftspolitik, dass Kunden stehend empfangen wurden. Als Zeichen von Respekt und Wertschätzung. Es klopfte laut an der Tür, was ihn noch mehr ärgerte. Ein zaghaftes Klopfen wäre seiner Meinung nach angemessener gewesen als Zeichen der Reue, ihn warten gelassen zu haben.

„Ja, bitte!", presste er ungeduldig hervor.

Als sich die Tür öffnete und die neue Klientin das Büro betrat, erstarrte er ...

Seine Windsbraut stand vor ihm!
Einfach so.

„Guten Morgen, Mr Maglin", begann sie mit einer samtweichen, ruhigen und festen Stimme. „Bitte entschuldigen Sie mein Zuspätkommen, aber ich ..., weil ... Gewitter ... Motorrad, aber hatte Glück ..."
Evan hörte nur Bruchstücke, von dem was sie sagte und sah sie einfach nur an. Er konnte es nicht fassen, dass diese Wahnsinnsfrau einfach so, wie aus dem Nichts, in seinem Büro stand. Sein Blick wanderte über ihren Körper, sie hatte eine schwarze Lederjacke, schwarze enge Jeans und hohe Stiefel an. In der Hand hielt sie einen Motorradhelm.

„Mr Maglin?", fragte sie irritiert.
Da wachte Evan auf, als ihre Frage zu ihm durchdrang und ihre grünen Augen ihn forsch musterten.

„Bitte entschuldigen Sie, Ms ...", erwiderte er hastig. Verdammt, jetzt hatte er doch glatt ihren Namen vergessen!

„Blackwood, aber sagen Sie bitte Valeria, sonst fühle ich mich so alt", lachte sie, doch in ihrem Blick spiegelte sich eine leichte Irritation wider.

„Ok, Valeria." Evan lächelte nicht, er war hypnotisiert von ihrem Anblick. Es erschien ihm fast surreal, dass sie hier bei ihm war. Er musste sich zusammenreißen, wahrscheinlich sah er wie ein begossener Pudel aus, weil er nur dastand und sie anstarrte. Nicht einmal die Hand hatte er ihr gegeben. „Nehmen Sie Platz", wies er sie an. Er musste sich sammeln, er musste seinen Job machen und später darüber nachdenken, was da gerade mit ihm passierte.

Noch bevor Valeria sich setzte, stellte er überstürzt seine Standardfrage: „Was führt Sie zu mir?" Er bemerkte selbst, dass er nervös klang und fahrig auf dem Schreibtisch herumhantierte. Normalerweise lehnte er sich bei den Kundengesprächen mit einer Tasse Kaffee entspannt zurück und hörte aufmerksam zu, was für Pläne seine Klienten denn so hatten. Jetzt aber saß er aufrecht und angespannt vor seiner neuen Klientin und hatte Mühe, ihr zu folgen. Er hatte völlig vergessen, ihr einen Kaffee anzubieten.

Mit viel Emotion und Begeisterung begann sie, von ihren Plänen zu berichten, während sie ihre Erzählung gestenreich unterstrich. Er versank geradezu in ihren smaragdgrünen Augen, die aus ihrem ebenmäßigen Gesicht hervorstrahlten, umrahmt von den wilden goldblonden Locken. Sein Blick blieb an ihrem Mund hängen ...

Wahnsinn, diese sinnlichen vollen Lippen ...

Evan hörte ihr gar nicht zu, aber das merkte er erst, als sie plötzlich schwieg und ihn erwartungsvoll ansah. Valeria zog ihre fein geschwungenen Augenbrauen zusammen und sah für einen Moment zur Seite. Wahrscheinlich wurde ihr sein Schweigen zu viel – und sein Blick.

„Mr Maglin?", fragte sie ungeduldig und sah ihm direkt in die Augen, während sie die Arme verschränkte. Er benahm sich wie ein völlig verblödeter Anfänger – oder ein verknallter Teenager! Er musste die Situation sofort retten.

„Ja, gut. Was ist mit Ihrer jetzigen Arbeit?" Diese Frage trug auch nicht gerade zur Besserung seiner Lage bei.
„Was soll damit sein? Ich sagte doch bereits, dass ich in einem Hotel als Assistentin der Geschäftsführung arbeite", konterte sie und Evan sah an ihrem Gesichtsausdruck, dass sie sich fragte, was sie hier bei diesem unprofessionellen, herumstammelnden Typen machte.
„Na ja", begann er zögerlich, um sich eine kleine Denkpause zu verschaffen. „Es würde mich interessieren, warum Sie den Schritt in die Selbstständigkeit wagen wollen?"

Der Satz war immer gut und traf auf jeden seiner Kunden zu, sonst wären sie ja schließlich nicht in seinem Büro gelandet. Zwar war das eine etwas unglückliche Formulierung, da sie nun den Eindruck haben könnte, er hielte ihr Vorhaben für eine Dummheit oder ein Wagnis, aber trotzdem war das das Einzige, was ihm jetzt helfen konnte, das Gespräch in Gang zu bekommen. In Valerias Gesicht spiegelte sich Unverständnis wider, aber anscheinend wollte sie ihm nach dem misslungenen Start noch eine Chance geben und so antwortete sie:

„Ich verdiene sehr gut! Eigentlich macht mir meine Arbeit auch Spaß, aber trotzdem fehlte mir immer etwas. Ich wusste nur nicht, was es war, aber es wurde mir klar, als meine Großmutter starb. Ich möchte eine Herausforderung, mal etwas ganz anderes! Etwas, was meinem Leben einen echten Sinn gibt. Mein Pferd ist ein wichtiger Teil meines Lebens. Ein kleines Gestüt auf dem Anwesen meiner Granny aufzubauen und so ihr Andenken zu wahren, das ist mein Ziel. Das ist es, was ich will! Ich möchte vor allem auch Pferde mit Kindern zusammenbringen."

Evan war beeindruckt von der mitreißenden Energie und Lebendigkeit, die sie ausstrahlte. Es war nicht nur eine fixe Idee, die sie hatte, es ging nicht um Geld, es ging um die Liebe zu einem verstorbenen Menschen, zu ihrem Tier, und um sie selbst, völlig uneigennützig und träumerisch.

Zu jeder anderen hätte er ganz sachlich gesagt, dass es ein hart umkämpftes Geschäftsfeld sei, was sie sich ausgesucht hatte. Enorme Disziplin, umfassendes Know-how und akribische Planung gehörten dazu, was Kalkulation, Personal und Effizienz betraf, um so etwas lukrativ aufzubauen. Aber gegen ihren Charme und ihre Begeisterung konnte er nichts setzen – und wollte er auch nicht! Sie überzeugte und bezauberte ihn durch ihren sprühenden Enthusiasmus. Es war ein Herzensprojekt und es schien ihr völlig egal zu sein, wie viel Geld es abwerfen würde oder ob es überhaupt lohnenswert und aussichtsreich sein würde. Immerhin gab es schon einige Reitställe in der Nähe, das war ihm durchaus bekannt, und er wusste auch, dass zwei davon kurz vor der Pleite standen. In seinem Beruf hatten naive Träumereien und Wunschvorstellungen bisher keinen Platz gehabt.

Er war ein Mann, der Fakten und Zahlen sehen wollte – nicht mehr und nicht weniger! Doch in Valerias Gegenwart war der sachlich kalkulierende Geschäftsmann plötzlich nicht mehr vorhanden. Daher war er mehr als erstaunt über sich selbst, dass er in diesem Fall auf einmal eine ganz andere Sicht- und Herangehensweise an den Tag legte. Ihm war nur wichtig, dass sie bei ihm war, dass sie sich ihm mit ihren Plänen anvertraute und dass er Zeit mit ihr verbringen konnte. Er wollte alles tun, was in seiner Macht stand, damit ihr Vorhaben mit Erfolg verwirklicht werden konnte.

„Vielleicht kann ich auch drei oder vier Gästezimmer umsetzen und eine kleine Cafeteria", träumte sie vor sich hin und schien in dem Moment vergessen zu haben, dass sie im Büro eines Unternehmensberaters saß. Er beobachtete sie, wie sie sehnsuchtsvoll aus dem Fenster blickte, als sähe sie bereits ihren fertigen Reitstall. Aber auf einmal kehrte sie in dieses Büro zurück und sah ihn erwartungsvoll an.
Schweigend erwiderte er ihren Blick.

Zum allerersten Mal war es kein Test und keine Provokation, als er in ihre faszinierenden Augen sah. In dem Fall war es ehrliche Bewunderung für diese Frau. Sie wich seinem Blick nicht aus, sie hielt ihm stand und fixierte eher ihn als umgekehrt. Er fasste das Gehörte zusammen, um sich selbst wieder in die Realität zurückzuholen.

„Sie möchten auf dem Grundstück Ihrer Großmutter ein kleines Gestüt eröffnen, wenn ich Sie richtig verstanden habe?" Sie musste ihn für komplett beschränkt halten – was gab es denn da nicht zu verstehen?
„Jaaaa ...", antwortete sie abwartend.

„Bitte erzählen Sie mir noch ein wenig mehr, damit ich mir ein genaueres Bild machen kann", versuchte Evan, die Situation zu retten. Er musste Zeit gewinnen, musste wieder in die Balance finden, ihr zuhören, in ihren Augen versinken ...
Valeria sah ihn an, als ob sie sich fragen würde:
Was tue ich eigentlich bei diesem Idioten?

Evan konnte erkennen, dass sie an ihm zweifelte, aber dann erklärte sie ihm erneut ihr Vorhaben: „Erbschaft ... Bank ... Empfehlung ..." Das alles hörte er – zumindest die Schlüsselworte verstand er, ansonsten hörte er die Melodie ihrer Stimme und sah die Lippen ... Er würde sich hüten, noch einmal „wenn ich richtig verstehe ..." zu sagen.

„Wow", erwiderte er stattdessen. „Das finde ich klasse! Das ist wirklich ungewöhnlich!"

Valeria fragte sich wahrscheinlich, was daran ungewöhnlich war? War es nicht ein typischer Mädchentraum, ein eigenes Pferd zu besitzen oder vielleicht sogar einen Reitstall? Sie legte den Kopf schief und musterte ihn. Evan konnte förmlich sehen, welche Gedanken in ihrem Kopf kreisten.

So eine dämliche Aussage zu machen, wie konnte er nur! Er wiederholte die Informationen, die er gehört hatte, damit sie auch wirklich in seinem Bewusstsein ankamen und nicht wieder in seiner Verzückung für diese Frau verschwanden. Er tat das, was Anfänger auch taten – Aussagen wiederholen und somit verfestigen. Solche Skills musste er schon lange nicht mehr anwenden, da er sich von Anfang an routiniert und konzentriert jedes Detail einprägte –

in diesem Fall war allerdings alles ganz anders. Was sie ihm gesagt hatte, hatte er verstanden, doch wieder verlor er sich in ihrem engelsgleichen Gesicht. Sie schien aber etwas von ihrer Selbstsicherheit zu verlieren, denn ihr Blick flatterte nervös von ihm weg und wieder hin und wieder weg. So als könnte sie nicht einordnen, in welcher Situation sie sich bei ihm befand. Evan bemerkte ihre leicht geröteten Wangen und fühlte eine nie zuvor gekannte Zärtlichkeit.

Er war hin und weg!

Sie sah wieder auf, unterbrach das erneut aufkommende Schweigen und lenkte zurück zu den geschäftlichen Dingen, weg von dieser verstörenden Stille: „Welche Unterlagen brauchen Sie denn von mir? Wie geht es jetzt weiter?"

Sie ist nervös, dachte er und war einfach nur glücklich. Zumindest musste sich Glück so anfühlen. Durch ihre Unsicherheit fand er endlich in seine vertraute Selbstsicherheit zurück und erklärte ihr, wie es nun weiterginge, wie er arbeitete, welche Unterlagen er von ihr brauchte und dass er gerne baldmöglichst einen weiteren Termin mit ihr vereinbaren wollte, um an der Umsetzung ihrer Pläne arbeiten zu können.
„Alles klar, Mr Maglin", erwiderte sie. Ihr Tonfall irritierte ihn, er konnte ihn nicht einordnen, irgendetwas schwang darin mit, was er nicht verstand. Valeria sah ihn an, viel zu lang, viel zu intensiv. Er war wie elektrisiert. Er erwiderte ihren Blick, schaute dann aber weg und ordnete sinnloserweise seine Papiere, die schon geordnet vor ihm lagen. Verdammt, was passierte da mit ihm?
„Dann wären wir für heute fertig", sagte er leise.

Sie standen gleichzeitig auf, gaben sich die Hand und sahen sich tief in die Augen. Es kam ihm vor, als sähe sie in seine Seele, als wüsste sie, was in ihm vorging. Als durchschaute sie ihn und erkannte, dass er vollkommen hingerissen von ihr war. Er wollte sie nie wieder loslassen! Sie aber entzog ihm ihre Hand, nahm ihren Rucksack und den Helm und ging zur Tür. Dort drehte sie sich noch einmal zu ihm um. Er brachte nur ein heiseres „Ciao" hervor. Sie erwiderte nichts und sah ihn mit einem Blick an, den er nicht zu deuten vermochte. Valeria schloss die Tür hinter sich und er hörte, wie sie mit seiner Sekretärin sprach – die beiden lachten herzlich miteinander.

„Bis zum nächsten Mal, Ms Blackwood", trällerte Mrs Short fröhlich. Dann war es still.

Evan blieb verwirrt zurück, seine Hände zitterten. Er ging an das Fenster und suchte auf dem Firmenparkplatz nach ihr. Der Himmel lichtete sich nach dem Gewitterregen wieder und die Sonne schien zwischen den grauen Wolken hindurch. Da war sie, er entdeckte sie, als sie in Richtung eines Motorrads ging. Erst jetzt begriff er, warum sie zu spät gekommen war, sie war in den Wolkenbruch geraten. Irgendetwas hatte sie von „Regen und Motorrad" gesagt. Sie schüttelte ihre langen blonden Haare, setzte den Helm auf, stieg auf ihre weiße Maschine und startete sie. Langsam fuhr sie über den Parkplatz und fädelte in den fließenden Verkehr ein. Ihr Anblick raubte ihm den Atem. Sie wirkte wie ein Model für eine Motorradwerbung. Er ließ sie nicht aus den Augen, bis sie hinter einer Kurve verschwunden war. Evan sah weiterhin aus dem Fenster, er war meilenweit entfernt und bemerkte nicht, dass es an der Tür geklopft hatte.

Als jemand vorsichtig „Guten Morgen" sagte, erschrak er und drehte sich um: Sein nächster Klient stand vor ihm.

„Ich habe einen Termin", erklärte sich der Kunde, da er wohl bemerkte, dass sein Unternehmensberater nicht mit ihm gerechnet hatte.
„Ja", war das Einzige, was Evan antwortete. Stumm deutete er auf den Sessel vor seinem Schreibtisch. Der Klient tat wie ihm befohlen und setzte sich, sah aber etwas unsicher aus – zweifelnd, ob er hier an der richtigen Adresse war mit seinem Anliegen. Evan räusperte sich und war mit einem Mal wieder ganz Geschäftsmann.

„Wie kann ich Ihnen helfen?", fragte er freundlich, mit einem kurzen Blick auf seinen Terminkalender, während er sich setzte. „Mr Kent." Der Kunde schien erleichtert und lächelte. „Folgendes ..."

Verwirrungen

Valeria atmete die nach Herbstregen duftende Luft tief ein, während sie über den Parkplatz auf ihr Motorrad zusteuerte.

Was war das denn? Himmel, der Typ wurde mir doch von meinem Banker empfohlen, dachte sie, als sie den Helm aufsetzte. Sie wollte so schnell wie möglich weg von hier. Das war ihr alles zu viel gewesen – zu intensiv, zu verworren und verwirrend. Nach dem Bankgespräch letzte Woche hatte sie sich gut beraten gefühlt, aber heute war da nur ein riesiges Fragezeichen. Sie hatte vorgehabt, nach diesem Termin gleich nach Hause zu fahren, aber sie musste auf ihrer Maschine weiterfahren, immer weiter über die einsamen Landstraßen bis weit außerhalb der Stadt. Diese Begegnung ging ihr nicht aus dem Kopf. Dieser Mann hatte wirklich ungewöhnlich hellblaue, undurchschaubare Augen. Sein Blick hatte sie nervös gemacht. Sie hatte sich in seiner Gegenwart unwohl gefühlt und gespürt, dass sie rot geworden war.

Peinlich, dachte sie verschämt. Hoffentlich hatte der nicht bemerkt, wie ihre Wangen glühten. Sie war der Meinung gewesen, es wäre ein Geschäftstermin wie jeder andere – lästig und langweilig, aber notwendig für ihre Pläne. Ein Meeting mit einem verklemmten Durchschnittstypen, der sich, wie viele andere vor ihm, von ihrem Aussehen eingeschüchtert fühlte und daher gerade deshalb versuchte, sie schnellstmöglich wieder loszuwerden. Allerdings hatte sie nicht erwartet, auf einen derart sexy Mann zu treffen, der sie aus der Fassung brachte. Sie war kein Mensch, den man leicht verunsichern konnte.

Auf eine für sie befremdliche Art hatte er ihr Interesse geweckt, obwohl er sich anfangs mit seinem unprofessionellen Verhalten nicht gerade mit Ruhm bekleckert hatte.

Valeria war es gewohnt, von Männern angestarrt und gemustert zu werden. Ihr Freund Ben lachte nur, wenn sie sich bei ihm beschwerte, wie lästig ihr das war.
„Worüber wunderst du dich denn?", zog er sie dann auf.
„Schau dich doch an! Du strahlst puren Sex aus, du Wildkatze!" Dass ausgerechnet er ihr Auserwählter war, machte ihn sehr stolz. Aber wer sonst wenn nicht er? Er hatte das nötige Selbstvertrauen für eine Frau wie sie und litt nicht unter Eifersucht, die ihm, und vor allem ihr, die Beziehung vergiftet hätte.

Die Begegnung mit diesem fremden Mann hatte etwas Intensives und Befremdliches gehabt. Ein Schauer lief ihr über den Rücken und sie schüttelte unter ihrem Helm den Kopf, als wollte sie dieses undefinierbare Gefühl loswerden.

Wie lange sie durch die Gegend fuhr, wusste sie nicht, sie wollte nur nicht in ihre Wohnung zurück. Sie hatte das Gefühl, wenn sie dorthin zurückkehrte, würde sie wie ein eingesperrtes Tier von einem Eck ins andere laufen, also entschloss sie sich, zu dem Reitstall zu fahren, in dem ihr Pferd Sunny untergebracht war.
Normalerweise tat sie das immer abends.

„Na, mein Schatz!", begrüßte sie die Stute und streichelte ihr über den Kopf. „Heute bin ich früher da. Ich glaube, ich brauche heute deine Hilfe, meine Süße."
Sie war sich sicher, dass ihr Pferd jedes Wort verstand.

Bisher hatte sie die Nähe der Stute immer beruhigt, egal, was in ihrem Leben gerade passiert war, aber heute funktionierte das nicht. Während sie die lange Mähne des Pferdes bürstete, schlich sich andauernd dieser Firmenchef in ihre Gedanken. Der war ganz anders als die Männer, die sie bisher kennengelernt hatte. Er war sehr ernst gewesen. Sie hatte den Eindruck gehabt, als kannte er sie schon, so wie er sie angesehen und sich verhalten hatte. Als wäre er hin und weg gewesen von ihr. Von der ersten Sekunde an war zwischen ihnen eine Vertrautheit spürbar gewesen, die sie in der Art noch nicht erlebt hatte.

Als Valeria Sunny nach zwei Stunden wieder verließ und nach Hause fuhr, regnete es erneut. Sie fror, ihre Hände waren eiskalt, dass sie Mühe hatte, ihr Motorrad sicher zu lenken. Langsamer als gewöhnlich fuhr sie durch den Regen. Graue Nebelschwaden zogen auf und tauchten die Landschaft in ein tristes Licht.
Hoffentlich komme ich sicher zu Hause an, dachte sie ängstlich.
Als sie endlich auf dem Innenhof ihres Appartementhauses ankam und das Motorrad neben ihrem Auto parkte, stieg sie mit wackeligen Beinen ab. Durchnässt und frierend ging sie über den Hof in Richtung ihres Appartements. Zum Glück war sie heute Abend allein. Ben hatte einen Auswärtstermin und sie erwartete ihn erst in zwei Tagen zurück. Sie ließ ein heißes Bad ein und zog ihre nasse Kleidung aus, die kalt an ihrem Körper klebte.

Mit einem tiefen Seufzer legte sie sich in die Badewanne.

Aufwühlende Nacht

Wie immer überschlugen sich Evans Termine, sodass er kaum zum Denken kam. Trotzdem holte ihn die Erinnerung an seinen Neun-Uhr-Termin in jeder freien Sekunde wieder ein. Als sein letzter Kunde endlich das Büro verließ, ließ er sich in den Sessel zurückfallen, lockerte die Krawatte und schloss die Augen. Seine Gedanken waren sofort wieder bei ihr. Niemals zuvor war er bei einem Geschäftstermin aus der Bahn geworfen worden. Noch nie hatte er sich so wenig im Griff gehabt. Noch nie war er von irgendwelchen Gefühlen übermannt worden. Noch nie war er derart unkonzentriert und fahrig gewesen wie heute Morgen. Ausgerechnet bei ihr hatte er sich wie ein Vollidiot benommen – nein, genau wegen ihr war das passiert.

Valeria ... was für ein Name.

Er fühlte sich von ihr durchschaut – mehr als das:
Er fühlte sich gesehen. Aber wie konnte das sein?
Bildete er sich das alles nur ein, weil er so ausgehungert war? Projizierte er nur sein Wunschbild auf sie?
Steigerte er sich da in etwas hinein?
Nein, es war anders.

Diese Sehnsucht hatte er schon tausende Male gehabt, aber jetzt gab es ein Gesicht und Gefühle dazu, die ihn fast überwältigten. Eine Mischung aus Lust und Zärtlichkeit ... Sehnsucht ... das Verlangen nach Verschmelzung mit dieser Frau ...
Für einen Moment schien die Welt stillzustehen. Ihm wurde schwindelig, es drehte sich alles, ihm wurde heiß und kalt.

„Oh Gott!", entfuhr es ihm, denn allein durch diese Gefühle und den Gedanken an sie bekam er einen Steifen. Am liebsten würde er in seinem Büro ... dieser Gedanke war absurd. Aber er konnte sich etwas ganz anderes in seinem Büro vorstellen ... mit ihr.

„Valeria", flüsterte er. Ihr Name hatte sich wie ein Tattoo in sein Herz gebrannt. „Reiß dich zusammen, du sentimentaler Vollidiot!", brach es aus ihm heraus.

So muss es sich anfühlen, wenn man kurz vorm Durchdrehen ist. Es fühlte sich wie ein emotionaler K.-o.-Schlag an. Ihm war klar, dass sein bisheriges Leben mit dieser Begegnung in Trümmern lag.

Er sprang aus seinem Sessel auf, griff nach seiner Jacke und der Aktentasche und verließ das Büro. Ein beklemmendes Gefühl erfasste ihn ... der Gedanke, jetzt zu seiner Familie fahren zu müssen, war unerträglich. Wie sollte er das aushalten, Familienvater und Ehemann zu spielen, während er nur an diese Frau dachte? Er ging zu seinem Auto, setzte sich hinter das Steuer und startete den Wagen.

Aber wohin sollte er jetzt?
Das erste Mal in seinem Leben wurde ihm mit brutaler Härte bewusst, dass er niemanden hatte, dem er sich anvertrauen konnte oder wollte. Schon wieder überfiel diese eisige Einsamkeit seine Seele. Für ihn gab es keinen einzigen Menschen, der ihm sagen konnte, was mit ihm passiert war oder der ihm einfach nur zuhörte. Niemanden, dem er von dieser Faszination und Sehnsucht erzählen konnte, die Valeria in ihm entfacht hatte. *Sebastian vielleicht?*

Nein, auch mit ihm wollte er nicht darüber reden, denn er wusste, wie er reagieren würde. Grinsend würde er Witze reißen und ihm raten, nichts anbrennen zu lassen.

„Schnapp sie dir!", wäre sicher einer seiner Kommentare.

Das Gefühl des Alleinseins nahm Evan die Luft zum Atmen. Ein stechender Schmerz in seiner Brust überfiel ihn – schlimmer noch als beim letzten Mal.

Bloß weg hier!

Nicht, dass ihn noch einer seiner Kollegen oder Kunden in diesem jämmerlichen Zustand vorfanden. Hastig fuhr er aus dem Parkplatz heraus und fädelte wie ferngesteuert in den Feierabendverkehr ein, der sich zäh durch die Innenstadt wälzte. Scham überkam ihn.

Er bog in eine ruhige Seitenstraße ein und parkte seinen Wagen am Straßenrand. Über dem Lenkrad fiel er in sich zusammen. Das Atmen fiel ihm schwer und Tränen liefen über sein Gesicht. So hatte er sich selbst noch nie erleben müssen. Er musste wieder Kontrolle über sich erlangen, aber jetzt ging das nicht – er weinte hemmungslos.

Inzwischen war es dunkel geworden und es regnete so stark, dass sich die Regentropfen wie Kieselsteine auf seinem Autodach anhörten. Sein Handy hatte mehrmals geklingelt, aber er ging nicht ran. Es war Julia, die wahrscheinlich mit dem Abendessen auf ihn wartete.

Er ließ den Motor an, fuhr aber nicht los, sondern starrte auf seine regennasse Windschutzscheibe.

In zwei kurzen Sätzen teilte er seiner Frau per WhatsApp mit, dass er heute nicht mehr heimfahren würde. Danach schaltete er das Telefon aus. Er machte sich auf den Weg in Richtung seines Lieblingshotels, in das er sich schon oft einquartiert hatte, wenn er in der Stadt geblieben war.

Auf dem Balkon des Hotelzimmers rauchte er eine Zigarette nach der anderen. Als seine Unruhe immer unerträglicher wurde, ließ er sich vom Zimmerservice eine Flasche Whisky bringen, die er schnell bis zur Hälfte geleert hatte. Da er den ganzen Tag nichts gegessen hatte und nie viel trank, war er in kurzer Zeit betrunken und hatte höllische Magenschmerzen. Sein Brustkorb war noch immer bleischwer. Er konnte sich nicht erinnern, sich jemals so verloren gefühlt zu haben, als er da auf dem Balkon stand und den Blick über die nächtliche Stadt wandern ließ. Um diese Zeit waren kaum noch Autos auf den Straßen unterwegs. Er stellte sich vor, wie die anderen Menschen dort draußen in ihrem gemütlichen Zuhause mit jemandem zusammen waren, den sie liebten. Nur er war allein und abgrundtief einsam.
Niemand ist so verlassen wie ich ...

Wo waren seine Coolness, seine Überlegenheit und die Kontrolle über sein Leben geblieben?
Er fühlte sich wie ein unglücklicher Teenager, der sich besoff, weil er zum ersten Mal Liebeskummer hatte. Durch die Begegnung mit Valeria war eine Tür in seinem Inneren aufgegangen, die er nicht mehr schließen konnte. Überwältigt von dieser Lawine an Gefühlen, versank er in tiefem Selbstmitleid. Er wusste nicht, dass solche Empfindungen und Emotionen überhaupt in ihm schlummerten.

Irgendwo da draußen muss sie sein ...

In einem Zug leerte er die Flasche und war gerade noch dazu fähig, in sein Bett zu wanken. Mit einem Mal wurde ihm speiübel, er sprang aus dem Bett und rannte ins Bad, wo er sich die Seele aus dem Leib kotzte. Würgend hing er über der Kloschüssel und wollte nur noch sterben, so elend fühlte er sich. Sein Körper und seine Seele bestanden nur noch aus einem in Stücke reißenden Schmerz. Evan ließ sich auf den Badezimmerboden fallen, nachdem die Flasche Whisky im Klo gelandet war. Sein letzter Gedanke war:
Morgen bin ich wieder der Alte ... ganz bestimmt.
Völlig fertig schlief er auf dem Fußboden ein.

Während er sich hin und her wälzte, passierte etwas Unheimliches mit ihm. Von einem Gesichtslosen wurde er an den Haaren durch ein vertrautes, lang vergessenes Zimmer geschleift. Er hatte Angst und versuchte, diesen Jemand mit seinen Armen abzuwehren, aber er war zu schwach. Evan sah sich in einem kindlichen Körper. Obwohl er nicht wollte, musste er dennoch hochsehen. Vor ihm tauchte die hassverzerrte Fratze seines Stiefvaters auf, der ihn plötzlich gegen die Wand schlug. Dann lachte er dreckig auf und flüsterte ihm drohend ins Ohr:
„Ich werde dich erschlagen wie einen räudigen Straßenköter! Denn genau das bist du, ein Köter, der froh sein kann, dass man ihm etwas zu fressen gibt!"
Wieder lachte er, nahm ein Messer in die Hand und zielte damit auf Evans Augen.
„Irgendwann hast du nur noch schwarze leere Höhlen, du Stück Scheiße!" Als er gerade zustechen wollte, fuhr Evan schweißgebadet aus dem Schlaf hoch.

Nur ein Alptraum, weiter nichts, versuchte er, sich zitternd zu beruhigen. Aber in seinem Inneren wusste er, dass das mehr als nur ein Traum gewesen war. In seiner Seele war etwas hervorgebrochen – ein Flashback, ein Einblick in seine verdrängte Kindheit.

Ihm wurde wieder schlecht.
Hastig stürzte er zur Toilette, aber mehr als Würgereflexe brachte er nicht hervor. Sein Magen tat weh und seine Knochen fühlten sich wie gebrochen an.

Wieso jetzt? Wieso der?
Wie passt das alles zusammen?

Gestern hatte er diese Frau kennengelernt und nun spielte ihm seine Fantasie eine seiner schlimmsten Erinnerungen vor. Warum? Ausgelaugt legte er sich auf das Bett und zog die Decke bis zum Kinn hoch. Seine Gedanken rotierten vom Hundertsten ins Tausendste: *Valeria ... Stiefvater ... Schläge ... Todesangst ... seine Schwester Eva ...* Auf einmal war alles wieder präsent, was er über Jahrzehnte verdrängt hatte.

*

Evan war drei Jahre alt gewesen, als er das erste Mal von seinem Stiefvater verprügelt wurde. Unzählige Male wurde er von da an von dem Mann seiner Mutter grün und blau geschlagen und mit dem Tode bedroht. Seine Mutter zog es dann vor, sich in die Kirche zum Beten zu verziehen und sich erst nach ein paar Stunden wieder blicken zu lassen, wenn wieder Ruhe im Haus eingekehrt war. Bevor sie ging, schloss sie alle Fenster, damit die Nachbarn nichts hörten, vor allem nicht die Schreie ihres Sohnes.

Aber auch wenn jemand etwas gehört hätte, hätte niemand eingegriffen. Man war sich darüber einig, dass es keinen etwas anzugehen hatte, was sich hinter fremden verschlossenen Türen abspielte.

Jeder im Ort hatte gewusst, dass Evan nicht das Kind von Robert war. Es war ein offenes Geheimnis, dass Evans Mutter schwanger aus einem Italien Urlaub zurückgekehrt war und kurz darauf Robert kennengelernt hatte, dem sie das Kind untergeschoben hatte. Sie war damals eine hübsche zwanzigjährige Frau mit kurzen blonden Haaren, feinen Gesichtszügen und blauen Augen gewesen. Niemand hatte verstehen können, dass ausgerechnet sie den hässlichsten Mann des Dorfes heiratete, noch dazu zehn Jahre älter als sie. Allerdings besaß der eine gut gehende Schreinerei, was ein sicheres Einkommen versprach. Neun Monate nach Italien wurde Evan geboren, ein Baby mit pechschwarzen Haaren und eisblauen Augen. Ein ungewöhnlich hübsches Kind, viel zu hübsch für diesen Ort.

Robert war ein kleiner, dickbäuchiger Mann mit Halbglatze und zusammengekniffenen Augen, in denen man nicht einmal die Farbe erkennen konnte, da außer Schlitzen nichts zu sehen war. Dass Evan nicht sein Sohn sein konnte, erklärte sich allein dadurch von selbst. Der Stiefvater hatte es als sein Recht angesehen, dieses Kind misshandeln zu dürfen, und das Dorf schwieg dazu, denn man verstand den Mann ja irgendwie.

Die Frau und das Balg konnten froh sein, durchgefüttert zu werden und bei ihm Unterschlupf zu bekommen, war die allgemeine Meinung hinter vorgehaltener Hand.

Als Evan vier Jahre alt war, kam seine Schwester Eva auf die Welt. Sein Leben besserte sich, als Eva drei Jahre alt geworden war, zumindest in der Hinsicht, dass Evan nicht mehr so oft verprügelt wurde. Sein Stiefvater schien nun mehr Interesse an Eva zu haben, allerdings auf eine andere Weise. Die Kirchenbesuche der Mutter wurden noch zahlreicher und jetzt nahm sie ihren Sohn mit, der mit gesenktem Kopf neben seiner Mutter sitzen und ihre stundenlangen Gebete mithören musste.

Zwischen ihm und seiner Schwester entstand eine Schicksalsgemeinschaft. Leidensgenossen, die eng aneinander gekuschelt einschliefen, nachdem sich Eva wieder einmal in das Zimmer ihres Bruders geflüchtet hatte. Evan hatte ihr nicht helfen können, außer, dass er für sie da war, wenn sie nach den Besuchen des Vaters weinend zu ihm gekommen war.

*

Dass Evans Kindheitstrauma ausgerechnet jetzt in sein Bewusstsein zurückkam, konnte er nicht verstehen. Die Gedanken daran kreisten unablässig in seinem Kopf, auch die Sache mit seiner Schwester drängte sich in sein Gedächtnis. Als wäre es gestern gewesen, so deutlich erschienen die Bilder nun vor seinem geistigen Auge.

*

An einem Abend im Januar, an dem ein schwerer Schneesturm um das Haus getobt war, hatte der damals zwölfjährige Evan mit einer leeren Bierflasche seinem Stiefvater gedroht, als der sich gerade wieder volltrunken auf den Weg zu Eva machen wollte:
„Einen Schritt weiter und ..."

Robert entriss ihm die Flasche und schlug sie ihm auf den Kopf, sodass er eine klaffende Platzwunde über der Stirn erlitt. Das Blut lief ihm in Strömen ins Gesicht und in die Augen. Er fiel zu Boden und konnte nichts mehr sehen. Robert lachte und seine Mutter schrie hysterisch. Die Mutter rief den ortsansässigen Arzt an, dass er sofort kommen solle, weil etwas passiert sei.

Sie versuchte, die Blutung mit Handtüchern zu stillen, während der Stiefvater ins Schlafzimmer ging, die Tür zuknallte und kurz darauf laut schnarchte. Nach einer Stunde kam der Arzt endlich, der sich durch den Schneesturm bis zu dem verschneiten Haus am Stadtrand durchschlagen musste. Schweigend behandelte er die Wunde.

„Eigentlich müsste der Junge ins Krankenhaus", murmelte er, wollte aber nicht einmal wissen, wie das passiert war. Auch Evan schwieg. Der Zwölfjährige konnte hören, wie seine Mutter dem Arzt zuflüsterte, dass er im Dorf nichts davon sagen dürfte und dass es bestimmt auch ohne Krankenhaus ginge. Auch wenn Evan nichts sehen konnte, weil seine Augen von dem Blut verklebt waren, so wusste er, dass der Arzt nickte.

Die Schläge des Stiefvaters hörten erst auf, als Evan fünfzehn Jahre alt wurde. Es schien, als hätte Robert Angst vor ihm, denn inzwischen überragte er ihn um einiges. Aber es war nicht Evans Körpergröße, die ihn einschüchterte, es war der Blick aus diesen eiskalten Augen, der ihn vorsichtig werden ließ. Evans Blick war derart hasserfüllt, dass Robert seinem Stiefsohn durchaus zutrauen konnte, dass er ihm eines Tages den Schädel einschlug, wenn er nicht aufhören würde, ihn zu verprügeln.

Auch Eva ließ der Vater endlich in Ruhe, weil er ihren Bruder fürchtete. Allerdings erst, nachdem sich der Fünfzehnjährige ihm in den Weg gestellt hatte, als er in Evas Zimmer gehen wollte. Evan blickte auf ihn herab und sagte leise voller Abscheu: „Wenn du Drecksack es noch einmal wagen solltest, dich an Eva zu vergreifen, schneide ich dir deinen Schwanz ab, du elendes Arschloch!" Robert hatte keine Zweifel daran, dass Evan das ernst meinte und ließ von nun an beide Kinder in Ruhe.

*

Evan konnte nicht schlafen. Draußen wurde es langsam hell und es regnete wieder. Er würde sich heute freinehmen müssen, denn er konnte unmöglich in diesem Zustand in die Firma gehen. Aus diesem Grund schrieb er seiner Sekretärin eine WhatsApp, damit sie alle Termine auf den nächsten Tag verschob. Dann rief er an der Rezeption an, dass er das Zimmer bis nachmittags behalten würde.

Durch den Entschluss, heute nicht zur Arbeit zu gehen, beruhigte er sich und fand endlich in einen traumlosen Schlaf.

Auf ein Neues!

Valerias heißes Bad hatte an diesem Abend nicht die gewünschte Entspannung gebracht, denn ihre Gedanken kreisten um diesen Maglin.

Ben hatte versucht, sie telefonisch zu erreichen, aber sie wollte nicht mit ihm reden. Sie hatte einfach keinen Sinn dafür, mit ihm zu plaudern. Auf WhatsApp schrieb sie ihm, dass sie gerade Besuch hatte und sich später melden würde. Wobei sie wusste, dass sie ihn nicht zurückrufen würde.
Die halbe Nacht lag sie wach.

Am nächsten Morgen war ihr erster Gedanke ... Evan Maglin. Sie musste zur Arbeit, sie musste sich jetzt zusammenreißen und zur Tagesordnung übergehen. In ein paar Tagen hatte sie wieder einen Termin bei ihm, dann würde sich das komische Gefühl sicher erledigt haben.

Aber dem war nicht so – nichts erledigte sich, denn sie dachte in dieser Zeit sehr oft an Evan Maglin. Es fühlte sich an, als hätte sie sich in ihn verknallt. Aber wie konnte sie sich in einen Mann verlieben, den sie nicht einmal eine ganze Stunde gesehen hatte? Sie hatten nur über Geschäftliches gesprochen, nichts Privates, sie wusste nichts über ihn. Und außerdem war er nicht besonders entgegenkommend gewesen, eher ziemlich steif und unfreundlich. Er hatte ihr auch nicht richtig zugehört, als interessierte ihn ihr Anliegen nicht. Nicht einmal einen Kaffee hatte er ihr angeboten. So ein unhöfliches Verhalten war sie nicht gewohnt. Wahrscheinlich war ihr Vorhaben geschäftlich gesehen einfach zu belanglos für ihn.

Vielleicht arbeitete er nur mit großen Firmen zusammen und empfand ihre Geschäftsidee als unprofitable Peanuts? Das Einzige, was sie mit Sicherheit sagen konnte, war, dass er außergewöhnlich gut aussah, aber was bedeutete das schon? Sie war aus dem Alter heraus, dass so etwas ein Argument für einen Mann gewesen wäre. Außerdem liebte sie Ben. Wahrscheinlich würde sich bei dem zweiten Termin herausstellen, dass es sich nur um ein Missverständnis gehandelt hatte.

*

In drei Stunden hatte Valeria den Termin in der Unternehmensberatung. Sie war sehr aufgeregt – mehr als ihr lieb war. Heute hatte sie frei und wieder viel zu erledigen. So musste sie in die Bank und gleich danach in die Unternehmensberatung …

Mit Herzklopfen stieg sie um kurz vor elf Uhr in den Aufzug in Richtung Maglins Büro. Heute war sie mit dem Auto gekommen und hatte sich vor dem Kosmetikspiegel im Wagen noch einmal sorgfältig nachgeschminkt, ihre Lippen mit Gloss betupft und die Augen mit grünem Kajal umrandet – allerdings erst nach dem Banktermin, denn dort wollte sie nicht zu stark geschminkt auftreten. Um ihre Seriosität zu unterstreichen, hatte sie sich für ein schwarzes Business-Kostüm entschieden. Vielleicht war es ihr Outfit bei dem ersten Termin gewesen, das Maglin an der Ernsthaftigkeit ihrer Person und damit ihres Vorhabens zweifeln ließ?

Ich und ein Anzugträger, dachte sie, als sie Richtung Evans Büro ging. *Das geht ja gar nicht!*

Spielchen

Evan war an diesem Freitagmorgen sehr nervös.
Ein Zustand, der Selbsthass in ihm auslöste. Seine Familie nervte ihn – wie inzwischen fast täglich. Er wollte seine Ruhe haben und konnte das fröhliche Geschnatter von allen Seiten kaum noch ertragen. So saß er zwischen seinen Kindern und seiner Frau und war doch Galaxien entfernt. Wie gewöhnlich versuchte er, sich zusammenzureißen und ein neutrales Gesicht zu machen, was ihm aber misslang.

„Oha, Dad ist aber extrem beschissen drauf heute!", bemerkte Anna und warf ihrem Zwillingsbruder einen vielsagenden Blick zu.
„Midlife-Crisis, eindeutig!", entgegnete Phil grinsend.
Ihr Vater überhörte das und gab vor, die Zeitung zu lesen. Wenn Evan bisher schlechte Laune gehabt hatte, so strahlte er trotz allem eine Gelassenheit aus, die unerschütterlich zu sein schien. Die Unterhaltungen seiner Familie hatte er weiterhin ertragen können, auch wenn er sich nicht daran beteiligte. Zwar blieb er auch heute ruhig und in sich gekehrt, aber nur Julia bemerkte, dass es eine unheilvolle Ruhe war, die er ausstrahlte. An seinen Augen, die fast trüb wirkten, sah sie, dass es ihrem Mann sehr schlecht gehen musste. Nie zuvor hatte sie ihn so abgespannt gesehen. Sein Blick war bis zu dem heutigen Tag immer klar gewesen.
Nicht so wie jetzt: leer und teilnahmslos ...

Evan hasste sich für dieses Gefühlschaos, das sein gesamtes Weltbild zum Einsturz brachte. Eigenschaften wie Unsicherheit und Nervosität waren seiner Meinung nach ein gewöhnliches Verhalten, das er bei anderen stets belächelte.

So benahmen sich Verlierer! Und jetzt sollte er auch so ein Loser sein, der sich nicht im Griff hatte? Er konnte nicht glauben, dass er vor ein paar Tagen sogar geheult hatte ... Diesen beschämenden Gedanken musste er ganz weit wegschieben.

Heute war der entscheidende Tag! Er würde irgendetwas an dieser Frau finden, was ihn abturnte! Er würde ihr Fallen stellen, um sie zu testen! Und er war sich sicher, dass sie seine Tests nicht bestehen würde. Wahrscheinlich fiel sie heute schon gnadenlos in seiner Gunst durch, was ihn endlich in seine gewohnte Souveränität zurückfinden lassen würde. Dann würde er alles schnell wieder vergessen, was er die letzten Tage durchmachen musste.

Schon vor elf Uhr stand er am Fenster seines Büros und beobachtete Valeria, als sie die Bank verließ.

Sie kann nicht verbergen, dass sie ein geiles Luder ist, auch wenn sie so einen spießigen Fummel anhat, dachte er, während er ihren Anblick regelrecht in sich aufsog. So sehr sie sich auch bemühte, unauffällig und konservativ zu wirken, sie konnte nicht verheimlichen, dass sie nicht in gewöhnliche Schubladen passte. Sie war ein durch und durch sinnliches Vollblutweib, das Männerfantasien entfachte. Sie stieg kurz in ihren roten Kleinwagen und stylte sich.

„Gut zu wissen!", grinste er. Damit hatte er die eindeutige Bestätigung, dass auch sie sich für ihn interessierte. Für ihn war jedes noch so winzige Detail wichtig. Er sammelte Puzzleteil für Puzzleteil, um zu einhundert Prozent zu erfahren, wen er da vor sich hatte.

Sie stieg wieder aus ihrem Auto, wobei ihr knielanger Rock ein Stück hochrutschte und Evan ihre langen schlanken Beine sehen konnte. Er war von dem Anblick absolut hingerissen und hatte mit einem Mal das Gefühl, sein Verlangen nach dieser Frau keine Sekunde länger aushalten zu können. Er setzte sich in seinen Sessel und wartete, bis seine Sekretärin Valerias Erscheinen ankündigte – mit jeder Minute wurde er nervöser. Als Rosie Short endlich den Summer betätigte, bekam er einen Stich ins Herz. Er ließ einige Sekunden vergehen, bevor er sich meldete: „Ja, was gibt's?"

Betont desinteressiert und kurz angebunden hatte er seine Frage formuliert, so als wüsste er nicht, dass er einen Termin hatte. Auch das gehörte zu seinem Test: Wie würde sie reagieren, wenn er den Termin mit ihr scheinbar vergessen hatte? Bei ihrem Aussehen war sie es bestimmt gewohnt, dass alle einen Kniefall vor ihr machten. Da würde er sich bestimmt nicht einreihen wollen!

„Ms Blackwood ist da, Mr Maglin." Evan schwieg für einen Augenblick, als müsste er sich erst erinnern.
„Ach so ... ja. Schicken Sie sie bitte herein." Als es an seiner Tür klopfte, sah er angestrengt auf seinen Computerbildschirm. „Ja, bitte!", kam es kurz und knapp von ihm. Die Tür öffnete sich langsam und Valeria trat ein, während er noch immer in seinen Computer starrte. Ohne sie anzusehen, begrüßte er sie: „Hallo, Ms ...", und verstummte.
„Entschuldigen Sie, jetzt ist mir Ihr Name entfallen."
„Sagen Sie einfach Valeria." Er bemerkte ihren verletzten Unterton, weil sie dachte, er hätte ihren Namen vergessen.
Sehr gut, dachte er. *Sehr gut, dass ich diesen Schachzug hingekriegt habe.*

Mit einem kurzen Blick auf sie sagte er charmant lächelnd: „Einen Moment noch, bitte, ich muss das hier schnell fertig machen, dann habe ich Zeit für Sie. Setzen Sie sich doch schon mal." Konzentriert schaute er weiterhin auf den Bildschirm – dass er dort nur die Börsenkurse von gestern vor sich hatte, konnte sie ja nicht sehen. Valeria setzte sich.

„Dann mach ich später damit weiter", murmelte er vor sich hin und klappte den Laptop zu. Jetzt sah er sie an. Er war überwältigt von ihrem Aussehen, ihrer Ausstrahlung, der Bluse, die so weit aufgeknöpft war, dass ein weißer Spitzen-BH gerade noch so hervorblitzte. Dieses Outfit verhüllte zwar, aber verbarg rein gar nichts.

„Ich hatte ganz vergessen, dass wir heute einen Termin haben, tut mir wirklich leid!", spielte er seinen nächsten Zug entschuldigend lächelnd aus. Und es war ein grandioser Zug! Valerias schöner Mund öffnete sich überrascht für einen Moment und ihre Wangen färbten sich augenblicklich rot. Sie sah verlegen aus, was ihm extrem gut gefiel – und vor allem fand er durch ihre Verunsicherung in seine gewohnte Selbstsicherheit zurück. Jetzt hatte er sie am Haken! Er war sehr zufrieden mit sich. Wie alle anderen Frauen würde sie ihm auch bald aus der Hand fressen, ihn anhimmeln und alles tun, um ihm zu gefallen, dessen war er sich sicher. Evan lächelte und versuchte, sein Herzklopfen niederzukämpfen oder es zumindest zu ignorieren.

Sie sieht so süß aus, wenn sie traurig schaut, weil sie denkt, ich hätte sie vergessen, dachte er übermütig.

Was ihm allerdings nicht bewusst war, war, dass er dermaßen verliebt aussah, dass ihr schlagartig klar wurde, dass er nur eine Show abzog …

Daher antwortete sie mit sanfter Stimme:

„Ach, Mr Maglin, jetzt hätte ich Ihnen doch wirklich beinahe geglaubt, dass Sie mich innerhalb dieser wenigen Tage bereits vergessen haben."

Evan stutzte, sein überlegenes Lächeln verschwand aus seinem Gesicht. Sie sah ihn durchdringend an.

„Nein, natürlich nicht", entgegnete er viel zu hastig. Sein Schachzug war dahin … Nun lächelte sie, ein Lächeln, das ihn verunsicherte – und bezauberte.

„Na, dann lassen Sie uns doch anfangen, sonst läuft uns die Zeit noch davon. Sie haben sicher gleich wieder den nächsten Termin, nehme ich an", meinte sie amüsiert.

Sie gibt den Ton an und ich sitze hier wie ein Idiot und bringe kein Wort mehr heraus. Das war bisher immer sein Part gewesen: charmant lächeln, tiefe Blicke, die verunsicherten und klarmachten, wer hier das Sagen hatte.

„Ja, Sie haben recht, fangen wir an", antwortete er unlustig. Er fühlte sich ganz und gar nicht wohl in seiner Haut, er musste wieder die Oberhand gewinnen.

„Dann zeigen Sie mir mal Ihre Unterlagen." Ihm war bewusst, dass er viel zu ernst klang. Valeria lächelte freundlich und legte ihm ihre Dokumente vor. Ohne ein weiteres Wort begann er, darin zu blättern und konzentrierte sich nur noch darauf. Er vermied es, sie anzusehen. Sie schwieg ebenfalls, was ihn noch mehr irritierte. Er war es gewohnt, dass Frauen Schweigen nicht lange aushielten. Und Evan schwieg gerne … das gehörte zu seinem Repertoire. Viele versuchten, diese unangenehme Stille mit Floskeln oder nervösem Auf-dem-Stuhl-herumgerutsche zu überbrücken.

Valeria hatte anscheinend kein Problem damit.

Weder fummelte sie verlegen an ihrem Handy herum, wie es die meisten taten, noch schien sie sich auch nur im Geringsten unwohl zu fühlen. Als er einmal kurz aufblickte, sah sie ihn mit einem amüsierten Ausdruck in den Augen an. Schnell vertiefte er sich wieder in die Unterlagen. Er fühlte sich nicht wohl, ganz und gar nicht! Aber das sollte sie auf keinen Fall merken, also begann er betont gleichgültig: „Ms Blackwood ..." Er nannte sie bewusst nicht bei ihrem Vornamen. Das Wissen, dass sie lieber mit „Valeria" angesprochen wurde, konnte er gleich einmal nutzen, um zu sehen, wie sie reagierte, wenn er ihren Wunsch missachtete.

„Ms Blackwood, leider fehlt ein überaus wichtiges Dokument, ohne das ich mit meiner Arbeit leider nicht fortfahren kann." Dieses „wichtige Dokument" hatte er soeben schnell überblättert ...

„Echt? Welches meinen Sie denn?", fragte sie erstaunt. „Ich habe doch alles von meinem Bankberater prüfen lassen, dass auch wirklich alles vollständig ist, was Sie benötigen."

„Tja, Ms Blackwood, tut mir leid, Ihre Unterlagen sind nicht vollständig!" Er machte eine Kunstpause und beobachtete, wie sie sich verhielt. Endlich verlor sie ihre Selbstsicherheit und sah ihn mit ratlosem Gesicht an.

„Ach, wissen Sie was, ich rufe später gleich mal in der Bank an und fordere das Dokument an. Dann müssen Sie sich nicht darum kümmern", lächelte er gönnerhaft.

„Sehr nett von Ihnen, Mr Maglin", antwortete sie mit einem Unterton, den er nur so deuten konnte, als glaubte sie ihm doch nicht ganz. „Dann tun Sie das bitte für mich."

„Sehr gerne, Ms Blackwood." Evan wartete darauf, dass sie ihn verbesserte, er solle sie „Valeria" nennen. Das tat sie aber nicht. Er war enttäuscht, sagte aber betont sachlich:
„Dann war's das für heute. Ich will Sie nicht länger aufhalten. Sie haben sicher noch viel zu erledigen."
Das war als eleganter Rausschmiss gedacht, aber nicht, weil er sie tatsächlich loswerden wollte, sondern um ihr zu zeigen, dass ER noch viel zu tun hatte und auf ihre Anwesenheit keinen Wert mehr legte. Befriedigt stellte er fest, dass sich ihr schönes Gesicht verfinsterte.

„Okay... danke ...", erwiderte sie zögernd.
„Gut! Ich melde mich bei Ihnen, wenn ich das alles durchgearbeitet habe", sagte er mit einem kaum hörbaren Seufzer, der sich für sie so anhören sollte, als sei es eine undankbare Aufgabe, für sie zu arbeiten. Er stemmte die Hände auf die Sessellehnen, um gerade noch so höflich zu erscheinen, dass er ihr die Möglichkeit gab, als Erste aufzustehen, damit es nicht ganz so nach Rauswurf aussah. Aber Valeria blieb für einen Moment zu lange sitzen, was für Evan der Beweis war, dass sie noch nicht gehen wollte. Langsam erhob sie sich, als wollte sie noch etwas sagen.

„Ach ja, ehe ich es vergesse, habe ich eigentlich Ihre Telefonnummer?", fragte er beiläufig, während er demonstrativ auf seine Armbanduhr blickte. Gleich nach ihrem ersten Termin hatte er ihre Handynummer in seinem iPhone eingespeichert, die er aus dem Anmeldeformular seiner Sekretärin abgeschrieben hatte. Auf WhatsApp hatte er ihr Profilbild schon x-mal angesehen – er war fasziniert von diesem Gesicht ... diese geheimnisvollen grünen Augen mit den dichten Wimpern, die ebenmäßige, leicht gebräunte

Haut und diese sinnlichen Lippen – was könnte man mit denen alles machen, wo könnte man die überall spüren …
Allein bei der Vorstellung, dass sie ihm einen blies, war ihm schwindelig geworden.

„Meine Telefonnummer habe ich Ihrer Sekretärin gegeben", erwiderte sie knapp. Während er in seinem Terminkalender blätterte, meinte er abwesend:
„Gut, gut, ich schau dann mal nach und melde mich."
Ihm war sehr wohl bewusst, dass er sich wie ein arrogantes Arschloch benahm, aber er konnte nicht zulassen, dass sie die Spielregeln vorgab. Nach wie vor war es wichtig, dass er Spielführer blieb und nach seinen Regeln gespielt wurde. Das Einzige, was er bis jetzt wusste, war, dass sie wie keine andere Frau vor ihr – zumindest ansatzweise – das Spiel beherrschte. Aus diesem Grund musste er sie weiterhin destabilisieren. Wie weit würde er gehen können, bis sie ihre Selbstsicherheit verlor, wütend wurde oder vielleicht sogar in Tränen ausbrach? Er musste herausfinden, wo ihre Grenzen lagen – um sie niederzureißen.

Die ist es gewohnt, dass ihr die Kerle massenweise nachlaufen, war er überzeugt, aber er würde sich bestimmt nicht in die Schlange ihrer Verehrer einreihen. Daher musste er ihr von Anfang an zeigen, dass er von ihr nicht so beeindruckt war, wie sie vielleicht annahm, auch wenn er in Wahrheit vollkommen fasziniert von ihr war. Er würde es tunlichst vermeiden, ihr das zu zeigen, eher würde er weiterhin seine Arschloch-Nummer abziehen. Bei ihr schon, gerade bei ihr! Sie musste erst beweisen, dass sie tatsächlich so selbstbewusst war, wie sie vorgab.
Sie stand vor ihm und sah ihn fragend an.

Warum sagt sie nicht, was ihr auf dem Herzen brennt?
Evan streckte ihr die Hand entgegen, während er hinter seinem Schreibtisch stehen blieb.
Ich benehme mich absolut daneben, dachte er. *Mal sehen, wie sie darauf reagiert.* Sie wirkte niedergeschlagen.

Evan hatte sie mit seinem dick aufgetragenen, inszenierten Desinteresse behandelt wie noch keine andere Kundin vor ihr. Sonst wandte er zumindest ein Mindestmaß an Anstand und Freundlichkeit auf, gerade bei denen, die ihm am Arsch vorbeigingen und das waren bisher alle gewesen.

„Dann melden Sie sich bald?", fragte sie leise.
„Ja, das sagte ich bereits", grinste er selbstzufrieden.
Okay, jetzt musste er vorsichtig sein, zu weit durfte er auch nicht gehen, nicht, dass sie ihn so überheblich fand, dass das zarte Pflänzchen einen Rückzieher machte. Daher sagte er versöhnlich: „Valeria, Sie können sich auf mich verlassen,
ich rufe Sie in den nächsten Tagen an." Ihr Gesicht hellte sich kurz auf. Aber was dann kam, war alles andere als das, was er erwartet hatte.

„Gut, Mr Maglin, ich hoffe, dass ich bald von Ihnen höre! Mir liegt viel daran, dass das alles schnell über die Bühne geht! Mit diesem ganzen Papierkram kann ich überhaupt nichts anfangen und diese ständigen Termine mit der Bank und …", seufzte sie und bedachte ihn mit einem gelangweilten Blick, der den Satz vervollständigte mit einem unausgesprochenen „… und mit Ihnen". Das saß! Jetzt war er genauso weit wie vorher. Auch wenn er es kurzzeitig geschafft hatte, sie zu verunsichern, zeigte sie ihm nun wieder, dass sie nicht vorhatte, sich von ihm kleinkriegen zu lassen.

Er kam hinter seinem Schreibtisch hervor und ging auf sie zu. Viel zu nah blieb er vor ihr stehen. Sie sahen sich in die Augen. Valeria hielt seinem Blick ohne ein Lächeln stand. Wieder hatte er das Gefühl, als könnte sie bis in den letzten Winkel seiner Seele sehen. Evan war geflasht ... total verliebt, total hin und weg ...

Valerias Augen glänzten und ihre Wangen waren leicht gerötet. Es war ein umwerfendes Bild für ihn. Er nahm ihre Hand. Allein durch diese Berührung wurde ihm heiß und kalt. Ihre Hand lag in seiner und es fühlte sich für ihn an, als sei in dieser Sekunde ihre Verbundenheit für alle Zeiten besiegelt worden.

„Wir sehen uns bald", sagte er heiser. Sie nickte nur und ging zur Tür. Dort sah sie sich noch einmal zu ihm um. Seine Arroganz und Überheblichkeit waren von ihm gewichen. Als ein Mann, der das erste Mal in seinem Leben von Gefühlen überwältigt worden war, die ihn sanft und zugänglich werden ließen, stand er vor dieser Frau.

So musste sich wahre Liebe anfühlen ...

Valeria verließ das Büro.
Er ging zum Fenster und sah ihr nach, als sie zu ihrem Auto ging. Jetzt war das passiert, worauf er immer gewartet hatte – „seine Frau" war in sein Leben getreten. Diese Erkenntnis haute ihn so um, dass er alle Termine für diesen Tag absagte. Er brauchte erst einmal Ruhe, um darüber nachzudenken, was mit seiner Seele passiert war. Millionen Male hatte er sich in seinen Träumen ausgemalt, wie es wäre, diese eine Frau zu treffen.

Nun war sie da und nichts war mehr so wie vorher ...

Ohne Maske hatte er vor ihr gestanden. In diesem Augenblick hatte es keine Machtspiele mehr gegeben, kein Verstellen und keine Manipulationen. Es war der ehrlichste Moment seines Lebens gewesen. Es gab kein Zurück mehr.

Das Einzige, was er jetzt noch herausfinden musste, war, was sich hinter ihrer Fassade der Freiheit und Unabhängigkeit wirklich verbarg. Sie schien makellos zu sein, aber auch in ihrem Leben gab es sicher etwas, was sie nicht offen zeigen wollte. Bevor er sich voll und ganz auf sie einlassen konnte, musste er wissen, wo sie ihre Leichen im Keller versteckt hielt. Vielleicht war sie nicht treu ... so wie sie aussah, flirtete sie sicher gerne. Treue und Transparenz seiner Frau waren für ihn das Wichtigste überhaupt. Sie war bestimmt kein Kind von Traurigkeit, zumindest wirkte sie so auf ihn, und mehr sexuelle Erfahrung als er hatte sie gewiss auch. In ihrem Gesicht waren Anzeichen von Raffinesse und Laszivität erkennbar.

Um Informationen über sie zu bekommen, würde er jetzt einfordern, was er jahrelang für seine Kollegen und Freunde scheinbar gern und freiwillig getan hatte. Nicht umsonst hatte er sich stets als hilfsbereit bei allen anderen präsentiert, vor allem bei denen, auf die er bei Bedarf irgendwann einmal selbst zurückgreifen wollte. Bisher hatte er niemanden um etwas gebeten, weil es ihm überaus wichtig gewesen war, sich nicht in Abhängigkeiten hineinzumanövrieren. Bis zu der Begegnung mit Valeria hatten seine Menschenkenntnis und Intuition ausgereicht, um sich ein Bild von seinen Mitmenschen zu machen.

Der Erste, der ihm einfiel, den er zur Kasse bitten würde, war Jay, sein Nachbar, der als IT-Experte weltweit im Einsatz war und sich auf Partys immer damit brüstete, alles hacken zu können, was nicht hundertprozentig abgesichert war. Evan hatte ihm gerne den einen oder anderen Gefallen getan, immer in Hinblick darauf, dass auch er eines Tages die offene Rechnung beglichen haben wollte. Dieser Hacker stand ganz oben auf seiner Liste. Für die Informationen, die er ihm beschaffen konnte, würde er sich sehr großzügig erweisen. Da er sich finanziell für diese Gefälligkeit nicht lumpen lassen würde, konnte er auch auf dessen Diskretion vertrauen.

„Jay, es ist soweit! Du darfst dich erkenntlich zeigen", sagte er ohne Umschweife, als er seinen Nachbarn anrief.

„Okay, Kumpel, ich wusste, dass auch du meine Dienste irgendwann in Anspruch nehmen wirst", erwiderte Jay und freute sich hörbar, dass er nun ihm einen Gefallen erweisen konnte. „Gib mir einfach die Daten und los geht's!" In einem Telefonat klärte er mit Jay die nötigen Details und innerhalb der nächsten Stunde hatte er Zugriff auf Valerias Facebook- und WhatsApp-Konto. Evan schätzte diese Art von Freundschaft sehr, damit konnte er etwas anfangen, die war wenigstens zu etwas nütze. Nun konnte er alles mitlesen, was Valeria schrieb und vor allem mit wem sie schrieb. Das würde ihn ein großes Stück weiterbringen, sie kennenzulernen und abzuchecken.

Am selben Abend verschanzte er sich in seinem Büro und las ihre Nachrichten auf seinem Computer. Sie hatte wirklich viele Freunde und Bekannte.

Die Frauen interessierten ihn erst einmal nicht. Es waren nur die Männer wichtig und ob sie mit denen was am Laufen hatte. Der Einzige, mit dem sie was hatte, war dieser Ben. Mit dem schrieb sie mehr als eindeutige Nachrichten – diese Art der Kommunikation war Evan bisher fremd gewesen. Er selbst hatte so etwas noch nie an jemanden geschrieben, bei ihm ging es immer nur um praktische Dinge und Termine.

Ganz schön versaut, dachte er, als er las, was sie diesem Ben schrieb:

„Ich kann es kaum erwarten, dich und deine wundervolle Zunge in mir zu fühlen."

Es kotzte ihn an, zu lesen, was dieser Kerl ihr antwortete:
„Du wirst wieder schreien vor Lust, Süße ;)"

Eine Welle von beißender Eifersucht erfasste Evan. Er war so wütend auf Valeria, als hätte er bereits ein Anrecht auf sie. Für ihn fühlte es sich an, als würde sie ihn betrügen. Dass er ein Unrecht beging, indem er ihre intimsten Nachrichten las, kam ihm nicht in den Sinn. Er sah es als sein legitimes Recht an, jede Möglichkeit zu nutzen, auch wenn sie illegal sein sollte, alles über Valeria zu erfahren. Mit den anderen Typen hatte sie definitiv nichts – alles ganz harmlos, nicht einmal ein Flirt war dabei. Bis auf diesen Ben!

Auch diese Nacht verbrachte Evan wieder im Hotel. Bis nach Mitternacht war er auch dort damit beschäftigt, ihr Leben zu durchleuchten. Die Nachrichten, die sie mit diesem Kerl schrieb, versuchte er, auszublenden. Ihm war schlecht vor Zorn, wenn er nur daran dachte, was sie mit dem trieb!

Mit einigen ihrer Freundinnen schrieb sie offen über ihre Beziehung und über den Ärger in der Arbeit. Besonders Janina, anscheinend ihre beste Freundin, spielte eine große Rolle in ihrem Leben. Vor ihr schien sie keine Geheimnisse zu haben. Ihr vertraute sie an, dass ihr in der Beziehung mit diesem Ben etwas fehlte.

„Ich liebe Ben ja", schrieb Valeria, „aber manchmal wünsche ich mir doch etwas anderes. Du kennst meine Geschichte, Jani. Irgendetwas fehlt mir in meinem Leben. Auch wenn ich Ben sehr mag und er wahrscheinlich der Richtige für mich ist …"

„Mach dir nicht so viele Gedanken! Genieß einfach den Sex und den Spaß mit ihm! Er betet dich doch an und ist ein ganz Lieber. Vielleicht musst du ihm einfach noch Zeit geben", antwortete Janina mit vielen Smileys.
„Wahrscheinlich hast du recht, Spaß habe ich wirklich mit ihm! Ich weiß ja selbst nicht, was ich will", entgegnete Valeria per Voicemail.

Aber ich weiß, was du brauchst, Schätzchen!, dachte Evan.

Was für eine „Geschichte" meinte Valeria?
Was fehlte ihr? Anscheinend war dieser Typ doch nicht der Richtige! Evan versuchte, eine Antwort zu finden auf das, was er da las, und rätselte über die versteckte Botschaft hinter den Aussagen. Er machte sich Notizen, speicherte ihre Fotos auf seinem PC und je deutlicher das Bild von Valeria wurde, umso mehr war er sich sicher, dass er „sie" tatsächlich gefunden hatte. Sie war ihm so vertraut … und auch ihr fehlte etwas – so wie ihm.

Wie gern würde er auch auf WhatsApp mit ihr schreiben. Aber das ging nicht, er konnte sie nicht einfach anschreiben, das wäre viel zu aufdringlich gewesen. Das war nicht seine Art. Und wie sollte er das rechtfertigen?

Um zwei Uhr nachts klappte er den Laptop zu.
Jetzt musste er sich genau überlegen, wie er sie für sich gewinnen konnte. Es war zu existenziell für ihn, als dass er riskieren konnte, irgendetwas falsch zu machen – und sie sich vielleicht von ihm abwenden würde. Das erste Mal in seinem Leben hatte er Angst, einen Fehler zu begehen, wenn er nicht alles versuchen würde, sie von sich zu überzeugen. Das wäre ein fataler Streich des Schicksals, wenn ausgerechnet diese Frau ihm nicht verfallen würde. Er wusste, dass es keine Alternative mehr für ihn gab.

Alles oder nichts.

Beziehungen

Valeria verließ fluchtartig Evans Büro, zischte an der verdutzten Sekretärin mit einem kurzen Gruß vorbei und lief die Treppe hinab. *Was ist das denn gewesen?* Diese Nähe zwischen diesem Mann und ihr ... Aufgewühlt ging sie zu ihrem Auto. Er hatte sie von oben herab und wieder nicht gerade freundlich und professionell behandelt, doch von einem Moment zum anderen hatte sich eine elektrisierende Anziehung zwischen ihnen aufgebaut. Sie war entsetzt, dass sie diesen Maglin fast geküsst hätte – und vor allem, dass sie das Verlangen danach gehabt hatte, ihn zu küssen! Als er ihre Hand genommen hatte, fühlte sie sich ..., als gehörte sie zu ihm, als wäre er der Mann, für den sie bestimmt war ...

Ich kann da nicht mehr hingehen, dachte sie verzweifelt.
Was passiert da mit mir? Sie stieg in ihr Auto und sah zu den Bürofenstern der Unternehmensberatung hinauf. Dort stand er und schaute zu ihr herunter. Ernst und ohne Regung blickten sie sich an und er sah auch nicht weg, obwohl sie ihn entdeckt hatte, wie er sie beobachtete. Sie musste hier weg! Mit zitternden Händen setzte sie zurück und hätte beinahe einen anderen Wagen übersehen. Ihre Verwirrung war schlimmer als nach ihrem ersten Termin bei ihm.

Viel schlimmer ...

Als sie auf dem Hinterhof ihres Appartementhauses ankam, entdeckte sie das Auto von Ben und die Autos von einigen ihrer Freunde. Sie hatte völlig vergessen, dass sie heute eine Grillfeier auf ihrer Terrasse veranstalteten. Ben – wie sollte sie jetzt mit ihm umgehen?

Sie hatte das Gefühl, ihn betrogen zu haben, so intim war die Begegnung mit Evan Maglin gewesen. In diesem Moment hätte sie sich alles mit diesem Mann vorstellen können.

„Hey! Da ist ja endlich meine Fee!", begrüßte Ben sie, der gerade mit einem Kasten Bier aus dem Keller kam, dessen Eingang gleich neben dem Parkplatz war.
„Was sitzt du denn hier so trübselig rum? Auf geht's! Party Time!" Valeria stieg aus ihrem Auto, während Ben auf sie wartete. „Was ist mit dir los?", fragte er erstaunt.
„Du siehst echt beschissen aus. Klappt etwas nicht mit der Bank?"

„Nein, nein, alles in Ordnung. Ich bin nur müde. Können wir die Party nicht absagen?"

„Spinnst du? Es sind schon fast all unsere Freunde da! Heute soll der letzte schöne Tag sein, bevor der Herbst so richtig über uns hereinbricht. Die letzte Gelegenheit, um zu grillen. Los, komm schon! Das wird geil, kleine Miesmaus", lachte er und zog sie an der Hand Richtung Garten. „Dann kommst du auf andere Gedanken!"
Sie hoffte, dass Ben recht hatte und sie tatsächlich vergaß, was sie gerade erlebt hatte. Janina war noch nicht da, nur Bens Freunde, mit denen Valeria zwar gut auskam, mehr aber auch nicht. Sie musste mit ihrer Freundin sprechen und schrieb ihr eine Nachricht: „Wann kommst du? Ich muss dringend mit dir reden!" Zum Glück dauerte es nicht lange und Janina war endlich da.
„Komm mit, gehen wir in meine Wohnung", sagte Valeria und zog sie mit sich. Sie berichtete ihrer Freundin von den beiden verstörenden Begegnungen mit Evan Maglin.

„Sag mir, was das mit dem ist", bat sie Janina und sah sie ratlos an. Janina schwieg, was sonst nicht ihre Art war.
„Ria, ehrlich ...", fing ihre Freundin an, „okay, also, ehrlich gesagt, glaube ich, dass du dich Hals über Kopf in den verknallt hast." Valeria sah erschrocken auf.
„Das kann nicht sein! Ich habe dir doch gesagt, wie blöd der sich verhalten hat. Deswegen kann ich mir überhaupt keinen Reim darauf machen, warum ich so widersprüchliche Gefühle habe."

„Ich glaube, dass der auch total auf dich abfährt! Und deswegen so bescheuert war. Da ist er schließlich nicht der Erste, der deinetwegen den Verstand verliert", kicherte Janina. Als sie sah, dass Valeria nicht darüber lachen konnte, fuhr sie ernst fort: „Ria, der ist in dich verknallt. Und du bist wahrscheinlich auch ein wenig in ihn verliebt. Das ist doch nicht schlimm, Süße! Du sagst, dass der so hammermäßig gut aussieht, also, was wundert's dich?" Janina zog ihr Smartphone aus der Tasche. „Wie heißt der?"

„Evan Maglin, Unternehmensberatung." Janina gab den Namen in ihr Handy ein. „Oookay! Also, da wundert mich nichts mehr!" Sie zeigte Valeria ein Firmenbild, auf dem Evan zu sehen war. „Wahnsinn! Ich bin jetzt schon in den verliebt! Ich will sofort ein Kind von dem!", scherzte Janina. „Warte einfach ab. Du kannst jetzt nichts weiter tun, als zu schauen, was mit euch beiden passiert. Vielleicht passiert ja auch gar nichts. Der ist doch verheiratet, steht hier, und hat Kinder. Und wenn du dir eine nette kleine Affäre gönnst, muss das außer mir ja niemand wissen", grinste sie verschwörerisch. Valeria schüttelte unwillig den Kopf und schwieg.

„So, nun aber zurück ins Getümmel! Ich habe Hunger", sagte ihre Freundin energisch. „Los, komm schon!" Janina nahm ihre Hand und tanzte mit ihr zurück auf die Party.

„Geil, super Musik!", freute sie sich und steckte Valeria mit ihrer Begeisterung an. Valeria beschloss, das Thema abzuhaken und sich mit ihren Freunden zu amüsieren – und Evan zu vergessen.

„Was macht eigentlich eure Familienplanung, wenn man fragen darf?", wollte eine von Bens Bekannten etwas später an diesem Abend wissen, während sie um das Feuer herumsaßen. „Nichts, was soll die machen?", konterte Ben grinsend und legte den Arm um Valeria.

Schon wieder dieses Thema, dachte sie genervt.
Sie war keine Frau, die sich als Hausfrau und Mutter sah. Ihr war klar, dass sie damit nicht glücklich werden würde, denn dafür war sie viel zu freiheitsliebend und lebenshungrig. Es war ihr egal, dass sie mit zweiunddreißig Jahren keine Muttergefühle verspürte und wahrscheinlich auch nie welche haben würde. „Das kann warten …", begann Valeria und Ben beendete den Satz mit: „Bis in alle Ewigkeit!"

*

Die beiden waren abgeschreckt von den meisten Paaren in ihrem Freundeskreis, die mit Mitte dreißig schon alt und abgeklärt wirkten und ohne Träume in ihren Neubauten mit Vorgärten dahinvegetierten. Küchen, Gärten, Häuserbau, Schwangerschaften und Kinder waren die Hauptgesprächsthemen, die Ben und Valeria todlangweilig fanden. Sie erlebten, wie einstige Freigeister zu Spießern mutierten, die sich nur noch in festgefahrenen Bahnen bewegten und sich selbst jeglichen Spaß verboten.

Die wilden und aufregenden Zeiten waren bei fast all ihren Freunden und Bekannten längst vorbei. Valeria und Ben waren sich einig: Sie wollten weder ein gemeinsames Haus noch Kinder. In ihren eigenen Wohnungen besuchten sie sich gegenseitig, wann immer sie Lust dazu hatten. Meistens vergingen mehrere Tage, an denen sie sich gar nicht sahen. Obwohl sie seit über fünf Jahren ein Paar waren, wirkten sie noch immer wie frisch verliebt.

Sie hatten sich damals auf einer Sommernachtsparty kennengelernt. Ben war Valeria gleich aufgefallen mit seinen zerrissenen Jeans und dem schwarzen Hemd, das schief zugeknöpft war. Genau wie Valeria war auch er als Single allein unter all den anwesenden Paaren auf der Party gewesen. Valeria ging einfach zu ihm hin und knöpfte sein Hemd auf, was er erst einmal missverstand. Er war überrascht und baff über diese ungewöhnliche Frau, die scheinbar gleich zur Sache kam.
„Hey, nicht so stürmisch, Lady", grinste er. Als er allerdings dahinterkam, dass sie nur seine Knopfleiste korrekt richten wollte, warf er sie in den Pool und sprang hinterher. Das war der Anfang ihrer Lovestory gewesen. Ben war der coolste Mann, den Valeria je kennengelernt hatte. Er arbeitete, um zu leben und nicht umgekehrt. Sie kannte niemanden, der mit so einer Unbeschwertheit durch das Leben ging wie er. Er war ein echter Sunnyboy. Mit ihm lernte sie eine andere Welt kennen, eine aufregende Welt, die immer wieder neue Überraschungen bot. Ben war der ideale Lebensgefährte für sie, mit dem sie viel Spaß haben konnte.

In ihrem Freundeskreis stieß ihr Lebensmodell aber zunehmend auf Unverständnis.

Einige schienen sich persönlich beleidigt zu fühlen, dass Ben kein Geheimnis daraus machte, kein Familienvater werden zu wollen und sein Geld lieber für Freizeit, Partys und Reisen ausgab. Auch Valeria fand wenig Verständnis, wenn sie nach Kindern gefragt wurde und lächelnd antwortete:

„Ich glaube, das ist nichts für mich! Ich habe so viele andere Pläne!" Offen oder unterschwellig wurden ihnen Egoismus und Oberflächlichkeit vorgeworfen und mehr als einmal kamen spitze Kommentare wie:

„Na, hoffentlich bereut ihr das nicht irgendwann, im Alter zum Beispiel, wenn ihr merkt, dass ihr alleine seid."
Für Valeria war das in Ordnung, sie konnte damit leben, dass man sie als Egoistin bezeichnete. Dann war es halt so. Mit der Zeit wurde der gemeinsame Freundeskreis zusehends kleiner. Freundinnen zogen sich zurück, weil sie neue gefunden hatten, die ihnen näher waren als Valeria, die sich unter den jungen Müttern sichtlich langweilte.

Janina aber würde für alle Zeiten ihre beste Freundin bleiben, denn sie war anders als der Durchschnitt. Obwohl sie alleinerziehende Mutter mit einem Vollzeitjob war, hatte sie sich ihre Fröhlichkeit und Verrücktheiten bewahrt. Ihre sechsjährige Tochter Lily war ein Sonnenschein, selbstbewusst und liebenswert frech. Valeria liebte Lily von ganzem Herzen. Geduldig brachte sie ihr das Reiten bei, ging mit ihr shoppen und ins Kino. Sogar ins Disneyland nach Paris waren sie schon zu zweit gereist. Janina hatte kein Problem damit, dass Valeria Lily verwöhnte und ihr bei jeder noch so kleinen Gelegenheit Geschenke machte.

„Lily ist die Tochter meines Herzens", sagte Valeria oft.
„Das reicht mir an Muttergefühlen."

*

„Ihr nehmt euch einfach, was ihr braucht!", stellte einer von Bens Freunden an diesem Abend verwundert fest.

„Jetzt hast du es endlich erkannt!", antwortete Ben und prostete ihm vergnügt zu. Die Grillfeier fand erst spät in der Nacht ihr Ende. Es war ein schönes Fest und sicher das letzte dieser Art in diesem Jahr, denn der Winter nahte unaufhaltsam.

Veränderungen

Seit Tagen beobachtete Julia ihren Mann. Er war wie ausgewechselt. Dass er am Montag in der Stadt geblieben war, hatte sie nicht gestört, denn das kam öfter vor. Aber als er am Dienstag auffallend abweisend zurückgekommen war und sich dieser Zustand bis zum Wochenende hin nicht gebessert hatte, machte sie sich langsam Sorgen. Er schien nichts mehr um sich herum wahrzunehmen, was sehr ungewöhnlich für ihn war. Irgendetwas beherrschte ihn, irgendetwas musste passiert sein. Bei Gelegenheit wollte sie ihn darauf ansprechen. Man musste allerdings einen passenden Zeitpunkt für ein Gespräch mit ihm abwarten, denn sonst lief man Gefahr, keine Antwort zu bekommen, außer sein typisches „alles bestens!".

Sie war klug genug, ihn nicht zu bedrängen. Bevor er nicht von selbst anfing, würde sie gegen eine Mauer rennen. Das hatte sie schon zu oft erlebt, also ließ sie ihn erst einmal in Ruhe. Doch konnte sie das nagende Gefühl nicht beiseiteschieben, dass er sie mehr denn je auf Abstand hielt.

Hatte sie etwas verkehrt gemacht? Zugegeben, die Sache mit seinen Eltern am Hochzeitstag war nicht optimal gelaufen, aber trotz allem hatten sie doch einen schönen Tag verbracht. Ihr Mann war zwar nicht begeistert gewesen, aber das war er ja nie, wenn es um seine Eltern ging. Es war nun einmal wichtig, dass seine Eltern in ihrem Leben einen festen Platz bekamen, fand Julia. Sie verstand sich gut mit ihren Schwiegereltern. Sie waren liebevoll zu den Enkeln und hatten Evan zu diesem charakterstarken Mann erzogen, der seine Familie bestens mit allem versorgte.

Warum macht er bloß so ein Drama daraus? Habe ich es wirklich verdient, wegen dieser Lappalie so von ihm bestraft zu werden? Julia fühlte sich ungerecht behandelt und war sehr unglücklich über sein schlechtes Benehmen. Die vergangenen Jahre war er immer genervt gewesen, wenn er die Eltern zweimal im Jahr treffen musste, aber niemals hatte er seine Frau daraufhin derart kaltherzig ignoriert. Sie musste unbedingt mit ihren Freundinnen darüber sprechen! Sein Schweigen war mittlerweile unerträglich für sie geworden. Schließlich meinte sie es nur gut, wenn sie das schlechte Verhältnis zwischen seinen Eltern und ihm verbessern wollte.

„Ich fühle mich so schrecklich abgewiesen von Evan … genau wie damals!", berichtete Julia daher ihren beiden engsten Freundinnen, mit denen sie sich am Samstagnachmittag in einem Café verabredet hatte.

„Wie meinst du das?", fragte Sophie teilnahmsvoll und nippte an ihrem Tee.

„Bei euch läuft doch alles rund, oder etwa nicht? Dass Männer ab und zu spinnen, kennt doch jede von uns", ergänzte Emily.

„Ich kann es nicht beschreiben, es ist nur so ein Gefühl. Klar, ist es nicht so gravierend wie damals, aber irgendetwas stimmt nicht … er ist eiskalt zu mir", seufzte Julia bedrückt. Während sich ihre Freundinnen ausgiebig über die Macken der Männer unterhielten, dachte Julia an die Zeit zurück, in der sie sich genauso hilflos und traurig gefühlt hatte wie jetzt.

*

Damals, als Evan keinen Nachwuchs gewollt hatte …

Gleich zu Anfang ihrer Beziehung hatte er ihr entschieden mitgeteilt, dass er nicht vorhätte, Kinder in die Welt zu setzen. Julia war sehr traurig und enttäuscht darüber gewesen. Auf ihre Frage: „Warum nicht?", bekam sie keine befriedigende Antwort.

„Ich bitte dich einfach, meinen Wunsch diesbezüglich zu respektieren! Natürlich nur dann, wenn du mit mir zusammenbleiben willst. Wenn du unbedingt Kinder haben willst, bin ich nicht der Richtige!" Allerdings war sie sich sicher, dass er seine Meinung mit der Zeit ändern würde. Sie wollte auf jeden Fall eine richtige Familie und sie würde ihn schon überzeugen können …

Nach der Hochzeit setzte sie heimlich die Pille ab. Ein paar Monate später eröffnete sie ihrem Mann die frohe Botschaft, dass er Vater werden würde. Daraufhin zog er sich wochenlang zurück und redete kaum ein Wort mit ihr. In seinen Augen hatte sie ihn hintergangen und verraten. Auch damals strafte er sie mit kalter Nichtachtung. Noch einmal würde sie das nicht ertragen können! Sie hatte in dieser Zeit sehr viel geweint.

Ihren Eltern und Freundinnen wollte sie sich damals nicht anvertrauen, denn sie hätte sich zu sehr geschämt – geschämt dafür, dass ihr Mann kein Kind von ihr wollte. Sie hatte ihnen eine Lüge aufgetischt, die bis heute alle glaubten:
„Evan will jetzt noch kein Kind und nun ist es einfach passiert, obwohl ich verhütet habe!" In den Augen ihrer Nächsten war Evan ein Egoist, der völlig überreagierte.
„Ob jetzt oder später ist doch egal! Der soll sich nicht so anstellen!", war die einhellige Meinung gewesen.

Evan hatte Julia damals die meiste Zeit alleingelassen und wohnte bei einem Freund – und wenn er mal da war, ignorierte er sie. Es war ihm gleichgültig, dass sie unglücklich war. Ihre Tränen ließen ihn vollkommen kalt.

Mit der Zeit schien er sich allerdings an den Gedanken zu gewöhnen, Vater zu werden und sah wohl auch Vorteile darin, eine Familie zu gründen. Als er erfuhr, dass es Zwillinge werden würden, fand er das sogar noch besser, als nur ein Kind zu bekommen. Schließlich war es etwas Besonderes, Zwillinge zu haben. Evan war bei der Geburt dabei und war von der ersten Minute an augenscheinlich begeistert von diesen kleinen Wesen, die beide seine schwarzen Haare und blauen Augen geerbt hatten. Er schien seine Kinder wirklich zu lieben. In ihrer Gegenwart verlor sich manchmal sogar seine Distanziertheit. Wenn er sie ansah, wurden seine Gesichtszüge fast weich.

Aber er war nicht der Typ Vater, der nachts aufstand, um Fläschchen warm zu machen oder die Babys zu wickeln. Ab und zu fütterte er sie nach Feierabend oder hielt sie im Arm, wenn er die Nachrichten im Fernsehen ansah.

Julia war ihm in all den Jahren nicht wirklich nahe gekommen. Bis heute wusste sie fast nichts über ihren Mann. Außer über seine berufliche Laufbahn hatte er nichts über sich erzählt. In seine Kindheit gewährte er ihr keinen Einblick. Da hüllte er sich in Schweigen, nicht, weil er geheimnisvoll wirken wollte, sondern weil es seiner Meinung nach nichts Nennenswertes darüber zu sagen gab: nur so viel, dass seine Eltern sehr einfache Leute waren. Auch dass er nie von Liebe zu ihr gesprochen hatte, störte Julia nicht.

Männer redeten ja nicht so gern darüber, es reichte, dass er Taten sprechen ließ. Evan war ein Mann, der sich materiell gut um seine Familie kümmerte, allerdings fehlte bei all seiner Fürsorge um die Familie etwas Entscheidendes: Warmherzigkeit! Sein Pflichtbewusstsein schien ohne jegliche emotionale Beteiligung zu sein.

*

„Mach dir keine Sorgen, Julia!", tröstete Emily sie. „Das wird schon wieder! Der kriegt sich schon ein. Und wenn nicht, dann musst du ihn halt ein wenig erziehen, so wie ich es gerade mit Walter mache", erzählte sie mit
leuchtenden Augen. Walter war Emilys neuer Lebensgefährte und so wurde das Thema gewechselt. Julia war insgeheim froh darüber und hoffte, dass ihre Freundin recht behalten würde.

Schicksalsbande

Evan dachte jede Sekunde an Valeria.

Es war eine irritierende Mischung aus Wut, Eifersucht, Faszination und sexueller Erregung. Wut, weil sie ihn betrog! Sie musste doch auch spüren, dass er ihr Mann war und nicht dieser Typ mit dem Allerweltsnamen „Ben". Nie zuvor hatte er eine derartige Gefühlswucht empfunden, die ihn in seinen Grundfesten erschütterte.

Er zerbrach sich den Kopf, wie er Valeria bei ihrem nächsten Treffen von sich überzeugen konnte. Nichts anderes zählte mehr oder war wichtig für ihn. Dass Julia anscheinend schon eine Veränderung an ihm bemerkte, interessierte ihn nicht. Zwar registrierte er ihre fragenden Blicke, aber solange sie nichts sagte, brauchte er auch nicht zu reagieren. Saßen sie beim gemeinsamen Essen, beteiligte er sich kaum an den Erzählungen der Kinder. Lustlos stocherte er auf seinem Teller herum. Er fieberte nur noch auf die nächste Begegnung mit Valeria hin.

Es interessierte ihn nichts mehr.
Weder Fußball, der die Leidenschaft seines Sohnes war, und dessen Begeisterung er bisher geteilt hatte, noch die Leichtathletik- und Schreibwettbewerbe seiner Tochter, die an Fleiß und Ehrgeiz ihrem Vater in nichts nachstand – all das war nun unwichtig für ihn geworden.

Jetzt war er endlich dran!
Jetzt würde er all das ausleben, was er sein Leben lang vermisst hatte.

Valeria gab ihm allein durch ihr Erscheinen die Erlaubnis dazu, endlich nur noch an sich selbst denken zu dürfen. Ein Mensch, der solche Gefühle in ihm auslösen konnte, war ein Geschenk des Himmels.

*

„Elf Uhr, Valeria Blackwood" stand in seinem Terminkalender. Heute musste es sein! Heute musste er den entscheidenden Schritt tun, um sie zu erobern. Er wollte nicht noch mehr Zeit verlieren. Sein ganzes bisheriges Leben war verlorene Zeit gewesen … Als er um neun sein Büro betrat, war er erstaunlich gelassen. Es gab für ihn keinen Zweifel mehr, dass er sie für sich gewinnen würde. Bis elf Uhr erledigte er einige Anrufe und bereitete neue Aufträge vor – und wartete auf sie. Fünf nach elf – sie war noch nicht da. Auf dem Firmenparkplatz konnte er ihr Auto nirgends entdecken und es war auch kein Motorrad zu sehen. Er wurde immer zorniger, so zornig, dass er Herzrasen bekam und eine Eisenhand schien seinen Magen zusammenzupressen.
Die Zeit verging, sie kam nicht.

Dreißig Minuten nach elf.
Er wusste nicht, wohin mit sich selbst. Noch immer war auf dem Parkplatz nichts zu sehen. Als die Sprechanlage plötzlich summte, erschrak er.
„Ja?", knurrte er.
„Ms Blackwood ist jetzt da", zwitscherte Mrs Short mit ihrer hellen Stimme. Entgegen seiner Gewohnheit ging er zur Tür und öffnete sie. Valeria wollte gerade anklopfen, als er schon vor ihr stand und sie musterte. Sie sah umwerfend aus in der engen Jeans und der lässigen weißen Bluse, die ihre schimmernde braune Haut zur Geltung brachte.

Auch wenn der Sommer längst vorbei war, sah sie aus, als käme sie gerade vom Strand. Wie sie wohl im Bikini aussah? Schweigend erwiderte sie seinen Blick. Niemand achtete auf Mrs Short, die interessiert zusah, was sich zwischen den beiden abspielte.

„Kommen Sie herein", sagte er leise. Valeria ging mit gesenktem Kopf an ihm vorbei, nicht einmal die Hand gaben sie sich. Er schloss die Tür. Sie standen sich gegenüber ... sehr nah.

„Ich freue mich, Sie wiederzusehen, Valeria." Sie erwiderte nichts darauf, wandte sich um und setzte sich in den Sessel. Evan machte keine Anstalten, es ihr gleichzutun. Er war unsicher, was er tun sollte. Am liebsten hätte er sie an sich gerissen – aber das war unmöglich. Langsam ging er um den Schreibtisch herum und überlegte fieberhaft, wie er ihr klarmachen konnte, dass er mehr von ihr wollte – viel mehr ... alles! Ihre Gegenwart raubte ihm die Sinne. Sie wirkte so unglaublich selbstsicher – er war eingeschüchtert von ihrer Persönlichkeit. Auch wenn er vor dem Termin überzeugt davon gewesen war, die Situation im Griff zu haben, war diese Überzeugung nun verschwunden. Er fühlte sich wie ein unbeholfener Schuljunge.

„Haben Sie denn das fehlende Dokument auftreiben können?", fragte sie plötzlich, während er sich setzte.
Er stutzte, besann sich dann aber.
„Ach so ... ja, natürlich."

„Das freut mich, dann können wir ja anfangen", lächelte sie freundlich, allerdings sah er Skepsis in ihrem Lächeln.

Offensichtlich glaubte sie ihm die Geschichte des fehlenden Dokuments nicht. Und schon wieder führte sie das „Spiel" an, das inzwischen keines mehr war ...
Mit versteinerter Miene begann er, die Grundzüge seiner Arbeit für ihr Vorhaben zu erklären. Er legte verschiedene Konzepte vor und gab ihr Tipps für die Unternehmungsführung. Aufmerksam folgte sie seinen Worten und stellte fachbezogene Fragen. Wie er feststellte, hatte sie im Vorfeld detaillierte Informationen eingeholt. Während er mit ihr wie mit einer x-beliebigen Geschäftskundin verhandelte, verspürte er eine tiefe Unzufriedenheit. Das war nicht das, was er wollte, aber er fügte sich in diese Situation, die momentan nicht zu ändern war. So vergingen eineinhalb Stunden.

Irgendwann lehnte sie sich zurück und streckte sich wie eine Katze. Evan beobachtete sie verstohlen. Die weiße Bluse spannte über ihrer Brust. Eine Welle von Begehren erfasste ihn, was sie zu bemerken schien. Er empfand ihren Blick als wissend. Fast war es so, als wechselten sie sich ab: war sie selbstsicher, war er unsicher und umgekehrt. Er sah auf den Boden. Das war das allererste Mal, dass er seinen schüchternen Blick nicht spielte – dieser Blick war echt.
Er schüttelte den Kopf über sich selbst.

„Was haben Sie denn, Mr Maglin?", wollte Valeria mit ihrer samtweichen Stimme wissen. Ein wohliger Schauer lief ihm über den Rücken, als sie seinen Namen aussprach. Er blickte auf. Sie hatte sich vorgelehnt, die Arme auf ihre Beine gestützt und sah ihn forschend an.

„Aus Ihnen werde ich nicht schlau", antwortete er ehrlich.

„Wieso denn nicht?", fragte sie herausfordernd. An ihrem Tonfall hörte er, dass sie genau wusste, was in ihm vorging, aber sie wollte, dass er es aussprach.

„Sie sind anders als alle Frauen, die ich kenne ..." Jetzt war der Moment gekommen, der alles entscheiden würde, wie es von nun an zwischen ihnen weiterging. Er schluckte schwer. „Sie machen es mir nicht leicht ...", begann er vorsichtig. „Ich möchte Ihnen nicht zu nahe treten, aber mir ist noch nie eine so interessante und anziehende Persönlichkeit wie Sie begegnet!" Ihm war bewusst, dass er sich weit aus dem Fenster lehnte, aber er würde sie mit weiteren Spielchen nicht erobern können. Das hatte er mehr als deutlich zu spüren gekriegt. Erwartungsvoll sah sie ihn an, sagte aber nichts. Seinen ganzen Mut zusammennehmend fuhr er fort:

„Ich denke, dass Sie viele Komplimente bekommen. Sie wissen, dass Sie eine schöne Frau sind." Er sah an ihrem Gesichtsausdruck, dass das nicht ausreiche, was er sagte, dass er sie nicht überzeugte, weil sie so etwas in der Art sicher schon tausende Male gehört hatte. Sie wirkte gelangweilt ... Evan richtete sich auf:

„Ich werde ehrlich zu Ihnen sein, ich möchte Sie kennenlernen. Verstehen Sie mich bitte nicht falsch, ich bin nicht an einer Affäre interessiert! Ich interessiere mich für Sie als Mensch und möchte alles über Sie erfahren."
Prüfend sah er sie an. Sein Herz schlug ihm bis zum Hals. Er hatte das Gefühl, wahnsinnig zu werden, wenn sie nicht bald etwas sagte. Nach einer gefühlten Ewigkeit antwortete sie endlich: „Das hat noch keiner zu mir gesagt, dass er alles über mich erfahren will. Das ist wirklich mal was Neues.

Sie haben recht, ich kriege viele Komplimente, aber die sind alle ziemlich einfallslos. Auf jeden Fall glaube ich Ihnen, dass Sie alles über mich wissen wollen, so viele Fragen, wie Sie mir bereits gestellt haben", zog sie ihn lächelnd mit einem ironischen Unterton auf.

„Sie sind eine außergewöhnlich attraktive Frau, die sensibel und tiefgründig ist, mit einem Herzen aus Gold, zumindest ist das mein Eindruck." Er sah ihr an, dass sie nach wie vor skeptisch war. Mit einem Mal wusste er, was ihr noch fehlte, damit sie ihn für glaubhaft hielt.
„Und ich wäre kein Mann, wenn ich mir nicht schon vorgestellt hätte, Sie zu verführen ..."

Valeria lachte auf.
„Okay, jetzt glaube ich Ihnen alles, was Sie sagen!" In diesem Augenblick war er einfach nur glücklich, denn er hatte sie zum Lachen gebracht.

„Und wie geht es jetzt weiter mit uns?", fragte er vorsichtig. Sie sah auf den Boden und antwortete viel zu lange nicht. Er hatte Angst, dass sie sagen könnte: „Gar nicht!" Er hatte sich ihr offenbart und war sehr verunsichert, während er auf ihre Antwort wartete. Sie könnte ihm den Boden unter den Füßen wegziehen, mit dem, was sie erwidern würde.

„Ich weiß nicht, was ich sagen soll", begann sie. „Ich bin ebenfalls auf keine Affäre aus. Ich habe einen Freund. Aber ich finde dich auch sehr anziehend, was mich nicht gerade glücklich macht."
„Aber ich bin gerade sehr glücklich, weil für mich Hoffnung besteht, dass ich dich vielleicht erobern kann.

Und ich bin glücklich, dass wir ‚du' zueinander sagen."
Er strahlte über das ganze Gesicht.

„Erobern ... schön, wie du das formulierst. Na ja, wenn wir weiterhin ‚Sie' sagen würden, würde das nicht zum Inhalt des Gesagten passen, findest du nicht?"
Sein Summer ertönte. Er hatte überhaupt keine Lust, darauf zu reagieren, er wollte viel lieber Valeria ansehen, mit ihr reden, sie küssen ...

„Nun geh schon ran", neckte sie ihn.
„Was gibt's denn, Mrs Short?", versuchte er, so neutral wie nur möglich zu fragen, obwohl sein Herz gerade Luftsprünge machte.

„Ich möchte Sie wirklich nicht stören, aber in zehn Minuten haben Sie einen Termin im Konferenzraum. Tut mir wirklich sehr leid."
Evan konnte an ihrem leicht provokanten Tonfall hören, dass es ihr ganz und gar nicht leidtat und dass sie gespannt darauf war, was sich hinter dieser Tür wohl abspielte.

„Vielen Dank. Was würde ich nur ohne Sie machen?"
„Zusperren, mein Lieber, zusperren!", entgegnete sie trocken. Rosie Short zog ihn äußerst gerne damit auf, dass seine Firma ohne sie dem Untergang geweiht wäre.
Widerwillig stand Evan auf.
„Valeria! Wann sehe ich dich wieder?
Und ich meine jetzt nicht geschäftlich", betonte er.

„Ich melde mich bei dir."
Das behagte ihm überhaupt nicht.

„Nein, darauf lasse ich mich nicht ein! Ich kann nicht darauf warten, ob du dich vielleicht irgendwann meldest. Ich rufe dich an! Ein paar Tage lass ich dir Zeit, aber spätestens nächste Woche hörst du von mir."
Zweifelnd sah sie ihn an, willigte dann aber ein: „Ja, okay."
Er ging auf sie zu und zog sie an sich. Sie sah ihm tief in die Augen. Er küsste sie auf den Hals. Valeria stöhnte leise auf und schlang ihre Arme um ihn. Alles fühlte sich so natürlich und vertraut zwischen ihnen an. Sie küssten sich leidenschaftlich und Evan wurde schwindelig, der Boden wankte unter seinen Füßen … er konnte sich kaum beherrschen, am liebsten hätte er hier im Büro mit ihr geschlafen. Er musste sich zusammenreißen, ihr nicht die Kleider von ihrem aufregenden Körper zu reißen. Alles in ihm vibrierte und pulsierte, er drückte sie an sich und sie gab sich ihm hin. Er spürte, dass auch sie bereit war, hier und jetzt Sex mit ihm zu haben. Aber das war unmöglich. Wären sie allein gewesen … Plötzlich löste sie sich aus seinen Armen.

„Ich muss gehen."

„Bis bald", sagte er heiser, als er die Bürotür öffnete und Mrs Shorts neugierige Blicke auffing. Ohne ein Wort verließ Valeria das Vorzimmer und er sah ihr nach, bis die Tür hinter ihr zugefallen war. So aufgewühlt wie er war, konnte er seiner Sekretärin nicht folgen, als sie ihm irgendetwas von einem wichtigen Schreiben berichtete. Auch bemerkte er ihren Blick nicht, mit dem sie ihn musterte. Er stand völlig neben sich. Als sie aufhörte, mit ihm zu reden, ging er in sein Büro und schloss die Tür hinter sich. Bis er im Konferenzraum zu sein hatte, hatte er noch ein paar Minuten – bis dahin musste er sich sammeln.

Der Anfang vom Ende

Evan hatte Schwierigkeiten, die Tage einzuhalten, die er Valeria zugestanden hatte, bis er sich melden würde. Immer wieder war er kurz davor, ihr zu schreiben oder sie anzurufen, aber er hatte es ihr versprochen und hielt sich schweren Herzens daran. Die Hoffnung, dass sie sich zuerst bei ihm melden würde, hatte er nicht. Instinktiv war ihm klar, dass sie das nicht tun würde. Dass sie bei ihrem Freund sein könnte, blendete er aus. Den gab es für ihn nicht!
Mechanisch erfüllte er seine Pflichten in der Firma und bei seiner Familie. Sein Fokus war einzig und allein darauf gerichtet, dass der Tag X bald da sein würde, an dem er sie anrufen würde.

*

Valeria ging nicht ans Telefon.
Schon zum zweiten Mal rief er an und erreichte sie nicht. Zwischen den Anrufen lag eine Pause von vier Stunden. In der Zeit hatte sie sicher schon einmal auf ihr Handy geschaut und meldete sich trotzdem nicht. Er hatte ihr ein paar Tage Zeit gelassen. Es war ihm schwer genug gefallen. Allerdings hatte er jeden Tag ihre Nachrichten in ihrem WhatsApp Account gecheckt. Seltsamerweise schrieb sie in dieser Zeit kaum etwas. Er erfuhr nichts Relevantes, was ihn irgendwie weitergebracht hätte und ihm wenigstens einen kleinen Einblick gab, was sie trieb. Als ahnte sie etwas ... aber das war unmöglich. Sie konnte nicht wissen, dass ihr Account gehackt wurde, das hatte ihm sein Freund versichert.

Evan war stinksauer!
Wie konnte sie es wagen, nicht ans Telefon zu gehen?

Sollte er ihr eine Nachricht schreiben, dass sie sich melden sollte? Nein, er wollte ihre Stimme hören. Und nicht diese lächerlichen Ewigkeitsnachrichten verfassen und stundenlang auf WhatsApp hin und her schreiben, wie das allgemein üblich war. Er war doch kein Teenager!
Verdammt, was sollte er tun?

Es war bereits neunzehn Uhr. Um elf Uhr vormittags hatte er das erste Mal bei ihr angerufen, um drei wieder ... nichts! Er war noch in seinem Büro und starrte vor sich hin. Er hatte keine Angst, dass sie sich vielleicht gegen ihn entschieden haben könnte. Nein, er war wütend! Wütend, dass sie sich erlaubte, mit ihm so umzugehen.

In diesem Moment erschien ihre Nummer auf seinem Display. Sie rief endlich an! Sekundenlang sah er auf das klingelnde Telefon. Sein Herz raste, aber auf keinen Fall würde er jetzt rangehen.

„Nein, mein Mädchen, so leicht mache ich es dir nicht!"
Er empfand eine tiefe Befriedigung dabei, ihren Anruf nicht entgegengenommen zu haben. Es reichte ihm erst einmal, dass er nun wieder die Zügel in der Hand hielt. Jetzt konnte er nach Hause gehen und wahrscheinlich sogar den Abend genießen. Er brauchte nur zu warten, bis sie sich erneut melden würde.

Als sie zwei Tage später wieder anrief, ging er ran.
„Maglin!" Sein Tonfall war betont geschäftsmäßig.
„Hier ist Valeria." Er schwieg.
„Und jetzt?", fragte sie mit einer leichten Unsicherheit in der Stimme.

„Ich will dich sehen! Um acht Uhr im „Charleston"!"
„Ich weiß nicht …"
„Doch, Valeria, aber ich weiß es!!! Wir sehen uns heute Abend! Ich will nicht länger warten!"
„Das geht mir alles zu schnell …"
„Du willst nicht wahrhaben, dass wir zusammengehören! Du wehrst dich gegen das Unvermeidbare."
„Oh Mann, wie kannst du dir da so sicher sein?"
„Ich habe dir in die Augen gesehen. Bis heute Abend!", sagte er und legte auf. Sie würde um acht Uhr da sein.

Da war er sich sicher.

Um halb acht wartete er in der Empfangshalle des Hotels „Charleston" auf sie. Das exquisite Hotel lag etwas außerhalb der Stadt und bot sich dafür an, sich heimlich mit jemandem zu treffen. Vor Jahren hatte er es bei einer seiner Radtouren entdeckt.

Obwohl es nicht mehr lange dauern konnte, bis Valeria erscheinen würde, war er gelassen. Wie er ihr bereits gesagt hatte: „Das Unvermeidbare …"
Gegen das Schicksal durfte man sich nicht stellen.

Sie ist für mich geboren worden.
Ich bin ihr Mann und sie ist meine Frau.

Es war alles für Valeria vorbereitet. Im Hotel hatte er angewiesen, dass Kerzen zu brennen hatten und ein Rosenstrauß direkt am Bett platziert sein sollte, wenn er mit seiner Frau die Suite betreten würde. Mit ihr konnte er endlich ein Kavalier der alten Schule sein, an seiner Seite würde sie den Himmel auf Erden erleben dürfen. Dafür würde er sorgen!

Es war fünf nach acht, als Valeria die Hotelhalle betrat. Während er auf sie zuging, wanderte sein Blick über ihren Körper. Sie trug einen engen schwarzen Minirock, schwarze Strumpfhosen und Overknees, dazu eine elegante rote Bluse und eine Lederjacke. Nur sie konnte so etwas tragen, ohne billig zu wirken. Mit einem schüchternen Lächeln stand sie vor ihm. Er fasste in ihre blonde Mähne und zog sie an sich. Sie küssten sich, ohne ein Wort gewechselt zu haben. Evan nahm sie an die Hand und führte sie zum Aufzug. Kaum hatte sich die Fahrstuhltür geschlossen, küssten sie sich leidenschaftlich.

Worte waren überflüssig. Sie fühlten sich …
Er glaubte, den Verstand zu verlieren vor Verlangen nach ihr.

Im obersten Stock des Hotels befand sich ihre Luxus-Suite mit Dachterrasse und Kamin, in dem bereits ein Feuer loderte, als er die Tür aufschloss. Der Raum war wie angewiesen in Kerzenlicht getaucht, der Baccara Strauß war genauso platziert, wie er sich das vorgestellt hatte. In der Mitte des Bettes lag eine einzige Black Baccara. Er ließ Valeria keine Sekunde aus den Augen, um zu sehen, wie sie auf all das reagierte.

„Wahnsinn", flüsterte sie überwältigt, mehr konnte sie nicht mehr sagen, denn er versiegelte ihre wundervollen Lippen mit einem Kuss und fuhr mit der Hand unter ihre Bluse …

Die Welt stand still.
Zwei Seelen, ein Körper.

Evan versank in ihren Augen, er verschmolz mit Valeria und wurde eins mit ihr. Er bestand nur noch aus verzehrendem Feuer ... seine Seele tauchte in Tiefen ein, von denen er nicht wusste, dass es sie gab. Eine Liebe, die allumfassend schien, eine nie erlebte Geilheit, ein Begehren, das jede Faser seines Körpers flutete und sein Herz vollständig gefangen nahm.

Valeria stöhnte auf, als er sich für einen Augenblick in ihr bewegte, nur einen kurzen Moment ...
Er schloss die Augen und atmete den süßen Duft ihrer Haut ein ... und verlor sich fast in diesem Rausch.

„Evan, bitte ...", wisperte sie, „bitte, ich kann nicht mehr, erlöse mich." Ihre katzenhaften Augen schienen ihn anzuflehen, ihrer lustvollen Qual ein Ende zu bereiten.
Nein, er würde sie noch nicht erlösen, und sich selbst auch nicht. Er wollte sich diesem Gefühl bis zur allerletzten Sekunde hingeben und verharrte regungslos in ihr.

„Ich liebe dich, oh Gott, ich liebe dich so sehr", flüsterte er. Sie grub ihre Finger in seine Haare und küsste seinen Hals. Sein Mund fand ihren ... hungrig saugten sie sich aneinander fest. Mit aller Kraft stieß er in ihren Körper, sie schrie auf. Es fühlte sich für ihn an, als würde er jede einzelne Samenzelle spüren, die sich in sie ergoss. Eine Explosion von Gefühlen raubte ihm die Sinne.

Eng umschlungen spürten sie dieser unfassbaren Ekstase nach. „Evan, ich ...", begann sie leise. Er richtete sich auf und sah, dass sie Tränen in den Augen hatte. Sanft küsste er sie auf ihre vollen Lippen. Zärtlich strich er ihr eine Träne von ihrer Wange und küsste sie wieder.

*

Valeria weinte. Sie konnte nicht fassen, so intensiv für ihn zu empfinden ... für einen Mann, den sie kaum kannte. Es war, als hätten sich ihre Seelen vereinigt. Sie fühlte sich ihm schutzlos ausgeliefert, aber gleichzeitig geborgen und sicher in seinen Armen. Er lag neben ihr und sah sie nur an, er fuhr ihre Gesichtskonturen nach, als wollte er sich jedes Detail einprägen. Sie schloss die Augen und gab sich seinen Berührungen hin ... und vergaß jede Vorsicht und Distanz. Warum das so war, wusste sie nicht. Es war ihr auch egal. Nichts sollte diesen berauschenden Moment mit diesem fremden Mann zerstören. Nein, er war ihr nicht fremd, er war ihr so nah und vertraut wie kein anderer zuvor. Einerseits war diese Intimität verstörend, andererseits fühlte sie sich auf eine irritierende Weise bei ihm aufgehoben.
Es war ein Gefühl, als sei sie angekommen.

The search is over ...

„Du bist so unfassbar schön", flüsterte Evan, als wollte er diesen Augenblick mit Worten nicht zerstören.

In dieser Nacht konnten sie nicht genug voneinander bekommen ... wie zwei ausgehungerte Wölfe liebten sie sich, immer und immer wieder. Zärtlich ...verzehrend ... leidenschaftlich ... sanft ... es war ein nicht enden wollender Rausch aus Lust und Ekstase.

Erst als die Nacht dem Morgen wich, schliefen sie eng umschlungen und unsagbar glücklich ein. Ihr Schicksal war besiegelt. Solche Gefühle vergaß man nie wieder. Sie bedeuteten das größte Glück, aber auch höchste Gefahr ...

Hingabe

Gegen Mittag wachten sie auf. Evan hatte die Suite bis abends reserviert, damit sie genug Zeit füreinander hatten. Wie immer überließ er nichts dem Zufall. Nach einem Anruf an der Rezeption wurde ihnen ein spätes Frühstück auf das Zimmer gebracht. Auf Valerias Teller lag eine rote Rose, die sie achtlos beiseitelegte.

„Mann, habe ich einen Hunger!" Evan beobachtete sie, während sie sich ein Sandwich mit Schinken, Tomaten und Käse belegte.

„Was ist denn?", fragte sie, als sie seinen Blick bemerkte.

„Ich sehe dir einfach gerne zu, wenn du mit so viel Genuss isst", gab er schmunzelnd zu.

„Echt? Das kannst du öfter haben."

„Keine Diäten?"

„Scheiß auf Diäten! Ich treibe viel Sport, da bleibt nichts hängen. Pass lieber auf, dass ich dir nicht alles wegesse", sagte sie und biss in ihr Sandwich.

„Ich habe nur Hunger auf dich! Ich kann es kaum erwarten, dich wieder zu vernaschen", erwiderte er ernst.

„Aber erst, wenn ich hier alles restlos vernascht habe. Mein Hunger ist riesig", neckte sie ihn und schob sich eine Traube in den Mund.

Sie liebten sich wieder und erneut überwältigte sie eine Explosion an Gefühlen. Sprachlos ob dieser Urgewalt an Emotionen lagen sie eng umschlungen nebeneinander. Für das, was sie fühlten, gab es keine Worte.

Am späten Nachmittag verließen sie das Zimmer und gingen zusammen in die Hotelhalle. An der Rezeption beglich Evan die Rechnung mit seiner Kreditkarte.
„Wir würden uns freuen, Sie und Ihre charmante Begleitung bald wieder begrüßen zu dürfen, Mr Maglin", säuselte der Empfangsmitarbeiter.

Beim Hinausgehen wandte sich Valeria erstaunt an ihn:
„Du hast dich mit deinem richtigen Namen angemeldet? Du bist doch bekannt in dieser Stadt. Ich dachte, du würdest bar bezahlen und nicht mit deiner Kreditkarte."
Evan sah sie nun seinerseits verwundert an.
„Was denkst du denn? Ich sagte dir bereits, dass ich keine heimliche Affäre will. Jeder soll ab jetzt wissen, dass wir zusammen sind!"

Er stellte das mit so einer Selbstverständlichkeit fest, dass Valeria unwillig den Kopf schüttelte.
Meinte er das wirklich ernst?

„Aber du hast eine Familie und ich nehme nicht an, dass du dich gleich trennen willst."
Abrupt blieb er stehen und packte sie am Arm.
„Genau das werde ich tun! Mich trennen! Ganz offiziell! Ich war von Anfang an getrennt von dieser Frau, innerlich, verstehst du? Das, was ich mit dir erlebt habe, werde ich bestimmt nicht zugunsten dieser Zweckgemeinschaft aufgeben und verheimlichen! Ich fühle etwas! Das erste Mal in meinem Leben fühle ich etwas Gewaltiges! Und wenn du tatsächlich denkst, dass ich das wieder aufgebe, Mädchen ..."
Freudlos lachte er auf und schüttelte ungläubig den Kopf.

Seine Kompromisslosigkeit und Entschiedenheit waren für sie nicht nachvollziehbar. Auch sie hatte etwas unvorstellbar Intensives mit ihm erlebt, aber deswegen das bisherige Leben einfach wegwerfen, so wie Evan das vorhatte, das kam für sie nicht infrage.

„Das nächste Mal möchte ich mich aber auch mal mit dir unterhalten. Ich kenne dich doch gar nicht", lenkte sie ihn ab, als sie ihre Reisetasche in ihrem Wagen verstaute.
„Doch, du kennst mich! Ich wage zu behaupten, du bist die Einzige, die mich versteht. Wenn du mich mit deinen wunderschönen Augen ansiehst, habe ich das Gefühl, du siehst in meine Seele", erwiderte er ernst. „Ich habe mein Leben lang auf dich gewartet und kann nicht glauben, dass du endlich da bist." Er zog sie an sich und küsste sie. Sie löste sich aus seiner Umarmung.
„Ich rufe dich in den nächsten Tagen an!", sagte er zum Abschied. „Und ich hoffe, dass du dann auch rangehst!"

„Na ja, zu leicht darf ich es dir aber auch nicht machen", scherzte sie. Augenblicklich verfinsterte sich sein Gesicht.
„Ich will nicht, dass du mit mir spielst!", entgegnete er scharf. Sie zuckte zusammen.
„Ich mache doch nur Spaß", versuchte sie, ihn zu beschwichtigen.
„In diesem Fall verstehe ich keinen Spaß! Das solltest du bereits wissen!", erwiderte er, stieg in sein Auto und fuhr davon, ohne sie noch einmal anzusehen. Irritiert blieb sie zurück. Evan war ganz anders als Ben. Der hätte ihr so einen Spruch nicht übel genommen. Ganz im Gegenteil, es wäre ein unterhaltsamer Schlagabtausch zwischen ihnen geworden. Aber Evan schien für so etwas keinen Sinn zu haben.

Die Nacht mit ihm war unbeschreiblich schön gewesen – es war, als hätte es keine Grenzen mehr zwischen ihnen gegeben. So etwas hatte sie noch nie erlebt ...

Nicht einmal mit Ben hatte sie je so eine Intensität und Nähe gefühlt wie mit diesem Mann. Zwar wusste sie noch nicht, auf wen sie sich wirklich eingelassen hatte, aber das würde sie bald herausfinden ... Es war nicht ihre Art, mit einem Mann einfach so ins Bett zu gehen. In den Jahren, in denen sie mit Ben zusammen war, hatte es keinen anderen gegeben und sie war sich sicher gewesen, dass ihr so etwas wie mit Evan nie passieren könnte.

Als sie nun auf dem verwaisten Parkplatz stand, dachte sie wieder an ihren Freund, den sie in der gemeinsamen Zeit mit Evan völlig vergessen hatte. Aber auch wenn sie das schlechte Gewissen Ben gegenüber jetzt einholte, so war sie sich bewusst, dass sie von Evan noch nicht lassen konnte. Sie wollte diesen ekstatischen Sex mit ihm auskosten, so lange es möglich war, und sie hoffte inständig, dass Ben niemals etwas davon erfahren würde.

*

Zum ersten Mal in ihrem Leben hatte sie so etwas wie Geborgenheit in Evans Armen empfunden. Kein Mann hatte ihr je dieses Gefühl geben können, auch Ben nicht.

Ben war ihr bester Freund und sie liebte ihn, und er brachte sie zum Lachen. Das Leben mit ihm war spannend und abwechslungsreich. Zusammen erkundeten sie die Welt und waren mit ihrem Wohnmobil und den Motorrädern in fast allen Ländern unterwegs gewesen.

Der Sex mit Ben hatte ihr immer Spaß gemacht und bis jetzt war sie sich sicher gewesen, dass das alles war, was sie wollte, aber das hatte sich nun geändert. Mit ihm war es nie so leidenschaftlich, nicht einmal, als sie sich kennenlernten, war es so intensiv gewesen, dass sie das Gefühl gehabt hätte, sie löse sich auf und wäre eins mit einem Mann. Es war eine unglaubliche Erfahrung gewesen ... mit Evan.

*

Valeria beschloss, noch ein wenig hierzubleiben und nicht gleich nach Hause zu fahren. Zum Glück war Ben an diesem Wochenende mit Freunden in den Bergen zum Paragliding, so hatte sie viel Zeit für sich.

Vom Hotel aus führten verschiedene Wege in den Wald und um einen See herum. Sie entschied sich, um den See zu gehen. Über diesem lagen graue Nebelschwaden und es dämmerte bereits. Außer ihr war niemand mehr unterwegs. Valeria liebte den Herbst mit seiner düsteren Melancholie mehr als den Sommer. Wie sehr würde sie gerade jetzt ihre Großmutter brauchen. Würde sie noch leben, wäre sie nicht an diesem Ort, sondern bei ihr in der Villa und würde ihr von diesem Mann erzählen, der sie so stark verwirrte. Aber wäre das mit Hilde nicht passiert, hätte sie ihn nicht kennengelernt. Valeria setzte sich auf eine Bank. Es war ihr egal, dass es kalt war und das Wetter eigentlich nicht dazu einlud, auf einer nasskalten Bank zu sitzen, aber sie war fasziniert von der melancholischen Stimmung an diesem See.

Auf einmal hatte sie ein Déjà-vu.
Louis ...
Wieso dachte sie jetzt an Louis?

Seit Jahren hatte sie nicht mehr an ihn gedacht.

*

Mit sechzehn Jahren hatte sie Louis kennengelernt. Er war der Bruder einer ihrer Schulfreundinnen gewesen und sieben Jahre älter als sie. Sie war damals sehr verliebt in ihn. Er wirkte so erwachsen und männlich, nicht so kindisch und unbeholfen wie ihre gleichaltrigen Mitschüler, allerdings war er auch etwas unnahbar. Er hatte sich nicht für sie interessiert. In seinen Augen war sie wohl nur irgendeine Freundin seiner kleinen Schwester. Valeria überlegte damals, wie sie ihm klarmachen konnte, dass sie kein Kind mehr war. Aber es half alles nichts, egal, was sie anstellte, sich erwachsener zu kleiden, zu schminken, sich unnahbar zu geben, er nahm sie einfach nicht wahr. Und dann passierte für sie etwas Unerwartetes:
Louis ging für ein Jahr nach Amerika, um dort zu studieren. Ihre Welt stürzte ein, denn nun konnte sie ihn nicht einmal mehr aus der Ferne anschmachten. Das ganze Jahr über vergaß sie ihn nicht, obwohl mit der Zeit die Sehnsucht nach ihm nachließ und sie sich auf ein paar harmlose Flirts einlassen konnte. Aber sie hatte sich geschworen, dass Louis ihr erster Mann werden sollte. Für ihn hob sie sich auf.

In seiner Abwesenheit veränderte sie sich sehr, ihre Haare reichten inzwischen bis zur Hüfte, ihre Gesichtszüge wurden katzenhafter und erwachsener und die Figur weiblicher. Als Louis zurückkehrte, verliebte er sich endlich auch in sie. Valeria holte ihn damals mit seiner Schwester vom Flughafen ab. Als er aus dem Terminal kam, bemerkte Valeria seinen erstaunten Blick, als er sie sah. Er konnte die Augen nicht mehr von ihr abwenden:

„Wow, ich erkenne dich ja kaum wieder!"

Kurz darauf fragte Louis sie, ob sie mit ihm gehen wollte. Louis war anfangs ein rücksichtsvoller und zuverlässiger Mann. Er verwöhnte Valeria mit Geschenken und Ausflügen und konnte ihr ein Gefühl von Geborgenheit geben.

Sein einziges Hobby war Motorradfahren und sie mochte es, als seine Sozia mitzufahren. Auf einem alten Firmengelände brachte er ihr das Motorradfahren bei, sodass sie ohne Probleme den Motorradführerschein bestand. Als Louis sein Studium abgeschlossen hatte und als Ingenieur in einer anderen Stadt einen Job bekam, veränderte er sich. Er wurde wortkarg, unzuverlässig und schien sich nicht mehr für sie zu interessieren. Valeria war sehr unglücklich darüber, denn sie träumte bereits davon, Louis zu heiraten.

An einem Herbstabend, der ebenso nasskalt und nebelig war wie dieser Abend hier an diesem See, rief er sie an und sagte mit distanzierter Stimme, dass er mit ihr reden müsse. Voller Angst stieg sie zu ihm ins Auto, als er sie von ihrem Zuhause abholte. Er begrüßte sie nicht einmal. So kühl hatte sie ihn bisher noch nicht erlebt und sie ahnte Schlimmes. Er fuhr mit ihr an den See, an dem sie im Sommer viele Stunden miteinander verbracht hatten.

„Gehen wir ein Stück", hatte er knapp gesagt. Schweigend gingen sie den Weg am See entlang. Valeria ließ ihn nicht aus den Augen und versuchte, in seinem Gesicht zu lesen, aber sein Blick war auf den Boden geheftet. Plötzlich brach es aus ihm heraus: „Es tut mir leid, aber ich habe mich in eine andere verliebt." Entsetzt sah sie ihn an.

„Aber du hast gesagt, du liebst mich", schluchzte sie. „Das stimmte ja auch ..."

„Wer ist sie?", fragte Valeria aufgebracht. Louis schwieg und sah ihr fest in die Augen. „Sag es mir!", schrie sie ihn an. Er reagierte kaum auf ihren Gefühlsausbruch und antwortete: „Angie."

„Angie? Oh Gott, ich hasse dich! Hau ab! Hau bloß ab!", tobte sie und schlug mit den Fäusten auf ihn ein. Er versuchte, sie festzuhalten, aber sie schrie, weinte und schlug um sich.

„Ich bringe dich zu deiner Oma", sagte er kurz angebunden und fuhr sie zu Hilde, die ihre Enkelin bereits an der Gartentür der Villa in Empfang nahm. Louis hatte sie angerufen und sie gebeten, sich um Valeria zu kümmern. Ihre Großmutter brauchte keine Erklärungen. Sie hatte damit gerechnet, dass es soweit kommen würde, denn Valeria hatte wochenlang davon erzählt, wie sehr sich ihr Freund verändert hatte.

*

Das war so lange her.
Evan erinnerte sie an Louis ... so wie Louis gewesen war, könnte Evan auch sein ... er hatte sie vorhin ähnlich kaltherzig abgefertigt wie Louis damals.

Inzwischen erhellten die hoteleigenen Laternen die düstere Landschaft. Valeria fror, aber es schien mehr eine innere Kälte zu sein. Sie kuschelte sich in ihren Wintermantel und zog den Kragen hoch.

Was dann passiert war, nachdem Louis Schluss gemacht hatte ... daran wollte sie jetzt nicht denken. Als wollte sie die Erinnerung abschütteln, stand sie energisch von der Bank auf und ging zu ihrem Auto.

Von Üppigkeit und Dürre

Evan fuhr Richtung Stadt.
Der Abschied von Valeria ließ ihm keine Ruhe, aber sie musste sich nicht wundern, dass er sie einfach stehengelassen hatte, wenn sie glaubte, mit ihm spielen zu können. Nichts anderes hatte sie seiner Meinung nach damit ausgedrückt, als sie sagte, dass sie es ihm nicht leicht machen würde. Von Anfang an sollte sie wissen, dass er von ihr erwartete, dass sie für ihn erreichbar war. Noch einmal würde er nicht auf ihren Rückruf warten. Bei ihrem nächsten Treffen würde er ihr ein für alle Mal verdeutlichen, dass er kein Mann war, der sich auf derartige Spielchen einließ.
Es kam ihm völlig absurd vor, jetzt nach Hause zu fahren. So weit entfernt und fremd erschien ihm der Gedanke nach dieser Nacht … Er blieb am Straßenrand stehen und überlegte, umzudrehen und zurück zu dem Hotel zu fahren, in der Hoffnung, dass Valeria noch dort war.

Ich werde ihr nicht nachlaufen!
Sie muss lernen, dass sie so nicht mit mir umgehen kann!

Er fuhr in die Garage seines Anwesens.
Hoffentlich konnte er ungesehen und ungehört in seinem Büro verschwinden. Wenn er Glück hatte, machte Julia, wie sooft am Samstagnachmittag, Yoga in ihrem hauseigenen Fitnessstudio, das sie sich im Keller eingerichtet hatte. Daher ging er auch nicht von der Garage ins Haus, sondern außen herum, sonst bekam sie gleich mit, dass er da war. Als er an der Schwelle seines Hauses stand, musste er sich überwinden, den Schlüssel ins Schloss zu stecken, ihn umzudrehen und die Wohnung zu betreten.

Wie ein Dieb kam er sich vor, als er hineinschlich.
Kaum hatte er die Tür geschlossen, hörte er auch schon Julias Stimme, die er als unangenehm schrill empfand.
„Evan? Bist du endlich da?"
Und schon stand sie in ihrem Yogadress vor ihm. Niemals zuvor hatte er seine Frau so wahrgenommen wie in diesem Moment: grau, fahl, dünn und langweilig – wie eine leere Hülle im Gegensatz zu Valeria, die ihn mit ihrer Weiblichkeit, Sinnlichkeit und Lebendigkeit geradezu überwältigte.

„Wo warst du denn so lange?", fragte sie vorwurfsvoll.
„Arbeit", antwortete er knapp, während er den Mantel und die Schuhe auszog. „Die Verhandlungen haben die halbe Nacht gedauert und dann habe ich im Büro übernachtet", log er. „Aber das wusstest du doch!", fügte er gereizt hinzu.
„Ja, schon, aber ich dachte, du bist spätestens mittags wieder zu Hause. Also, ich weiß nicht, ob das so gut ist, wenn du am Wochenende auch noch arbeitest."
Evan ging an ihr vorbei und murmelte:
„Ich gehe ins Büro."

„Wie du meinst", erwiderte sie mit Unverständnis in der Stimme und er hörte, wie die Tür zum Keller zufiel. Endlich war er allein. Endlich konnte er sich seinen Gedanken und Gefühlen hingeben. Er schloss seine Bürotür zu, was er bisher noch nie getan hatte. Zwar war er vor seiner Frau erst einmal sicher, denn sie war für mindestens zwei Stunden mit ihren Turnübungen beschäftigt, aber er wollte sichergehen, dass er vollkommen ungestört war. Manchmal kamen auch die Kinder in sein Büro.
Er wollte endlich sein eigenes Leben!

Die abgeschlossene Bürotür war nur der Anfang von all dem, was folgen würde. Für seine Planungen brauchte er Zeit und Ruhe, denn er hatte viel zu erledigen. Schnellstmöglich wollte er sich eine eigene Wohnung suchen, natürlich keine simple Mietwohnung, sondern eine Eigentumswohnung. Das würde bald über die Bühne gehen, denn dafür brauchte er nur seinen Bankern einen Besuch abstatten, die ihm sicher ein geeignetes Objekt anbieten konnten.
Als Nächstes musste er seinen Auszug aus diesem Haus in die Wege leiten und die Scheidung einreichen. Er machte sich ein paar Notizen und suchte Telefonnummern heraus: Die Durchwahl zur Immobilienabteilung der Bank, dann brauchte er einen Anwalt, der mit ihm die Modalitäten in Bezug auf die Scheidung durchging. Aber da fiel ihm auch schon einer ein, der in seinem Tennisverein war und der ihm noch einen Gefallen schuldete. Den würde er gleich nächste Woche kontaktieren. Hoffentlich konnten sich Julia und er mit allem konfliktfrei einigen. Wahrscheinlich würde sie das Haus behalten wollen, außer sie hatte andere Pläne, dann müsste das ebenfalls geregelt werden.

Zufrieden lehnte er sich in seinem Sessel zurück. Auf den ersten Blick schien alles problemlos abzuwickeln zu sein.

Was Valeria wohl gerade macht?

Der Idealfall wäre, wenn sie ihn jetzt anrufen würde, wovon er aber nicht ausging. Soweit kannte er sie schon. Sie war keine Frau, die einem Mann hinterherlief. Sie ließ sich erobern. Ihm fielen ihre Worte wieder ein.
„Ich kann nicht glauben, dass ich mich mit dir so schnell eingelassen habe", hatte sie gesagt.

In ihren Augen hatte er gesehen, dass sie von ihm genauso fasziniert war wie er von ihr. Gegen diese Wucht an Gefühl kam auch sie nicht an. Er ging zu der Hausbar in seinem Büro und schenkte sich einen Whisky ein. Für das, was er mit Valeria erlebt und gefühlt hatte, gab es keine Worte. Es hatte seine Vorstellungen weit übertroffen, wie es wäre, mit der Liebe des Lebens zu verschmelzen.

*

Mit den Frauen vor Valeria war es anders gewesen.
Er hatte mit ihnen Sex gehabt. Punkt. Mehr gab es dazu nicht zu sagen. An ein einziges Mal konnte er sich erinnern, als ihm Sex wirklich Spaß gemacht hatte. Julia und er waren seit ein paar Monaten zusammen und kamen von einer Party in seine Wohnung zurück. In dieser Sommernacht hatten sie viel getrunken – und machten es im Doggy Style auf dem Küchenboden. Für Evan war das das Beste, was er je erlebt hatte. In dieser Stellung brauchte er seiner Freundin nicht in die Augen zu sehen und vor allem musste er sie nicht küssen. Auf die Weise entstand nicht diese Nähe, die ihm beim Sex schon immer zuwider war. Alle Frauen, mit denen er geschlafen hatte, wollten ihm dabei in die Augen sehen und geküsst werden.

Er hasste das!

Als Julia am nächsten Morgen bewusst geworden war, in welcher Position sie sich ihm gezeigt hatte, schämte sie sich.

"Nie wieder werde ich so viel trinken. Es ist mir sehr peinlich, was wir da gemacht haben."
"Schade", antwortete er damals lapidar.

„Das machen Huren, aber nicht ich! Ich bin fassungslos, dass dir so etwas gefällt!", empörte sie sich. Von da an achtete Julia strikt darauf, dass sie keinen Tropfen Alkohol zu viel trank, damit so etwas nicht wieder vorkam. Evan fand sich damit ab, dass es für ihn nur noch die Missionarsstellung geben würde – wenn überhaupt.
Aber auch damit arrangierte er sich.
Unter der Bettdecke und im Dunkeln, absolut perfekt!
Ideal, um einfach nur den Druck loszuwerden, dachte er spöttisch. Wenigstens brauchte er seine Frau so nicht anzusehen und konnte sich seine imaginäre Traumfrau dabei vorstellen. Er hatte ein exaktes Bild in seiner Fantasie von der Frau, die ihm gefallen würde: sinnlich, kurvig, leidenschaftlich und mit langen blonden Haaren. Für ihn musste eine richtige Frau lange Haare haben. Leider hatte sich Julia ihre roten Locken bereits weit vor der Geburt der Zwillinge abschneiden lassen, weil das „praktischer und frecher" sein sollte, hatte sie ihm erklärt, als sie vom Friseur kam, ohne ihn vorher davon in Kenntnis gesetzt zu haben. Er war sehr enttäuscht damals. Ihre langen roten Haare waren das Einzige gewesen, was sie von der Masse der anderen Frauen unterschieden hatte. Allerdings sagte er ihr das nicht.

„Wie du meinst", war seine einzige Reaktion auf ihren schlichten Allerweltshaarschnitt gewesen.

Mit Valeria wollte er gar keine ausgefallenen Sexstellungen. Mit ihr liebte er die Missionarsstellung – nur so war echte Nähe möglich, nur so konnte er jede Regung in ihrem Gesicht sehen, konnte in ihre Augen eintauchen, sie küssen, mit ihr verschlungen sein und eins werden. Er hatte kein Verlangen danach, mit ihr irgendwelche Turnübungen zu veranstalten.

Pures Leben

Zum Glück bekam Julia am Sonntagmorgen Besuch von einer Freundin, sodass Evan diesen Tag ganz für sich hatte. Gestern Abend hatten sie sich nur noch kurz über die Pläne des heutigen Tages unterhalten, ansonsten waren sie sich aus dem Weg gegangen. Seine Frau war nach wie vor ärgerlich, dass er erst spätnachmittags nach Hause gekommen war. Etwas Besseres konnte ihm nicht passieren, als dass sie sauer auf ihn war, dann hatte er wenigstens seine Ruhe vor ihr.

Schon früh morgens setzte er sich auf sein Rennrad und fuhr Richtung Stadt. Bisher war er immer nur in Wäldern und auf Nebenstraßen unterwegs gewesen, aber heute wollte er an Valerias Wohnung und ihrer Arbeitsstelle vorbeifahren. Obwohl er wusste, dass sie am Wochenende nicht arbeitete, wollte er sich ein Bild von dem Hotel machen, in dem sie als Assistentin der Geschäftsleitung tätig war.

Schließlich musste er alles von ihr wissen.

Jedes Detail war wichtig für ihn.

Er trug ein weißes Fahrraddress, einen weißen Helm und eine Fahrradbrille – sollte sie ihm begegnen, würde sie ihn so nicht erkennen. Auf keinen Fall wollte er riskieren, dass sie bemerkte, dass er sich in ihrer unmittelbaren Nähe aufhielt. Seine dunkle Fahrradbrille verdeckte einen Großteil des Gesichtes und außerdem hatte er sich für dieses Vorhaben extra rasiert.
Valeria kannte ihn bisher nur mit Dreitagebart.

Da ihre Wohnung etwas abgelegen lag und nur über einen Hinterhof erreichbar war, blieb ihm nichts anderes übrig, als auf der Straße gegenüber stehenzubleiben. Einen direkten Blick auf ihr Appartementhaus hatte er leider nicht. Es war eine gepflegte Siedlung, was ihm sehr gut gefiel. Sie legte also auch Wert auf ein gehobenes Ambiente. Als er sie das erste Mal in ihrer Motorradkleidung gesehen hatte, war er sich nicht sicher gewesen, wie sie wohnte. Er wäre enttäuscht gewesen, hätte sie in einem tristen Wohnblock gelebt. Auf der Straße vor ihrem Appartementhaus verweilte er nur kurz, denn hier gab es nichts Sehenswertes zu entdecken. Um zu sehen, ob sie zu Hause war, hätte er in den Hinterhof gehen müssen, was natürlich undenkbar gewesen wäre – auch wenn es ihn noch so sehr interessierte, welche Leute dort ein und aus gingen. Also machte er sich in Richtung ihres Hotels auf, in der Hoffnung, noch mehr Einblick in ihr Leben zu bekommen.

Er stellte sein Fahrrad zwischen die anderen Fahrräder auf dem hoteleigenen Parkplatz, schloss es ab und ging Richtung Terrasse, auf der die Gäste die letzten Sonnenstrahlen genossen. Auch wenn Valeria aus irgendwelchen Gründen doch hier sein sollte, war er sich sicher, dass sie ihn nicht erkennen würde.

Am Rande der Terrasse nahm er Platz und bestellte einen Espresso bei der sogleich herbeigeeilten jungen Bedienung. Anscheinend legte man auch hier Wert auf ein gepflegtes Umfeld und guten Service. Die Angestellten waren einheitlich in einem edlen schwarzen Dress gekleidet, grüßten jeden Gast freundlich und zuvorkommend und wechselten ein paar nette Worte mit einigen der Gäste.

Es herrschte eine angenehme, professionelle Atmosphäre, was ihm ausgesprochen gut gefiel. Zwar war ihm das Hotel vom Namen her bekannt gewesen, doch hatte es ihn nie interessiert, was aber nur daran lag, dass es in der Stadt sehr viele gehobene Häuser dieser Art gab. Während er seinen Espresso trank, beobachtete er die Gäste und das Personal. Er war sehr zufrieden mit allem, was er sah. Auch in diesem Fall hätte es ihn enttäuscht, wenn Valeria einen Arbeitsplatz in irgendeinem durchschnittlichen Mittelklassehotel gehabt hätte, aber dieses Hotel entsprach ebenfalls seinem hohen Anspruch wie schon ihr Appartementhaus. Er bezahlte und ging in das Hotel, um es von innen zu begutachten. Schließlich musste er die Rezeption sehen, die Valeria als Assistentin managte. Hinter dem Empfangstresen standen zwei junge attraktive Frauen, die konzentriert am Computer arbeiteten. Sie bemerkten ihn und begrüßten ihn freundlich.

Sehr gut! Das gefällt mir alles außerordentlich gut! Der Eindruck könnte nicht besser sein, dachte er. Doch mit einem Mal verdüsterte sich schlagartig seine Stimmung. In dem Büro hinter der Rezeption saß ein geschniegelter blonder Mann in einem schwarzen Anzug und tippte geschäftig in sein Handy. Er war ungefähr fünfunddreißig.

War der etwa ihr Vorgesetzter?
Erst jetzt wurde Evan bewusst, dass er dieses Hotel noch nicht einmal gegoogelt hatte. Wie konnte ihm so etwas passieren! Er, der stets alles sofort abcheckte, hatte tatsächlich nicht daran gedacht, Valerias Arbeitsplatz zu überprüfen und vor allem, mit welchen Leuten sie zusammenarbeitete.
Seine Laune war im Keller.
Was war das für ein Kerl?

Evan hatte keine Lust mehr aufs Fahrradfahren. Obwohl er eine längere Tour geplant hatte, wollte er jetzt an seinen Laptop und das Hotel checken. Mit hohem Tempo und den Blick konzentriert auf die Straße geheftet, radelte er nach Hause.

Zum Glück war niemand da.
Auch seine Kinder waren an diesem sonnigen Herbsttag mit Freunden unterwegs. Ohne sich umzuziehen, setzte er sich an den PC und gab den Namen des Hotels ein. Es gab nur eine einzige Sache, die er wissen wollte und so drückte er auf „Team"… tatsächlich, dieser geschniegelte Typ war ihr direkter Vorgesetzter. Valeria stand in einem, nach Evans Geschmack, viel zu kurzen Minirock neben diesem Kerl auf dem Foto. Er schaltete den Computer aus. Bei nächster Gelegenheit würde er sie zur Rede stellen, ob da irgendetwas zwischen den beiden lief. Er konnte sich nicht vorstellen, dass der nichts von ihr wollte. So wie sie aussah, wollte jeder was von ihr …

Gestern hatten sie diese sagenhafte Nacht miteinander verbracht, und nun das! Seine Euphorie hatte sich in Luft aufgelöst, seit er diesen Kerl gesehen hatte. Bei der Vorstellung, dass sie mit dem zusammenarbeitete, wurde ihm schlecht. Die Tatsache, dass sie einen Freund hatte, war für ihn anfangs eine Zumutung gewesen. Allerdings hatte er das inzwischen weitgehend abgehakt, denn es verstand sich von selbst, dass sie sich, genau wie er, trennen würde.

Und zwar baldmöglichst!

Ihr Freund interessierte ihn nicht mehr. Wenn sie den wirklich lieben würde, hätte sie sich nicht mit ihm eingelassen.

Montagmorgen.
Kaum, dass er in seinem Büro angekommen war, rief er Valeria an. Nach zweimaligem Klingeln ging sie ans Telefon. *Braves Mädchen*, dachte er zufrieden.

„Wie geht es dir?", fragte er ohne Umschweife.
Sie schwieg. „Was ist los mit dir?" Sein Ton wurde eine Spur schärfer.
„Nichts ...", begann sie zögernd, „ich weiß nicht, ob das gut war, was wir getan haben! Du bist verheiratet und ich habe einen Freund ..."
„Jetzt sag ich dir mal etwas, Mädchen", unterbrach er sie. „Ich garantiere dir, dass ich nicht mehr lange verheiratet sein werde. Und keine Sorge, du hast meine Ehe nicht zerstört, falls du das sagen willst. Verstehst du das jetzt endlich?" Ohne auf eine Reaktion zu warten, fuhr er fort: „Ich werde mich scheiden lassen! Und ich werde ausziehen und mir eine Wohnung in der Stadt suchen. Du warst der Auslöser für all das, aber du bist nicht dafür verantwortlich. Meine Entscheidung steht fest und es gibt kein Zurück mehr! Ist das bei dir angekommen, Valeria?"
„Ja."
„Dann dürftest du jetzt verstanden haben, dass du keine Schuld am Ende meiner Ehe hast."
„Ja, das habe ich kapiert! Aber ich glaube nicht, dass ich mich von Ben trennen will ..."
„Das ist allein deine Entscheidung!"

Natürlich erwartete er von ihr, dass sie es ihm gleichtat und sich trennte, aber das sagte er ihr jetzt noch nicht. Das würde er auf seine Weise tun ... zu einem späteren Zeitpunkt. Erst einmal sollte sie sich wohlfühlen mit ihm.

„Aber der eigentliche Grund, warum ich anrufe, ist: Ich habe nächsten Samstag Geburtstag und den möchte ich natürlich mit dir verbringen", wechselte er das Thema.

„Wirklich? Du hast Geburtstag? Du bist ein Skorpion. Oh je, da wundert mich nichts mehr ...", meinte sie wissend.

Jetzt fängt sie auch noch mit diesem Hokuspokus an.
Sternzeichen interessierten ihn nicht im Geringsten und er wusste nichts darüber. Julia hatte auch schon oft mit diesem Sternzeichen - Quatsch angefangen:
„Dass ich mich ausgerechnet in einen Skorpion verliebt habe" oder „Typisch Skorpion!" - was auch immer Julia damit gemeint hatte. Er hatte nie nachgefragt.

Evan wollte, dass Valeria das Wochenende mit ihm verbrachte. Er wollte es unbedingt, aber er wusste auch, dass er nicht zu viel Druck ausüben durfte - zumindest jetzt noch nicht. Noch konnte er sich nicht sicher sein, dass sie ihm gehörte, noch immer war ihre Beziehung zu zerbrechlich. Aus diesem Grund musste er behutsam vorgehen.

Valeria schwieg schon wieder. Anscheinend zweifelte sie sehr an ihrer gemeinsamen Beziehung, also musste er dafür sorgen, dass sie Vertrauen zu ihm fasste.
„Ich würde dich gerne einladen, mit mir zwei Tage in einem Wellnesshotel zu verbringen."
Frauen standen doch auf Wellness, also musste sie anbeißen!

„Ich weiß nicht ..."
„Komm schon! Den Wunsch kannst du mir nicht abschlagen", bat er sie eindringlich.

Wie sollte er seinen Geburtstag ohne sie ertragen? Er wusste nicht, was er tun würde, wenn er sie nicht dazu überreden konnte. Der Gedanke war unerträglich.

„Valeria, bitte …"

Er konnte nicht glauben, dass er sie fast anflehte. Dass er überhaupt eine Frau anbetteln musste, ein Wochenende mit ihm wegzufahren. Ausgerechnet er!

„Okay."

„Ich danke dir", äußerte er sich erleichtert. Es stimmte tatsächlich, er war dankbar, auch wenn er fast schon unterwürfig um ihre Zusage geworben hatte. Bisher war es noch nie nötig gewesen, dass er jemanden bitten musste, Zeit mit ihm zu verbringen …

„Ich werde gleich das beste Wellnesshotel buchen, das ich kenne. Ein Kunde hat es mir empfohlen", freute er sich aufrichtig.

„Weißt du, warum ich mitkomme?", fragte Valeria mit einem Mal gereizt. „Aus einem einzigen Grund: Ich muss herausfinden, wer du bist. Ich hasse mich dafür, dass ich Ben betrüge!", brach es aus ihr heraus. „Du brauchst nicht zu glauben, dass du mich mit irgendeinem Wellnesshotel locken kannst! Das interessiert mich nicht!"

Er konnte nicht fassen, was er hörte. Jede andere wäre überglücklich gewesen, vor allem Julia, wenn er mit ihr ein Wochenende in einem exquisiten Hotel hätte verbringen wollen.

„Okay, ich muss weiterarbeiten! Sag mir einfach, wann und wo wir uns treffen", forderte sie ihn auf.

Keine Frau hatte je so mit ihm geredet. Er durfte jetzt keinen Fehler machen, auf keinen Fall ... und daher erwiderte er sanft: „Ich verstehe dich. Das ist wirklich sehr schnell gegangen mit uns. Wir hatten ja noch gar keine Gelegenheit, uns richtig kennenzulernen. Deshalb möchte ich ein komplettes Wochenende mit dir verbringen. Bitte gib mir diese Chance." Schon wieder bat er sie!

„Ja, nur darum lasse ich mich darauf ein! Also, ... ich kann erst am Samstagmorgen weg. Freitag sind Ben und ich auf einer Hochzeit eingeladen."
„Dann treffen wir uns Samstagvormittag um zehn bei meiner Firma?", fragte er vorsichtig.
„Okay, ich werde da sein. Ciao."
„Ich freue mich! Bis Samstag!"

So hatte er sich selbst noch nicht erlebt. Er fühlte sich verwirrt und erschöpft. Eigentlich müsste er wütend sein auf sich selbst und vor allem auf sie, dass sie so mit ihm sprach und er es zuließ. Andererseits war ihm bewusst, dass er sie verlieren könnte, würde er jetzt schon seine wahren Gefühle zeigen, nämlich Wut und Unverständnis. Seine Zeit würde bald kommen, da war er sich sicher. Jetzt gab er sich noch versöhnlich und sanftmütig, aber das entsprach absolut nicht seinem wahren Wesen. Er würde wissen, wann der richtige Zeitpunkt gekommen war, dass er ihr klarmachen konnte, dass er so nicht mit sich umspringen ließ. So schnell wie möglich musste er dieses Gefühlswirrwarr abschütteln, das ihn jetzt geradezu erschlug. Es war eine Mischung aus Irritation, Erschöpfung und Zorn – und Vorfreude auf seinen Geburtstag.
Das erste Mal, dass er sich auf seinen Geburtstag freute.

An diesem Wochenende musste er Valeria endgültig für sich gewinnen. Er würde alles tun, wirklich alles, was dafür nötig war! Auch wenn das bedeutete, seine Masken fallen lassen zu müssen, denn sie war es wert, seine Wahrheit zu erfahren.

Er konnte es kaum erwarten, bis er endlich Geburtstag hatte. Tagsüber stürzte er sich in die Arbeit, um seine Nervosität und Anspannung loszuwerden. Abends war er mit Kollegen unterwegs und ignorierte Julias demonstratives Schweigen und mürrisches Gesicht, wenn er erst spät nach Hause kam. Er ging zum Tennis oder in eine Bar – und meldete sich in einem Fitnessstudio an, um seine Bauchmuskeln zu trainieren. Irgendwo hatte er gelesen, dass Frauen Bauchmuskeln sexy fänden. Sebastian war höchst erfreut, weil Evan plötzlich so unternehmungslustig war.

„Was ist denn mit dir auf einmal los?", wunderte er sich.
„Ach, nichts weiter, ich brauch nur etwas Abwechslung", wich Evan aus.

„Na ja, wenn man so wie du stramm auf die fünfzig zugeht", grinste Sebastian vielsagend.
„Das wird es wohl sein!" Er hatte nicht vor, mit Sebastian über Valeria zu sprechen, noch nicht. Erst wenn er sich sicher sein konnte, dass sie ihm gehörte.

Am Donnerstag teilte er Julia beiläufig mit, dass er am Wochenende nicht da sein würde.

„Und was ist mit deinem Geburtstag?", fragte sie aufgebracht.

„Was soll damit sein? Du weißt, dass ich keinen Wert darauf lege! Ich werde mich mit Studienfreunden zum Skifahren treffen. Das sei mir ja wohl mal vergönnt. Die haben alle nur an diesem Wochenende Zeit. Ich werde das kaum absagen, bloß weil ich Geburtstag habe!"

„Wie du meinst", erwiderte sie enttäuscht. „Wer ist denn alles dabei?"

„Kennst du nicht! Das war vor deiner Zeit", log er.
Es war ihm gleichgültig, ob sie ihm glaubte oder nicht. Zwar wohnte er noch in diesem Haus, aber es war nur noch eine Frage der Zeit, bis er seine Zelte hier abbrechen würde.

Endlich Samstag!
Seine Nervosität und Vorfreude waren kaum noch auszuhalten. Evan fühlte sich das erste Mal in seinem Leben unbeschwert und aufgeregt wie ein verliebter Teenager. Nicht einmal als er jung gewesen war, hatte er sich jemals so frei und lebendig gefühlt. Julia gratulierte ihm überschwänglich. Er nahm es zur Kenntnis und legte ihr Geschenk achtlos zur Seite. Seine Kinder waren nicht enttäuscht, dass er verreisen wollte. Sie schienen sogar froh zu sein, nicht wieder den ganzen Tag auf heile Familie machen zu müssen, worauf ihre Mutter sonst wieder bestanden hätte.

„Viel Spaß und brich dir nicht sämtliche Knochen, Oldie!", gab ihm sein Sohn grinsend mit auf die Reise.

„Warum packst du deine Skier denn nicht ein?", fragte Julia plötzlich, als sie ihm zusah, wie er seine Reisetasche im Auto verstaute. Aber auch dafür hatte er sich schon eine Antwort zurechtgelegt.

„Einer von unseren Freunden hat eine Skischule. Er hat uns angeboten, seine neuesten Testmodelle auszuprobieren." Julia schien ihm zu glauben: „Ach so."

„Ciao", verabschiedete er sich und setzte sich in seinen Wagen.

„Pass auf dich auf", meinte sie besorgt. Ohne sie noch einmal anzusehen, fuhr er aus der Einfahrt. Von jetzt an war er frei für Valeria!

Als er auf dem Parkplatz ankam, war von ihr nichts zu sehen. Er stellte den Wagen auf seinen Platz, stieg aus und zündete sich eine Zigarette an. Es war bereits zehn Minuten nach zehn. Dass sie nicht kommen würde, war für ihn ein Ding der Unmöglichkeit, daran hatte er nicht mal gedacht. Was sollte er tun? Warten? Was, wenn sie gar nicht kam? Er konnte nicht nach Hause zurück! Wohin sollte er dann?

Während er sich den Kopf mit unzähligen Gedanken zerbrach, sah er ihr rotes Auto, das in den Parkplatz einbog. Er war erleichtert und dankbar, dass sie da war. Sie parkte neben seinem Wagen. Als sie ausstieg, lächelte sie ihn an.

„Herzlichen Glückwunsch, Evan."

„Danke", erwiderte er und zog sie an sich. Er küsste sie leidenschaftlich. Sie fühlte sich weich und anschmiegsam in seinen Armen an.

„Lass uns fahren", meinte er gut gelaunt und verstaute ihre Tasche in seinem Wagen.

„Ich bin sehr gespannt auf dich, Evan. Jetzt will ich alles von dir wissen."

„Hoffentlich wird uns die Zeit nicht zu kurz", lächelte er.

Er hatte ein romantisches Hotel gebucht, das in Alleinlage auf einem Bergplateau lag. Die Aussicht in das weitläufige Tal hatte auf der Homepage einzigartig ausgesehen.
Sein Kunde hatte nicht zu viel versprochen.

Während der Autofahrt redeten sie so vertraut miteinander, als kannten sie sich schon ewig. Allerdings plauderten sie mehr, als dass sie ein ernsthaftes Gespräch führten. Er erzählte ihr von Mrs Short und Sebastian. Und sie von ihrem Pferd und von Ben, obwohl es ihm bei diesem Thema sehr schwerfiel, neutral zu bleiben.

„Ich habe mir vorgenommen, ehrlich zu sein", sagte er plötzlich ernst.
„Das hört sich an, als wärst du bislang nicht ehrlich gewesen", erwiderte sie.
„Ja, du hast recht, aber bei dir soll sich alles ändern!"
„Da bin ich ja mal gespannt."
„Ich möchte, dass du alles von mir erfährst."
Zweifelnd sah Valeria ihn an und sagte:
„Das hört sich aber gewaltig an …" Evan schwieg.

*

„Wahnsinn, es ist absolut traumhaft", staunte Valeria, als sie auf das Hotel zufuhren, das wie ein schneeweißes Schloss mit seinen Erkern und Türmchen aussah.
„Das hätte ich dir gar nicht zugetraut", scherzte sie. „Ich dachte, du bist so ein stocksteifer Geschäftsmann, der in irgendeinem stylischen Glaskasten absteigt."
„Freut mich, dass es dir gefällt", antwortete er nur.
„Und wie! Ich fühle mich wie die Schneekönigin persönlich", lachte sie übermütig.

„Du bist ja auch meine Königin!", betonte er eindringlich.
„Ach ja ...?"
„Ich weiß einfach, dass du die Frau meines Lebens bist! Ich war mir noch nie so sicher!"

„Na ja, wenn du das glaubst ...", entgegnete sie knapp.

Sie gingen zur Rezeption und Valeria wusste nicht, wo sie zuerst hinsehen sollte. Das Hotel war mit verschnörkelten alten Möbeln, Bildern und edlen Teppichen eingerichtet.
„Irre!"... „Unglaublich!"

Evan lächelte in sich hinein, er hatte sie also richtig eingeschätzt und beobachtete sie amüsiert. Auch sie hatte ihn richtig eingeschätzt, denn er hätte sich niemals in dieses kitschige Märchenschloss einquartiert, auch nicht mit Julia, die für so etwas auch keinen Sinn gehabt hätte, da sie ebenfalls nüchterne Hotels bevorzugte. Zumindest nahm er das an. Auch wenn Valeria noch so tough, selbstsicher und frech tat, hatte er in ihr etwas Mädchenhaftes gesehen, was sich jetzt bestätigte. Es war genau diese Mischung, die ihn umhaute und magisch anzog: Einerseits war sie eine attraktive, selbstbewusste Frau, andererseits hatte sie sich diesen mädchenhaften Charme bewahrt, den er absolut hinreißend fand. Er war völlig gefangen von ihrer natürlichen Ausstrahlung, die ihr nicht einmal bewusst war. Hätte sie künstlich auf süß, hilflos, naiv und unschuldig gemacht, hätte sie ihn nie interessiert. Zu oft schon hatten Frauen bei ihm die „Mädchen-Nummer" abgezogen, was er sofort durchschaute, weil sie dieses gewisse Etwas nicht im Blut hatten so wie Valeria. Sie war die Einzige, die er je kennengelernt hatte, die diese ganz besondere Aura umgab.

„Mr Maglin und Begleitung", lächelte der Empfangsmitarbeiter professionell. „Bitte schön, Ihre Schlüssel für Ihre Suite im dritten Stock." Evan nahm den verschnörkelten Schlüssel entgegen, der, ganz dem Hotel entsprechend, altertümlich aussah. Ein filmreifer, ebenfalls auf Vintage gemachter Fahrstuhl brachte sie in ihre Suite. „Elfenbeinturm" stand an der Tür.

„Ich glaub's nicht", rief Valeria begeistert, als Evan die Tür aufsperrte. Sie betraten das Zimmer, das mit schweren rot-goldenen Vorhängen und uraltem Mobiliar ausgestattet war. Ein übergroßes Bett stand mitten im Raum und der Holzboden knarzte bei jedem Schritt.
„Ich nehme an, dir gefällt so etwas", schmunzelte Evan.
„Ja, und wie, was glaubst du denn?" Sie umarmte ihn.
„Danke, dass du mich hierhergebracht hast."

„Ich danke dir, dass du mit mir meinen Geburtstag hier verbringst." Während er sie küsste, begann er, sie auszuziehen. Sie liebten sich … sanft, unersättlich …

Später bestellten sie den Zimmerservice, der ihnen einen altertümlichen Servierwagen mit Spezialitäten des Hauses auf ihre Suite brachte.

„Geht's dir gut?", wollte sie wissen, während er die Weinflasche öffnete.
„Ich bin sehr glücklich – das erste Mal in meinem Leben", sagte er wahrheitsgemäß. „Ich liebe dich, Valeria."

„Du kennst mich doch gar nicht! Du idealisierst mich nur. Du bist einfach nur total verknallt!"

„Ich weiß, was ich fühle, und für mich ist das Liebe! Noch nie habe ich mich so wohl mit einem Menschen gefühlt wie mit dir. Ich habe in deine Augen gesehen und wusste sofort, dass du die Frau meines Lebens bist."

„Hoffnungslos – dir ist nicht zu helfen ...", grinste sie.

Sie ließen sich das Essen schmecken und erzählten sich gegenseitig Alltagsgeschichten aus ihren Leben. Evan fühlte sich unendlich wohl in ihrer Gegenwart. Sein bisheriges Leben war für alle Zeiten ausgelöscht. Was er mit ihr erlebte, würde ein Zusammenleben mit Julia für immer unmöglich machen. An Valerias gleichmäßigem Atem hörte er irgendwann, dass sie eingeschlafen war. Eine Welle der Zärtlichkeit erfasste ihn, als er sie im Schlaf beobachtete. Das war Glück, das war Liebe, er war endlich angekommen. Es verstand sich von selbst, sie zu heiraten und ein Kind mit ihr zu haben. Es gab für ihn keinen Zweifel daran, dass alles genauso werden würde, wie er sich das erträumte und plante. Für ihn war es unverständlich, dass Valeria überhaupt noch Bedenken hatte. Schließlich hatte er sie auserwählt, an seiner Seite sein zu dürfen und von ihm geliebt zu werden.

Auch er schlief ein und wachte später von einem Geräusch auf, das er zunächst nicht einordnen konnte. Valeria saß vor ihm mit zwei Gläsern Champagner und lächelte ihn an.
„Wir haben ja noch gar nicht auf dich angestoßen."
Er setzte sich auf und nahm eines der Gläser.
„Auf dich!", sagte sie und gab ihm einen Kuss.
„Ich habe auch noch ein kleines Geschenk für dich." Das erste Mal in seinem Leben war er wirklich gespannt, was er nun bekommen würde.

„Mein Geschenk ist, dass ich mich dazu entschieden habe, es eine Weile mit dir auszuprobieren. Aber das eigentliche Geschenk ist, dass ich glaube, dass ich mich total in dich verknallt habe", lachte sie fröhlich.

Evan rang sich ein Lächeln ab. „Schön, freut mich." Das, was ihm daran ganz und gar nicht gefiel, waren ihre Formulierungen: „eine Weile", „ausprobieren" und sie „<u>glaubte</u>, verknallt zu sein". Für ihn gab es keine „Weile" und schon gar kein „Ausprobieren" und vor allem kein „ich glaube"! Für ihn war zu tausend Prozent klar: Er liebte diese Frau! Aber er wollte jetzt erst einmal nichts weiter dazu sagen. Er würde sie schon noch dazu bringen, dass sie so etwas Banales und Beleidigendes nie mehr sagen würde.

„Trink noch einen Schluck", sagte er und füllte ihr Glas bis zum Rand mit Champagner.

„Ich vertrage aber nicht so viel", scherzte sie. „Sonst plaudere ich wieder all meine Geheimnisse aus."

Gut zu wissen!

„Da bin ich ja mal gespannt", lächelte er, denn er brannte geradezu darauf, jedes noch so kleine Detail von ihr zu erfahren. „Ich darf mir doch heute an meinem Geburtstag sicher etwas wünschen?"

„Na ja, in zwei Stunden ist dein Geburtstag rum ..."

„Erzähl mir etwas aus deinem Leben! Aber damit meine ich nicht irgendetwas Alltägliches, sondern etwas, das nicht jeder von dir weiß."

„Du meinst ein wirklich dunkles Kapitel in meinem Leben, was ich noch nie jemandem erzählt habe? Sowas in der Art?", fragte sie ironisch und sah ihn herausfordernd an.

„Genau das meine ich! Ich bin mir sicher, du hast auch eine verborgene, vielleicht sogar böse Seite."

„Böse? Interessant, was du so denkst ... Okay, der Deal steht! Unter einer Bedingung!"

„Die da wäre?"

„Das Gleiche gilt für dich! Erst, wenn du mir etwas Geheimnisvolles oder B ö s e s", betonte sie, „von dir erzählt hast – erst dann bekommst du meine böse Seite!"

Nun war genau die Situation eingetreten, die er befürchtet und gleichzeitig herbeigesehnt hatte. Er hatte sich vorgenommen, schonungslos ehrlich zu sein, denn nur so würde er sie an sich binden können. Bei ihr würde er mit seinen Spielchen und Manipulationen nicht weiterkommen – nein, viel schlimmer, genau damit würde er sie verlieren.

„Alles klar! Der Deal gilt."

„Ich bin gespannt", meinte sie zufrieden und baute sich aus den vielen Kissen eine Wand, an die sie sich lehnen konnte. Evans Herz pochte schwer in seiner Brust, schon wieder ... nachdem er tief eingeatmet hatte, begann er:
„Ich erzähle dir eine Episode aus meinem Leben, die ich noch keinem Menschen erzählt habe. Und wenn ich sage keinem, dann meine ich das auch so."
Er konnte nicht glauben, dass er sich tatsächlich darauf einließ, aber nichts anderes blieb ihm übrig. „Ich hasse meine Eltern – abgrundtief! Ich könnte sie töten, so sehr verabscheue ich die ...", brach es aus ihm hervor.

Valeria schien nicht erschrocken zu sein über diese Wucht an Hass, die er offenbarte.

„Dann müssen sie dir Schlimmes angetan haben", stellte sie sachlich fest. Evan erzählte von seiner Mutter, die ihn aus dem Italien Urlaub als „Souvenir" mitgebracht hatte, von seinem brutalen, saufenden Stiefvater und von Eva ...
Valeria sah ihn bestürzt an.

„Oh Gott ...", sagte sie leise.

„Das wirklich Schlimme kommt aber erst." Sein Gesicht verfinsterte sich. „Etwas, das ich mir bis heute nicht
verzeihen kann." Beide schwiegen. Er war ihr dankbar dafür, dass sie nicht neugierig nachfragte, sondern ihm die Zeit ließ, die er brauchte. Sie würde es wohl sogar respektieren, wenn er gar nicht weitererzählte. Und aus diesem Grund entschloss er sich, ihr die ganze Wahrheit anzuvertrauen.

„Am Tag meines Schulabschlusses verließ ich mein Elternhaus. Für immer! Ich hatte das Zeugnis in Empfang genommen, ging nach Hause, packte meine Habseligkeiten und haute ab. Meiner Schwester hinterließ ich einen kurzen Brief. Hier, schau", sagte er und fischte einen abgegriffenen, vergilbten Zettel aus seiner Brieftasche, den er ihr gab. „Ich habe ihn seit Jahren bei mir. Ich weiß nicht wieso, aber ich konnte ihn nie wegwerfen. Marc, mein Schulfreund von damals, hatte ihn in meinem Zimmer gefunden und eingesteckt, bevor ihn meine Eltern finden konnten. Eva musste ihn dort hingelegt haben, bevor sie ..." Valeria las den Brief.

*"Liebe Eva,
sorry, ich konnte nicht auf dich warten, bis du aus der Schule kommst. Ich kann an diesem Ort keine Sekunde länger bleiben. Verzeih mir, wenn ich abhaue, aber sobald ich irgendwo untergekommen bin und Geld verdiene, werde ich versuchen, dich nachzuholen. Ich weiß, dass du genauso stark bist wie ich. Du lässt dich nicht unterkriegen von denen. Ich weiß das!!! Ich melde mich bald bei dir!
Dein Evan"*

Nachdem sie ihn gelesen hatte, fuhr er fort:
„Zu Schulzeiten hatte ich bereits Geld verdient. Frühmorgens trug ich Sommer wie Winter vor der Schule Zeitungen aus und abends half ich in der Küche in einem Restaurant, das den Eltern von Marc gehörte. Ich sparte für eine Zugfahrkarte, damit ich so weit weg wie möglich fahren konnte. Als ich dann endlich im Zug saß, war ich total erleichtert. Ich hatte mir eine Stadt ausgesucht, die viele Meilen von meinem Heimatort entfernt war. Dort suchte ich mir eine Absteige und heuerte bei einer Baufirma als Hilfsarbeiter an. Einige Monate später meldete ich mich bei einer Abendschule an, um das Abitur nachzuholen. Tagsüber arbeitete ich ab sechs Uhr morgens auf dem Bau und dreimal in der Woche saß ich bis zehn Uhr abends im Unterricht. Einmal im Monat auch den ganzen Samstag. Ich hatte nur ein Ziel vor Augen: mich innerlich wie äußerlich von meiner Vergangenheit zu befreien. Dafür nahm ich alles in Kauf! Irgendwann rief ich Marc an. Ich wollte wissen, wie es Eva ging. Der Gedanke, in meinem Elternhaus anzurufen, erschien mir absurd."
Leidvoll verzog er das Gesicht, als er sich an das Telefonat mit seinem Freund erinnerte.

Unwillkürlich hatte Valeria Tränen in den Augen, als sie ihn so voller Trauer sah. Sie nahm seine kalte Hand in ihre warmen Hände und streichelte sie. Dankbar sah er sie an.

„Als ich meinen Freund anrief, sagte er erstmal nichts. Zuerst dachte ich, er wäre sauer, weil ich damals ohne ein Wort weggegangen war. Auch ihm hatte ich nichts von meinem Vorhaben verraten. Aber als ich ihm gerade erklären wollte, warum ich abgehauen war, hörte ich ihn weinen."

Valeria wollte ihn in den Arm nehmen, aber er wehrte sie ab.

„Lass mich weiterreden ... bitte ... Ich war sofort alarmiert. Es musste etwas sehr Schlimmes passiert sein. Von ihm erfuhr ich, ... dass ... sich meine Schwester umgebracht hatte. Zwei Tage später, nachdem ich gegangen war, hat sie sich vor einen Zug geworfen."

„Oh, Evan!" Valeria war tief erschüttert.

„Marc berichtete mir, dass er in meinem Zimmer gewesen war, weil er hoffte, meine Telefonnummer oder Adresse zu finden, aber er fand nur den Brief, den ich Eva geschrieben hatte. Weil er wusste, dass mich mein Stiefvater hasst, hat er ihn eingesteckt. Eva hatte auf den Briefumschlag geschrieben, dass sie nicht mehr leben will ... Ich gab ihm meine Adresse und er schickte ihn mir – und die Todesanzeige von Eva. Mein Name stand nicht einmal in der Anzeige, als hätte es mich nie gegeben ... Und weißt du, was ich gemacht habe, als ich das Gespräch mit Marc beendet hatte? Ich bin in meine Bude zurückgegangen und habe für eine Prüfung gelernt, als wäre nichts gewesen."

Valeria streichelte seine Hand. Minutenlang schwiegen sie.

„Erst als ich ein eigenes Auto hatte, bin ich zu Evas Grab gefahren. Ich wollte nicht riskieren, dass mich jemand am Bahnhof erkannt hätte und meine Eltern davon erfahren hätten, dass ich in der Stadt war. Evas Grab war völlig verwahrlost, statt Blumen wuchs dort Unkraut. Als ob die Eltern Eva für ihren Selbstmord bestrafen wollten. Mein idiotischer Stiefvater hat mehrmals gesagt, dass es eine unverzeihliche Zumutung gewesen wäre, was Eva ihnen angetan hatte. Der machte sich Sorgen, was die Leute denken könnten!" Zornig schüttelte Evan den Kopf. „Der hatte tatsächlich die Frechheit, sich über den Tod seiner Tochter zu entrüsten."

In Evans Augen blitzte Hass auf.

„Das ist alles so schrecklich traurig. Dein Stiefvater ist ein kaltblütiger Mensch. So etwas zu sagen, ist unbegreiflich und unverzeihlich", äußerte sich Valeria fassungslos.
Evan nickte.

„Ich bepflanzte ihr Grab mit rosaroten Blumen in allen möglichen Facetten, Eva liebte die Farbe Rosa. Die Eltern hatten sich immer geweigert, rosafarbene Kleidung für sie zu kaufen, weil sie keine ‚affige Barbie' haben wollten, wie die es bezeichneten. Zumindest jetzt sollte sie von mir endlich ihre Lieblingsfarbe bekommen. Ich konnte diese Schuldgefühle kaum ertragen. Ich musste irgendetwas tun, um nicht daran denken zu müssen, dass ich schuld an ihrem Selbstmord war. Wäre ich nicht fortgegangen, würde sie heute noch leben ..."
Er legte die Hand über seine Augen und sackte in sich zusammen.

„Nein, das stimmt so nicht. Du warst doch selbst noch fast ein Kind", versuchte Valeria, ihn zu trösten. „Es war nicht deine Schuld, nur die deines Stiefvaters, der euch beide misshandelt hat, und die deiner Mutter, die euch nicht beschützt hat. Du musstest dich erst mal selber retten und eine Lebensgrundlage für euch beide schaffen, bevor du sie nachholen konntest."

Sie wusste nicht, ob er sie gehört hatte. Noch immer verharrte er regungslos und schweigend. Er tat ihr von Herzen leid. Wie sehr hatte sie sich in ihm getäuscht, als sie ihm zum ersten Mal begegnet war. Sie hatte ihn für einen arroganten, selbstgefälligen Geschäftsmann gehalten, der keinerlei Umgangsformen besaß und der irrigen Meinung zu sein schien, dass sich die Welt nur um ihn zu drehen hatte. Aber jetzt sah sie einen liebenswerten Menschen vor sich, der durch grausame Lebensumstände und skrupellose Menschen zu diesem scheinbar berechnenden Mann geworden war. In diesem Moment empfand sie tiefe Zuneigung für ihn. Mit sanfter Stimme fragte sie: „Wie ging es mit dir weiter?"
Evan straffte sich.

„Ich habe mich ins Lernen gerettet und das Abitur als Zweitbester bestanden. Danach begann ich mein Studium und arbeitete weiterhin in jeder freien Minute auf dem Bau."
„Du hättest nichts anderes tun können, um irgendwie damit klarzukommen", stellte sie fest.

„Ja, das stimmt! An der Uni hatte ich einen großen Freundeskreis, auch meine Kollegen vom Bau gehörten zu meiner Clique. Wir haben viel unternommen.

Es gab keine Minute, die nicht verplant gewesen war, und das war auch gut so." Mit einem Mal war er sehr müde. „Es ist schon spät. Ich habe gar nicht gemerkt, wie die Zeit vergangen ist. Lass uns schlafen. Jetzt weißt du ja fast alles von mir."

„Ja, ich weiß jetzt vieles von dir, aber ich möchte noch mehr wissen", erwiderte sie zärtlich und gab ihm einen Kuss.

„Und ich bin gespannt, was du mir erzählen wirst. Mir ist aufgefallen, dass du noch nie ein Wort über deine Eltern verloren hast. Von deiner Großmutter hast du mir viel erzählt, aber was ist mit deinen Eltern?"
„Du wirst es erfahren, aber erst morgen."
Sie kuschelte sich wieder an ihn.
„Schlaf gut, meine Schöne."

Trotz seiner bleiernen Müdigkeit lag er lange wach und hielt Valeria im Arm, die schnell eingeschlafen war. Er hatte ihr alles anvertraut, was er jahrelang unter Verschluss gehalten hatte – auch vor sich selbst. Was zuerst als Kalkül gedacht war, sie mit Offenheit und Aufrichtigkeit einzufangen, war zu einer unerwarteten Offenlegung seiner Lebensgeschichte geworden. Aber es fühlte sich für ihn richtig an, denn er wusste, dass sie es nicht gegen ihn verwenden würde und dass er ihr vertrauen konnte. Woher er diese Gewissheit nahm, konnte er nicht sagen, aber es gab nichts, was er bei ihr befürchten musste. Sie hatte ihn weder verurteilt oder belehrt, noch hatte sie mit aufdringlichen Fragen versucht, noch mehr von ihm zu erfahren. So wie sie reagiert hatte, hätte niemand anderes reagiert.

Sie gab ihm alles, was er immer vermisst hatte: Warmherzigkeit, Verständnis, Vertrauen, Verschmelzung von Körper, Geist und Seele ...

Mit diesem Gedanken schlief er endlich ein.

Erst am späten Vormittag wachten sie auf. Sie liebten sich unter der Dusche, was für Evan eine ganz neue erotische Erfahrung war – für Valeria allerdings nicht, wie er mit Eifersucht feststellen musste.
„Dabei muss man immer sehr aufpassen, dass man nicht
  ausrutscht", warnte sie ihn lächelnd, was er nicht
besonders lustig fand ...

Das Frühstück ließen sie sich auf ihre Suite bringen. Auch wenn er sich gerne mit Valeria in der Öffentlichkeit gezeigt hätte, war ihm die vertraute Intimität, die sich zwischen ihnen entwickelt hatte, wichtiger, als die Reaktionen der anderen Leute. Er würde schon noch genügend Gelegenheiten bekommen, sich mit ihr zu zeigen.

Kaum hatten sie es sich auf ihrem Bett mit dem Frühstück gemütlich gemacht, forderte er sie auf: „Jetzt bist du dran!
Erzähl mir etwas aus deinem Leben." Sie schwieg.

„Was ist?", fragte er.

„Ich habe Angst, dass du mich für ein mieses Stück halten könntest, wenn du erfährst, was ich getan habe."

„Ich möchte erst einmal wissen, was das mit deinen Eltern auf sich hat, von denen du nichts erzählst."

„Meine Eltern … für mich gab es nur meine Großmutter, wie du ja schon bemerkt hast. Als Kind stand ich nicht unbedingt auf der Sonnenseite des Lebens:
kaum Freunde, durchschnittliche Schulleistungen und ein Elternhaus, das als solches gar nicht bezeichnet werden konnte. Es war nur ein Haus, in dem drei Menschen unter einem Dach wohnten. Menschen, die sich nicht einmal mochten, geschweige denn respektierten oder gegenseitig achteten. Meine Eltern waren auch kalte Menschen ohne Herz! Fürsorge fand ich nur bei meiner Granny. Sie war Mutterersatz für mich. Meine Mutter, Hildes Tochter Marianne, zeigte kein Interesse an mir und war meistens auf Kur oder im Krankenhaus. Die restliche Zeit verbrachte sie in Wartezimmern bei irgendwelchen Ärzten. War sie zu Hause, saß sie stundenlang vor dem Fernseher und schaute sich Arztsendungen an oder las Arztromane. Sie versank in diesen Geschichten und war dann nicht mehr ansprechbar, sondern hockte mit glühenden Augen davor und sog die Handlung in sich auf. Mich nahm sie gar nicht wahr." Valeria verdrehte die Augen.
„Meine Mutter beneidete immer die Schauspielerinnen dieser Filmchen, die das Glück hatten, einen Arzt an ihrer Seite zu haben, auch wenn der vermeintliche Herr Doktor nur Schauspieler war. Hilde machte vor mir kein Geheimnis daraus, dass sie ihre Tochter nicht ausstehen konnte. ‚Die ist so lange krank, bis sie sich endlich einen Arzt geangelt hat. Aber keiner von denen wird so dumm sein, sich mit der einzulassen', hatte sie gesagt."

Evan grinste. „Ich glaube, ich hätte deine Großmutter gemocht! Sie war eine sehr direkte Frau, oder?"
„Oh ja, das war sie!"

Ein trauriger Ausdruck huschte über ihr Gesicht.

„Als Jugendliche habe ich mich gefragt, wie ausgerechnet Hilde so eine weltfremde Tochter haben konnte, die sich in Arzt-Traum-Welten flüchtete. Granny sagte immer: ‚Die kommt ganz nach ihrem Vater.' Bis heute weiß ich nicht, wer mein Großvater war. Sie hat das Geheimnis mit ins Grab genommen."

„Wahrscheinlich ein Arzt", spottete Evan.
Valeria lachte: „Ja, wahrscheinlich ... na ja, und eines Tages fiel meine Mutter tot um. Einfach so – Gehirnschlag. Ihre zahlreichen Arztbesuche hatten das leider nicht verhindern können."

„Du bist sehr verletzt und enttäuscht", stellte er fest.
„Mehr als das! Ich habe meine Mutter zwar nicht gehasst so wie du deine, aber sie verletzte mich durch ihr totales Desinteresse an mir. Irgendwann gab ich die Hoffnung auf, dass sie mich vielleicht doch noch lieben könnte."

„Was ist mit deinem Vater?"
Valeria trank einen Schluck Kaffee.
„Mein Vater? Kaum war Mamas Leiche abgeholt worden, ging mein Vater in den Baumarkt und kaufte Mülltüten, Wandfarbe und Pinsel." Evan sah sie fragend an.
Sie lachte freudlos, bevor sie fortfuhr:
„Er stopfte alles in die Müllsäcke, was ihn an sie erinnerte. Ihren Kleiderschrank zerhackte er mit der Axt an Ort und Stelle, schleppte das Holz in den Garten und zündete es an. Zum Anfeuern warf er Mamas Bettzeug, ihre Kleidung und die Arztromane darauf, goss Benzin darüber und prostete dann mit einer Flasche Bier dem Feuer zu.

Zumindest hatte mir das unsere Nachbarin aufgebracht erzählt. Und es war wohl wahr, weil ich den verkohlten Haufen gesehen hatte."

„So viel Hass zwischen den beiden", murmelte Evan.
„Sie haben sich bekämpft, seit ich denken kann. Ohne meine Großmutter wüsste ich nicht, was aus mir geworden wäre." Sie machte eine Pause und schien sich für einen Moment in Gedanken zu verlieren. „Kurz vor der Beerdigung meiner Mutter ging ich noch einmal in dieses Haus zurück, um meine restlichen Sachen zu holen. Mein Vater hatte jede Kleinigkeit entfernt, die ihn an Mama erinnerte. Und er hatte bereits sämtliche Zimmer renoviert. Tagelang standen die Türen und Fenster offen, als wollte er nicht einmal mehr einen Hauch ihres Geruchs im Haus haben. Auf der Beerdigung waren nur eine Handvoll Leute. Hilde kam nicht. Mein Vater stand breitbeinig und selbstzufrieden mit den Händen in den Hosentaschen am Rande des Grabes. Es fiel ihm sichtlich schwer, ein Grinsen zu unterdrücken. Natürlich wurde meine Mutter eingeäschert, weil es billiger gewesen war."

Plötzlich lachte Valeria auf, aber es war ein verzweifeltes Lachen. „Weißt du, was mein Vater zum Bestatter gesagt hat?
‚Die soll verfeuert werden, damit das Luder ja nicht mehr aufsteht.' Nicht einmal eine Zeitungsanzeige gab es für sie. Ich stand während der Beerdigung weit abseits. Ich fühlte nichts, weder Trauer noch Schmerz, einfach nichts! Nach der Trauerfeier, wenn man es überhaupt so nennen konnte, drehte ich mich um und ging. Meinen Vater habe ich seitdem nicht wiedergesehen. Sollte er sterben, werde ich nicht auf seine Beerdigung gehen.

Eigentlich ist mein Vater für mich bereits gestorben ... vor langer Zeit schon."

„Was hältst du davon, wenn wir einen Spaziergang machen?", fragte Evan plötzlich. Er brauchte eine Pause. „Es ist so ein herrlicher Tag. Komm, lass uns rausgehen."

Valeria war verletzt, dass er auf ihre Erzählung nichts erwiderte, schlimmer noch – sie schien ihn nicht zu interessieren. Fast schämte sie sich, dass sie sich ihm anvertraut hatte. Er fragte nicht einmal, was sie für eine Beziehung zu ihrem Vater hatte und warum sie ihn nicht wiedersehen wollte ...

„Valeria", begann er, als hätte er ihre Gedanken gelesen. „Ich brauche jetzt erst einmal Abstand zu dem, was du erzählt hast. Du strahlst so großen Schmerz aus."
Ihre Augen füllten sich mit Tränen. Wortlos nahm er sie in den Arm. Nach einer Weile sagte sie leise:
„Und ich dachte, ich hätte dich gelangweilt ..."

Er hielt sie auf Armlänge von sich weg und sah ihr eindringlich in die Augen.

„Das sag ich jetzt nur noch ein einziges Mal, Mädchen! Ich will alles, wirklich alles, von dir wissen! Ehrlich gesagt hielt ich dich bei deinem Auftreten für eine sehr selbstbewusste Frau, die noch nicht allzu viel Negatives im Leben durchgemacht hat. Aber genau das Gegenteil trifft zu! Du bist so stark, weil du Schlimmes durchmachen musstest. So, wie ich ... und für das, was du mir über deinen Vater erzählen wirst, brauche ich eine andere Umgebung."
Sie lächelte ihn dankbar an.

Er freute sich darauf, mit ihr einen Spaziergang zu machen, sie vorzuführen als seine Frau. Er war sehr gespannt auf das Verhalten der Männer – und Frauen. Es war ein herrlicher Sonntag, zwar schon winterlich kalt, aber die Sonne strahlte von einem wolkenlosen Himmel herab, als sie sich Richtung Wald aufmachten, der gleich hinter dem Hotel lag. Bevor er sie zum Weitererzählen ermunterte, wollte er erst noch die Blicke und Reaktionen der anderen Sonntagsspaziergänger beobachten. Zufrieden stellte er fest, dass es genauso kam, wie er es erwartet hatte. Die Männer musterten Valeria interessiert und blieben dann neidvoll mit den Blicken an ihm hängen. Die Frauen scannten sie mit verkniffenen Gesichtern von oben bis unten ab.
Valeria schien es gewohnt zu sein, bewundernd von Männern und missgünstig von Frauen angestarrt zu werden.
Er war so stolz auf sie, denn sie gehörte nur ihm!

„Erzähl mir von deinem Vater", bat er sie nach einer Weile, als sie den Waldweg händchenhaltend entlanggingen. Sie sah ihn lustlos an, als ob sie nicht mehr darüber reden wollte. Aber dann begann sie doch zu erzählen.
„Mein Vater war ein furchtbar wichtiger Mensch, wenn du verstehst, was ich meine. Ich muss vorher noch etwas über meine Mutter sagen, damit du die Zusammenhänge besser verstehst. Sie war deswegen so von Ärzten besessen, weil die ihrer Meinung nach zur High Society gehörten, in der sie sich auch gerne gesehen hätte. Ihr Leben lang hatte sie sich dafür geschämt, dass sie nur eine Fabrikarbeiterin gewesen war. Aber sie hatte nach der Schule kein Interesse an einer Ausbildung gehabt. Sie wollte schnell viel Geld verdienen, um sich teure Markenkleidung leisten zu können.

Meine Großmutter war sehr enttäuscht von ihrer Tochter, dass sie überhaupt keinen Ehrgeiz besaß und nur Klamotten und Kosmetik im Kopf hatte. Außerdem hatte meine Mutter den Anspruch, einen reichen Mann zu heiraten, der ihr ein Leben im Wohlstand bieten konnte. Dann traf sie meinen Vater, der gerade mitten in seinem Wahlkampf für den Bürgermeisterposten in der Nachbarstadt steckte. Sie ging extra auf eine Wahlveranstaltung, um ihn kennenzulernen. Da sie gut und teuer gekleidet war, fiel sie ihm sogar auf. Erst einige Zeit später erfuhr er durch Zufall die Wahrheit. Sie hatte ihm die ganze Zeit weisgemacht, eine Tochter aus reichem Hause zu sein und zu studieren. Er wollte sie aus diesem Grund verlassen, aber meine Mutter wurde dann einfach mal schnell schwanger – mit mir. Er gewann die Bürgermeisterwahl und sie heirateten. Aber er verlor seinen Posten als Bürgermeister ziemlich schnell wieder, weil irgendetwas Gravierendes vorgefallen war, das eine sofortige Freistellung von seinem Amt nach sich zog. Weder Mama noch Hilde haben mir jemals gesagt, was passiert war ..."

Evan speicherte diese Information ab, er würde herausfinden, was es mit ihrem Vater auf sich hatte. Er wartete, dass sie weitersprach, aber ihr Gesicht war plötzlich wie versteinert.
„Valeria ... was ist los?"

„Nichts!", erwiderte sie trotzig.

„Das glaube ich dir nicht! Hatten wir nicht vereinbart, dass du mir alles erzählst?"
Eine Weile gingen sie schweigend nebeneinander her.

„Es gibt einen Abend in meinem Leben ...", begann sie. Inzwischen waren sie auf einer Lichtung angekommen, die einen herrlichen Blick auf ein weitläufiges Tal freigab.

„Komm, setzen wir uns einen Moment", sagte er und deutete auf eine Bank, die im Sonnenschein am Waldrand stand. Während er sich eine Zigarette anzündete, sprach sie weiter:

„Ich war vierzehn. Meine Mutter war mal wieder nicht da, wahrscheinlich auf Kur oder so. Mein Vater saß im Wohnzimmer und schüttete ein Bier nach dem anderen in sich hinein. Er war frustriert, weil ihn sein Job als Sachbearbeiter ankotzte. In unserem Haus herrschte nur Frustration. Meine Mutter fühlte sich vom Leben betrogen, weil sich ihre Träume von der großartigen High Society nicht erfüllt hatten."

Valeria stockte und atmete tief ein.

„... an diesem Abend zitierte er mich zu sich. Er war total besoffen und lallte so stark, dass ich kaum ein Wort verstehen konnte. Er stank nach Bier und Schweiß. Er fasste mich am Hintern an und nuschelte so etwas wie, ob ich nicht ein bisschen nett zu ihm sein wollte. Ich riss mich los und lief in die kalte Nacht hinaus. Ich rannte durch die menschenleeren Straßen. Es regnete und ich hatte furchtbare Angst. Ich hatte nicht mal eine Jacke an und war total durchgefroren. Zu Granny wollte ich nicht. Ich schämte mich, obwohl ich nicht einmal wusste, warum. Ich hatte nichts verbrochen, aber es schien mir unvorstellbar, zu ihr zu gehen. Ich hatte Angst davor, was passieren könnte, würde sie davon erfahren. Vielleicht hätte sie sich so aufgeregt, dass sie einen Herzinfarkt bekommen hätte. Das war meine allergrößte Angst – sie zu verlieren.

In dieser Nacht verlor ich jegliche Hoffnung, dass ich jemals ein Zuhause haben würde. Irgendwann lief ich zum Haus zurück und spähte durch das Wohnzimmerfenster. Der Vater schlief im Sessel. Durch die Kellertür schlich ich ins Haus und lief in mein Zimmer. Ich verschloss die Tür, weil ich Angst hatte, dass er mich gehört haben könnte."

Evan war betroffen. Er konnte nachfühlen, was sie durchlitten hatte – es war ähnlich wie in seiner Kindheit. Unfähig irgendetwas zu sagen, was nicht banal geklungen hätte, zündete er sich schweigend die nächste Zigarette an. Es kam ihm so vor, als könnte er durch Valeria sein eigenes Leben verstehen und sein eigenes Leid fühlen. Sie als Spiegel seiner selbst …

„Mein Erzeuger hat nie ein Wort darüber verloren. Am nächsten Tag tat er, als wäre nichts gewesen. An meinem achtzehnten Geburtstag zog ich zu einer Freundin. Meine Mutter hatte darauf bestanden, dass ich erst mit der Volljährigkeit ausziehen durfte. Nicht, weil sie so an mir hing oder weil sie mich liebte, sondern weil sie nicht mit meinem Vater allein zurückbleiben wollte. Meine Eltern waren mir so fremd, dass ich mir wünschte, ich würde irgendwann erfahren, dass ich adoptiert worden bin."

„Ich kann dich gut verstehen."

Endlich konnte er etwas dazu sagen. Er fühlte sich tief verbunden mit ihr. Sie hatten die gleichen Wurzeln, das gleiche Leid, sie waren aus demselben Holz geschnitzt.

Er hatte es von Anfang an gewusst …

„Für heute reicht es mir an Drama! Jetzt will ich die restliche Zeit mit dir genießen", sagte Valeria entschieden, als wollte sie die Erinnerung an all das abschütteln. Evan sah auf die Uhr. Zwei Stunden konnten sie das Zimmer noch nutzen und das würde er auch mit ihr tun.

„Komm, gehen wir zurück", sagte er und nahm sie bei der Hand.

Sie liebten sich voller Hingabe zueinander, sie fühlten sich seelisch noch inniger verbunden als zuvor. Es war viel mehr ein seelisches Vereinigen als ein körperliches. Gegen Abend verließen sie das Hotel. Die meiste Zeit schwiegen sie, während sie zurückfuhren. Als sie auf Evans Firmengelände ankamen, blieb er vor ihrem Wagen stehen und stellte den Motor ab.

„Wann sehe ich dich wieder?"
„Ich melde mich bei dir, okay?", erwiderte Valeria.
„Wie du meinst. Allerdings werde ich dich anrufen, sollte es mir zu lange dauern, bis du dich meldest", sagte er ernst.

„Alles klar." Sie stieg aus, er folgte ihr und trug ihre Tasche zu ihrem Auto. Zum Abschied küssten sie sich und gingen dann wortlos auseinander. Er sah ihr so lange nach, bis ihr Auto nicht mehr zu sehen war. Nachdenklich fuhr er von dem Parkplatz auf die Straße. Was würde er sagen, wenn er zu Hause war? Für ihn war die Zeit des Lügens vorbei, jetzt ging es nur noch darum, die Dinge zu regeln, allerdings hatte er nicht vor, mit Julia schon an diesem Abend Klartext zu reden.

Sie empfing ihn bereits an der Haustür, kaum, dass er einen Fuß ins Haus gesetzt hatte.
„Du kommst spät!"
„Hmm."
„Und, wie war's?"
„Schön."
„Du bist ja nicht sehr gesprächig."
„Ich bin müde. Ich gehe ins Bett", kanzelte er sie ab und ging an ihr vorbei die Treppe hoch.

Ich kann mit ihr nicht mehr in einem Bett schlafen, dachte er, als er ins Schlafzimmer ging. Er nahm sein Bettzeug und brachte es in sein Büro.
„Was machst du da?", fragte sie, als sie plötzlich neben ihm stand.
„Ich schlafe ab jetzt im Büro", antwortete er lapidar.
„Und warum?" Evan schwieg.
„Was ist los mit dir?", fragte sie verunsichert.
„Nichts. In Zukunft schlafe ich im Büro. Bitte akzeptiere das."

Julia kannte ihren Mann und wusste, dass es sinnlos war, Antworten von ihm zu erwarten, wenn er derart kurz angebunden reagierte.
„Gute Nacht", sagte sie daher nur.
„Gute Nacht!"
Allzu große Sorgen machte sie sich aber trotzdem nicht.
Er hatte immer wieder solche Phasen, in denen kein Rankommen an ihn war, irgendwann beruhigte er sich bestimmt wieder. Das hatte er bisher noch immer getan. Und wenn er jetzt getrennt schlafen wollte, dann konnte sie auch damit leben. Es würde schon wieder alles gut werden.

Morgen werde ich alles Nötige in die Wege leiten, dachte Evan.

*

Valeria kehrte in ihre Wohnung zurück.
Sie hatte Ben etwas von einer Fortbildung gesagt und dass sie erst am späten Sonntagabend zurückkommen würde. Daher war er mit seinen Freunden unterwegs. Er war nicht der Typ Mann, der auf seine Freundin in deren Wohnung auf ihre Rückkehr wartete, wie es so manch andere taten in ihrem Bekanntenkreis, wenn sie nicht sowieso schon zusammenwohnten.

Eigentlich sehen wir uns sehr selten, stellte Valeria fest, als sie ihre Reisetasche auspackte. Es hatte sie nie gestört, da auch sie eigene Interessen hatte und schon immer viel Zeit für sich allein brauchte. Ben war weder misstrauisch noch eifersüchtig. Er vertraute ihr. Und er wollte sein Leben so einfach wie möglich gestalten und sich nicht mit negativen Gedanken belasten. Er war der unkomplizierteste Mann, den Valeria kannte. Im Gegensatz zu Evan …
Sie war eine Frau, die mitten im Leben stand: unabhängig, frei und selbstbewusst, doch in Evans Gegenwart fühlte sie sich geborgen und beschützt. Ein Gefühl, das sie dringend zu brauchen schien … War ihre Unabhängigkeit vielleicht nur eine Rolle gewesen, mit der sie sich selbst abgeschottet und geschützt hatte? Entsprach diese Stärke gar nicht der Wahrheit, sondern hatte sie sich und anderen etwas vorgemacht? War sie gar nicht so selbstsicher, wie sie dachte?
Diese Fragen hatte sie sich bis jetzt nicht gestellt. Sie war sich immer sicher gewesen, dass sie diese emanzipierte Frau auch wirklich war, die sie darstellte …

Genau daran zweifelte sie aber inzwischen, denn Evan hatte eine andere, fremde Seite zum Vorschein gebracht. Seine Nähe löste dieses typisch klischeehaft Weibliche in ihr aus, was sie an anderen Frauen immer belächelt hatte, wie die Sehnsucht nach einer „starken Schulter"- oder die Bezeichnung „schwaches Geschlecht". Ihr gefiel, wenn Evan klar und unmissverständlich sagte, was er wollte. Und wenn er sie ernst und durchdringend ansah, empfand sie pure Lust auf ihn, musste sie sich eingestehen. Es war ihr nicht bewusst gewesen, dass es genau das war, was er ihr gab, was sie ihr Leben lang vermisst hatte. Endlich einmal „schwach" sein zu dürfen, sich anlehnen an einen Mann, der ihr Schutz und Halt bot. Sie wusste nicht einmal, dass sie überhaupt so empfinden konnte und dass sie genau das vermisst hatte. Erst durch ihn erlebte sie sich selbst in einer neuen, unbekannten, ja, irritierenden Art und Weise.

Ben war das ganze Gegenteil, er hatte nichts Väterliches oder Beschützendes an sich. Er war ein Mann, mit dem man Spaß haben konnte, ob es auf Reisen oder Partys war. Valeria hätte es nie für möglich gehalten, dass sie ihren Freund jemals belügen und hintergehen würde.

Sie war keine leichtfertige Frau mehr wie damals …
Aber da war sie ja auch fast noch ein Kind gewesen, versuchte sie, sich selbst zu beruhigen. So war sie nicht mehr, sie hatte sich verändert und sie wollte auch nicht mehr daran denken. Nun aber hatte sie das Bedürfnis, Evan auch davon zu erzählen, was vor vielen Jahren vorgefallen war. Er hatte gesagt, er wollte alles von ihr wissen und beim nächsten Mal würde sie ihm alles erzählen! Auch wenn sie riskierte, dass er sie dafür verurteilte.

Aber sie glaubte nicht, dass er sie deswegen ablehnte.
Er könnte hoffentlich nachvollziehen, was sie dazu bewogen hatte, sich auf diese Weise zu rächen.

Als sie auf ihrer Couch saß, eingewickelt in einer dicken Wolldecke mit einem Becher heißer Schokolade, an dem sie sich die Hände wärmte, empfand sie Aufregung und Vorfreude bei dem Gedanken auf das Wiedersehen mit Evan.

Sie hatte Sehnsucht nach ihm.

Pläne

Evan kehrte noch immer täglich in sein altes Leben zurück – noch … Allerdings regelte er in jeder freien Minute, die er in seinem Büro zur Verfügung hatte, alles Notwendige, was seinen Auszug und die Trennung von Julia betraf. Der Immobilienabteilung seiner Bank hatte er bereits den Auftrag gegeben, nach einer geeigneten Eigentumswohnung Ausschau zu halten. Natürlich hatte er nicht verlauten lassen, dass diese Wohnung für ihn und seine zukünftige Frau sein sollte, sondern nur, dass er in eine Immobilie investieren wollte.

„Für deine gehobenen Ansprüche haben wir zurzeit leider nichts da, aber wir werden verstärkt in alle Richtungen die Augen offen halten", hatte sein Bankberater ihm mitgeteilt. „Eilt es denn schon?"
„Baldmöglichst würde ich sagen!", antwortete Evan, was heißen sollte – sofort! Auch hatte er schon mit seinem Anwalt telefoniert, dem er gezwungenermaßen reinen Wein einschenken musste. Der war Profi genug, ihn sachlich zu beraten, ohne unnötige persönliche Fragen zum Hintergrund der geplanten Trennung zu stellen.

Abends, wenn er nach Hause kam, spulte er seine Rolle als Ehemann und Vater weiterhin ab. Aber in Wirklichkeit war er nicht anwesend. Körperlich ja, seine Seele aber war ferner denn je. Bevor nicht alles weitestgehend geregelt war, blieb er erst einmal hier. Julia ließ ihn meistens in Ruhe. Sie stellte keine lästigen Fragen, sondern sprach mit ihm wie gewöhnlich über Alltägliches. Dass er in seinem Homeoffice schlief, schien sie nicht zu stören.

Zufällig hatte er ein Telefongespräch mitgehört, das sie mit einer Freundin geführt hatte.

„Evan hat momentan so viel Stress in der Firma, dass er bis spät in die Nacht auch noch hier im Büro sitzt. Aufträge über Aufträge. Ich sag's dir! ... Ja, da hast du natürlich recht, dass das gut ist, aber auf Dauer ... Ja, gut, dass bald Weihnachten ist, dann wird er sich sicher freinehmen. Vielleicht fahren wir ein paar Tage weg."

Mädchen, wenn du wüsstest ...

Für Julia war die Welt also nach wie vor in Ordnung. Zumindest tat sie so. Aber egal, Hauptsache, sie ließ ihn in Ruhe mit irgendwelchen lästigen Forderungen und Erwartungen. Sobald das Wichtigste geregelt war, würde er ihr Bescheid geben, damit auch sie ihr Leben anderweitig planen konnte. Seinen Kindern gegenüber empfand er so etwas wie Mitleid. Er wollte ihnen nicht unnötig wehtun und sich weiterhin bemühen, für sie zu sorgen. Auch Julia sollte finanziell abgesichert werden. Materiell sollte es ihnen an nichts fehlen.

*

Das, was seine Familie betraf, war aber nichts, was ihn ernsthaft belastete. Es war seine Eifersucht, die ihn auffraß. Er hatte viel zu wenig Kontakt mit Valeria, zumindest empfand er das so. Zwar schrieben sie sich jeden Tag Nachrichten oder telefonierten, aber er bemerkte sehr wohl, dass sie nicht mit der gleichen Entschlossenheit an die Sache heranging wie er. Immer wieder sagte oder schrieb sie:

„Das geht mir alles zu schnell ... dräng mich nicht ständig."

So gut es ging, bemühte er sich, sie nicht zu stark unter Druck zu setzen. Aber es kotzte ihn an, dass sie sich so zierte, schließlich wusste er doch, dass sie ihn liebte, auch wenn sie das noch nicht zugegeben hatte.

Ihre Herumdruckserei nervte ihn, aber er ließ sich nichts anmerken. Mit Engelszungen redete er mit ihr, versuchte, ihr die Bedenken zu nehmen und auch ihr schlechtes Gewissen ihrem Freund gegenüber, auch wenn es ihn innerlich zerriss vor Zorn. Nur ein einziges Mal hatten sie sich nach diesem Wochenende ein paar Tage später im „Charleston" getroffen. Dort hatte sie etwas angedeutet – sie wollte ihm etwas anvertrauen, was ihr schon lange auf der Seele brannte.

Das ehrte ihn zwar, dass sie ihm vertraute, aber so kam er auch nicht weiter. Nur mit berauschendem Sex und gegenseitigen Geständnissen würde er sie auf Dauer nicht an sich binden können. Er musste unbedingt mehr Zeit mit ihr verbringen, mit ihr reden, sie verwöhnen, sich für sie unentbehrlich machen als Freund, einziger Vertrauter und Liebhaber. Wenn sie doch bloß schwanger von ihm werden würde, aber sie nahm nach wie vor die Pille. Er hatte nicht den Eindruck, dass sie Mutter werden wollte.

Wohlweislich hatte er ihr noch nichts von der Immobiliensuche erzählt und auch nicht, dass er bereits mit dem Anwalt telefoniert hatte. Ihm war klar, wie ihre Reaktion ausfallen würde – sie würde sich nur wieder von ihm zurückziehen. Auch wenn es ihm noch so schwerfiel, er musste behutsam vorgehen. Es war immer noch zu zerbrechlich zwischen ihnen. Manchmal kam sie ihm wie ein scheues Wildpferd vor, das er einfangen musste.

Endlich hatte er sie so weit, dass sie ein ganzes Wochenende mit ihm verbringen wollte, und dieses Mal sogar einen Tag länger. Ihren Freund schien es nicht sonderlich zu interessieren, dass sie angeblich schon wieder eine Fortbildung hatte.

Was für ein elender Trottel, dachte Evan, als Valeria ihm erzählt hatte, dass ihr Freund arglos wäre und ihr vertraute. Warum hielt sie an dieser sogenannten Beziehung mit diesem Loser fest? Es war ihm ein Rätsel, dass eine Frau wie sie mit so einem Clown zusammen war.

Er musste es endlich schaffen, sie von seinen Qualitäten zu überzeugen – schlimm genug, dass er das überhaupt nötig hatte. Jede andere würde sofort ihren Kerl für ihn verlassen, aber ausgerechnet diese Frau musste es ihm so schwermachen.

Er hatte wieder ein luxuriöses Hotel gebucht, in das sie am zweiten Adventswochenende fahren würden. Er musste alle Register ziehen, damit sie sich endlich für ihn entschied. Außerdem war noch immer die Frage ungeklärt, was Valeria für Weihnachten geplant hatte. Zu Julia sagte er, dass er an diesem besagten Wochenende noch einmal mit der Clique vom letzten Mal zum Skifahren fahren würde. Er sah, dass sie protestieren wollte, aber sie überlegte es sich anders und es kam nur das übliche „wie du meinst". Ihre Lieblings-drei-Worte in der letzten Zeit. Wahrscheinlich schob sie es noch immer auf die viele Arbeit und den Stress, dass er so viel Zeit für sich brauchte. Julia war keine Frau, die nachbohrte und misstraute. Solange alles weitestgehend in geordneten, normalen Bahnen weiterlief, gab es für sie keinen Grund zur Beunruhigung. Außerdem hatte sie ja alles, was sie brauchte:

Geld, ein Haus, das bisschen Arbeit als Lehrerin, ihre Kinder, ihre zahlreichen Freundinnen ... Anscheinend kam sie gar nicht darauf, dass ihr Mann eine andere Frau haben könnte. Hätte sie diesen Verdacht gehabt, wäre sie sicher nicht so gelassen geblieben, dann wäre wohl sogar Julias Grenze erreicht gewesen. Er würde ihr die Wahrheit sagen, hätte sie ihn darauf angesprochen, aber da sie sich mit seinen lapidaren Aussagen zufriedengab, war es auch so in Ordnung.

*

Endlich war der Freitag gekommen, an dem Valeria und Evan wieder gemeinsam wegfuhren. Wie beim letzten Mal trafen sie sich auf seinem Firmenparkplatz. Valeria schien sich auf den Kurzurlaub zu freuen. Sie wirkte gelöst und entspannt. Während der fast dreistündigen Fahrt sorgte er dafür, dass sie sich wohlfühlte, indem er für sie besondere Weihnachtssongs zur Einstimmung auf USB-Stick geladen hatte und im Auto leise abspielte. In der Abenddämmerung kamen sie bei dem weihnachtlich geschmückten Hotel an. Bunte Lichterketten waren an der Fassade angebracht und goldene Weihnachtskugeln schmückten die Tannen, die neben dem Hotel standen.

„Ich fühle mich schon wieder wie im Märchen, jetzt sogar noch mehr als beim letzten Mal. Du hast dich selbst übertroffen, edler Ritter", lachte Valeria.

„Für meine Königin tue ich alles. Das weißt du doch", erwiderte Evan ungerührt.

„Du stehst doch gar nicht auf solche Hotels, wo alles nur so glitzert und funkelt", stellte sie fest.

„Stimmt! Aber du! Und das ist das Einzige, was für mich zählt."

Die Suite, die er gebucht hatte, war überwältigend – mit Whirlpool auf dem Zimmer. Der Raum war weihnachtlich geschmückt und duftete nach Tannen und Mandarinen.

„Bin ich jetzt Pretty Woman oder Anastasia und du Mr. Grey?"

„Wer ist Mr. Grey?", fragte Evan verständnislos.

„Ernsthaft? Du kennst Mr. Grey nicht?" Sie konnte es nicht glauben. „Ich dachte, du orientierst dich an dem."

„Ich orientiere mich an niemandem! Das solltest du wissen! Wer ist denn nun dieser Grey?"

„Fifty Shades of Grey? Der Kinofilm?"

Er überlegte kurz. „Ach so, ja, den hat sich Julia angesehen – und meine Sekretärin."

Er hatte nur am Rande mitgekriegt, dass dieser Frauenfilm sämtliche Rekorde brach und jedes weibliche Wesen aufgeregt ins Kino rannte. Mrs Short hatte ihm davon berichtet, als sie gemeinsam ihre Mittagspause verbracht hatten:

„Also, Mr Maglin, so einen Käse habe ich ja schon lange nicht mehr gesehen. Ich dachte, ich würde wenigstens ein bisschen rot werden, aber mir sind dabei fast die Füße eingeschlafen. Dieser Christian Grey … Gott bewahre! Und Anastasia, dieses Schaf. Die hätte diesem Schnösel mal ordentlich Feuer unter dem Hintern machen sollen, anstatt sich ihren von dem versohlen zu lassen. Was sagt denn Ihre Frau zu diesem Trauerspiel?"

„Der hat's gefallen."

„Hat dir dieser Film gefallen?", fragte er und sah Valeria prüfend an. Sie lachte: „Nee, echt nicht! Das war mir viel zu seicht, wie die Anastasia ständig auf den Lippen herumnagt und ihren Christian anhaucht. Ein unanständiger Film für brave Frauen, aber nicht für mich."

„Komm her", sagte er heiser und zog sie an sich.
Evan wollte Valeria ... jetzt sofort! Sie schlang die Arme um ihn und ließ sich von ihm zu dem riesigen Bett führen ...

„Ich fühle mich wie im Paradies", seufzte Valeria wohlig, als sie später gemeinsam im Whirlpool lagen.
„Mein Paradies ist überall dort, wo du bist", erwiderte er und liebte sie im Whirlpool.

Als sie in ihren Bademänteln in der Sofaecke saßen und mit dem Essen fertig waren, sagte sie: „Ich möchte dir etwas erzählen. Ich habe etwas getan, worauf ich nicht stolz bin. Kann sein, dass du dann deine hohe Meinung über mich änderst. Du hast gesagt, dass du alles wissen willst ..."
„Das habe ich auch so gemeint, dass ich alles von dir wissen muss!"
„Okay ... meine erste große Liebe hat mich wegen einer anderen verlassen. Ich dachte damals, ich würde mit diesem Mann, Louis hieß er, für immer zusammenbleiben. Ich wollte ihn sogar heiraten ..." Evan sah sie entsetzt an. Er hatte mit einem Mal einen Stein im Magen. Obwohl das lange vor seiner Zeit gewesen sein musste, krampfte sich in ihm alles zusammen. Valeria und ein anderer Mann, egal, wie lange das her war, daran mochte er nicht einmal denken!

Sie wollte für immer mit dem zusammenbleiben ...
ihn heiraten!

Er glaubte, ihr nicht länger zuhören zu können. Die Vorstellung, dass sie ... diesen Mann so geliebt hatte, dass sie ihr Leben mit dem für immer teilen wollte, machte ihn unsagbar wütend.

Er, der so sehr darauf wartete, dass sie endlich sagen würde, dass sie ihn liebte und ihn auch heiraten wollte, war ihr anscheinend nicht so viel wert, wie irgend so ein dahergelaufener Typ, der sie nicht zu schätzen gewusst hatte?

Valeria redete weiter – sie sah nicht, wie Evan sich zusammenreißen musste, damit er nicht sagte, dass er nichts mehr davon hören wollte.

„Es war ausgerechnet Angie, die mir Louis weggenommen hat ..." Sie schwieg und er hoffte, dass sie von sich aus nicht weiterreden würde, dem war aber leider nicht so.

„Angie war so eine, die ständig alle aufhetzen musste und überall Zwietracht säte. Ihr gefiel es, wenn es anderen schlecht ging. Auf mich hatte sie es besonders abgesehen, keine Ahnung, warum. Na ja, auf einem Sommerfest bekam ich meine Chance für Rache an ihr ... Damals waren vor allem biedere Familienväter und brave Ehemänner augenscheinlich fasziniert von mir. ‚Solche hübschen Mädchen wie du sind höchstens in irgendwelchen Magazinen oder im Fernsehen zu sehen', hatte ein schmieriger Freund meines Vaters zu der Zeit zu mir gesagt. Ein Mann um die fünfzig, mit Hornbrille auf der Nase, Bierbauch und schlecht sitzendem Anzug, der die Gelegenheit genutzt hatte, sein Gefallen an mir zu bekunden, als er mich vor meinem Elternhaus alleine antraf – und da kam mir eine Idee ..." Valeria zuckte kokett mit den Schultern und erzählte weiter: „Auf dem besagten Fest traf ich Angies Vater ... er war nicht so typisch altväterlich und spießig wie all die anderen Daddys. Obwohl er schon um die vierzig war, sah er wie dreißig aus.

Ich wusste, dass Angie sehr stolz auf ihren jugendlichen und coolen Vater war. Ich sprach ihn also an und schmeichelte ihm. Er bot mir das ‚Du' an und sagte, dass er mich schon länger vom Sehen kannte. Ich merkte, dass ich ihm gefiel." Evan ahnte, was kommen würde. Er wollte es nicht hören.

„Ich fragte ihn, Sam hieß er, ob wir woanders hingehen wollen. Ich konnte sehen, dass er mit sich kämpfte ..."

„Ich kann's mir vorstellen!", presste Evan hervor.

„Ich drängte ihn dazu, mit mir von dieser Feier zu verschwinden. Die Gelegenheit war günstig, denn es fand gerade eine krasse Feuershow statt, die hätte ich selber gerne gesehen, aber mir war mein Rachedurst wichtiger", grinste sie ihn an und goss sich ein Glas Champagner ein. Evan empfand blanken Hass auf Valeria, die so leichtfertig seine Gefühle missachtete. Sie musste doch sehen, dass dieses Thema ihn verletzte und anwiderte. Bisher war Valeria sein engelsgleiches Wesen gewesen, denn nur sie hatte ihn verzaubern können, aber was sie ihm jetzt zumutete, war in seinen Augen eine Unverschämtheit! Aber dann dachte er mit einem Mal: *Sie ist genauso wie ich ...*

Unbekümmert erzählte Valeria weiter: „Wir konnten ungesehen abhauen. Sam brachte mich zu seinem Auto und wir fuhren in einen nahe gelegenen Wald. Er fiel sofort über mich her. Ich war froh, dass es schnell vorbei war."
Evan fühlte sich elend. „Hat dein Plan funktioniert?", fragte er niedergeschlagen.

„Besser als erwartet!", lächelte Valeria vielsagend und fuhr fort: „Sams Rausch hielt so lange an, wie der Sex mit mir dauerte. Kaum hatte er seinen Orgasmus, geriet er in Panik und fragte mich, ob ich die Pille nehme. Danach wollte er mich so schnell wie möglich loswerden. Am liebsten hätte er mich wahrscheinlich im Wald ausgesetzt. Ich musste schwören, dass ich niemandem etwas davon erzählte. Er war total hysterisch. Sam beruhigte sich damit, dass wohl niemand bemerkt hatte, dass er mit mir abgehauen war. Die Feuershow lief auch noch. Er parkte etwas weiter weg, verdeckt von Büschen, und sah sich erst um, bevor er ausstieg. Ich stieg aber nicht aus. Ich wollte warten und sehen, was die Situation hergab."
Evan bemerkte, dass Valeria ihn prüfend ansah, als wollte sie sehen, wie er auf all das reagierte, aber er zeigte keine Regung, sondern wartete darauf, dass sie weitererzählte.

„Als ich mich nicht rührte, packte er mich am Arm und zog mich aus dem Wagen. Er schlug die Autotür viel lauter als beabsichtigt zu. Dadurch waren einige Jungs auf diese Szenerie aufmerksam geworden. Ich nutzte meine Chance, umarmte Sam und küsste ihn auf den Mund. Für ihn kam das so überraschend, dass er total überrumpelt war und es geschehen ließ. Die Jungs johlten und pfiffen. Ich hatte mein Ziel erreicht. Wie ein Lauffeuer verbreitete sich diese Sensation noch während des Festes. Ich hielt mich in der Nähe von Angie und ihrer Mutter auf und wartete, bis die Nachricht auch die beiden erreichte. Als ich ihre entsetzten und beschämten Gesichter sah, ging ich nach Hause. Es war mir egal, dass ich als Schlampe galt, die einen braven Familienvater und Chef einer angesehenen Firma verführt hatte.

Ich fühlte mich endlich nicht mehr gedemütigt, auch wenn mich nun die Anfeindungen von allen Seiten trafen. Endlich hatte ich zurückgeschlagen! Es war für mich genau der Triumph, den ich damals brauchte. Angie wurde zu einer grauen Maus, die sich nur noch im Hintergrund aufhielt und nicht mehr in Erscheinung trat. Sie hatte meine Beziehung zerstört und ich ihr Leben. Ich empfand nicht einen Hauch von Reue oder Mitleid ihr gegenüber. Ich fühlte nichts außer Genugtuung, dieses selbstherrliche Mädchen endlich ausgebremst zu haben. Alles ging bei denen kaputt. Das gab mir ein Gefühl von Stärke und Überlegenheit. Ich war der Meinung, dass ich von nun an alles schaffen konnte. Unbesiegbar sozusagen."

„Was passierte mit der Firma von diesem Typen?"

„Ist das dein Ernst? Das ist alles, was dir dazu einfällt?"
„Nein, aber das ist jetzt erst einmal das, was mich am meisten interessiert!"
„Die Firma wurde verkauft, soweit ich weiß …", antwortete sie vor den Kopf gestoßen. „Und?", fragte sie verständnislos. Seine Gleichgültigkeit irritierte sie.

„Willst du jetzt von mir hören, dass du das verdorbenste Luder unter der Sonne bist?", fragte Evan lauernd.

„Sowas in der Art, ja, wahrscheinlich. Bin ich das deiner Meinung nach nicht?"
„Nein. Diese Angie hat dir deine ach so große Liebe weggenommen. So wie ich die Frauen kenne, hat sie das nicht getan, weil sie diesen Mann ach so liebte, sondern um dich fertigzumachen.

Und dein Freund war so dumm, nicht zu erkennen, dass er nur benutzt wurde. Wie lange waren sie denn zusammen? Nicht lange, nehme ich an, oder?"
Sie schüttelte den Kopf.
„Nach diesem Vorfall hat sie Schluss mit ihm gemacht."

Er lachte höhnisch auf. „Das wundert mich nicht! Der Mohr hatte seine Schuldigkeit getan – beziehungsweise war uninteressant geworden, weil die jetzt viel größere Probleme hatte. Ihr Vater ist feige abgehauen und hat alles hingeschmissen, statt wie ein Mann Verantwortung zu übernehmen, nehme ich an, oder? Der hat den Schwanz eingezogen und hat seine Familie gleich zweimal betrogen."

Valeria war beeindruckt. Sachlich und treffsicher hatte er die Situation von damals eingeschätzt und sie nicht dafür verurteilt, dass sie sich wie ein niederträchtiges Flittchen verhalten hatte. Evan fuhr energisch fort:
„Was hättest du denn tun sollen? Zusehen, wie die vor dir eine Show mit deinem Ex abzieht? Klein beigeben? Du hast zwar alles in Schutt und Asche gelegt, aber anscheinend war diese Familienfassade auch nur ein Kartenhaus. Was mich interessiert – was hat deine Großmutter dazu gesagt? Hat sie dir den Kopf gewaschen?"

Valeria lächelte verschmitzt.
„Nein, sie konnte diese verlogene Bagage noch nie ausstehen und sagte: ‚Da hast du ganze Arbeit geleistet. Gratuliere.'"
„Respekt vor der alten Dame!", amüsierte sich Evan.

„Du hältst mich nicht für ein abgebrühtes Miststück?"

„Nein! Auch wenn ich dich jetzt enttäuschen muss, falls du dir den Sündenerlass von mir erhofft hattest wegen deiner Beichte." Fragend sah sie ihn an.
„Ich sage dir, warum ich dich dafür nicht verurteile. Erstens liebe ich dich, auch wenn du jetzt wieder sagen willst, dass das noch keine Liebe sein kann. Erspare mir das bitte! Zweitens bin ich mindestens so verdorben wie du, sonst hättest du mich nicht vom ersten Moment an fasziniert. Wir zwei sind aus demselben Holz."

„Wie meinst du das? Dass du auch verdorben bist?"

„Das werde ich dir erklären. Mein Leben lang habe ich Frauen verarscht, anders kann ich es nicht ausdrücken. Ich habe mir meinen Spaß daraus gemacht, mit ihnen zu flirten und sie dann abzuservieren. Und ich bin mit einer Frau verheiratet, die ich nicht liebe. Ich habe sie nur geheiratet, weil ich verheiratet sein wollte. Es war ein leeres Arrangement für mich, mehr nicht. Ich dachte immer, das sei normal. Dass es nicht normal ist, weiß ich erst durch dich."
„Hast du sie vor mir schon betrogen?", wollte Valeria wissen.

„Nein! Warum sollte ich? Es war weit und breit nichts da, was mich interessiert hätte. Und ich hätte wahrscheinlich auch bis an mein Lebensende so weitergemacht, wenn du nicht gekommen wärst."

„Und wieso hast du die Frauen verarscht?"

„Verachtung für eine bestimmte Art von Frauen."

„Für welche?"

„Frauen, die sich mir aufgedrängt haben. Es waren genügend dabei, die verheiratet waren und meinten, mich anmachen zu müssen. Und es war denen auch egal, dass ich eine Familie habe. Im Gegenteil, das schien sie noch zusätzlich anzustacheln. Da sind wir wieder bei deinem Thema. Einigen von meinen sogenannten Verehrerinnen ging es sicher hauptsächlich darum, Julia eins auszuwischen. Aus Neid und Missgunst." Verächtlich schüttelte er den Kopf. „Es gibt nur drei Frauen, die ich liebe", grinste er. „Dich! Meine Tochter und meine Sekretärin."

„Deine Mrs Short erinnert mich an Mrs. Doubtfire. Genauso liebenswert und durchgeknallt", lachte Valeria.

„Wer ist Mrs. Doubtfire?"

„Sag mal, lebst du eigentlich hinter dem Mond? Mrs. Doubtfire kennst du auch nicht? Siehst du dir nie Filme an?"

„Keine Zeit!"
„Okay, das werden wir schleunigst nachholen!", sagte sie entschieden. „Du musst all diese Filme mit mir ansehen!"

„Du glaubst gar nicht, wie sehr ich mich darauf freue!" Er küsste sie und begann, sie wieder auszuziehen ...

Sie verbrachten herrliche Tage miteinander. Evan fühlte sich mit Valeria an seiner Seite so jung und lebendig wie nie zuvor in seinem Leben.

Stundenlang stapften sie durch tief verschneite Wälder, gingen abends in urige Kneipen, bevor sie glücklich und sehr verliebt in ihre Suite zurückkehrten.

Für Evan verflog die Zeit viel zu schnell.

*

Am Tag der Abreise sah er niedergeschlagen aus, als sie beim Frühstück im Wintergarten des Hotels saßen.
„Was ist los mit dir? Du wirkst so traurig. Es ist doch total traumhaft hier", wunderte sich Valeria.

„Eben! Genau das ist es, es ist ein Traum. Ich weiß gar nicht, wie ich ohne dich in meinen Alltag zurückkehren soll. Ich bin verrückt nach dir ... ich halte es ohne dich nicht mehr aus. Das bereitet mir Sorgen."

Valeria fühlte sich unter Druck gesetzt. Immer wieder hatte er an diesem Wochenende davon angefangen, dass sie sich trennen sollte und dass er Tag und Nacht nur noch mit ihr verbringen wollte. Er schien besessen von dem Gedanken zu sein, mit ihr eine feste Beziehung einzugehen und sprach sogar schon von Hochzeit. Mehrmals hatte er betont: „Ich will keine Affäre mit dir! Warum verstehst du das bloß nicht?"

Sein einziges Interesse, sie endlich dazu zu bringen, sich endgültig für ihn zu entscheiden, hatte das Zusammensein etwas getrübt. Er wollte nicht verstehen, warum sie sich nicht entscheiden konnte. Auch wenn sie sich über andere Dinge unterhielten, hatte Valeria das Gefühl, dass seine Gedanken nur darum kreisten, wie er sie umstimmen konnte.

Daher war sie froh, dass sich ihre Wege nun erst einmal wieder trennten und jeder in sein eigenes Leben zurückkehrte. Auf der Rückfahrt schwiegen sie die meiste Zeit. Er war in Gedanken versunken. Valeria wusste genau, dass er am liebsten nur von dem Trennungs-Thema geredet hätte, aber er hielt sich zum Glück zurück. Es war alles geklärt, hoffte sie. Kurz bevor sie den Parkplatz erreichten, auf dem ihr Auto stand, fing er aber wieder an:

„Mein Entschluss steht fest! Ich werde heute noch mit Julia reden! Und ich werde nicht so lange warten, bis mir die Bank irgendwann eine geeignete Immobilie anbietet. Das heißt, ich werde gleich nächste Woche alle Hebel in Bewegung setzen, eine Wohnung zu finden. Erst einmal nur für mich, aber groß genug für uns zwei."

„Evan, ich habe gesagt, dass ich noch keine Entscheidung treffen will! Vielleicht ist das für dich die beste Lösung, wenn du es mit deiner Frau überhaupt nicht mehr aushältst, aber ich finde trotzdem, dass du alles überstürzt!" Sein Gesicht verfinsterte sich und seine Gesichtszüge wurden hart wie Stein. Er hielt neben ihrem Auto an und stieg aus, öffnete den Kofferraum und trug ihre Tasche zu ihrem Wagen. Sein Schweigen war schneidend und sein Gesichtsausdruck undurchdringlich.

„Bitte, lass uns nicht so auseinandergehen. Es war doch so schön mit uns beiden", bat sie.

„Eben! Es war schön und jetzt ist nichts mehr schön. Du gehst jetzt zu deinem Freund zurück und ich zu meiner Familie und dann tun wir so, als wäre alles in Ordnung, oder wie stellst du dir das vor?"

„Evan, ich bitte dich ... wir sehen uns doch bald wieder."

„Bald? Wann? In zwei Wochen ist Weihnachten, wann sehe ich dich denn dann?"

„Ich habe schon eine Woche vor Weihnachten Urlaub. Dann haben wir mehr Zeit. Ich bitte dich, nichts zu überstürzen. Wenn du meinst, nimm dir eine Wohnung. Aber musst du deiner Familie wirklich Weihnachten kaputtmachen, wenn du jetzt schon alles hinschmeißt?"

Endlich schien sie ihn erreicht zu haben, seine Gesichtszüge wurden weicher, als er antwortete: „Vielleicht hast du recht. Ich suche mir eine Wohnung – aber ich werde die Bombe noch nicht platzen lassen. Das bin ich meinen Kindern schuldig. Auch das werde ich wohl noch aushalten können. Aber ich halte es nur aus, wenn ich weiß, dass du für mich da bist."

„Ach, Evan, ich bin doch da", sagte sie und umarmte ihn.

„Okay, ich melde mich", erwiderte er und gab ihr einen Kuss. Auch das wusste Valeria bereits, dass er bestimmte, wann sie wieder Kontakt hatten und nicht sie. Es wäre zwecklos gewesen, hätte sie gesagt, dass sie ihn anrief. Daran hielt er sich nicht.

Als Valeria Evan an diesem Wochenende im Hotel geneckt hatte, dass er sie aus Eifersucht wohl am liebsten in den Keller sperren würde, verfinsterte sich augenblicklich sein Gesicht. „Wenn du das so siehst!", knurrte er und sprang auf, zog sich an und verließ die Suite.

Verstört blieb sie allein zurück. Erst nach einer Stunde war er wiedergekommen und wies sie zurecht:
„Ich will dich nicht einsperren, aber ich will wissen, woran ich mit dir bin! Du machst keine klare Ansage! Ich weiß, dass du mich liebst, aber du willst das anscheinend nicht wahrhaben."

Sie erwiderte nichts darauf. Er schaffte es immer wieder, dass sie sich erklären und rechtfertigen musste, aber dieses Mal hatte sie es nicht getan. Erst nach einer Weile war er wieder zugänglich geworden und meinte versöhnlich:
„Eines Tages wirst du meine Frau sein. Es ist nur eine Frage der Zeit und des Willens."

„Mal sehen …", hatte sie geantwortet und war froh gewesen, dass die Anspannung sich zwischen ihnen wieder gelegt hatte. Es blieb ein beklemmendes Gefühl zurück, als Valeria an diesem Sonntagabend nach Hause fuhr. Ja, es war ein herrlicher Traum gewesen, den sie beide erlebt hatten, aber die ganze Zeit war spürbar gewesen, dass er auf eine Entscheidung von ihr gewartet hatte. Der Druck, den er auf sie ausübte, machte ihr zu schaffen. Aber nun wollte sie nicht mehr darüber nachdenken, auch nicht darüber, dass sie ein schlechtes Gewissen Ben gegenüber hatte, der angekündigt hatte, später noch bei ihr vorbeizukommen. Sie freute sich sogar auf ihn. Mit seiner lebensfrohen Art würde er sie sicherlich aufheitern können. Ihre Schuldgefühle musste sie weit wegschieben. Sie wollte ihn nicht verlassen, aber wenn sie ehrlich war, liebte sie ihn inzwischen nur noch wie einen Freund, ihren besten Freund.

Eines war ihr aber vollkommen klar:

Sie musste herausfinden, warum Evan in ihr Leben getreten war. Es musste einen Grund geben, dass sie sich in einen Mann verliebt hatte, der so anders war als Ben. Erst wenn sie die Antwort gefunden hatte, würde sie sich entscheiden können. Sie musste sich mit Janina treffen. Aber jetzt wollte sie ein langes Entspannungsbad nehmen, bevor Ben kam.

*

Evan fuhr nach Hause und nahm sich vor, erst einmal so weiterzumachen wie bisher. Valeria hatte ihn überzeugt, dass es keine gute Idee wäre, kurz vor Weihnachten mit der Wahrheit herauszurücken. Da er sein Leben lang Theater gespielt hatte, würde er diese Zeit jetzt auch noch rumkriegen. Allerdings würde er bereits alles in die Wege leiten, damit er im Januar seine neue Wohnung beziehen konnte. Das würde ihm über die kommende Zeit hinweghelfen, die er noch bei seiner Familie verbringen musste – und Valeria bei diesem Typen war. Er war sich sicher, dass sie auch noch miteinander schliefen …

Er hasste Valeria dafür! Aber ihm war sehr wohl bewusst, dass er erst einmal die Zügel wieder etwas lockerer lassen musste, wenn er nicht riskieren wollte, dass sie sich endgültig gegen ihn entschied. Niemals hätte er gedacht, dass er einer Frau hinterherlaufen musste.

Was für eine Ironie des Schicksals.

Als er die Tür seines Hauses aufschloss und den Flur betrat, kam Julia aus der Küche.

„Wie war's?", fragte sie freundlich. Er konnte keinen Argwohn in ihrer Stimme erkennen.

„Schön."
„Hast du Hunger?" Tatsächlich hatte er Hunger.
„Ja."
„Na, dann komm in die Küche. Ich habe gerade eine Gemüsesuppe gemacht." So war Julia, naiv und arglos. Das kam ihm jetzt mehr denn je zugute.
„Wo sind die Kinder?"
„In ihrer Wohnung. Fernsehen."

Gemeinsam saßen sie in der Küche und löffelten die Suppe, während Julia von ihrem Wochenende berichtete, was sie alles getan hatte und was die Kinder unternommen hatten. Das, was sie zu sagen hatte, fand er wie immer banal und langweilig, sodass er an Valeria dachte, während sie erzählte. Nach einer halben Stunde gähnte er herzhaft.
„Die frische Luft macht ganz schön müde", sagte er. „Ich gehe ins Bett."
„Im Büro?"
„Ja."
„Gute Nacht."
„Gute Nacht." Er ging in sein Büro und richtete sein Nachtlager her.

Warum habe ich das nicht schon viel früher getan, getrennt von Julia zu schlafen?

Er fühlte sich wesentlich wohler, das Bett für sich allein zu haben, außer er war mit Valeria zusammen – das war etwas ganz anders. In der kommenden Woche hatte er sehr viel zu erledigen und er freute sich darauf, auf Wohnungssuche zu gehen. Valeria würde er dann damit überraschen, wenn er ein geeignetes Objekt gefunden hatte.

*

Julia saß allein in der Küche. In zwei Wochen war Weihnachten und es war noch so viel zu tun. Sie hoffte, dass Evan dann auch wieder zugänglicher werden würde. Er würde sicher Urlaub nehmen über die Feiertage, dann hätten sie endlich wieder einmal viel Zeit füreinander. Die Kinder gingen meistens ihre eigenen Wege und waren nur noch selten zu Hause.

Dann könnten wir es uns als Paar doch mal wieder schön machen, vielleicht ein paar Ausflüge unternehmen – oder so, hoffte sie. Ihr Mann wirkte so gestresst und abwesend. Er musste große Sorgen haben, was die Firma betraf, aber so etwas machte er ja immer mit sich alleine aus. Über seine geschäftlichen Belange hatte er mit ihr so gut wie nie detailliert gesprochen. Sollte sie vielleicht mal seine Sekretärin fragen, wie es in der Firma lief? Schnell verwarf sie den Gedanken wieder, denn, würde er davon erfahren, wäre ihm das sicher nicht recht. Dass ihr Mann seit dem Herbst noch in sich gekehrter und abweisender war, hatte sie bisher noch verdrängen können, aber jetzt veränderte er sich immer mehr. Sie konnte nicht mehr die Augen davor verschließen. Sein Blick verlor sich meistens in der Ferne. Er war kaum noch in der Lage, an den Unterhaltungen bei den gemeinsamen Mahlzeiten teilzunehmen – er schien völlig unkonzentriert und desinteressiert zu sein.

Ihn umgab eine undurchdringliche Mauer, an der die Familie abprallte. Früher war er aufgeschlossen und interessiert an den Erlebnissen seiner Kinder gewesen. Er hatte ihre Lebendigkeit und Fröhlichkeit sichtlich genossen. Aber inzwischen stahl sich immer öfter ein befremdlicher Ausdruck in seine Augen – Blicke, die Julia nicht zu deuten vermochte.

Es flackerte immer nur kurz auf, sodass man meinen konnte, es sich nur eingebildet zu haben. Er lebte in einer anderen Welt, die mit Julia und den Zwillingen nichts mehr gemeinsam hatte. Zwar war er noch nie besonders zugänglich gewesen, aber sein jetziges Verhalten sprengte alles bisher Dagewesene. Man musste ihn permanent aus seiner fernen Welt ins Hier und Jetzt zurückholen, um wenigstens einmal eine Antwort zu bekommen auf eine Frage, die zumindest für seine Familie wichtig war. Anna und Phil waren ebenfalls verunsichert, trauten sich aber nicht, ihren Vater direkt darauf anzusprechen, warum er so abweisend geworden war.

Mit der Zeit wurde es immer stiller im Hause Maglin. Niemand hatte mehr Lust, irgendetwas zu erzählen, wenn Evan anwesend war, denn er verbreitete eine derart bedrückende Stimmung, dass seine Kinder das Essen herunterschlangen, um sich so schnell wie möglich wieder aus seiner unnahbaren Aura entfernen zu können. Hatte er sich früher zusammengerissen, war es ihm jetzt offensichtlich gleichgültig, wie er wirkte und wie sehr seine Familie unter seinem Verhalten litt.

Julia hoffte, dass es nur um seine Arbeit ging – vielleicht war ihm ein wichtiger Kunde abgesprungen, vielleicht hatte er finanzielle Einbußen. Viel schlimmer war für sie der Gedanke, dass er krank sein könnte. Sie liebte ihn! Trotz allem.

Julia nahm an, dass früher in seinem Leben etwas sehr Schlimmes geschehen sein musste – in seiner Kindheit oder vielleicht Jugend, denn gleich nachdem sie ihn kennengelernt hatte, war ihr an ihm etwas aufgefallen:

Wenn er sich unbeobachtet fühlte, konnte sie manchmal eine unendliche Trauer in seinem Gesicht erkennen. Ab und zu schien aber auch ein geradezu mörderischer Hass von ihm Besitz zu nehmen, der für kurze Momente seine Augen verdunkelte, besonders wenn seine Eltern in der Nähe waren. Ihr war bewusst, dass sie ihn nicht darauf anzusprechen brauchte, er hätte nichts gesagt. Seine Waffe, oder vielleicht auch Zuflucht, war sein Schweigen. Er war immer gut zu ihr gewesen und hatte sich immer bemüht, ein fürsorglicher Vater und Ehemann zu sein, nur wärmen konnte sie sich nie an ihm.

Vielleicht sollte sie mal wieder mit ihm schlafen?
Ihn ihre Liebe spüren lassen? Sie brauchte dringend einen Beweis, dass alles im Lot war zwischen ihnen. Eine bisher nicht gekannte Verlustangst breitete sich Tag für Tag mehr in ihrer Seele aus.
Vielleicht war es Sex, was er vermisste?
Sie vermisste Sex eigentlich nicht, aber Frauen legten darauf wohl generell nicht so viel Wert. Ihre Freundinnen dachten ganz ähnlich. Sie war nicht der leidenschaftliche Typ Frau, der von großartigen sexuellen Abenteuern träumte oder die sogar ausleben wollte. Die gab es in den Romanen, die sie las oder im Kino, das sie gerne und oft mit ihren Freundinnen besuchte. Das reichte ihr, mehr brauchte sie gar nicht. Evan stellte schon lange keine Forderungen mehr an sie. Eigentlich hatte er das noch nie getan, es hatte sich immer ergeben, dass sie miteinander schliefen. Allzu oft war das in den vergangenen Jahren aber nicht gewesen …
Mit Schrecken erkannte sie, dass sie ihn in dieser Hinsicht unverzeihlich vernachlässigt hatte. Wahrscheinlich war es genau das, was er vermisste!

Er war jetzt in einem gefährlichen Alter. Man hörte ja so einiges darüber, aber sie war sich sicher, dass er keine andere hatte. Andere Frauen hatten ihn nie interessiert. Sie hatte nie erlebt, dass er flirtete oder einer hübschen Frau auch nur nachsah. Aber wenn sie ehrlich war: Sie kannte ihren Mann kaum, mit dem sie seit so langer Zeit zusammenlebte. Und wenn sie noch ehrlicher war, wollte sie es lieber auch gar nicht wissen, wer sich wirklich hinter dieser schweigenden Mauer verbarg. Zwar konnte sie es nicht benennen oder bewusst wahrnehmen, aber sie ahnte, dass hinter seiner Fassade etwas Angsteinflößendes lauerte.

In all den Jahren hatte sie sich nie über ihn beklagen können. Manchmal gab es belanglose Meinungsverschiedenheiten über Alltägliches, die schnell wieder aus der Welt geschafft werden konnten, denn Evan war es nicht wichtig, dass er recht hatte oder als Sieger aus Auseinandersetzungen hervorging. In ihrer Ehe gab es keine existenziellen Meinungsverschiedenheiten, wie Julia es in den meisten Ehen ihrer Freundinnen miterleben musste, in denen schnell mit Scheidung gedroht wurde, wenn es Probleme gab. Auch hatte sie mit Evan nie über materielle Angelegenheiten streiten müssen. Er war stets großzügig und ließ sich nicht gönnerhaft dafür feiern, dass er das Geld für ihren gesamten Lebensunterhalt verdiente. Er verlangte auch nicht, dass sie ihm dankbar zu sein hatte, weil sie von seinem Geld lebte.

Als die Zwillinge kamen, hatte sie aufgehört, als Lehrerin zu arbeiten. Sie wollte ganz und gar für die Kinder da sein und fing erst nach ein paar Jahren wieder an, einige Stunden in der Woche zu arbeiten. Das Geld, das sie verdiente, war ein schönes Taschengeld für sie.

Sie war sehr glücklich mit ihrem Leben.

Es war schon spät. Sie war müde und wollte ins Bett, in dem sie seit einiger Zeit alleine liegen musste.

Wie konnte ich nur so nachlässig sein, ihn einfach in seinem Büro übernachten zu lassen?

Sie hatte sich nicht um ihn bemüht, aber das würde sich ab morgen ändern, nahm sie sich fest vor.

Morgen Abend sollte es soweit sein.

Ziele

Was war denn heute mit Julia los?, wunderte sich Evan, als er am nächsten Morgen zur Arbeit fuhr. Sie war um ihn herumgetanzt, hatte betont fröhlich gefragt, was er abends essen wollte, ob es ihm gutginge und so weiter. Fast fluchtartig hatte er daraufhin das Haus verlassen. Das konnte er jetzt gerade noch brauchen, dass Julia meinte, auf frisch verliebt machen zu müssen.

Was schert's mich! Ich habe genug anderes zu erledigen.

Leider hatte er heute viel zu viele Termine, als dass er dazu gekommen wäre, sich um eine Wohnung zu bemühen.
„Mrs Short, muss das denn sein, dass Sie mir den Montag so vollpacken?"
„Mein Lieber, wie soll ich sonst Ihre ganzen Termine koordinieren? Am Freitag sind Sie ja schon am frühen Nachmittag abgedampft!", schimpfte sie mit ihm. „Ach ja, wie war denn übrigens Ihr Wochenende?", fragte sie lauernd. Evan sah überrascht auf. Hatte sie etwa etwas mitbekommen? Mrs Short lächelte vielsagend.

„Danke der Nachfrage. Sehr schön! Aber nun lassen Sie uns mit der Arbeit anfangen!", antwortete er so beiläufig wie möglich und verschwand in seinem Büro, ohne sie noch einmal anzusehen.

„Soso", murmelte Rosie Short.
Evan arbeitete seine Termine ab und schrieb zwischendurch mit Valeria, die sich erfreulicherweise nicht mehr so distanziert gab.

„Hi, mein edler Ritter! Es war ein tolles Wochenende", schrieb sie mit vielen Herzchen.

„Lieb von dir, dass du dich meldest", antwortete er sofort. Valeria hatte sich das erste Mal von selbst gemeldet, ohne dass er den Anfang machen musste. Das machte ihn sehr glücklich, mehr brauchte er momentan nicht. Endlich schien sie sich wirklich auf ihn einzulassen.

„Sie strahlen ja so", bemerkte Mrs Short, als er ins Vorzimmer kam, um mit ihr einen Termin zu besprechen. Unwillkürlich lächelte er. „Finden Sie? Ja, mir geht es heute ausgesprochen gut."
„So kenne ich Sie gar nicht. Steht Ihnen aber sehr gut", erwiderte sie und sah ihn interessiert an. Er hatte den Eindruck, dass sie hoffte, mehr von ihm zu erfahren. Das kam jetzt aber noch nicht infrage. Allerdings würde sie eine der Ersten sein, die von seinem neuen Leben erfahren würde, aber erst, wenn er konkrete Schritte unternommen hatte. Daher erwiderte er:
„Ich danke Ihnen, Mrs Short. Ich hoffe, das bleibt jetzt so."
„Glauben Sie mir, Mr Maglin, das wünsche ich Ihnen von Herzen." Sie sah ihn mit einem so sanften Blick an, als wäre sie von ihren eigenen Worten berührt. Er war sich sicher, dass Rosie Short Valeria und ihn am Freitag auf dem Firmengelände gesehen hatte. Es gab ihm ein gutes Gefühl, dass Rosie Bescheid wusste und er sie als Vertraute an seiner Seite hatte.
Evan fühlte sich sehr wohl an diesem regnerischen Montag. Den ganzen Tag schickten er und Valeria sich Nachrichten und er hatte den Eindruck, dass sie endlich zugab, dass auch sie ihn liebte, wenn auch nur zwischen den Zeilen.

Am frühen Nachmittag war ihm Sebastian auf der Treppe begegnet, und sogar ihm war Evans Veränderung sofort aufgefallen. „Was ist denn mit dir passiert? Grinst sich hier durch die Gegend! Und das an so einem tristen Montagnachmittag!"

„Mir geht's heute einfach gut."

„Aha, verstehe einer den großen Meister Mr Evan Maglin", murmelte Sebastian und verschwand auch schon wieder hinter einer Bürotür. Irgendwann würde Evan es ihm erzählen, aber das hatte Zeit. Denn leider war er sich trotz allem nicht so sicher mit Valeria, wie er es gerne gewesen wäre. Obwohl sie den ganzen Tag miteinander geschrieben hatten, hütete er sich davor, sie mit einem baldigen Treffen, geschweige denn mit Weihnachten, festnageln zu wollen. Er nahm sich fest vor, zu warten, bis etwas in dieser Richtung von ihr kam.

Auf jeden Fall würde er die nächsten Tage zum teuersten Juwelier der Stadt gehen, um ein edles Schmuckstück für sie auszusuchen. Am liebsten hätte er ihr einen Ring gekauft, aber das würde sie sicher wieder als „zu viel" empfinden.

Am späten Nachmittag verließ endlich der letzte Kunde sein Büro. Evan hätte nie für möglich gehalten, sich jemals so wohl und glücklich fühlen zu können. Die Arbeit war ihm leicht von der Hand gegangen und selbst unergiebige Verhandlungen waren kein Problem für ihn gewesen. Zwischendurch hatte er immer wieder auf sein Handy gesehen und sich wie ein Teenager gefreut, wenn sie geschrieben oder, noch besser, ein Herz geschickt hatte.

Das, was ihn am meisten erstaunte, war, dass er nach Hause fahren konnte, ohne, wie in den vergangenen Tagen, das Gefühl zu haben, seine Familie nicht ertragen zu können. Mit der Gewissheit, dass Valeria ihn auch liebte, konnte er alles überstehen – sogar Weihnachten im Kreise seiner Familie. Valeria würde wahrscheinlich mit ihrem Typen die Feiertage verbringen, aber auch das würde er ertragen, wenn er nur weiterhin Kontakt mit ihr hätte. Er wollte nichts überstürzen, da hatte Valeria vollkommen recht, seinen Kindern zuliebe sollte er an Weihnachten nach wie vor so tun, als wäre alles in Ordnung.

Als Evan die Haustür aufsperrte, duftete es nach einem Braten. Diesen Geruch kannte er schon gar nicht mehr. Seit Julia auf Veganerin machte, gab es fast nur noch Gemüse und alles, was nicht aus Fleisch bestand. Er war sehr verwundert, hatte sie doch andauernd gepredigt, dass Fleisch ungesund sei. Höchstens zu besonderen Anlässen gab es einen Festtagsbraten im Hause Maglin – hatte er irgendetwas vergessen? Plötzlich fühlte er sich nicht mehr wohl.

Es war ungewöhnlich still im Haus.

Normalerweise hörte er um diese Zeit ein „Bumbum" aus der Dachwohnung der Kinder, wenn sie lautstark Musik abspielen durften und meistens hörte Julia im Wohnzimmer Radio oder sah fern. Aber heute war alles ruhig. Er sah um die Ecke in die Küche. Julia saß vor einem Glas Rotwein und lächelte ihn an: „Hallo, Evan." Für seinen Geschmack sah sie ihn viel zu verliebt an, ihm wurde immer unwohler zumute.
„Wo sind die Kinder?", fragte er in der Hoffnung, dass sie gleich die Treppe herunterkommen würden.

„Die sind nicht da. Theaterproben für Weihnachten. Wir haben den ganzen Abend für uns." Sie war schon leicht beschwipst, so wie sie aussah.

Was hat diese Frau vor?

„Das Essen ist gleich fertig. Rate mal, was es heute gibt? Nur für dich", kicherte sie. Ja, sie hatte eindeutig zu viel Wein im Blut. Er hatte keine Lust auf ihre albernen Fragen. „Ich nehme an, Fleisch gibt es", knurrte er.

„Da bin ich aber froh, dass ich heute ein so gutes Essen gekocht habe. So miesepetrig wie du bist, wird dich das leckere Essen bestimmt aufheitern." Der Tisch war bereits gedeckt. Sie hatte das beste Tafelsilber hervorgekramt und das teure Geschirr ihrer Eltern, das sie ihr zur Hochzeit geschenkt hatten.

Verdammt, was soll das werden?

Es schien alles darauf hinauszulaufen, dass sie ihn nach ihrem Festtagsbraten verführen wollte ... das durfte jetzt nicht wahr sein! Heute hatte er einen überaus positiven Tag erlebt und nun das!

„Gibt's was zu feiern? Habe ich was verpasst?", fragte er spöttisch.
„Warte noch ein bisschen ...", tat sie geheimnisvoll und stand von dem Küchenstuhl auf. Erst jetzt sah er, was sie anhatte: einen kurzen Jeansrock und eine transparente weiße Bluse – unter der sie keinen BH trug.

Außerdem war sie barfuß ...
Beklemmung und Unwohlsein waren das Einzige, was er empfand. Wenn sie unbedingt meinte, an diesem Abend auf Femme fatale machen zu müssen, dann würde er halt heute schon mit der Wahrheit herausrücken. Dann hatte sie es eben provoziert! Jeder andere hätte sie wahrscheinlich sexy gefunden in ihrem Dress – die durchsichtige Bluse gab einen freien Blick auf ihre kleinen festen Brüste. Sie hatte noch immer eine passable Figur, mit der sie so etwas durchaus tragen konnte – aber ihn interessierte das nicht.

„Setz dich", forderte sie ihn lächelnd auf und zündete die Kerzen an. Er setzte sich, während sie das Essen aus dem Ofen holte. Sie hatte alles schon fertig vorbereitet, Sauce, Gemüse und Beilagen. Liebevoll richtete sie die Speisen auf dem edlen Geschirr an. Was gäbe er darum, wenn das Valeria für ihn tun würde ... Julia stellte eine Schüssel nach der anderen vor ihm hin. „Nimm dir, Schatz!" Er hatte zwar Hunger, aber keinen Appetit mehr. Trotzdem nahm er von allem ein bisschen und begann zu essen.

„Und?", fragte sie erwartungsvoll.
„Sehr gut! Kochen kannst du", erwiderte er und
bemerkte, dass sich ihr Gesicht für einen Moment verfinsterte. Sie riss sich aber sofort wieder zusammen und versuchte, fröhlich zu klingen:
„Schön, freut mich, dass es dir schmeckt." Schweigend aßen sie, wobei Evan das Gefühl hatte, als wollte sie etwas sagen, sie schien sich aber nicht zu trauen. Immer wieder sah sie ihn hoffnungsvoll an, als wartete sie auf eine Reaktion von ihm. Er hatte keine Lust, sich zu unterhalten und hoffte, dass es nicht noch peinlich für sie beide werden würde.

Sein Vorhaben, zur Not an diesem Abend schon für klare Verhältnisse zu sorgen, hatte sich wieder verflüchtigt. Er hatte leichte Magenschmerzen und wollte in sein Bett. Vielleicht würde er mit Valeria noch schreiben können, auch wenn sie bereits angekündigt hatte, abends von ihrem Typen Besuch zu bekommen. Obwohl er die Tatsache, dass sie einen Freund hatte, am liebsten ausgeblendet hätte, bewunderte er sie dennoch für ihre Offenheit – und ihren Mut, ihm mitzuteilen, dass sie den Abend mit dem anderen verbringen würde. Aber egal, was sie tat, er bewunderte sie sowieso für alles ... er war absolut hingerissen von ihr.

„Geh doch schon mal vor ins Wohnzimmer, während ich schnell die Küche in Ordnung bringe!", meinte Julia munter.

Oh je, oh je, was kommt denn jetzt?
Ihm war mehr als unbehaglich zumute, als er ins Wohnzimmer ging und sich in den Fernsehsessel setzte.
Zeit für die Nachrichten, gut ... Er schaltete den Fernseher ein und ließ sich berieseln, denn er war so müde, dass er kaum noch die Augen offen halten konnte.

„So, fertig." Julia stand neben ihm und zögerte kurz, bevor sie sich auf die Couch setzte. Unschlüssig sah sie ihn an.
„Bin ich vielleicht müde", murmelte er und schloss die Augen.
„Du, Evan ..."
Er schwieg, hoffentlich redete sie nicht weiter. Aber ehe er sich versah, saß sie auch schon auf seinem Schoß. Mit einem Mal war er wieder hellwach.
„Was soll das?", fragte er gereizt.

„Wir haben so lange nicht …"
„Was, Julia? Was haben wir nicht?" Voller Zorn und Unverständnis sah er sie an. Tränen liefen über ihr Gesicht.

„Was willst du von mir? Meinst du allen Ernstes, dass mit uns noch was laufen könnte? Seit Jahren hatten wir keinen Sex mehr und mir hat auch nichts gefehlt! Und ich glaube, du warst auch ganz froh. Also, was soll dieser Zirkus jetzt?" Sein Ton war schneidend. „Geh bitte runter von mir." Tränenüberströmt und beschämt setzte sie sich wieder auf die Couch.

„Ich gehe ins Bett! Gute Nacht!", blaffte er sie an und verließ das Wohnzimmer. Fassungslos blieb Julia allein zurück. Er ging in sein Büro und richtete sich wie jeden Abend sein Bett her. Mit einem Blick auf sein Handy stellte er fest, dass Valeria sich nicht mehr gemeldet hatte. Er hatte das Bedürfnis, ihr zu schreiben, hauptsächlich aus Zorn und Eifersucht, um sie in ihrer trauten Zweisamkeit zu stören, aber er ließ es doch sein.
Ich mache weiterhin gute Miene zum bösen Spiel. Ich muss ihr den Freiraum, den sie noch immer braucht, erst einmal lassen.

Nach diesem peinlichen Auftritt von Julia heute Abend mochte er noch weniger daran denken, dass Weihnachten vor der Tür stand. Er hörte, wie sie weinend in ihr Schlafzimmer ging – er fühlte nichts, kein Mitgefühl, gar nichts. Wieder ein Beweis für ihn, dass es höchste Zeit war, diese Farce endlich zu beenden. Rein praktisch und strategisch gesehen, war es gar nicht schlecht, was vorhin passiert war, denn das hatte den Weg bereitet für das, was noch folgen würde.

Dann würde der Schock für Julia nicht ganz so groß sein, da sie durch dieses Ereignis schon vorgewarnt war, wenn er diese Ehe endgültig beendete. Zwischen Weihnachten und Neujahr würde er ihr mitteilen, dass er eine andere liebte. Das war zumindest sein Plan.

Am nächsten Morgen blieb Julia in ihrem Schlafzimmer, so hatte er wenigstens seine Ruhe. Für heute hatte er sich vorgenommen, einen Privatdetektiv zu kontaktieren, um an die Info zu kommen, was damals mit Valerias Vater geschehen war, warum der aus dem Bürgermeisterposten geflogen war. Er würde später, wenn er die Informationen hatte, entscheiden, ob er Valeria davon berichtete oder nicht. Er verließ früh das Haus, denn sein Tag war wieder randvoll mit Arbeit und Erledigungen.

Im Büro angekommen, suchte er im Internet nach einer geeigneten Detektei, die er schon bald anhand guter Bewertungen fand. Die Daten über Valerias Vater, die ihm bekannt waren, gab er an die Detektei weiter und man versicherte ihm, sich schnellstmöglich zu melden. Zufrieden beendete er das Gespräch und widmete sich seinen Tagesgeschäften. Nach Feierabend ging er zum Juwelier. Er hatte eine genaue Vorstellung davon, was er Valeria schenken wollte. Sie hatte sich den ganzen Tag nicht gemeldet – und er sich bei ihr auch nicht.

Die Suche nach Antworten

Valeria hatte den Abend mit Ben verbracht und mit ihm geschlafen. Fast hatte sie gegenüber Evan Schuldgefühle gehabt, als würde sie ihn betrügen und nicht Ben ... Der Sex mit Ben war ganz anders gewesen – vertrauter – und nicht so verschlingend und dramatisch wie mit Evan. Ben und sie waren ein Team. Der Gedanke, mit ihm Schluss zu machen, war für sie unvorstellbar, wobei sie zugeben musste, dass die Zeit mit Evan traumhaft gewesen war ...

Ja, ein Traum. Aus diesem Traum könnte aber vielleicht ein Alptraum werden, wenn dieser Mann nicht das bekam, was er wollte, zumindest schätzte sie ihn so ein. Er hatte etwas an sich, was ihr Unbehagen bereitete. Wenn sich seine Augen verdüsterten, weil er zornig auf sie war, und das war er schnell wegen irgendwelchen Kleinigkeiten, dann wies er sie streng zurecht. Instinktiv war ihr klar, dass sie ihn nicht zu nah an sich heranlassen durfte, denn er würde sie mit Haut und Haaren vereinnahmen und nicht mehr loslassen.

Zum Glück kam heute Janina zum Frühstück zu ihr, damit sie endlich über Evan reden konnte. Sie hatten sich schon eine Weile nicht mehr gesehen, da die Schichtarbeit ihrer Freundin für Treffen meistens ungünstig war. Janina war der einzige Mensch, mit dem sie dieses Thema besprechen konnte, denn auch Janina hatte schon einmal eine Affäre mit einem verheirateten Mann gehabt.

Der hatte allerdings nicht schon nach kurzer Zeit von Scheidung geredet, wie Evan das tat. Der wollte nur Sex und nicht gleich das ganze Leben mit ihr verbringen.

„Na, Süße, alles klar?", begrüßte Janina sie und zog sich ihre bunte Wollmütze vom Kopf. „Mann, ist das kalt heute!" Valeria schloss die Tür und die beiden Freundinnen umarmten sich. „Ich bin so froh, dass du da bist. Ich muss unbedingt mit dir reden."

„Oha, ich ahne Verbotenes und Verruchtes", feixte Janina. „Ich bin gespannt, was du zu erzählen hast. Geht's um den heißen Mr Maglin?" Valeria nickte. „Du hast mit ihm geschlafen", stellte ihre Freundin fest.
„Ja."
„Und? War's geil? Ich will alles wissen!"
„Komm erst einmal rein und setz dich." Valeria hatte den Frühstückstisch reich gedeckt mit allen möglichen Variationen von Brot, Käse, Marmelade und Obst.

„Super! Ich fühle mich wie in deinem Nobelhotel."
Janina setzte sich und griff hungrig zu. „Los, Maus, erzähl." Valeria erzählte von den Ausflügen mit Evan in die schönsten und edelsten Hotels, die sie je gesehen hatte.
„Er ist mit mir in diese Märchenschlösser gefahren, obwohl ihm so etwas gar nicht gefällt."
„Der hat dich gleich richtig eingeschätzt. Ich bin beeindruckt", grinste Janina und leerte ihr Glas Sekt Orange in einem Zug.

„Sag mal, wie lange hast du eigentlich nichts mehr gegessen und getrunken?", fragte Valeria lächelnd.

„Wenn ich weiß, dass ich bei dir zum Essen eingeladen bin, esse ich drei Tage vorher nichts", scherzte sie. „Aber nun will ich alle schmutzigen Details wissen!"

„Genau die gibt es mit Evan nicht ... und doch ist es der beste Sex, den ich je hatte. Es ist ... wie ein Verschmelzen mit ihm."

„Das gibt's wirklich?", staunte Janina. „Ich bin noch nie verschmolzen. Scheiße, Mann! Ich will auch verschmelzen!"

„Es ist ... unbeschreiblich mit ihm. Er fasziniert mich total!"
„Ja, ich sehe es. Deine Augen strahlen wie ein Tausend-Watt-Weihnachtsbaum und deine Wangen glühen, du Rotbäckchen. Liebst du ihn?"
„Ich weiß es nicht. Manchmal glaube ich, ja. Aber dann wieder zweifle ich an ihm und mir. Evan hat Seiten an sich, die ich nicht so toll finde. Er ist sehr besitzergreifend und redet schon von Hochzeit – außerdem ist er echt humorlos."

„Na ja, aber Kohle hat der bestimmt", stellte Janina sachlich fest. „Geldsorgen hast du bei dem sicher nie wieder."
„Du wieder!", entrüstete sich Valeria und stieß sie freundschaftlich in die Seite. „Sein Verhalten ist mir oft ein Rätsel ...", fügte sie bedrückt hinzu.

„Warum? Er ist doch ein echt scharfer Typ, mit dem du deinen Spaß hast, oder?"

„Spaß habe ich mit Ben! Aber sicher nicht mit Evan. Ich habe das Gefühl, dass er alles nur tut, um mich einzukassieren. Und das schlechte Gewissen Ben gegenüber bringt mich noch um."

„Mach dir nicht so viele Gedanken! Genieß die Zeit einfach, so lange wie es eben dauert. Und Ben wird sowieso nichts erfahren, er ist viel zu oft unterwegs, als dass er irgendetwas merken würde."

„Ich bin leider nicht so unbekümmert wie du, Jani. Wenn ich mit Ben zusammen bin, denke ich, ich betrüge Evan. Und umgekehrt. Andererseits muss ich herausfinden, warum mich Evan so gefangen genommen hat, anders kann ich es nicht nennen!"

„Du bist total verliebt in deinen Mister Wonderful!"

„Ja, irgendwie schon. Aber Ben liebe ich auch …"

„Ach, Süße, warte es einfach ab, was noch so passiert", unterbrach Janina sie. „Wenn der Sex mit dem anderen überwältigend ist, dann lass es doch erst einmal so. Wenn ihr genug gevögelt habt, kehrst du zu Ben zurück."

„Als wenn es nur um Sex ginge. Es ist viel mehr, was ich fühle. Das verwirrt mich alles so stark …" Sie brach ab und wandte sich Janina zu: „Aber jetzt haben wir genug über mich geredet. Was macht dein Liebesleben?"

Janina prustete heraus:

„Was für ein Liebesleben?! Aber letzte Woche …"

Nach ihrem ausgiebigen Frühstück gingen sie auf Shoppingtour in die Innenstadt. Valeria kaufte sich von ihrem Weihnachtsgeld teure Dessous – für Evan.

*

„Guten Tag, Mr Maglin, ich habe die Infos, die Sie angefragt hatten", meldete sich der Detektiv zwei Tage später bei ihm.

„Sehr schön, das ging ja schnell!"

„Das gehört zu unserer Geschäftspolitik, die Kunden schnellstmöglich zufriedenzustellen. Wenn es sein muss, arbeiten wir vierundzwanzig Stunden durch", erwiderte der Detektiv sachlich. „Und in Ihrem Fall war das Rätsel schnell gelöst. Folgendes ..."

Nachdem er die Informationen über Valerias Vater erhalten hatte, beendete er das Gespräch mit den Worten: „So etwas in der Art hatte ich mir schon gedacht. Vielen Dank. Bitte schicken Sie die Rechnung persönlich an mich."
Er lehnte sich in seinem Chefsessel zurück. Sollte er ihr sagen, was er erfahren hatte oder es doch lieber für sich behalten?

Er entschied sich dafür, erst einmal abzuwarten.

Unmissverständlich

Am Wochenende wollten sie sich endlich wiedersehen. Allerdings nur am Samstagnachmittag. Mehr war zeitlich nicht möglich, da Valeria bereits angekündigt hatte, arbeiten zu müssen, um für die bevorstehenden Feiertage alles Nötige zu organisieren, bevor sie in den Urlaub gehen konnte. Es war die einzige Möglichkeit, die ihnen blieb, sich zu sehen, bevor der Weihnachtstrubel begann. Wie bei ihrem ersten Date hatten sie sich im „Charleston" verabredet. Evan war schon zwei Stunden vorher dort und buchte eine Suite, in der Hoffnung, sie überreden zu können, die ganze Nacht mit ihm zu verbringen. Und falls sie sich nicht überreden ließ, musste er sich etwas anderes einfallen lassen. Während er in der Lounge auf sie wartete, dachte er über die vergangene Woche nach.

*

Nach dem Fiasko am Montagabend waren sich Julia und er soweit möglich aus dem Weg gegangen und hatten nur das Notwendigste miteinander besprochen. Sie sah die ganze Woche sehr mitgenommen aus. Die Kinder hielten sich die meiste Zeit zurück und waren nur zum Essen heruntergekommen, bei dem ihre Mutter dann stets so getan hatte, als sei alles in Ordnung. Bemüht fröhlich versuchte sie, Alltagskonversation zu betreiben, was die Zwillinge aber als hilflosen Versuch, so zu tun, als ginge es ihr gut, durchschauten und bestenfalls einsilbig auf ihre Fragen antworteten. Evan beteiligte sich zwar an den Gesprächen und versuchte ebenfalls, sich nichts anmerken zu lassen, aber trotzdem löste sich die schwere, belastende Atmosphäre nicht auf, die das ganze Haus fest im Griff zu haben schien.

Jeder Einzelne von ihnen zog sich nach diesen erzwungenen Zusammenkünften beim Essen wieder in sein eigenes Reich zurück. Wie sie so Weihnachten überstehen sollten, war Evan ein Rätsel.

Mitte der Woche war Julia in sein Homeoffice gekommen:
„Wir müssen über die Feiertage reden. Meine Eltern besuchen uns am zweiten Feiertag. Ist das in Ordnung für dich?"

„Von mir aus."
Es war tatsächlich in Ordnung, dass Julias Eltern kamen, so lange es nicht seine waren. Ihre Eltern waren umgänglich und sympathisch und hatten so viel Verstand, sich nicht in ihre Ehe einzumischen. Von Anfang an hatten sie sich aus ihrem Leben herausgehalten, waren aber jederzeit für sie da, wenn sie explizit darum gebeten wurden, was Evan sehr an ihnen schätzte.

Dass ihre Eltern so verträglich waren, lag wohl auch daran, dass Julia keine Einzelheiten über ihrer beider Leben preisgab.

Außer damals, als sie schwanger gewesen war ...
Aber seitdem schien sie so gut wie nichts mehr über Evan zu erzählen, bis auf seine erfolgreichen Geschäftsabschlüsse und die vielen Aufträge, die ihn sogar an den Wochenenden arbeiten ließen.

Bei ihren Eltern musste man nichts befürchten, sie waren weder aufdringlich noch launisch, sondern gleichbleibend höflich und zurückhaltend.

Es waren nette, harmlose Plaudereien, die sie miteinander führten, wobei viel gelacht wurde und unterhaltsame Anekdoten erzählt wurden. Mit ihrem Vater konnte er sich ausführlich über Aktiengeschäfte unterhalten, da er sich als Laie sehr dafür interessierte und seinen Schwiegersohn gerne um Rat fragte.

*

Julia hatte abwartend vor seinem Schreibtisch gestanden, während er seine Unterlagen ordnete.

„Du musst mir sagen, wenn ich irgendetwas besorgen soll. Den Baum hole ich dann wie jedes Jahr von Frank", sagte er freundlich.

„Ja ...", erwiderte sie zögernd.
Er sah auf. Unsicher stand sie vor ihm.
„Was ist?", fragte er und legte seine Unterlagen in die Schublade.

„Wegen Montag ...", begann sie.
„Was soll wegen Montag sein?", fragte er betont gleichgültig.
„Du hast mir sehr wehgetan."

„Das tut mir leid! Aber Julia, was denkst du denn, wie ich darauf hätte reagieren sollen? Ehrlich gesagt fand ich es peinlich", erwiderte er ungerührt und sah sie mitleidslos an, als ihr die Tränen kamen und sie aus dem Zimmer lief.

Es kommt noch härter für dich, dachte er und nahm sein Handy, um Valeria eine Nachricht zu schreiben.

*

Valeria verspätete sich schon wieder an diesem Nachmittag. Als sie nach fast vierzigminütiger Verspätung endlich kam und ihm wortreich erklärte, warum sie schon wieder nicht pünktlich war, hörte er ihr mit eisigem Schweigen zu. Das hieß, er hörte kaum zu, ihre Ausreden interessierten ihn nicht. Sie hatte sich nicht einmal entschuldigt, sondern saß ganz entspannt in einem Clubsessel ihm gegenüber und bestellte einen Cappuccino. Erwartungsvoll sah sie ihn an und schwieg nun ebenfalls. Er hatte nicht den Eindruck, dass es ihr leidtat, dass sie ihn über eine halbe Stunde hatte warten lassen. Ihre Augen strahlten und sie lächelte – keine Spur von schlechtem Gewissen. Julia hätte ganz anders reagiert. Sie wäre wesentlich zerknirschter gewesen und hätte sich tausendmal entschuldigt. Allerdings achtete sie von vornherein darauf, dass ihr so etwas gar nicht erst passierte. Valeria hingegen war bestens gelaunt, während sie Zucker in ihre Tasse löffelte. Dass sie ebenfalls schwieg, anstatt sich darum zu bemühen, seine berechtigte schlechte Laune aufzulösen, war fast eine Beleidigung für ihn. Schwer beherrscht sagte er nach einer Weile: „Jetzt haben wir nur so wenig Zeit miteinander und dann kommst du auch noch zu spät und tust so, als wäre nichts."

„Ach, Evan, komm, entspann dich mal. Ich bin heute einfach happy, weil morgen mein letzter Arbeitstag ist und ich dann drei Wochen Urlaub habe."

„Und – was hast du alles so geplant in deinem Urlaub?", wollte er wissen und gab sich Mühe, so neutral wie möglich zu klingen.

„Na ja, auf jeden Fall muss ich endlich Geschenke kaufen, auch für dich", meinte sie unbekümmert.

„Danke, aber ich brauche nichts! Du musst mir nichts kaufen!", erwiderte er entschieden.

„Schade, dabei wüsste ich schon etwas für dich", neckte sie ihn. Mit ihrer nonchalanten Art machte sie ihn noch aggressiver, aber das wollte er sich nicht anmerken lassen. Er war stinksauer, sagte aber stattdessen so sanft wie möglich: „Ich brauche nur dich!"

„Ja, das weiß ich doch", grinste sie.
Ihm war schlecht vor Wut. Es gefiel ihm nicht, wenn sie die Oberhand hatte.

„Was machst du eigentlich über die Feiertage?", fragte er beiläufig, obwohl es die Frage schlechthin war, die ihm seit Wochen auf der Seele brannte. Betont gelassen nahm er einen Schluck von seinem Irish Coffee. Fröhlich plauderte sie drauflos: „Wir fahren bis Silvester zu Bens Eltern. Das sind echt nette Leute, und sie wohnen in der Nähe eines Skigebiets." Evan schwieg und fragte sich, wie sie derart kaltblütig sein konnte, ihm das einfach so hinzuknallen. Sie hatte etwas Böses in sich, davon war er überzeugt.

„Schön", entgegnete er knapp.
„Mach mir doch nichts vor! Ich weiß, dass du das total scheiße findest, aber ich habe keine Lust, dich anzulügen. Schlimm genug, dass ich Ben anlüge ..."
Ihr war anscheinend nicht bewusst, was sie da gerade gesagt hatte. Sie stellte diesen Ben über ihn! Sollte er vielleicht stolz darauf sein, dass sie ihn zwar nicht anlog, ihm aber im gleichen Atemzug mitteilte, dass sie mit diesem Typen in den Urlaub fuhr?

Sie ist eiskalt!

„Ich habe eine Suite gebucht", wechselte er das Thema.
„Du weißt doch, dass ich heute nicht lange bleiben kann. Ich muss morgen schon sehr früh in der Arbeit sein, damit ich mein Pensum schaffe, sonst steh ich bis Mitternacht drin. Wir haben nämlich morgen ..."

„Valeria! Das interessiert mich nicht! Wie lange willst du heute bei mir bleiben? Das ist das Einzige, was ich wissen will!" Sein Ton war so scharf, dass sie zusammenzuckte.
„Bis spätestens um zehn will ich zu Hause sein!", erwiderte sie kurz angebunden.
„Alles klar", sagte er und leerte sein Glas. „Lass uns auf das Zimmer gehen!" Valeria erhob keinen Widerspruch, ließ ihre halbvolle Tasse stehen und folgte ihm. Kaum hatte sich die Fahrstuhltür geschlossen, riss er sie an sich und küsste sie fordernd und voller Verlangen. Seine Finger bohrten sich schmerzhaft in ihre Haut. Sie stöhnte auf:
„Du tust mir weh!"
Am liebsten hätte er sie in Stücke gerissen ...

Als sie in ihrem Stockwerk ankamen, zog er sie an der Hand mit sich. Ungeduldig nahm er die Zimmerkarte aus seiner Tasche und steckte sie in den Sensor. Er ließ ihre Hand nicht los, während er das Zimmer betrat.

„Jetzt erkläre ich dir mal was, mein Mädchen", zischte er in einem Tonfall, der sie frieren ließ. „Ich habe dir bisher alle Freiheiten gewährt! Obwohl du mit mir zusammen bist, treibst du es wahrscheinlich immer noch mit ..."
Er machte eine wegwerfende Handbewegung.

„Ich will diesen Namen nie wieder hören, hörst du! Du hast etwas Böses und Verdorbenes in dir, sonst könntest du so etwas gar nicht tun! Mal mit dem einen und dann wieder mit dem anderen ficken."
Sie wich zurück, als er auf sie zuging, bis er ganz nah vor ihr stand und seine Augen sie aufzuspießen schienen.

„Im Gegensatz zu dir weiß ich nämlich, dass du mich liebst! Auch wenn du mir weismachen willst, dass du nur v e r k n a l l t bist!" Er spie dieses Wort aus. „Ich fühle dich in jeder Zelle meines Körpers. Du bist ein Teil von mir! Und wenn du glaubst, dass ich dich wieder gehen lasse, dann ...", drohte er, lachte aber gleichzeitig spöttisch, als er fortfuhr, „bist du dümmer, als ich dachte!"

Sie sah ihn entsetzt an.
Er wirkte ... völlig wahnsinnig ... Unfähig, darauf zu reagieren, wartete sie ab, was er als Nächstes tun oder sagen würde. In diesem Augenblick hätte sie ihm alles zugetraut. Plötzlich entspannten sich seine Gesichtszüge wieder.

„Okay, mein Schatz ... Deal!", begann er in einem normalen Tonfall. „Wir sehen uns erst Anfang des nächsten Jahres wieder. Ich gebe dir jetzt drei Wochen deine Freiheit. Ich werde mich nicht bei dir melden und erwarte dasselbe von dir. In dieser Zeit kannst du dir darüber klar werden, wie du gedenkst, dein Leben zu ordnen. Ich bin kein Mann, der auf Dauer einer Frau hinterherrennt und werde mir gegebenenfalls andere Schritte überlegen müssen, wenn du nicht bald zu einer Entscheidung kommst."

Valeria sah ihn herausfordernd an.

„Und jetzt? Was willst du mir denn genau damit sagen? Außer dass du mich unter Druck setzen willst. Aber stell dir vor, ich lass mich nicht von dir unter Druck setzen!"

„Jetzt ... kannst du von mir aus gehen!", erwiderte er kalt.

„Ich soll jetzt gehen?", fragte sie ungläubig. „Du willst gar nicht wissen, was ich dazu zu sagen habe? Was meinst du mit ‚andere Schritte'? Willst du mich erpressen, oder was? Wieso hast du dann dieses Zimmer gemietet, wenn du mich jetzt rausschmeißt?"

„Fragen über Fragen ...", grinste er ironisch. „Tja, ich dachte ja auch, dass du dich nicht nur stundenweise mit mir treffen willst, sondern dir Zeit nimmst für uns. Oder bist du nur gekommen, um Sex zu haben? Hast du es so nötig? Reichen dir zwei Männer nicht?", provozierte er sie. „Nimm doch noch deinen Chef dazu, wenn du es nicht sowieso schon mit dem treibst."

„Wie stellst du mich eigentlich gerade hin?", empörte sie sich. Mit Genugtuung bemerkte er, dass in ihren Augen Tränen schimmerten. Tränen der Wut ... aber immerhin ...

„Weißt du was? Ich gehe jetzt tatsächlich! Das ist mir alles viel zu blöd, wie du dich aufführst. Und ja, du hast völlig recht, es ist sehr gut, wenn wir uns eine Weile nicht sehen!" Valeria war außer sich. Er zog ein kleines rotes Päckchen aus seiner Manteltasche hervor.

„Ich habe noch eine Kleinigkeit für dich", sagte er gönnerhaft. „Ich denke, das wird dir gefallen!"

„Glaubst du allen Ernstes, dass ich nach der Nummer, die du hier abziehst, interessiert daran bin?"

„Wie du meinst, dann nicht." Schulterzuckend steckte er das Geschenk wieder ein. Sie ging zur Tür. Er machte keinerlei Anstalten, Valeria aufzuhalten. Kurz zögerte sie, als er aber „Ich wünsche dir frohe Weihnachten" sagte, öffnete sie die Hoteltür und verschwand ohne ein weiteres Wort.

Evan legte sich auf das Hotelbett und streckte sich aus.
Sehr gut! Er war sehr zufrieden mit sich, denn das war besser gelaufen, als er gedacht hatte. Valeria war der Ansicht gewesen, sie könnte sich mit ihm ein paar schöne Stunden machen und dann fröhlich zu ihrem Kerl zurückkehren.
Nicht mit mir!

Wütend und verletzt war sie abgezogen. Und das war gut so! Auf die Weise hatte er dafür gesorgt, dass sie nicht seelenruhig und zufrieden Weihnachten feierte und ihn dabei vergaß. Jetzt konnte sie darüber rätseln, warum er sie nicht mehr sehen wollte, auch nicht kurz vor Weihnachten, wie sie ursprünglich geplant hatte.
„Wir können uns am 23.12. sehen, damit dir die Zeit ohne mich über Weihnachten nicht so lange vorkommt ;)", hatte sie ihm vor ein paar Tagen geschrieben. Diese Formulierung war ihm sauer aufgestoßen, daher hatte er darauf auch nicht geantwortet. Hätte sie sich heute für ihn Zeit genommen, hätte er anders reagiert, aber wenn sie abends wieder zu Hause sein wollte, ging er davon aus, dass er ihr nicht so wichtig war, wie er es sein sollte. Auch wenn sie morgen früh arbeiten musste, hätte sie die Nacht trotzdem mit ihm verbringen können.

Es ging ihm sehr gut, als er auf dem Hotelbett lag und überzeugt davon war, genau das Richtige getan zu haben. Ein für alle Mal hatte er ihr klargemacht, dass sie nicht mit ihm umspringen konnte, wie es ihr gerade einfiel! Und dass sie sich in Acht nehmen musste vor ihm! Dafür nahm er gerne in Kauf, dass er sie erst im Januar wiedersehen würde. Was ihm besonders wichtig war, war, dass sie zornig und verunsichert mit Tränen in ihren wunderschönen Augen das Hotel verlassen hatte. Mit Sicherheit würde sie ihn über Weihnachten nicht vergessen und vor allem hoffte er, dass sie die Zeit ohne ihn nicht genießen konnte. Er war überzeugt davon, dass sie keine schöne Weihnachtszeit verleben würde – ohne ihn!

Ziel erreicht! Sie wird die ganze Zeit nur an mich denken!

*

Valeria war empört und fassungslos darüber, wie er mit ihr umgegangen war. Sie fühlte sich zutiefst beschämt und gekränkt. Er hatte sie aufgefordert zu gehen und ihr deutlich zu verstehen gegeben, dass er sie für eine Schlampe hielt.

„Janina, bitte ruf mich zurück." Sie musste sich unbedingt ihrer Freundin anvertrauen.

„Ben, es tut mir leid, aber ich habe schlimme Kopfschmerzen. Verschieben wir unser Treffen auf morgen, okay?", schrieb sie ihrem Freund. In der Stimmung, in der sie war, konnte sie unmöglich mit ihm den Abend verbringen.

„Oh Shit, wünsche dir gute Besserung. Ich ruf dich morgen an! Lieb dich", kam von ihm postwendend zurück.

Hoffentlich rief ihre Freundin bald an.

Als sie in ihrem Appartement angekommen war, überlegte sie, Evan eine wütende Nachricht zu schreiben. Aber nein, sie würde sich daran halten – er hatte ihr klargemacht, dass er von ihr nichts wissen wollte in den kommenden Wochen.

Was bildet der sich ein, dieses Arschloch!

Aufgewühlt wie sie war, schrieb sie Janina:
„Bitte melde dich, sobald du das liest!" Mit einem Becher heißen Glühwein legte sie sich frierend auf ihr Sofa und wartete auf Janina. Endlich klingelte ihr Handy.
„Janina, danke, dass du dich meldest!"
„Was ist los, Süße? Du bist ja völlig aufgelöst."
„Ich muss dir was erzählen ..."

Janina hörte schweigend zu, während Valeria aufgebracht berichtete, wie sich Evan verhalten hatte.
„... und dann hat er gesagt, ich soll gehen! Er hat mich rausgeworfen."

„Schade, dass du nicht wenigstens das Geschenk mitgenommen hast. Der lässt sich bestimmt nicht lumpen. Wahrscheinlich ein sauteurer Ring mit Diamanten oder so", meinte Janina ironisch.
„Ich hätte ihm sein Scheißgeschenk in sein selbstgefälliges Gesicht werfen sollen!"
„Ja, das hättest du tun sollen! Weißt du, was ich glaube?"
„Hmm?"
„Ich glaube, der wollte dich fertigmachen, damit er dir Weihnachten versauen kann. Aus Eifersucht! Und das hat er ja auch geschafft. Ziel erreicht: Immerhin hast du Ben für heute Abend bereits abgesagt." Valeria schwieg.

„Wie ich dich kenne, lässt dir das jetzt keine Ruhe mehr und du willst das sicher am liebsten sofort mit ihm klären, stimmt's? Mach bloß nicht den Fehler und fall auf seine Masche rein! Melde dich ja nicht bei ihm! Lass ihn auflaufen!", beschwor Janina ihre Freundin.

„Du kennst mich gut, Maus", gab Valeria zu. „Am liebsten würde ich hinfahren und ihn zur Rede stellen. Und ich würde ihm eine schmieren, damit ihm sein arrogantes Grinsen vergeht. Ich kann dir gar nicht sagen, wie sehr ich ihn hasse!", redete sie sich aufgebracht in Rage.

„Du liebst ihn", stellte Janina fest.
Valeria begann zu schluchzen.
„Ach, Süße, es tut mir so leid. Jetzt heul ich auch gleich. Soll ich zu dir kommen?", fragte Janina mitfühlend.

„Das musst du nicht. Danke, Jani", weinte sie. „Ich gehe dann ins Bett."

„Okay. Aber versprich mir, dass du dich nicht bei dem meldest! Das ist nämlich seine schlimmste Strafe, glaub mir! Wenn der Typ keinen Kontakt mit dir hat, dreht der durch."
„Ich bin so froh, dass es dich gibt!", sagte Valeria dankbar.

„Was glaubst du, wie froh ich erst bin, dass es mich gibt", lachte Janina und Valeria lachte unter Tränen mit.
„Du hast mir sehr geholfen. Jetzt geht's mir besser. Ciao, Jani."
„Ciao, Süße. Und lass dich von dem ja nicht unterkriegen!" Das Gespräch mit ihrer Freundin hatte sie beruhigt.

Janina hatte recht. Das war die einzige Erklärung, warum er sich so verletzend ihr gegenüber verhalten hatte: Er wollte ihr die Zeit mit Ben kaputtmachen! Für heute war ihm das zwar gelungen, aber sie würde sich ihren Urlaub mit ihrem Freund von ihm nicht zerstören lassen.

Jetzt erst recht! Du wirst dich noch wundern, schwor sie sich.

Wenn er unfair zu ihr war, würde sie es auch zu ihm sein. Von Anfang an hatte sie mit offenen Karten gespielt, kein einziges Mal hatte sie ihn belogen. Aber nun war es vorbei mit ihrer Gutmütigkeit, wenn er zu derartigen Mitteln griff, um sie zu beschämen, musste er mit Konsequenzen rechnen, die <u>ihn</u> verletzen würden.

Ständig hatte er von Liebe geredet …

Wenn das seine Vorstellung von Liebe war, dann wollte sie nicht wissen, wie es sein würde, wenn Evan hasste …

„Fröhliche" Weihnachten

Es war schon eine Woche her, dass sie im Streit auseinandergegangen waren. Evan war sich sicher gewesen, dass sie sich bei ihm irgendwann melden würde, zornig oder verletzt, egal, Hauptsache, irgendeine Reaktion. Dass sie ihn zur Rede stellen würde, warum er sie so beleidigt hatte, irgendetwas ... aber nichts war geschehen.

Das hatte er nicht erwartet.

Im Lauf dieser Woche hatte er nur einmal ihre WhatsApp Nachrichten gecheckt, aber es war nur belangloses Blabla gewesen, was sie mit verschiedenen Leuten geschrieben hatte, nichts, was ihn weitergebracht oder interessiert hätte. Von ihm hatte sie kein Wort verlauten lassen, nicht einmal zu ihrer besten Freundin. Wenn es nicht unmöglich gewesen wäre, hätte er angenommen, dass sie ahnte, dass er ihren Account kontrollierte. Aber wie sollte sie das wissen?

Die Feiertage zogen an ihm vorbei wie ein Film, in dem er nur eine Statistenrolle spielte. Seinen Kindern zuliebe riss er sich zusammen und tat so, als würde er sich an dem idiotischen Getue erfreuen. Julia hatte sich wieder einmal selbst übertroffen, was den immensen Geschenkeberg unter dem Weihnachtsbaum und das Festessen betraf.

Letztes Jahr war er noch genervt davon gewesen, dass sie derart übertrieben hatte mit den viel zu vielen Geschenken für jeden Einzelnen von ihnen. Dieses Jahr waren es sogar noch mehr, aber es war ihm nicht mehr wichtig, noch ein Wort darüber zu verlieren.

Auch er wurde wieder überhäuft mit Julias liebevoll verpackten Päckchen, die vollgestopft mit teurem Rasierwasser, einer Strickjacke, drei Oberhemden, goldenen Manschettenknöpfen und anderen nichtsnutzigen Kleinigkeiten waren. Am allerschlimmsten fand er, wenn sie ihm kitschige Liebesbeweise wie Schokoladen- oder Lebkuchenherzen mit glänzenden Augen überreichte.

Ihr hatte er einen Fotoband über Italien unter den Baum gelegt. Seit Jahren schon wollte Julia „einmal nach Venedig reisen". Bis heute war sie nicht da gewesen und würde mit ihm auch nicht mehr dorthin reisen, das wusste sie bloß noch nicht.

„Oh, Evan, danke. Vielleicht schaffen wir es nächstes Jahr doch endlich einmal, nach Venedig zu fahren?"

Er überhörte das und gab keine Antwort. Dieses Buch hatte er ihr nur geschenkt, weil es ihm ein Kunde, der in Italien in Immobilien investiert hatte, als Dankeschön in sein Büro geschickt hatte. Zuerst wollte er es seiner Sekretärin als Weihnachtsgeschenk überreichen, aber das wäre zu profan für sie gewesen. Zum Glück hatte er eine bessere Idee gehabt, was er Mrs Short schenken konnte.

Als seine Schwiegereltern am zweiten Weihnachtsfeiertag zu Besuch kamen, war er erleichtert, denn sie lockerten die angespannte Atmosphäre zwischen Julia und ihm mit ihrer herzlichen Art sehr auf. Nach wie vor war die Stimmung im Hause Maglin bedrückend, auch wenn sie sich noch so bemühten, konnten sie nicht gänzlich verbergen, dass es zwischen ihnen massive Probleme gab.

Evan unterhielt sich wie immer mit seinem Schwiegervater über allgemeine Themen und Aktien, während Julia mit ihrer Mutter und den Zwillingen spazieren ging.

Die Gedanken an Valeria versuchte er, weitestgehend zu vermeiden. Ihm war durchaus bewusst, würde er sich Gedanken darüber machen, was sie gerade tat und vor allem mit wem, wäre Weihnachten für ihn und seine Familie gelaufen. Wenn er etwas beherrschte, dann war es, sich selbst zu disziplinieren und seine Gedanken zu kontrollieren. Er hatte sich vorgenommen, die Feiertage mit seiner Familie so harmonisch wie möglich zu gestalten und das setzte er so gut es ging um. Schließlich war es das letzte Weihnachtsfest, das er mit ihnen verbringen würde.

Zwischen den Jahren war er stundenweise in seinem Büro in der Stadt. Mrs Short hatte natürlich Urlaub. Zu Weihnachten hatte er ihr ein Wochenende in einem Wellnesshotel geschenkt.

„Mr Maglin, sind Sie verrückt? So ein teures Geschenk!", waren ihre ersten Worte gewesen, als sie ihn gleich nach den Feiertagen angerufen hatte.

„Lassen Sie mir doch die Freude! Sie sind unbezahlbar, und vor allem sollen Sie etwas für Ihre Gesundheit und Ihr Wohlbefinden tun, damit Sie mir noch lange erhalten bleiben."
„Ach so, dann war dieses Geschenk also bloßer Egoismus von Ihnen!", stellte sie fest.
„Ja, natürlich! Was dachten Sie denn?", antwortete er belustigt.

„Na gut, dann kann ich damit leben, wenn es nicht darum geht, mir eine Freude zu machen", erwiderte sie schmunzelnd.

„Wo denken Sie hin? Es geht um rein geschäftliche Belange!"

„Alles klar, mein Lieber, dann wünsche ich Ihnen und Ihrer Familie noch schöne Tage", verabschiedete sie sich.

Der Bürokomplex war an diesen Tagen wie ausgestorben. Eigentlich hatte er nichts Wichtiges zu tun. Ihm fiel die Decke zu Hause auf den Kopf. Julia nervte ihn mit ihrer aufgesetzten Fröhlichkeit, mit der sie versuchte, die Probleme einfach wegzulachen. Auch wenn er geplant hatte, Zeit mit der Familie zu verbringen, fiel es ihm schwerer als gedacht, das auch umzusetzen. Die Zwillinge legten keinen Wert mehr auf trautes Familienleben, sondern verbrachten ihre Freizeit, sehr zu Julias Leidwesen, lieber mit Computerspielen oder mit Freunden.

Silvester feierten Julia und er wie gewöhnlich im Kreise ihrer Freunde und Bekannten in einem Lokal, das sie wie jedes Jahr angemietet hatten.

The same procedure as every year ...
Punkt zwölf Uhr dachte er an Valeria mit einer Mischung aus Sehnsucht und beißender Eifersucht.

Wahrscheinlich hängt sie gerade an ihrem Typen dran.
Vielleicht sollte er ihr schreiben und ihr ein gutes neues Jahr wünschen? Insgeheim hoffte er, sie würde sich melden. Bis drei Uhr morgens sah er immer wieder auf sein Handy, aber außer Neujahrsglückwünsche von Leuten, die ihn nicht tangierten, kam nichts.

Neujahrsentscheidungen

Es war der fünfte Januar und noch immer hatte er nichts von ihr gehört. Wie konnte er sich so in ihr täuschen? Er war sich sicher gewesen, dass sie es nicht lange aushalten würde, nachdem er sie derart abwertend und arrogant bei ihrem letzten Date behandelt hatte. Seiner Erfahrung nach, wollten fast alle Frauen unangenehme Situationen möglichst schnell klären, vor allem, wenn sie der Annahme waren, was sie für gewöhnlich sehr schnell waren, dass sie etwas falsch gemacht hatten. Es war ein perfektes Handling, Schuldgefühle und ein schlechtes Gewissen möglichst subtil einzuimpfen, um Frauen zu manipulieren und kleinzukriegen. Zumindest hatte das bisher gut funktioniert, bei Valeria aber offensichtlich nicht, wie er mit einer Mischung aus Unglauben und Beunruhigung feststellen musste.

Von seiner selbstgerechten Überheblichkeit war im Augenblick nicht mehr viel übrig. Er war verunsichert, was er nun machen sollte, denn sein Plan, dass sie sich meldete, war nicht aufgegangen. Bei ihr war er sogar noch einen Schritt weitergegangen, indem er sie nicht nur zwischen den Zeilen wissen ließ, dass er sie für ein oberflächliches Flittchen hielt.

Auch dass er ihr sein Geschenk völlig lieblos hatte geben wollen, gehörte zum Programm. Hätte sie es unter diesen Umständen tatsächlich genommen, wäre er enttäuscht von ihr gewesen, aber sie hatte Selbstachtung bewiesen. Wie empört sie gewesen war, dass er es überhaupt gewagt hatte, sie mit einem Geschenk beeindrucken zu wollen, obwohl sie davon ausgehen konnte, dass es ein überaus teures Geschenk sein würde – was es auch war. Sie imponierte ihm sehr ...

Er hatte mit ihrem impulsiven Temperament und ihrem Stolz kalkuliert, dass sie es nicht einfach darauf beruhen lassen würde, derart unverschämt von ihm abserviert zu werden, und dass sie ihn postwendend zur Rede stellen würde. Jede Reaktion von ihr wäre ihm recht gewesen. Aber nicht, dass sie sich gar nicht meldete. Sie musste schon längst wieder in der Stadt sein. Bisher hatte er bewusst darauf verzichtet, sich in der Nähe ihrer Wohnung oder ihres Hotels blicken zu lassen.

Innerlich rotierte er und überlegte, was er tun sollte. Inzwischen war er sich mit nichts mehr sicher und wenn er ehrlich war, hatte er große Angst, dass sie ihre Beziehung bereits zu den Akten gelegt hatte. Vielleicht hatte er zu hoch gepokert? Er hatte sie vollkommen unterschätzt!

Was, wenn sie nicht ans Telefon geht, wenn ich anrufe?
Was, wenn sie nicht zurückruft?
Was, wenn sie nicht auf meine Nachrichten reagiert?

Er spielte mit dem Gedanken, sie vor ihrem Hotel oder ihrer Wohnung abzupassen.

Aber dann steh ich da wie ein Trottel! Hab ich das nötig?
Und dann lässt sie mich vielleicht auf offener Straße stehen ...
Bis Mitte Januar wollte er noch abwarten. Damit konnte er gerade noch leben. Er brauchte einen Plan. Die Zeit bis dahin würde er mit seinen Vorhaben füllen. Egal wie es mit Valeria gerade lief, es änderte sich nichts daran, dass sein Entschluss feststand. Nach allem, was er mit ihr erlebt und gefühlt hatte, würde er nie wieder in sein altes Leben zurückkehren können.

Zwar wusste er noch nicht, wie er es anstellen sollte, sie zu treffen, aber da er noch immer für alles eine Lösung gefunden hatte, würde er auch in diesem Fall eine finden – gerade in diesem Fall! Als Erstes hakte er bei der Bank nach, was seinen Immobilienwunsch betraf.

„Gut, dass du anrufst, ich hätte mich die nächsten Tage auch gemeldet. Wir kriegen da etwas rein, was dich interessieren könnte. Eine Galeriewohnung mit fünf Zimmern, grandioser Dachterrasse und Blick über die ganze Stadt, alles vom Feinsten! Ab nächsten Ersten beziehbar.

Für deine Ansprüche perfekt", gab sich sein Bankberater optimistisch.

„Bestens! Wann kann ich sie mir ansehen?"

„Anfang nächster Woche."

„Ich melde mich!"

Wie er seinen langjährigen Berater kannte, konnte er sich auf ihn verlassen und die Wohnung war tatsächlich genau das, was er sich vorstellte. Damit hatte sich dieses Thema zu 99% erledigt. Es war von Vorteil, dass Evan jetzt schon eine Wohnung gefunden hatte, bevor er Valeria wiedersah, denn dann würde sie sehen, dass er seine Planungen auch ohne sie durchzog und dass sein Entschluss, ein neues Leben anzufangen, unwiderruflich feststand. Schließlich hatte sie immer wieder betont, dass sie nicht für das Aus seiner Ehe verantwortlich sein wollte. Als Nächstes musste er seine Familienkutsche loswerden. Bisher war es ihm egal gewesen, was er fuhr, aber dieses Auto wurde ihm und seiner zukünftigen Frau nicht gerecht. Ein grauer nichtssagender Familienvan, der zwar praktisch und sparsam war, aber das waren keine Kriterien, die für seinen neuen Lebensabschnitt relevant waren. Jetzt sollte es nur noch um Freiheit, Genuss und Valeria gehen!

Sollte sie doch noch schwanger werden, dann würde man weitersehen. Aber erst einmal musste alles seinen neuen Lebensumständen angepasst werden.

„Maglin, guten Tag. Ich hätte gerne einen Beratungstermin für einen neuen Wagen."
„Gerne, Mr Maglin. An was hatten Sie denn gedacht?"
„An etwas Sportliches in der gehobenen Preisklasse. Ich habe mich bereits bei Ihnen umgesehen."
„Passt Ihnen morgen Nachmittag gegen 16 Uhr?"

„Wunderbar!" Innerhalb einer Stunde hatte er zwei Deals so gut wie abgeschlossen. Der Termin morgen im besten Autohaus der Stadt war reine Formsache, da er genau wusste, was er wollte. Zwischen Weihnachten und Neujahr hatte er sich dort bereits umgesehen und einen Wagen entdeckt, der exakt seinen Vorstellungen entsprach.

Und nun zum dritten Punkt, der um einiges schwieriger zu erledigen war. Das Gespräch mit Julia. Die Rahmenbedingungen für die Aussprache mit ihr mussten stimmen, bisher hatten sie das nicht getan. Es schien ihr wieder besser zu gehen, sie war wie gewöhnlich und redete mit ihm, als wäre nichts gewesen. Die Anspannung war von ihr abgefallen. Er hatte das Gefühl, dass auch sie froh war, dass die Feiertage vorüber waren und nun alles wieder seinen gewohnten Gang ging. Zufällig bekam er mit, wie die Zwillinge für den kommenden Samstag mit ihren Freunden einen Ausflug in einen Indoor-Freizeitpark planten. Sie würden sich schon früh auf den Weg machen, da sich dieser Park in einer anderen Stadt befand.

Perfekt! Besser könnte es nicht laufen. Zuerst muss ich mit ihrer Mutter allein sprechen.

Samstag.
Es war ein grauer, nasskalter Morgen. Seit Tagen regnete es. Evan hatte die vergangene Woche nur deswegen ertragen, weil jede Minute mit Terminen und seinen Planungen ausgefüllt war. Trotzdem hatte er Zeit gefunden, mehrmals auf sein Handy zu sehen, in der Hoffnung, eine Nachricht von Valeria erhalten zu haben. Aber nichts. Heute würde er einen weiteren wichtigen Schritt in Richtung Veränderung gehen, auch wenn sein Vorhaben, mit Julia die Angelegenheit zu besprechen, nicht ganz so spurlos an ihm vorüberging, wie er angenommen hatte.

Am Freitagabend war er zum Tennis mit einem Bekannten gegangen, um sich auszupowern und auf andere Gedanken zu kommen. Wenn alles erledigt war, würde er sich endlich um seine Valeria kümmern und sie zurückerobern. Er hoffte inständig, dass sie sich erobern ließ und zwar mit allen Konsequenzen!

Julia stand am Bügelbrett in der Küche.
„Ich würde gerne mit dir reden", begann er in einem sachlichen Tonfall. Sie lächelte ihn an. „Bügeln ist sowieso langweilig, da können wir uns gerne unterhalten."

„Nein, nicht hier. Bitte komm mit ins Wohnzimmer."
Verunsichert blickte sie auf und zog den Stecker vom Bügeleisen. Er ging ins Wohnzimmer voraus, sie folgte ihm.
„Setz dich bitte."

Sie sah ihn ängstlich an. „Was ist denn los?"
Er räusperte sich. „Um es kurz zu machen: Ich möchte mich scheiden lassen."

Im ersten Moment reagierte sie nicht – als würde sie seine Worte nicht begreifen, doch dann begann sie, am ganzen Körper zu zittern und ihre Augen schimmerten feucht.

„Was?", fragte sie schockiert.

„Ich möchte mich scheiden lassen", wiederholte er geduldig.

„Warum?", fragte sie tonlos.
„Ich habe mich verliebt." Julia starrte ihn an.
„In wen?"
„Du kennst sie nicht. Sie heißt Valeria."

Tränen liefen über ihr blasses Gesicht: „Seit wann?"
„Noch nicht lange. Ich habe sie erst im Oktober kennengelernt. Sie ist eine Kundin."

„Hast du mit ihr geschlafen?"
„Ja." Sie schnappte nach Luft. Sie wand sich, weinte und lachte zugleich. Evan beobachtete sie, wie sie zitternd vor ihm saß.

Hoffentlich dreht sie nicht völlig durch.

„Ich werde bald ausziehen. Ich hoffe, wir können uns soweit einigen."

„Sag mal, spinnst du?", fragte sie plötzlich aufgebracht. „Du erzählst mir aus heiterem Himmel, dass du dich scheiden lassen willst, seit Monaten mit irgendeiner Frau schläfst und dass du ausziehst?"

„Aus heiterem Himmel?", lachte er spöttisch. „Julia, ich bitte dich! Mach dich nicht lächerlich! Wir haben seit Jahren keinen Sex mehr. Wir reden ausschließlich über läppischen Alltagskram. Du kennst mich doch gar nicht! Unsere Ehe ist eine reine Zweckgemeinschaft. Uns verbindet absolut nichts! Außer unsere Kinder."

„So siehst du das?"
„Genauso sehe ich das! Pass auf, ich will keine endlosen Diskussionen, mein Entschluss steht fest! Und wenn du unsere Ehe je anders gesehen hast, dann ist das schön für dich. Dann hat dir zum Glück nie etwas gefehlt."

„Und was hat dir gefehlt?"

„Wo soll ich denn da anfangen? Alles hat mir gefehlt! Und wenn du es wirklich wissen willst: Das, was wir zwei miteinander im Bett erlebt haben, war an Langeweile nicht zu überbieten – jetzt da ich weiß, was an Nähe und Leidenschaft möglich ist." Ehe er sich versah, schnellte Julia aus dem Sessel hoch und gab ihm eine Ohrfeige.
„Wenn es dir jetzt besser geht ...", murmelte er.
Sie wich entsetzt über sich selbst zurück. Wie erstarrt stand sie vor ihm, während er ungerührt in seinem Sessel saß und sie desinteressiert ansah.

„Ich nehme an, sie ist jünger? Ganz nach Klischee?"
„Ja, sie ist jünger. Aber so einfach brauchst du es dir deswegen auch nicht zu machen. Die Verbindung, die ich mit Valeria jetzt schon habe, hatte ich mit dir in all den Jahren nicht. Sie weiß Details aus meinem Leben, die du nicht mal ansatzweise ahnst."

Evan hatte keine Lust mehr, weiterzureden. Seiner Meinung nach war alles gesagt, daher fuhr er versöhnlich fort: „Du bist eine liebe Frau, viel zu gut für mich. Du hast etwas Besseres verdient. Glaub mir, ich tauge absolut nicht für dich. Noch nie!" Sie stand regungslos vor ihm, Tränen liefen über ihr Gesicht.

„Valeria und ich sind wie Seelenzwillinge. Wenn ich in ihre Augen sehe, sehe ich mich selbst."
„Ich wusste gar nicht, dass du so rührselig sein kannst", erwiderte sie zynisch.

„Ich erwarte nicht, dass du das verstehst!"
Er wollte dieses Gespräch endlich zu Ende bringen. Vor allem hatte er keine Lust mehr, weiterhin so zu tun, als gehörte er an diesen Ort. Das Einzige, was er jetzt noch für Julia tun konnte, war, einigermaßen loyal zu bleiben und sie mit seiner Wahrheit nicht in den Boden zu stampfen. Also wollte er sich bemühen, seine Worte mit Vorsicht zu wählen. Er hoffte, dass sie ihn nicht derart provozierte, dass er völlig die Beherrschung verlor.

„Warum willst du gleich alles hinschmeißen? Wir haben es doch schön hier. Wenn es doch nur eine Affäre …", begann sie hoffnungsvoll.

„Es ist keine Affäre!", unterbrach er sie barsch. „Valeria ist die Liebe meines Lebens. Die Frau, auf die ich mein Leben lang gewartet habe. Ich hatte nicht zu hoffen gewagt, dass es so eine Frau überhaupt gibt." Sein Blick verlor sich in der Ferne, er lächelte – nein, er strahlte aus seinem tiefsten Inneren.

Noch nie hatte Julia ihren Mann so sanft und liebevoll gesehen, seine Gesichtszüge waren so ... weich. Sie starrte ihn an – am liebsten hätte sie ihm sein seliges Grinsen aus dem Gesicht geschlagen.

„Wie kannst du nur so brutal sein?"
„Brutal?", lachte er abfällig. „Du weißt doch gar nicht, was brutal ist. Du bist in deiner heilen Disney Welt aufgewachsen, in der Mama und Papa alles für das verwöhnte Töchterchen getan haben. Und dann kam auch noch der tolle Evan, der der Prinzessin ebenfalls ein angenehmes und bequemes Leben ermöglicht hat. Auf Rosen gebettet, ihr ganzes Leben lang. Nur das Beste für die Tochter aus gutem Hause."

Julia sah ihren Mann erschüttert an – sie wusste nicht, wer dieser Mensch dort war. Ihre Tränen waren versiegt und ihre Kehle wie zugeschnürt. Sie fühlte nichts mehr. Eisige Kälte erfasste jede Faser ihres Körpers. „Du hast mich nie geliebt", stellte sie fest. „Du verachtest mich."

„Nein, Julia, ich habe dich nicht geliebt", erwiderte er und drückte seine Zigarette aus. „Ich denke, das ist jetzt keine große Überraschung für dich, oder? Das wusstest du doch die ganzen Jahre, oder etwa nicht?" Er erwartete keine Antwort auf diese Fragen. „Aber, nein, keine Sorge, ich verachte dich nicht. Du warst nur nicht die richtige Frau für mich." Sie sank auf den Boden, ihre Beine sackten weg, sie fiel in sich zusammen. Dort kauerte sie, das Gesicht in ihren Händen vergraben. Ihr Entsetzen fand keinen Ankerplatz, sie hatte so viele Jahre mit diesem Mann unter einem Dach gelebt. Alles war eine Lüge gewesen.

Ihr ganzes Leben, eine einzige Lüge.

Sie hatte Kinder mit einem Fremden.

„Julia, ich mag dich. Wir hatten ein angenehmes Leben zusammen. Aber es hat mir nie gereicht. Wenn dir das gereicht hat, bitte ... aber ich war auf der Suche nach ..."

Er brach ab, er hatte keine Lust, sich noch mehr zu erklären. „Wir müssen uns dann zusammensetzen, wie wir alles regeln, die Scheidung, meine ich."

Er war mit allem fertig, mit ihr, mit den Kindern und ihrem Zuhause. „Wer bist du?", fragte sie leise.

„Wer ich bin, fragst du? Genau das werde ich jetzt versuchen, herauszufinden."

Er zündete sich die nächste Zigarette an.

„Was ist das für eine Frau?", wollte sie wissen. Er lächelte so warmherzig, dass Julia von einer Welle Übelkeit erfasst wurde. Wenn sie noch einen Funken Hoffnung gehabt hatte, ihn doch noch zurückgewinnen zu können, so wusste sie in diesem Moment, dass es keine Chance mehr gab. Es war vorbei! Sie hatte ihn verloren ... sie hatte ihn nie besessen. Sein Herz und seine Seele waren in all den Jahren gefühllos und unbeteiligt geblieben, aber das wurde ihr erst jetzt mit gnadenloser Gewissheit klar.

„Valeria ist ein Fabelwesen. Ein Wesen von einem anderen Stern. Sie ist absolut unglaublich!", schwärmte er.

„Mach dich doch nicht lächerlich! Ein Fabelwesen! Dass ich nicht lache! Hat sie dir einen geblasen, du Scheißkerl?! Hat sie dich um deinen Verstand gebumst?", schrie sie ihren Schmerz heraus. Noch nie hatte sie derartige Worte benutzt. Ihre Ohnmacht brachte sie fast um. Am liebsten hätte sie auf ihn eingeprügelt. Keine Sekunde länger ertrug sie seinen glücklichen Gesichtsausdruck ...

Abschätzig sah er sie an.
„Glaubst du tatsächlich, dass das nur eine simple Sexgeschichte ist? Erst jetzt weiß ich, dass Sex nicht einfach nur Sex ist, sondern eine göttliche Erfahrung sein kann. Verschmelzung, eins werden, sich auflösen im anderen ... das ist Liebe!"

Seine Worte waren unerträglich. Wenn Julia sich nur hätte einbilden können, dass er ihr damit nur wehtun wollte, wäre es nicht so grausam gewesen, als zu wissen, dass sie ihm gleichgültig war. Und er hatte recht: Es war immer in Ordnung für sie gewesen, dass sie gut miteinander ausgekommen waren und ja, sie war zufrieden mit ihrem Leben. Mehr hatte sie nie gewollt. Jetzt wusste sie, warum er scheinbar nicht viel Wert auf Sex gelegt hatte: Er hatte keine Lust auf sie gehabt ... Ab und zu hatten sie nach der Geburt der Kinder miteinander geschlafen, aber es fühlte sich eher mühsam und mechanisch als lustvoll an.

Evan sah sie nachdenklich an.
„Ich wünsche dir, dass du einen Mann findest, der dich so liebt, wie du es verdient hast."

Julia drehte sich um und verließ das Wohnzimmer.

Er war erleichtert, endlich war er frei – frei für Valeria und ein Leben mit ihr. Er drückte die Zigarette aus, verließ ebenfalls das Wohnzimmer und ging in sein Homeoffice, um auf sein Handy zu sehen, ob sie endlich geschrieben hatte.

„Du gehst?", fragte er teilnahmslos, als er Julia im Schlafzimmer eine Reisetasche packen sah. Sie gab keine Antwort. Er zuckte mit den Schultern, ging zurück ins Wohnzimmer, schaltete den Fernseher ein und sah sich die Nachrichten an. Als er die Haustür ins Schloss fallen hörte, atmete er auf. Jetzt mussten nur noch die Formalitäten geklärt werden und dann war diese Farce vorbei. Endlich musste er nicht mehr für andere sorgen und funktionieren wie ein Roboter, der er sein Leben lang gewesen war, bevor Valeria kam.

Diese Zeiten waren endgültig vorbei!

Lange genug war er für die Familie dagewesen. Die Kinder waren alt genug, um ohne ihn klarzukommen. Er sah es als seinen alleinigen Verdienst, dass die Zwillinge eine glückliche Kindheit erleben durften, dass sie im Wohlstand lebten und keine Angst vor Gewalt und Missbrauch haben mussten. Ihn hatte niemand beschützt, aber seine Kinder standen unter seinem Schutz und das würde auch immer so bleiben, ob er hier nun wohnte oder nicht.

Kontakt

Julia war am Sonntagabend zurückgekehrt und gleich in ihrem Schlafzimmer verschwunden. Er wusste nicht, wo sie die Nacht verbracht hatte, vielleicht bei ihren Eltern oder einer Freundin, aber es war ja auch egal. Die Kinder waren von ihrem Ausflug erst spät zurückgekommen, als er bereits im Bett gelegen hatte. Da sie eine kleine Küche in ihrer Wohnung hatten, versorgten sie sich mittlerweile immer öfter selbst. Es war ihm sehr recht gewesen, dass Anna und Phil den ganzen Sonntag in ihrer Wohnung geblieben waren. Wären sie heruntergekommen, hätten sie erstens festgestellt, dass ihre Mutter nicht da war, was zweitens dafür gesorgt hätte, dass er auch mit ihnen hätte reden müssen. Vor der Reaktion seiner Kinder hatte er mehr Respekt, als er dachte, und so war er froh, dass er für diese Aussprache noch einen Aufschub hatte. Er hoffte auf ihr Verständnis und darauf, dass es ihnen nicht mehr wichtig war, ob ihre Eltern zusammen waren oder nicht, schließlich waren sie fast erwachsen und würden bald die Schule beenden.

Alles war geregelt, was er sich vorgenommen hatte.

Nun fehlte nur noch Valeria ...

Verdammt, ich halte es kaum noch aus.

Seit Wochen hatte er nichts mehr von ihr gehört. Eigentlich wollte er noch bis morgen warten, aber er hatte das Gefühl, dass er in dieser Nacht nicht zur Ruhe käme, wenn er sich nicht bei ihr melden würde. Mit einem Mal breitete sich in seinem Inneren eine unerträgliche Unruhe aus.

Er hatte einen Stein im Magen und ihm war übel. Er musste sofort irgendetwas tun, damit sich dieser Druck löste.

„Hallo Valeria, wie geht es dir?", schrieb er daher.

Mit Herzklopfen schickte er die Nachricht ab. Das war zwar nicht besonders originell, was er da von sich gab, aber mehr ging noch nicht. Zu lange war es her, dass sie Kontakt miteinander gehabt hatten. Plötzlich erfasste ihn Panik und seine Gedanken rotierten.

Was, wenn sie es nicht liest ... nicht zurückschreibt ... mir mitteilt, dass es aus ist ...

Er wünschte, er hätte ihr nicht geschrieben! Minütlich sah er auf sein Handy, ob sich die Häkchen von WhatsApp endlich blau färbten ... Nach einer Stunde hatte sie es immer noch nicht gelesen. Er zwang sich, das Handy wegzulegen, in der Hoffnung, dass es endlich vibrieren würde.

Es war bereits nach Mitternacht, als er noch immer im Dunkeln am Schreibtisch saß, unfähig, irgendetwas Sinnvolles zu tun. Wartend, hoffend, wartend ... mit einem flauen Gefühl im Magen. Ein letztes Mal sah er auf sein Telefon. Vor zehn Minuten hatte sie es gelesen ... und nicht zurückgeschrieben. Sie war schon wieder offline. Er hatte das Gefühl, den Druck in seinem Herzen nicht mehr ertragen zu können. Wie gelähmt stand er auf, legte sich auf die Couch und starrte in die Dunkelheit.

*

Valeria las Evans Nachricht.

Nun hatte er sich also gemeldet. Sie hatte viel eher damit gerechnet, gleich nach Neujahr spätestens. Was sollte sie ihm schon antworten, auf dieses banale ‚Wie geht es dir?'?

Sie hatte keine schöne Zeit über Weihnachten gehabt. Die Wochen ohne Evan hatten ihr nicht die Klarheit gebracht, die sie sich gewünscht hätte. Ben hatte sie im Urlaub gefragt:
„Warum bist du so still? So kenne ich dich gar nicht!"

„Es ist nichts. Es war nur sehr stressig in der Arbeit vorm Urlaub. Ich bin einfach erschöpft", log sie.

„Das wird schon wieder. Wenn du ein paar Tage Snowboard gefahren bist, bist du ein neuer Mensch", antwortete er arglos und war auch schon wieder bei seinem nächsten Thema: „Was machen wir heute Abend? Im „Maxi" spielt eine Band. Wie wär's?"

Sie nickte, obwohl sie keine Lust hatte.
Aber sie wollte ihren Freund nicht enttäuschen und ihm den Weihnachtsurlaub verderben. Die meiste Zeit fühlte sie sich lustlos und unruhig. Immer wieder dachte sie an Evan mit einer Mischung aus Sehnsucht und Wut. Sie konnte ihm nicht verzeihen, wie er sie behandelt hatte. Deshalb fiel es ihr leicht, ihm nicht zu schreiben. Nur wenn sie über die Pisten wedelte, fühlte sie sich frei und unbeschwert.

An ihrem letzten Urlaubstag wollte Ben mit seinen Freunden eine Bergtour machen, die für Frauen zu anspruchsvoll sei, wie er meinte.

Valeria hatte endlich einen ganzen Tag für sich allein.

Obwohl es stark schneite, stapfte sie durch den Schnee den langen Weg in die Stadt. Bens Elternhaus lag weit außerhalb der Stadt auf einer Anhöhe, die im Winter des Öfteren eingeschneit war, so auch heute. Mit ihrem Auto wäre an diesem Nachmittag kein Fortkommen mehr möglich gewesen. Sie wollte durch die Geschäfte schlendern und in einem Café eine Kleinigkeit essen. Vielleicht fand sie auch Geschenke für Janina und Lily.

In einer kleinen Gasse blieb sie vor einem weihnachtlich geschmückten Geschenkeladen stehen und sah sich das liebevoll dekorierte Schaufenster an. Als sie den Laden betrat, ertönte eine altertümliche Glocke über der Tür. Ein süßer zimtartiger Duft empfing sie, aber es war niemand im Laden, außer einer weißen Katze, die auf dem Fensterbrett schlief. Valeria sah sich ein wenig um und entdeckte in einem Regal ein schwarz glänzendes, sehr edel wirkendes Buch, das goldene Verzierungen an den Rändern hatte. Mit Ehrfurcht nahm sie es aus dem Regal und blätterte vorsichtig die leeren Seiten durch. Zarte goldene Ornamente zierten das schneeweiße Papier. Es war ein Tagebuch.

„Eine gute Wahl, junge Dame." Ein alter Herr stand hinter der Ladentheke und lächelte sie an. Überrascht sah sie auf. Sie hatte ihn gar nicht kommen gehört. „Ich glaube, dieses Buch hat all die Jahre hier auf Sie gewartet."
„Meinen Sie?"
Sie war berührt von der warmherzigen Atmosphäre, die in diesem zauberhaften Laden herrschte. Der Ladenbesitzer wirkte, als käme er aus einer anderen Epoche. Er hatte etwas Besonderes an sich, nicht nur wegen seiner altmodischen, aber gepflegten Kleidung, die er trug.

„Ich nehme es!", sagte sie und gab es ihm.
„Schön. Das freut mich sehr! Ich glaube, dass Sie durch dieses Buch die Antworten finden werden, die Sie suchen", versicherte er ihr geheimnisvoll, als er es in Seidenpapier wickelte.

„Wie meinen Sie das?"
„Bitte verzeihen Sie mir, aber ich sehe, dass Sie sehr unglücklich sind." Valeria schossen Tränen in die Augen, als sie das verpackte Buch in Empfang nahm und bezahlen wollte.

„Nein, nein, bitte machen Sie mir die Freude und lassen Sie mich es Ihnen schenken", bat er sie. „Es wäre nicht richtig, glauben Sie mir. Es soll ein Geschenk an Sie sein."
„Wirklich?" Erstaunt sah sie ihn an. Der alte Herr nickte lächelnd.

„Ich danke Ihnen! Ich hoffe, Sie haben recht, dass ich Antworten finde werde ...", sagte sie traurig.
„Ich wünsche Ihnen alles Gute."

Valeria verließ das kleine Geschäft und hatte plötzlich das Gefühl, als hätte ihre Großmutter sie genau an diesen Ort geführt. Als hätte dieser alte Mann im Auftrag von Hilde zu ihr gesprochen. Sie hatte das Bedürfnis, in dieses Buch zu schreiben ... Eilig ging sie durch den dichten Schneefall zurück in das Haus von Bens Eltern, in dem er ein eigenes Appartement mit Wintergarten besaß. Valeria setzte sich auf das Sofa im Wintergarten und hatte das Gefühl, als säße sie warm und geborgen mitten im Schnee. Sie zündete eine Kerze an und fing zu schreiben an:

„Ich weiß nicht, was ich tun soll! Noch nie in meinem Leben war ich so zerrissen und hilflos. Ich liebe Ben! Seine Unbekümmertheit, seine Spontanität und Lebenslust. Er ist mein bester Freund! Bei ihm weiß ich, woran ich bin. Mit ihm will ich den Rest meines Lebens verbringen!
Wollte ich ...

Und jetzt?

Warum ist mir Evan begegnet?
Ich verstehe überhaupt nichts mehr ...
Es ist, als würde mein Herz bluten.
Mit Evan ist es wie im Drogenrausch. Seine Dominanz, sein Wille, mich zu unterwerfen. Das turnt mich total an.
Ich bin süchtig nach seinen Berührungen, seinem Blick, seinen Küssen ... Der Sex mit ihm ist der pure Wahnsinn.
So fordernd und bestimmend wie er ist, fühle ich mich aber manchmal wie ein unbedarftes Mädchen. Ich bin mir selbst fremd, weil ich es sexy finde, dass er so dominant ist.

Genau das fasziniert mich. Aber warum???
Ich fühle mich in seiner Gegenwart oft sehr angespannt und bin auf der Hut. Von Anfang an gab er mir das Gefühl, seine Königin zu sein. Er hat keine andere Frau vor mir geliebt, hat er gesagt, und ich glaube ihm. Das sagt er mir auch oft genug. Manchmal scheint es wie sein Mantra zu sein, dass ich ja nicht vergesse, was ich für ein Glück habe, dass ausgerechnet er mich liebt. Je vertrauter wir werden, desto mehr zieht er die Zügel an und desto beherrschender wird er. Er hört mir zu, ich kann ihm alles anvertrauen.

Er weiß jetzt schon Sachen über mich, die niemand anderes weiß. Was mich so sehr verunsichert, sind meine widersprüchlichen Gefühle von Unentschlossenheit und Zaghaftigkeit. Seine belehrende Art degradiert mich.

Ich darf gar nicht daran denken, wie er mich behandelt hat.
Er hat mich wie den letzten Dreck hingestellt.
Warum will ich ihn trotzdem wiedersehen?
Habe ich keine Selbstachtung mehr im Leib?
Was ist bloß los mit mir?
Das bin nicht ich!

„Nur unsere Haut trennt uns noch voneinander", hat er einmal gesagt. „Am liebsten möchte ich in dich eintauchen, dein Blut mit meinem vermischen." Ich habe damals nur gelacht und fühlte mich total geliebt. Aber inzwischen macht er mir Angst. Ich weiß, dass er mich am liebsten einsperren würde ...
in einen goldenen Käfig. Er würde mir die Luft zum Atmen nehmen.

Trotzdem werde ich mich wieder mit ihm treffen, obwohl ich weiß, dass es mit ihm keine Zukunft gibt. Ich habe solche Sehnsucht nach ihm, ich will ihn endlich wieder fühlen!
Und ich muss noch etwas von ihm wissen ..."

Valeria klappte das Buch zu. Evan und sie waren wie zwei chemische Substanzen, die zusammen ein hochexplosives, toxisches Gemisch ergaben. Es war, als würden sie miteinander unaufhaltsam in ihr Verderben rennen, wie ein Sog, der sie unausweichlich in den Abgrund führte, ohne dass sie Einfluss darauf nehmen konnten.

„Sei vorsichtig! Achte auf die Warnungen!"

Valeria schreckte hoch. Sie war kurz eingeschlafen. Es war, als hätte ihre Großmutter zu ihr im Traum gesprochen. Eine fast unwirkliche Angst nahm plötzlich Besitz von ihr.

Oh, Granny, ich brauche dich so sehr!

Weinend fiel sie in einen tiefen Schlaf.

Annäherung

Es war vier Uhr morgens. Evan war aus einem unruhigen Schlaf erwacht. Sofort sah er wieder auf sein Handy – nichts. Ihm war übel, er schwitzte, er fühlte sich grauenvoll. In zwei Stunden musste er aufstehen, bis dahin würde er sowieso keinen Schlaf mehr finden. Also stand er gleich auf und ging in die Küche. Irgendetwas brauchte er für seinen Magen. In Julias Arzneischrank fand er Tabletten und Tee. Der Tag der Entscheidung war gekommen. Heute würde er alle Hebel in Bewegung setzen, um Valeria zu erreichen.

„Sie sehen ja furchtbar aus!", begrüßte ihn Mrs Short erschrocken, als er das Vorzimmer betrat.

„Guten Morgen. Mir geht's auch nicht besonders. Der Magen."

„Sie Ärmster, ich mach Ihnen gleich einen schönen Tee."

„Vielen Dank, aber bitte keinen Tee mehr."

„Papperlapapp! Natürlich kriegen Sie einen Tee!" Wenige Minuten später stellte sie ihm eine Tasse Tee und einen Teller mit Zwieback auf den Schreibtisch.

„Wo haben Sie den denn her?", fragte er angewidert.
„Den habe ich immer parat, wenn es hier einer mal wieder am Magen hat. Erst letzte Woche klagte ein Kunde über Magenschmerzen. Er war sehr dankbar für Tee und Zwieback." Er fügte sich und kaute lustlos an einem Stück trockenen Zwieback herum.

Zum Glück lag heute nicht viel an. Morgen konnte er seinen neuen Wagen abholen. Der Deal war innerhalb einer Stunde erledigt gewesen. Dieses Auto musste ihr gefallen! Er nahm sein Handy und tippte eine neue Nachricht an Valeria.
„Was fehlt dir? Warum meldest du dich nicht?"

Darauf musste sie reagieren!

Es dauerte zwei Stunden, bis sie es gelesen hatte und dann noch einmal drei Stunden, bis sie endlich zurückschrieb.
„Meinst du, dass mir gleich etwas fehlt, bloß weil ich nicht antworte? Mir geht's gut, danke!"

„Guten Tag erst einmal! Ich würde dich sehr gerne sehen. Bitte!", schrieb er sofort zurück. Er konnte keine Zeit mehr verlieren. Das dauerte ihm alles schon viel zu lange. Das „Bitte" schob er hinterher. So gereizt wie sie noch immer war, musste er sehr behutsam vorgehen. Wieder dauerte es ewig, bis sie antwortete: „Ehrlich gesagt lege ich keinen Wert darauf, dass wir uns sehen."

Verdammte Scheiße!
Was mache ich jetzt?

„Es tut mir leid, wie ich mich damals verhalten habe. Ich war ein Vollidiot. Bitte verzeih mir!"
Sie las es und reagierte nicht.

Eine Stunde verging, bis sie endlich antwortete:
„Stimmt genau, du bist ein Vollidiot. Ich weiß nicht, ob ich dir einfach so verzeihen will."
Okay, sie lenkte ein. Jetzt ging es ihm besser.

„Ich bin morgen Abend in deiner Nähe, weil ich mein neues Auto abhole. Ich komme bei dir vorbei. Wenn du Dienstschluss hast, warte ich vor dem Eingang."
Es war nach Mitternacht, als sie zurückschrieb: „Okay."
Jetzt würde alles so laufen, wie er sich das vorstellte!
Jetzt war es ein Leichtes, sie zu überzeugen!

Pünktlich stand er am nächsten Abend mit dem weißen Mustang vor ihrem Hotel. Er war aufgeregt wie ein Schuljunge, sie endlich wiederzusehen. Hoffentlich gefiel ihr das Auto. Endlich kam sie die Treppe herunter. Er ließ sie nicht aus den Augen, als sie auf ihn zuging.

„Hi", begrüßte sie ihn knapp und warf einen Blick auf den Wagen.
„Gefällt er dir?"
„Ja, ganz schön."

„Ganz schön" – tolle Formulierung …
Er war sehr enttäuscht, dass sie derart desinteressiert war, schließlich sollte das auch ihr Wagen sein, aber er wollte sich nichts anmerken lassen.
„Ich habe ihn für uns gekauft."

„Du hast ihn für dich gekauft! Nicht für mich, okay?", erwiderte sie kurz angebunden. „Ich habe mein eigenes Auto."
„Steig ein. Wir fahren zu unserem Hotel. Ich möchte dich zum Essen einladen."

„Ich hoffe, du hast kein Zimmer reserviert", erwiderte sie spöttisch.

Es gefiel ihm nicht, wie sie mit ihm redete, aber er musste sich zusammenreißen, denn ihm war klar, dass er sie jederzeit wieder verlieren konnte. Das hatte er in den letzten Wochen schmerzlich zu spüren gekriegt.

Als sie auf dem hoteleigenen Parkplatz einbogen, folgten ihnen die neugierigen Blicke einer Gruppe Geschäftsmänner, was Evan mit Stolz registrierte.

Ich habe alles, was ein Mann sich wünschen kann.
Eine Traumfrau und einen V8.

Das Restaurant war leider nicht besonders gut besucht an diesem Abend. Evan war enttäuscht, hatte er doch gehofft, dass es voll besetzt sein würde und er mit dieser Frau von allen Seiten bewundernde Blicke bekommen würde. Es saß nur ein altes Ehepaar, vertieft in ihre jeweiligen Zeitungen, an einem der Tische.

„Noch einmal möchte ich mich entschuldigen. Ich weiß nicht, was damals in mich gefahren war", gab er sich zerknirscht. Es tat ihm keineswegs leid, aber er musste so tun als ob, um sie von sich zu überzeugen. Leid tat ihm vor allem, dass er sich schon wieder um sie bemühen musste und sie ihn so lange zappeln gelassen hatte.

„Ja, ist schon gut. Wahrscheinlich hast du einfach nur dein wahres Gesicht gezeigt", stellte sie fest und sah ihn provozierend an. Evan erwiderte darauf nichts. Stattdessen überreichte er ihr das rote Päckchen.

Skeptisch betrachtete sie es.

„Denkst du, damit ist alles vergessen, was du gesagt hast? Die Frechheiten, die du mir an den Kopf geworfen hast? Meinst du, dass ich das so schnell beiseiteschieben kann und so tun, als wäre nie etwas vorgefallen?"

„Nein, natürlich nicht, aber mehr als entschuldigen kann ich mich leider nicht und hoffen, dass du mir verzeihst. Bitte nimm mein Geschenk an." Zögernd packte sie es aus. Ein Diamantherz kam zum Vorschein. An ihrem Blick sah er, dass es ihr gefiel, aber ihre Reaktion war nach wie vor verhalten.

„Danke, es ist sehr schön."
Es schien sie aber nicht sonderlich zu beeindrucken.
„Sag mir, was ich tun soll", bat er sie eindringlich.

„Ich weiß es nicht. Ich kann das nicht einfach so vergessen. Mehr kann ich jetzt dazu nicht sagen."

„Okay. Hauptsache, ich darf dich sehen."
Er konnte nicht glauben, dass er so etwas sagte – „darf".

Sie bestellten das „Menü für Zwei", bevor er weitersprach:
„In meinem Leben hat sich in der Zwischenzeit viel getan." Er wartete auf eine Reaktion von ihr, aber sie sah ihn nur mit einem desinteressierten Blick an.
„Das Auto hast du ja schon gesehen. Unser Auto ..."
Unwillig schüttelte sie den Kopf, sagte aber nichts.
„Morgen sehe ich mir eine Wohnung an. Möchtest du mitkommen?"

„Nein, es ist deine Wohnung."

„Mach es mir doch nicht so schwer", bat er.

„Ich will es dir nicht schwermachen, aber ich kann nicht anders. Es sind deine Entscheidungen. Ich habe dich nicht darum gebeten!"

„Ja, du hast recht. Entschuldige. Ich habe auch mit Julia geredet. Sie weiß Bescheid, dass ich mich trennen werde."

„Du hast echt ganze Arbeit geleistet in diesen Wochen. Wahnsinn." Erstaunt sah sie ihn an.

„Du bist mein Wahnsinn", erwiderte er ernst.

„Bitte lass uns endlich normal miteinander reden, okay? Mein Bedarf an Dramen und deinen Liebesbeteuerungen ist mehr als gedeckt", gab sie zur Antwort und sah verstohlen auf ihre Armbanduhr. Er verstand den Wink.
„Wie du willst", gab er sich geschlagen.
Während des Essens erzählte sie von ihrem Urlaub, was für ihn schwer erträglich war, obwohl sie ihren Freund nicht einmal erwähnte, nur dass sie ausgiebig Snowboard gefahren war. „Da konnte ich endlich einmal richtig abschalten!" Sie erzählte ihm auch, dass sie dieses besondere Tagebuch gefunden hatte und was sie in diesem Laden mit dem Besitzer erlebt hatte.

„Ich würde gerne lesen, was du da alles reingeschrieben hast."
„Das kann ich mir vorstellen", lachte sie. „Das wirst du nie zu lesen bekommen. Das schwöre ich dir!"
Endlich taute sie auf!

„Meine Eiskönigin", sagte er unwillkürlich und hätte sie so gerne geküsst. „Niemand braucht dich so wie ich!" Verständnislos sah sie ihn an.

„Es geht nicht, oder? Es geht nicht, dass wir uns nur unterhalten, wie andere Leute das auch tun. Das ist mir zu stressig …"

„Ich bring dich nach Hause", sagte er, als sie gähnte.
„Gute Idee. Ich bin wirklich sehr müde."

„Wann sehe ich dich wieder?", fragte er vor ihrer Wohnung.
„Weiß nicht. Vielleicht am Samstag."
„Ich rufe dich an!", erwiderte er.
„Das weiß ich. Gute Nacht."
„Keinen Kuss?"
„Nein, soweit bin ich noch nicht", erwiderte sie.
„Gute Nacht, Valeria."

Sie stieg aus und er sah ihr nach, bis sie im Hofeingang verschwunden war. Wenn er ehrlich war, gefiel ihm das sogar, wie sie sich gegen ihn zur Wehr setzte, allerdings nur bis zu einem gewissen Grad. Was ihm weniger gefiel, war, dass sie kein Interesse an seiner Wohnung zeigte, die er sich nun alleine ansehen musste. Das missfiel ihm sehr.

Aussprachen

Die Wohnung war perfekt! Absolut ideal für ihn und Valeria. Großzügig und hell. Den ganzen Tag Sonne von allen Seiten und auch die Dachterrasse war unübertrefflich. Über den Dächern der Stadt – das, was er sich immer schon gewünscht hatte.

„Na, mein Freund, was sagst du?", fragte sein Banker stolz.
„Ich wusste, dass ich mich auf dich verlassen kann! Grandios!" Evan war begeistert.
„Was hast du denn damit vor?", wollte sein Bankberater wissen.
„Ich werde hier mit meiner Frau einziehen!", antwortete Evan.
„Aber ihr habt doch ein tolles Haus", wunderte der sich.
„Mit meiner zukünftigen Frau", erwiderte Evan amüsiert. Der Banker sah ihn mit großen Augen an.
„Ach so ..." Damit war das Thema erledigt.

Da er mit Julia bereits reinen Tisch gemacht hatte, gab es keinen Grund mehr für Heimlichkeiten.
„Wann kann ich einziehen?", wollte er wissen.
„Im Prinzip sofort."
„Wunderbar! Dann werde ich mich schon mal um die Einrichtung kümmern."

Gleich am Samstag, wenn er Valeria endlich wiedersah, wollte er mit ihr in die Möbelhäuser gehen. Dagegen konnte sie nichts einwenden. Er war schon gespannt darauf, welchen Einrichtungsstil sie bevorzugte.

*

„Mrs Short, kommen Sie bitte mal in mein Büro", bat Evan über die Sprechanlage, als er wieder in seiner Firma war. Nach einem knappen Klopfen betrat seine Sekretärin den Raum. „Was gibt's?"
„Schließen Sie bitte die Tür."
„Das klingt aber offiziell. Wollen Sie mich etwa feuern?", scherzte sie.
„Wo denken Sie hin! Ich möchte Sie über einige Veränderungen informieren, die mein Leben betreffen."
Mrs Short schwieg, was sehr ungewöhnlich für sie war.

„Sie liegen mir als Mensch sehr am Herzen. Ich vertraue Ihnen. Daher sollen Sie eine der ersten sein, die von den Neuerungen erfährt." Noch immer sagte sie nichts, sondern sah ihn nur interessiert an. „Also, ich werde mich scheiden lassen. Und demnächst in eine Stadtwohnung ziehen."
Mrs Short nickte.
„Sie nicken?", fragte er erstaunt.
„Na ja, das überrascht mich jetzt nicht wirklich. Ich habe Sie vor Weihnachten mit Ms Blackwood auf dem Parkplatz gesehen."

Genau wie ich vermutet habe.

„Darf ich ehrlich sein?", fragte sie.
„Sind Sie das nicht immer?"
„Jetzt wo Sie's sagen", grinste sie breit. „Ich gratuliere Ihnen! Ich finde, dass Ms Blackwood genau die Frau ist, die Sie brauchen."
„Wie meinen Sie das?"

„Sie werden es schon herausfinden, wenn Sie es nicht bereits getan haben. Valeria ist eine sehr selbstbewusste Frau", schmunzelte sie. „Die lässt sich von Ihnen nichts gefallen!"

„Ich denke, das habe ich bereits herausfinden müssen", entgegnete er resigniert.

„Sehr gut! Das freut mich! Gerade weil Ms Blackwood anders ist als die meisten jungen Damen, die ich kenne, werden Sie neue Erfahrungen machen. Und damit meine ich nicht nur angenehme, sondern notwendige."

„Woher wissen Sie das?", staunte er aufrichtig.

„Ach, wenn man seine Augen und Ohren aufmacht, dann erfährt man automatisch alles, was man wissen muss."

„Sie haben recht! Valeria überrascht mich immer wieder, weil sie, wie Sie schon erwähnten, anders ist. Sie macht es mir wahrlich nicht leicht."

„Und das ist auch gut so! Andererseits empfinde ich sie als eine sehr warmherzige Frau. Ich habe mal etwas länger mit ihr telefoniert. Wir haben uns wirklich nett unterhalten."

Überrascht sah er sie an.

„Wann war das denn? Davon weiß ich ja gar nichts!"

„Das müssen Sie auch nicht. Es war ein reines Frauengespräch."

„Noch mal – wann war das? Und wer hat wen angerufen?", fragte er ungeduldig.

„Also gut, ich habe Valeria angerufen, um ihr frohe Weihnachten zu wünschen."

„Warum?"

„Warum nicht? Ich finde sie sehr sympathisch. Sie hat sich sehr gefreut und wird mich demnächst besuchen."

„Julia haben Sie nie angerufen ...", stellte er fest.
„Ich sagte ja, dass Valeria anders ist ..."
„Was ist anders an ihr?"
„Sie ist geradeheraus und sie bietet Ihnen Paroli. Das gefällt mir!", lächelte Mrs Short. „Sie ist ein liebenswerter Mensch. Hätte ich eine Tochter, hätte ich mir gewünscht, dass sie so wie Valeria ist."
„Sie duzen sich?"
„Natürlich! Da plaudert es sich doch viel besser!"

„Haben Sie über mich geredet?"
„Na hören Sie mal! Ja, natürlich! Aber Sie brauchen mich gar nicht erst zu fragen, was", erwiderte Rosie Short entschieden. Er war sich nicht sicher, was er davon halten sollte. Die zwei wichtigsten Frauen in seinem Leben verbündeten sich ... Gegen ihn? Oder für ihn?

„Ihre Valeria ist schwer in Ordnung und ich wünsche Ihnen beiden von Herzen, dass sie glücklich miteinander werden", ergänzte Mrs Short.
„Sie verurteilen mich nicht dafür, dass ich meine Familie verlasse?", fragte er.
„Verurteilen? Wofür denn? Dass sie eine Frau gefunden haben, die Sie augenscheinlich lieben? Soll ich Ihnen etwa raten, an einer lieblosen Ehe festzuhalten? Und Ihre Kinder sind so gut wie erwachsen. Ich halte nichts davon, auf ewig zusammenzubleiben, wenn nicht einmal mehr Zuneigung vorhanden ist, sondern nur noch eintönige Gewohnheit", entgegnete sie ruhig.

„Glauben Sie, dass Valeria mich auch liebt?" Sein Herz hämmerte in seiner Brust.

Nur Mrs Short konnte und wollte er fragen.

„Ja, ich denke, das tut sie ... auf ihre Art. Ich weiß, dass sie sich sehr zu Ihnen hingezogen fühlt – aber Sie werden verstehen, dass ich keine Einzelheiten ausplaudern werde, denn Frauenthemen heißen nun mal genau deswegen so, weil sie Männer nichts angehen", antwortete sie und stand auf, um in ihr Büro zurückzukehren.

„Danke", sagte er und wählte Valerias Nummer.

Sie nahm nicht ab, was er erwartet hatte.

An diesem Abend wollte er die schwierigste Hürde nehmen – den Kindern seinen Entschluss mitteilen. Aber als er nach Hause kam, waren sie nicht da.

„Wo sind sie? Und wann kommen sie wieder?", fragte er Julia ungehalten.

„Tja, keine Ahnung, wann sie wiederkommen, morgen wahrscheinlich! Ich habe ihnen schon gesagt, was du vorhast."

Wutentbrannt sah er sie an.

„Du wusstest genau, dass ich ihnen das erklären wollte! Wieso hast du mir vorgegriffen?"

Julia zuckte mit den Schultern.

„Wahrscheinlich deswegen, weil Anna mich vorhin weinen gesehen hat. Und ich bin nun mal nicht so eiskalt wie du, dass ich weiterhin schauspielern könnte. Ich wusste ja nicht, dass es heute in deinem Terminkalender steht, dass du endlich auch deinen Kindern deinen Entschluss mitteilen willst", spottete sie.

„Was hast du ihnen gesagt?"

„Was schon – dass du eine andere hast und uns verlassen willst!"

„Ich frage mich, wer hier eiskalt ist!", gab er zornig zurück. „Wo sind sie?"

„Bei Freunden. Sie übernachten dort, haben sie gesagt, weil sie dich nicht sehen wollen." Er drehte sich um und ließ sie stehen. Kaum war er in seinem Homeoffice, schrieb er Anna und Phil eine Nachricht, dass es ihm leidtue und er hoffe, bald mit ihnen reden zu können.
Sie antworteten nicht.

*

Am darauffolgenden Abend ging er in die Wohnung seiner Kinder, um endlich auch mit ihnen zu sprechen. Sie waren erstaunlich entspannt, was ihn verwunderte. Vielleicht hatten sie mit ihren Freunden gesprochen, von denen einige dabei waren, die geschiedene Eltern hatten.

„Ändert sich für uns was?", wollte Anna wissen, die genauso pragmatisch veranlagt war wie ihr Vater.
„Nein, das Haus soll erhalten bleiben!", erwiderte er.
Phil zuckte mit den Schultern und meinte:
„Hauptsache, du bleibst in der Stadt."
„Natürlich, mein Sohn."
„Ihr habt euch schon lange nicht mehr gut verstanden, oder?", fragte Anna.
„Nein."
„Maria hat gesagt, dass es besser ist, wenn sich Eltern trennen, die sich nicht mehr ausstehen können. Bei ihren war das auch so. Sie waren irgendwann sogar wieder richtig gut drauf, weil beide neu verliebt waren", erzählte seine Tochter.
„Es ist ja nicht so, dass ich eure Mutter nicht ausstehen kann, aber es gibt jetzt diese Frau in meinem Leben…"

„Ich will davon nichts wissen!", entgegnete Phil entschieden und schaltete den Fernseher an.

„Ich auch nicht", ergänzte Anna.

„Alles klar, das respektiere ich."

Evan stand auf und wollte die Wohnung gerade verlassen, als Phil hinter ihm herrief: „Wann willst du ausziehen?"

„Zum nächsten Ersten."

*

Samstagmorgen. Endlich sah er Valeria wieder. Sie hatte sich mit ihm in dem größten Möbelhaus der Stadt verabredet. Heute war sie sogar schon vor ihm da und wartete an ihr Auto gelehnt auf ihn. Sollte sie etwa endlich verstanden haben, dass ihm Pünktlichkeit außerordentlich wichtig war?

„Schön, dass du schon da bist", begrüßte er sie freudig. Verändertes positives Verhalten sollte man gleich lobend erwähnen ...

„Zufall", erwiderte sie. „Ich war mit einer Freundin frühstücken und sie musste früher weg."

„Aha." Sie schlenderten durch die verschiedenen Abteilungen und verbrachten viel Zeit damit, sich beraten zu lassen. Er bestellte die Küche und die Möbel, die sie gemeinsam ausgesucht hatten. Alles würde fristgerecht zum Einzugstermin geliefert werden können. Evan war zufrieden, Valeria bewies einen sehr guten Geschmack und war interessiert an allem, was seine Wohnung betraf. Ein gutes Zeichen!

„Wir sind doch schon wie ein Ehepaar, findest du nicht?", fragte er übermütig, als sie beim Mittagessen in einem Restaurant saßen.

„Ach, du wieder. Du bist ja noch nicht mal geschieden", neckte sie ihn.

„Alles nur eine Frage der Zeit. Du bekommst einen Antrag von mir, darauf kannst du dich verlassen, Mrs Maglin!" Valeria lachte nur und verdrehte die Augen.
Die Stimmung zwischen ihnen war ausgelassen und entspannt. Und dann kam der große Moment: Er fuhr mit ihr zu seiner Wohnung, die in einer der besten Gegenden der Stadt lag, einem Wohnviertel, in dem nur gut situierte Leute wie Professoren, Ärzte oder Banker wohnten. Das musste sie doch beeindrucken!

„Nobel, nobel", sagte sie, als sie aus dem Wagen stieg, allerdings hatte er nicht das Gefühl, dass sie ernsthaft beeindruckt war. Schweigend fuhren sie mit dem Fahrstuhl nach oben. Als er die Tür öffnete und sie die sonnendurchflutete Galeriewohnung betraten, konnte er endlich erkennen, dass ihr gefiel, was sie sah.

„Wow!"
Stolz zeigte er ihr jedes Zimmer und die Dachterrasse.
„Wahnsinn!"

„Und? Wie findest du sie?"
„Hammer! Wirklich, Evan, wunderschön!" Sie stand am Geländer der Dachterrasse und genoss die Aussicht über die Stadt.
„Das heißt aber nicht, dass ich hier einziehe", sagte sie beiläufig. Für Evan war das wieder einmal eine eiskalte Dusche. Warum musste sie diesen schönen Tag zerstören? Inzwischen hatte er fast Angst vor ihren Launen. Als kokettierte sie damit, ihn in ewiger Unsicherheit zu lassen. Sie genoss es geradezu, ihn ständig zu provozieren. Das würde er ihr schon noch austreiben!

Jetzt ließ er ihr das noch durchgehen, solange er sie noch immer nicht sicher an seiner Seite wusste, aber wenn es endlich soweit war, würde er andere Saiten mit ihr aufziehen. Sie war viel zu ungeschliffen mit ihrer flapsigen Art. Manchmal hatte er das Gefühl, als müsste er sie noch erziehen. In seinen Augen war sie viel zu aufmüpfig.

Er überging ihre Aussage.
„Ich hoffe, du hast heute etwas mehr Zeit für mich?", fragte er stattdessen freundlich.
„Ja, heute schon. Ich habe bis morgen Abend Zeit."
„Schön, dann lass uns doch in unser Hotel fahren, wenn du magst."
„Okay."

Wieder nur ein lapidares „Okay"! Es kotzte ihn an, dass sie nicht endlich einmal nachgab und er permanent darum betteln musste, dass sie Zeit mit ihm verbrachte. Das war nicht er, wie er sich verbog, nur damit sie bei ihm blieb und ihn nicht verließ. Er konnte sich ihrer nicht sicher sein, sie war viel zu sprunghaft und freiheitsliebend. Irgendwann musste auch sie verstehen, dass man sich anzupassen hatte, aber davon war sie noch meilenweit entfernt.

Sie verbrachten schöne Stunden in ihrem Hotel.

Er vermied es, irgendwelche Andeutungen in Bezug auf die Wohnung und ihre Trennung zu machen. Er gaukelte ihr vor, dass alles in Ordnung war. In seinem Inneren allerdings brodelte es, wenn er sah, wie zufrieden sie zu sein schien, weil sie glaubte, dass er ebenso glücklich war und es scheinbar sogar akzeptierte, dass es nur nach ihrem Kopf ging.

In Wahrheit zog er nur eine Show ab, um ihr zu gefallen und ihr alles zu bieten, was sie sich wünschte.

Wollte sie spazieren gehen, gingen sie spazieren.
Wollte sie nicht mit ihm schlafen, akzeptierte er es.
Wollte sie mit ihm reden, hörte er ihr interessiert und geduldig zu.

Nur zweimal durfte er an diesem Wochenende mit ihr schlafen, einmal im Mustang und einmal im Hotel. Sie genoss es sichtlich und gab sich ihm hin. Nur wenn er Sex mit ihr hatte, fühlte er sich ihrer sicher, denn dann war sie ihm ausgeliefert und zerfloss geradezu vor Hingabe.

Am Sonntagabend sagte sie zum Abschied fröhlich:
„Wenn du in deine Wohnung eingezogen bist, komme ich dich gerne ab und zu besuchen." Sie glaubte tatsächlich, dass er sich darüber freute, wenn sie ihn „ab und zu" besuchen wollte. Er lächelte so gut es ging und fragte sich, ob sie wirklich nicht bemerkte, dass er ihr nur etwas vorspielte, wenn er vorgab, mit allem einverstanden zu sein, was sie sagte oder tat. Seiner Meinung nach bemerkte sie sehr wohl, dass dem nicht so war, sie aber keine Lust hatte, sich mit ihm auseinanderzusetzen. In ihm keimte der Verdacht, dass sie sich längst entschieden hatte, bei ihrem Freund zu bleiben und diese kleine Affäre nebenher weiterlaufen zu lassen, solange es ihr Spaß machte. Hass stieg in ihm auf, wenn er sich gedanklich noch länger damit beschäftigte. Diesen Hass wurde er nur los, wenn er nicht zum Denken kam. Er musste sich in die Arbeit und seine Vorhaben stürzen, um nicht durchzudrehen. Denn momentan hatte er keinen Plan, was er noch tun konnte. Er hatte wirklich alles versucht –

er hatte sie unter Druck gesetzt, ignoriert, mit Engelszungen auf sie eingeredet, ihr teure Geschenke gemacht, sie in exquisite Hotels eingeladen und so weiter.

Was mache ich nur verkehrt?
Alles war umsonst gewesen! Nichts haute hin!

Und dass sie in keiner Weise an Materiellem interessiert war und er sie mit nichts beeindrucken konnte, machte ihn langsam aber sicher wahnsinnig. Es war nicht nur so dahingesagt, dass es ihn wirklich wahnsinnig machte, wie sie ihn zappeln ließ.

Ich kann nicht verstehen, dass sie nicht endlich kapiert, dass ich ihr Mann bin! Ich drehe noch durch!

Glanzlos

„Sebastian, komm bitte in mein Büro, sobald du Zeit hast", bat Evan ihn auf der Mailbox. Er hatte ihn im neuen Jahr nur ein paar Mal kurz gesehen und Geschäftliches mit ihm besprochen, ansonsten hatten sie noch keine Zeit gehabt, miteinander zu reden. Zwei Stunden später polterte er, wie immer ohne anzuklopfen, in sein Büro. „Mrs Short hat mir grünes Licht gegeben, dass du gerade nichts Weltbewegendes zu tun hast, also reg dich ab!", sagte er, als Evan wie üblich über seine Respektlosigkeit den Kopf schüttelte. „Was gibt's, Alter? Ach ja, gutes neues Jahr! Das habe ich dir noch gar nicht gewünscht, oder?"

„Doch, hast du. Gleich am ersten Arbeitstag", erwiderte Evan trocken.

„Sehr gut, na dann, also, warum zitiert mich der große Meister persönlich zu sich?" Ohne Umschweife und in knappen Worten berichtete Evan von den Veränderungen, die es in seinem Leben gab. Sein Freund hatte ein Recht darauf, es von ihm zu erfahren, bevor ihm irgendjemand anderes davon erzählte.

„Meine Fresse!" Sebastian war mehr als überrascht. „Und ich bin wie üblich der Letzte, der was erfährt! Dein Leben steht auf dem Kopf und ich weiß nichts davon! Toller Freund, echt toll!", nörgelte er beleidigt.

„Tut mir leid, aber ich habe meine To-do-Listen abgearbeitet und du bist mir die ganze Zeit immer nur kurz begegnet. Das sind keine Themen, die man im Vorbeigehen bespricht!", belehrte Evan ihn.

„Du hättest ja auch mal anrufen können!", erwiderte Sebastian verständnislos.

„Keine Zeit!"

„Also, noch einmal zum Mitschreiben: Du verlässt deine Frau für diesen heißen Feger. Ich habe sie einmal gesehen, als sie zu dir gegangen ist. Hammer! Wieso ist die nicht zu mir gekommen?", feixte Sebastian.

Evan sah ihn ausdruckslos an.

„Und jetzt ziehst du in eine Luxuswohnung, die bestimmt sauteuer ist – ach ja, deinen neuen Schlitten habe ich auch schon gesehen. Angeber! Hast du im Lotto gewonnen, oder was? Wann ist der Umzug? Diese Woche schon? Bei all den Infos komme ich nicht mehr mit", zeterte Sebastian.

„Das ist einer der Gründe, warum ich mit dir reden will. Hast du am Samstag Zeit? Ich würde dich gerne bei meinem Umzug dabeihaben. Keine Sorge, ich will dich nicht zum Arbeiten einspannen", beschwichtigte er ihn, als er sein entsetztes Gesicht sah.

„Dafür habe ich natürlich eine Umzugsfirma, aber ich hätte dich gern in meiner neuen Wohnung zum Möbel aufstellen dabei und hinterher auf einen Whisky."

Evan hatte Angst, am ersten Abend allein in seiner Wohnung sitzen zu müssen, denn Valeria hatte sich immer noch nicht geäußert, ob sie nun kam oder nicht.

„Ach so, ja, dann natürlich schon. Ich dachte, du willst mich zum Klavier-in-den-12.Stock-schleppen verdonnern. Kommt deine Flamme denn nicht?", fragte Sebastian interessiert.

„Ich weiß es nicht!", entgegnete Evan knapp.

Am Samstagmorgen fuhr der Umzugswagen pünktlich um acht Uhr vor Evans Haus vor. Julia war bereits am Freitagnachmittag mit den Zwillingen zu ihren Eltern gefahren, um seinen Auszug nicht miterleben zu müssen. Er nahm nicht viel mit, nur die Einrichtung aus seinem Homeoffice und zwei seiner Kleiderschränke.

Man merkt gar nicht, dass ich hier gelebt habe. Nur ein einziges Zimmer ist leer, dachte er, als er einen letzten Blick in die Wohnung warf und die Tür hinter sich zuzog. Bevor er in seinen Wagen stieg, blieb er für einen Moment stehen und sah zurück auf das Haus, in dem er so lange mit seiner Familie gelebt hatte. Außer Erleichterung empfand er nichts. Keine Wehmut, kein Bedauern, nichts.

Die Umzugsfirma arbeitete professionell und zügig, sodass am Nachmittag die neue Wohnung komplett eingerichtet war. Valeria hatte sich nicht blicken lassen. Evan war froh, dass Sebastian am frühen Abend vorbeikam. Er feuerte den Kamin an, während ihm Sebastian mit einer Bierflasche in der Hand zusah.

„In deinem Haus hattest du keinen überkandidelten Kamin. Du machst dich, mein Freund", grinste er.
Evan schwieg und schürte konzentriert das Feuer.
„Findest du das nicht komisch, dass sie nicht aufgetaucht ist?", fragte Sebastian. Evan nickte. „Bist du sicher, dass sie die Richtige ist? Julia ist doch eine tolle Frau! Ich verstehe nicht, dass du ..."

„Dann nimm sie dir doch!", unterbrach er ihn scharf.

„Ich nehme nicht an, dass du mir erzählen willst, warum es mit dir und deiner Frau schiefgegangen ist?"

„Nein, will ich nicht!"

„Schade, vielleicht hätte ich noch was lernen können. Aber was anderes: Dieser neue Kunde, den ich gestern reingekriegt habe ..." Evan war froh, dass Sebastian das Thema wechselte.

Es war schon spät und er rechnete nicht mehr damit, dass Valeria noch kam. Als Sebastian gegen Mitternacht ging, sah er auf sein Handy, das er wohlweislich außer Sichtweite gelegt und auf lautlos gestellt hatte, um nicht die ganze Zeit darauf zu starren, weil er auf eine Nachricht von ihr hoffte. Sie hatte zweimal angerufen, was ihn ein wenig tröstete. Aber warum war sie nicht zu ihm gekommen?
Morgen würde er zurückrufen. Er war müde und ging in sein neues Schlafzimmer, das fremd und ungemütlich auf ihn wirkte. Durch die Fensterfront schien der Vollmond herein und tauchte den Raum in ein kaltes, fahles Licht. Er fühlte sich unsagbar einsam.

Am nächsten Tag wachte er erst gegen Mittag auf, bis vier Uhr hatte er wach gelegen und sich hin und her gewälzt.

Valeria sollte an meiner Seite sein ...

Anscheinend hatte es in den Morgenstunden angefangen, stark zu schneien, denn auf der Dachterrasse lagen mindestens zwanzig Zentimeter Neuschnee. Plötzlich klingelte es an der Tür. Evan konnte zuerst das Geräusch nicht einordnen, zu fremd war es ihm noch. Im Schlafanzug ging er an die Tür und spähte durch den Spion.
Valeria!

Er riss die Tür auf.

„Ich wollte mal sehen, wie es dir geht! Gestern Abend bin ich hier gewesen, aber ich habe Sebastians Auto gesehen und da bin ich wieder gefahren. Ich kenne ja bisher nur sein Auto, aber irgendwann musst du ihn mir mal vorstellen." Er nahm sie in den Arm und flüsterte:
„Ich liebe dich! Ich bin so froh, dass du da bist."

Sie hatte einen Korb mit verschiedenen Spezialitäten dabei, die sie in einem Delikatessladen gekauft hatte.
„Ich habe gestern für dich eingekauft, weil ich mir dachte, dass du wahrscheinlich nichts zu essen hast."

„Ich danke dir für deine Fürsorge. Gestern haben wir uns eine Pizza kommen lassen, aber an den heutigen Tag habe ich nicht gedacht." Mit ihr fühlte sich auf einmal alles vertraut und warm an, was ihm zuvor fremd und kalt erschienen war.

„Ich kann nicht genug von dir kriegen. Ich werde wahnsinnig, wenn ich dich nicht sehen und fühlen kann", sagte er und betonte: „Und ich meine es verdammt ernst, wenn ich sage, dass ich wahnsinnig werde vor Verlangen nach dir. Was sagst du dazu?"

„Ich weiß es nicht. Vielleicht macht es mir Angst."
„Wieso Angst?"
„Weil ich das Gefühl habe, dass du mich verschlingst."
„Das würde ich auch am liebsten ..."
„Ja, eben, und da wunderst du dich?" Valeria bedachte ihn mit einem vielsagenden Blick.

„Mir ist nicht zum Scherzen zumute. Ich frage mich, ob ich hier ganz allein leben muss oder ob du endlich zu mir kommst."

„Ich habe kein Geheimnis daraus gemacht, dass ich das nicht vorhabe. Ich glaube nicht, dass es funktionieren würde mit uns beiden."

„Warum nicht?", fragte er schneidend.

„Genau aus diesem Grund! Du bist ... so besitzergreifend, so vereinnahmend ..."

„Ja, natürlich will ich, dass du zu mir gehörst. Das ist doch normal!"

„Lass das ‚zu' weg, dann glaube ich dir!", erwiderte sie ernst. Er schwieg. „Ich weiß, dass du das nicht hören willst, aber lass uns einfach Spaß zusammen haben."

„S p a ß!", spie er das Wort aus. „Ich will keinen Spaß mit dir! Ich will, dass du meine Frau wirst! Du <u>bist</u> schon meine Frau! Warum verstehst du das bloß nicht?"

„Ach, Evan. Ich bin verliebt in dich, ich habe den besten Sex meines Lebens mit dir ..." Alles, was sie sagte, löste Unmut in ihm aus. Er musste sich zusammenreißen, dass er sie nicht mit Gewalt an sich riss, um ihr klarzumachen, dass sie ihm gehörte. Es machte keinen Sinn mehr, mit ihr darüber zu diskutieren. Langfristig musste er sich allerdings etwas einfallen lassen. Aber erst einmal würde er sich wieder einmal fügen und ihre Spielregeln befolgen. Sein Plan war, sie weiterhin zu hofieren, alles für sie zu tun und immer für sie da zu sein, als Freund und Liebhaber. Aber er setzte sich selbst ein Ultimatum. Maximal zwei Monate würde er ihr Spiel noch mitspielen, dann würde er einfordern, was ihm gehörte und ihm zustand.

Die Wochen vergingen und es änderte sich nichts. Valeria schien es sich in dieser für ihn unsäglichen Situation bequem gemacht zu haben, ohne überhaupt einen Gedanken daran zu verschwenden, etwas verändern zu wollen. Noch immer war sie mit ihrem Freund zusammen, der nicht zu bemerken schien, dass er seit Monaten betrogen wurde. Evan überlegte, ob er ihm zu Ohren kommen lassen sollte, dass seine Freundin fremdging, verwarf aber den Gedanken wieder. Womöglich würde sie ihn dann verlassen.

Er verabscheute es zutiefst, wenn er nach Feierabend in seine leere Wohnung zurückkehren und sich irgendeinen Dosenfraß warm machen musste. Mit der Zeit hatte er überhaupt keinen Appetit mehr.

„Sie fallen mir noch vom Fleisch", stellte Mrs Short besorgt fest. „Ich kann gerne für Sie mitkochen und es Ihnen mitbringen."

„Soweit kommt es noch! Nein, vielen Dank, ich sorge schon für mich", wiegelte er ihre Bedenken ab.

„Das sieht für mich aber anders aus!", gab sie zweifelnd zurück.

Zwar bereute er seine Entscheidung keineswegs, dass er Julia verlassen hatte, aber so hatte er sich sein neues Leben nicht vorgestellt, dass er abends allein in seiner Wohnung sitzen musste, während seine Gedanken nur um Valeria kreisten. Dass er in irgendwelche Supermärkte gehen und sich zwischen Hausfrauen an der Kasse einreihen musste, fand er ebenfalls armselig.

Den Pizzaservice wollte er auch nicht täglich bestellen, also blieb ihm nichts anderes übrig, als einkaufen zu gehen – oder nichts zu essen, was ihm nicht einmal schwerfiel.

Valeria kam nur zwei- bis dreimal in der Woche abends zu ihm und blieb über Nacht, und nur ab und zu ein ganzes Wochenende. Das war alles viel zu wenig! An diesen Tagen brachte sie frische Lebensmittel mit, aus denen sie manchmal abwechslungsreiche Mahlzeiten für ihn kochte, die er am nächsten Tag nur aufzuwärmen brauchte, was er aber selten tat. Seine Unzufriedenheit nahm stetig zu, vor allem, wenn sie sich mit den Worten: „Bis bald!", von ihm verabschiedete. Kaum war sie gegangen, fiel er in ein tiefes Loch. Er wusste nicht wohin mit sich selbst und wurde zunehmend unruhiger und schlafloser.

So sehr er sich auch bemühte, keinen Druck mehr auf sie auszuüben und nicht mehr von Zusammenziehen zu sprechen, umso weniger kam er gegen seine innere Düsternis an. Nach wie vor galten ihre Spielregeln und es ging ihm von Tag zu Tag schlechter. Wenn er sie zwingen würde, endlich eine Entscheidung zu treffen, musste er damit rechnen, dass sie mit ihm Schluss machte. Den Gedanken, ohne sie leben zu müssen, konnte er gar nicht zulassen. Diese Option gab es nicht in seiner Realität. Seine Eifersucht fraß ihn auf. Valeria hatte ihm mitgeteilt, dass sie das kommende Wochenende mit diesem Scheißkerl verbringen wollte.

„Er war eine Woche auf Geschäftsreise, da will ich auch mal bei ihm sein. Dich sehe ich öfter als ihn, also schau nicht so!", neckte sie ihn.

Wie konnte sie nur so kaltblütig sein?

Sie sagte einfach, dass sie mit ihrem Freund Zeit verbringen wollte statt mit ihm – sie nahm sich, was sie brauchte.
Ohne Skrupel ... einfach so!

Diese Frau brachte seine schwärzesten Seiten zum Vorschein. Also musste sie eine schlechte Frau sein, wenn sie imstande war, ihn in ein Wrack zu verwandeln. Sein Äußeres litt, seine Selbstsicherheit war zertrümmert, er fühlte sich wie ein Aussätziger. Jeden Tag konnte er seinem Verfall ein Stück mehr zusehen. Seine Designeranzüge hingen wie Säcke an ihm. Er wirkte kleiner als er war und seine Haare waren mehr grau als schwarz. Die Wangen waren eingefallen und seine einst stattliche Statur war zu einer hageren Figur geworden.

Mrs Short machte sich ernsthaft Sorgen um ihn und beobachtete ihn mit besorgtem Blick. „Mr Maglin, Sie gefallen mir gar nicht, so blass und dünn wie Sie geworden sind." Er wusste nicht, was er darauf sagen sollte.

Wenn er allein in seiner Wohnung war, glaubte er, durchzudrehen bei dem Gedanken daran, was Valeria ohne ihn tat. Er steigerte sich in zerstörerische Fantasien hinein und wurde von den Bildern in seinem Kopf übermannt. Stundenlang lag er im Dunkeln auf der Couch in seiner Galeriewohnung und starrte auf das Meer von Dächern der Stadt.

In seiner Seele herrschten Verwirrung, Unruhe, Kälte – und Selbsthass. Er hasste sich dafür, sich wegen dieser Frau nicht mehr im Griff zu haben und abhängig von ihr zu sein. In den Nächten ohne sie brach immer öfter ein vernichtender, zerreißender Zorn über ihn herein.

Stunden, in denen er das Gefühl hatte, zerstören zu müssen – egal was, egal wen. Stunden, die ihn fast um den Verstand brachten. Er bekam Angst vor sich selbst. Wie lange würde er noch in der Lage sein, diesen Dämon zu bändigen, der ihn mit seiner überrollenden Macht innerlich in Stücke riss?

Ich werde noch geisteskrank, dachte er in seinen einsamen Nächten, in denen er sich Valeria an seine Seite wünschte und sie andererseits abgrundtief hasste, für das, was sie ihm antat. Er hatte Angst davor, etwas Grauenvolles anzurichten und vollends die Kontrolle zu verlieren.

*

Eines Abends, als sie wieder „nur auf einen Sprung" vorbeikam, stellte er sie zur Rede. Er konnte es nicht mehr ertragen! Er schimpfte, er tobte, er war außer sich.

„Warum? Warum kommst du nicht endlich zu mir und bleibst bei mir? Sag mir endlich, warum! Was ist so schwer daran, dich für mich zu entscheiden? Du verarschst mich doch nur! Du spielst mit mir!"

„Es ist nicht so leicht, weil ...", begann sie, erschrocken über das Ausmaß seiner Wut. Ungeduldig unterbrach er sie:
„Deine Ausreden interessieren mich nicht! Was glaubst du, wie es mir geht, wenn ich allein in dieser Wohnung bin und mir vorstellen muss, was du treibst!"

Er schlug mit der Faust gegen die Wand. Valeria berührte ihn zitternd, nahm seine Hand und sah, dass er Tränen in den Augen hatte. Sein Blick war schmerzerfüllt. Der Zorn war von ihm gewichen, übrig geblieben war nur noch echte Verzweiflung. „Ich liebe dich doch", flüsterte sie und nahm ihn in den Arm.

Das war das erste Mal, dass sie „Ich liebe dich" zu ihm sagte. Er schlang seine Arme um sie. Die Gefühle von Härte und Hass, die er über die Wochen aufgebaut hatte, fielen mit einem Mal von ihm ab.

Evan und Valeria verschmolzen zu einer Einheit aus Liebe und tiefer Zuneigung – und hatten in diesem Augenblick keine Angst mehr voreinander.

Wahrheiten

„Süße, du siehst echt scheiße aus!" Valerias beste Freundin war erschrocken, sie so traurig und niedergeschlagen zu sehen, als sie sich im Café trafen. „Was ist passiert? Du warst doch so happy? Du hast dich so auf deinen Reitstall gefreut, hast dich in diesen Evan verliebt und jetzt sehe ich ein Häufchen Elend vor mir."

„Ja, war ich auch – glücklich und voller Vorfreude auf meinen Reitstall. Anfang April beginnt endlich der Bau. Aber irgendetwas stimmt nicht mit Evan ... er ist viel ungeduldiger und fordernder geworden. Und vor allem wütender! Es ist irgendwie beängstigend ... gestern hat er gesagt: ‚In meiner Vorstellung sind wir beide etwas Höheres'!" Valeria verdrehte die Augen.

„Ganz schön extrem der Typ!", stellte Janina fest.

„Er ist nur ehrlich und authentisch, wenn wir miteinander schlafen. Nur dann vergisst er jegliche Berechnung und Kontrolle und nur dann kann ich in seinen Augen Liebe erkennen", erzählte Valeria bedrückt.

Janinas Gesichtsausdruck sprach Bände.

„Ehrlich gesagt habe ich inzwischen Angst vor ihm. Ich habe versucht, mit ihm zu reden, doch die unzähligen Versuche, die ich gestartet habe, um ihm meine Sicht der Dinge klarzulegen, scheiterten jedes Mal. Je öfter ich ihm sage, dass ich meine Freiheit brauche, desto bedrängender wird er. Ich fühle mich wirklich beschissen."

„Das rückt alles in ein ganz anderes Licht. Dieser Evan ist mir suspekt. Ich glaube nicht, dass man ihm trauen kann", erwiderte Janina besorgt.

„Ich bin mir sicher, dass dein Lover nicht ehrlich ist, auch wenn er so tut als ob! Der ist besessen von dir und will dich besitzen!" Verzweifelt sah Valeria ihre Freundin an, selbst wenn sie Evan verlassen wollte, war sie dazu nicht in der Lage. „Er zieht mich in seinen Bann, ohne dass ich weiß, wie mir geschieht."
Hilflos zuckte sie mit den Schultern.

„Was ist bloß aus dir geworden?", fragte Janina ratlos. „Früher warst du die Powerfrau Nummer eins. Wir haben dich alle beneidet um deinen starken Willen und deine Klarheit in allem. Du hast dir nichts gefallen lassen. Und jetzt, schau dich an ... ein verunsichertes Mädchen sitzt vor mir! Wo ist die Valeria, die ich kenne?"

„Genauso will er mich haben – ein unsicheres Mädchen, das von ihm abhängig ist! Wenn ich zu ihm ziehen würde, hätte ich keine Sekunde mehr für mich allein. Er würde mich kontrollieren und bevormunden."

„Ich kann dir nur ans Herz legen, dir dein Leben wieder zurückzuholen. Und das geht mit diesem Typen nicht. Du weißt doch, was du willst! Du hast Pläne. Für irgendeine andere ist er sicher der Traummann schlechthin, aber für dich ist er es nicht, weil du keine Frau bist, die einen Aufpasser braucht, der sie kontrolliert und einsperrt. Wenn ich dir zuhöre, höre ich nur, dass er dich fertigmacht."

„Du hast recht", erwiderte Valeria. „Diese Frau bin ich nicht. Evan ist zu diesem Kontrollfreak auch erst in Verbindung mit mir geworden. Seine Frau hatte alle Freiheiten, wie er mir erzählt hat."

„Na ja, seine Frau hat er ja auch nicht geliebt. Deshalb war ihm egal, was sie tut. Für ihn bedeutet Liebe anscheinend Kontrolle und Besitz", sagte Janina. „Okay, fassen wir zusammen: Dir bleiben vier Möglichkeiten: Erstens – du bleibst bei Ben und servierst deinen Superlover ab. Zweitens – du bleibst bei Superlover und lässt Ben stehen. Drittens – du machst so weiter, was ich dir nicht empfehlen würde bei deinem gegenwärtigen Zustand. Viertens – du lässt beide stehen und ziehst vogelfrei mit mir um die Häuser, bis wir alt und grau sind."

„Das sind keine guten Aussichten, außer vielleicht Letzteres", murmelte Valeria und lächelte halbherzig. „Mit Evan ist es wie ein Tanz auf dem Vulkan."

„Hmm, wenn ich das so höre, von wegen Vulkan und so, schick ihn doch mal bei mir vorbei", grinste Janina. „Ich brauche auch dringendst einen Vulkan!"

Valerias Gesicht verfinsterte sich.

„Ist ja schon gut, war doch nur Spaß!", beschwichtigte ihre Freundin. „Allerdings ist das der Beweis, dass du trotz allem voll auf den abfährst, so eifersüchtig wie du sogar auf mich bist."

„Als du das eben gesagt hast, hätte ich dir am liebsten die Augen ausgekratzt", gab Valeria zu.

„Dann musst du wohl vorerst so weitermachen."

„Bis was passiert", murmelte Valeria.

„Was hast du gesagt? Ich habe dich nicht verstanden."

„Nichts!"
Valeria wollte mit ihrer Freundin nicht darüber reden, dass es nicht nur so dahingesagt war, dass sie Angst vor Evan hatte. Sie wollte ja selbst nicht wahrhaben, dass er besessen von ihr war.

„Versprich mir, dass du auf dich aufpasst", bat Janina sie.

Wie soll ich das machen? Ich werde immer wieder zu ihm gehen, ich kann gar nicht anders.

„Ich verspreche es dir."

Abgründe

Julia war am Boden zerstört.
Ihren Alltag konnte sie nur noch mit allergrößter Mühe bewältigen, die Nächte waren ein einziger Alptraum, der nicht enden wollte. Nie wieder würde sie ihrer Wahrnehmung trauen können, nachdem sie jahrelang mit einem Wildfremden zusammengelebt hatte, der immer nur darauf gehofft hatte, die Liebe seines Lebens zu finden. Evan empfand offensichtlich nicht einmal eine halbwegs freundschaftliche Zuneigung für sie, sonst hätte er sie nicht mit dieser Kaltherzigkeit verlassen.

Ab und zu kam er auf einen Sprung vorbei. In der ersten Zeit hatte er die Kinder am Wochenende in ein Restaurant eingeladen. Bei den Zwillingen bemühte er sich um einen warmherzigen Umgang und tat so, als sei alles in Ordnung. Dass Anna und Phil ihn enttäuscht ansahen, schien er aber nicht zu bemerken. Widerwillig hatten sie seine Einladungen angenommen, wobei sie hinterher wortkarg zurückgekehrt waren und Phil zu seiner Mutter gesagt hatte:
„Der kann nichts mehr mit uns anfangen."

Inzwischen war aber auch davon keine Rede mehr, dass er sie zum Essen abholte oder Zeit mit ihnen verbringen wollte. Er hatte das Interesse an seinen Kindern verloren und fragte im Vorbeigehen, wenn überhaupt, lapidar:
„Und, alles klar?", wobei er nicht einmal ihre Antwort abwartete. Julia begrüßte er wie eine entfernte Bekannte. Schockiert über seine Art, mit ihr und den Kindern umzugehen und entsetzt über seine Ignoranz, versuchte sie aber noch immer, ihn irgendwie zu erreichen.

Wenn er in das Haus zurückkam, um ein paar Kleinigkeiten zu holen, sah er durch seine Familie hindurch. Er wirkte wie ferngesteuert. Nach seinen kurzen Besuchen blieb seine Familie wie erstarrt zurück. Unfähig miteinander über ihn zu sprechen, zogen sie sich in sich selbst zurück und versuchten, den Schmerz und die Trauer für sich allein zu verarbeiten.

Als er an einem frühlingshaften Tag im März wieder an Julia mit seinen letzten Habseligkeiten vorbeigehen wollte, stellte sie sich ihm in den Weg und hielt ihn am Arm fest. Er wirkte krank und erschöpft. Ihn so zu sehen, traf sie mitten ins Herz, auch wenn sie ihn eigentlich hassen müsste, aber er sah so elend aus, dass sie nur Traurigkeit empfand.
„Evan ..."
Er stand vor ihr und sah mit leerem Blick auf sie herab. Auf einmal nahm er sie in den Arm. Sie schluchzte, während er über ihr Haar strich. Schweigend standen sie eng umschlungen an der Haustür, man hätte meinen können, sie wären ein liebendes Paar. Sie verbarg ihr Gesicht an seiner Brust und hoffte so sehr, dass er gleich sagen würde, dass alles ein schrecklicher Irrtum gewesen war und er zurückkehren würde. Doch plötzlich schob er sie wieder von sich weg und sagte in einem geschäftsmäßigen Tonfall: „Mach dir bitte mal Gedanken über unsere Scheidung."

„Warum redest du jetzt schon von Scheidung? Wir sind doch erst seit ein paar Wochen getrennt. Warte doch noch, bitte!"
„Nein! Ich will Valeria heiraten. Und dafür muss ich ja wohl zuerst von dir geschieden sein, oder etwa nicht?", erwiderte er kalt und ging.

*

Mehr hatte er seiner Frau nicht zu sagen. Evan war gar nicht wirklich an diesem Ort – körperlich, ja, aber nicht mit seiner Seele, auch nicht, als er Julia umarmte und ihr mechanisch über die Haare streichelte. Er wusste nicht einmal, warum er das überhaupt tat. In Gedanken war er bei Valeria. Er war nur noch bei ihr, sein Geist, seine Seele und sein Herz waren vollkommen durchdrungen von ihr. Sie war in seiner Aura. Sein Platz war nicht mehr in diesem Haus, alles erschien ihm fremdartig. Unvorstellbar, dass er hier so viele Jahre verbracht hatte. Die ganze Umgebung kam ihm wie eine Filmkulisse vor. Ja, es war ein beeindruckendes Anwesen, das sonnengelbe Haus im Toskana-Stil, umgeben von einem weitläufigen Obstgarten, aber für ihn war das alles seelenlos. Eigentlich hatte er gehofft, niemanden anzutreffen, aber leider war Julia da. Die Sachen, die er noch aus dem Keller geholt hatte, waren der letzte Rest, den er aus seinem vergangenen Leben mitnahm – von nun an würde er nicht wieder hierher zurückkommen.

*

Bestürzt sah Julia ihm nach, als er in sein neues Auto stieg und davonfuhr. Sie lehnte sich kraftlos an die Hausmauer und weinte. „Mama?" Anna stand neben ihr und strich tröstend über den Arm.

„Dein Vater war eben da …"

„Ja, ich habe ihn gesehen, er mich nicht … der …", suchte Anna aufgebracht nach Worten. Julia richtete sich auf und sah ihre Tochter mit tränenverhangenen Augen an.
„Er … kann nichts dafür … nur diese Frau."

„Der kann nichts dafür? Der benimmt sich wie ein liebestoller Vollidiot! Wir sind ihm völlig egal! Der interessiert sich nur noch für sich selbst und diese Tussi. Wir sind für den doch gar nicht mehr vorhanden! Mama, wach endlich auf!"

*

Anna konnte nicht glauben, dass ihre Mutter ihren Vater noch immer in Schutz nahm. Von ihrer einstigen Bewunderung für den Vater war nichts mehr übrig. Sie verachtete ihn für sein peinliches Benehmen.

Vor ein paar Tagen hatte sie ihn mit seiner Neuen in einem Café gesehen. Er hatte sie nicht bemerkt, aber sie konnte sehen, wie er diese Frau mit Blicken fast auffraß. Wie sollte sie ihn noch lieben können, wenn er sich überhaupt nicht mehr für sie interessierte? Als gäbe es sie gar nicht mehr in seinem Leben. Ihr Vater war zu einem Fremden geworden. Den Menschen, der er einmal gewesen war, gab es nicht mehr, übriggeblieben war ein liebeskranker Egoist. Anna wollte nie wieder etwas mit ihm zu tun haben, nie wieder! Außer Zorn empfand sie nichts mehr für ihn, zumindest zeigte sie nach außen nur diese eine Seite. Die Tränen über den Verlust ihres Papas weinte sie allein in ihrem Zimmer, wenn sie sich ganz sicher war, dass niemand sie dabei hören konnte. Sie wollte ihre Mutter nicht auch noch mit ihrem Schmerz belasten. Ihr ging es schon schlecht genug, also zeigte sie ihrer Mama nur ihre Verachtung für ihren „Erzeuger", wie sie ihn inzwischen bezeichnete. Sie hoffte, ihre Mutter etwas trösten zu können, wenn sie ihr klarmachen konnte, dass er es nicht wert war, ihm auch nur eine einzige Träne nachzuweinen.

Insgeheim aber wusste Anna, dass sie ihn nicht wirklich hasste. Die Liebe zu ihm überwog, aber verzeihen konnte sie ihm nicht, dass er die Familie für dieses Weib zerstört hatte. Sie waren doch glücklich gewesen, hatten ein schönes Leben gehabt, um das ihre Freundinnen sie immer beneidet hatten. Ja, sie waren eine glückliche Familie gewesen, daher war es auch total unverständlich, dass er Hals über Kopf alles hinwarf und sie zurückließ. Mit ihrem Bruder konnte sie darüber nicht reden. Er war genauso wie sein Vater: schweigsam, auch er machte seine Probleme mit sich selbst aus.

*

Julia ging in die Küche. Anna folgte ihr und setzte sich auf den Tisch. Das hatte sie nie gedurft, als ihr Vater noch bei ihnen wohnte – aber jetzt interessierte das keinen mehr.

„Ich liebe deinen Vater noch immer und wahrscheinlich werde ich ihn auch immer lieben. Ich kann nichts dagegen tun."

„Ich weiß, dass du ihn liebst", antwortete Anna mitfühlend. „Aber ich glaube, ich kann ihm nicht verzeihen. Wie kann er uns nur so behandeln?" Tränen schimmerten in ihren blauen Augen.

Dieselben wunderschönen Augen wie die ihres Vaters, dachte Julia.

„Er liebt euch von ganzem Herzen …" Julia fehlten die Worte, um zu beschreiben, was in ihr vorging, zu beschreiben, was sie mit Evan verband. Aber was verband sie denn eigentlich mit ihm? „Euch hat er immer geliebt."

„Dich nicht?", fragte Anna.

„Nein, mich hat er nicht geliebt!" Ihre Tochter hatte Ehrlichkeit verdient. Es gab nichts mehr zu verlieren, es war bereits alles verloren. „Ich hatte gehofft, seine Liebe gewinnen zu können. Ich bildete mir einfach ein, dass er mich auch liebt."

Anna schwieg betroffen. Sie hatte es seit einiger Zeit geahnt, wollte es aber nicht wahrhaben. Wenn sie die Eltern beobachtet hatte und sie den ausdruckslosen, leeren Blick ihres Vaters sah, mit dem er ihre Mutter ansah, war ihr klar gewesen, dass er für Mama nichts empfand. Die Augen ihrer Mutter strahlten dagegen Liebe für ihn aus.

„Ich hoffe, du kannst ihm irgendwann verzeihen, Anna."
„Aber Mama, verzeihst du ihm etwa?"
Julia schwieg eine Weile. „Nein, noch nicht, noch tut es zu weh. Aber ich habe die Hoffnung, dass er wieder zu sich kommt und merkt, dass er uns leichtfertig für diese Frau aufgegeben hat." Anna schüttelte vehement den Kopf.
„Du machst dir was vor! Der kommt nicht mehr zurück." Sie hatte ihrer Mutter nicht erzählt, dass sie ihn mit dieser Frau gesehen hatte. Der Blick, mit dem er die angesehen hatte, war ganz anders gewesen …

*

Julia wusste, dass ihre Tochter recht hatte. Aber sie wollte und konnte die Hoffnung noch nicht aufgeben, dass er ein Einsehen haben würde. Vielleicht brauchte er diese Erfahrung jetzt, um zu erkennen, dass er zu seiner Familie gehörte. Irgendwann würde er merken, dass diese Frau nicht das war, was er wirklich wollte. Auch wenn er sich jetzt einbildete, die Liebe seines Lebens gefunden zu haben.

Nach einer langen Ehe konnte das schon einmal passieren. Es gab ja diese Frauen, die sich ins gemachte Nest setzen wollten und viel jünger waren als die Ehefrau. Und es ging immer nur um Sex – auch wenn Evan etwas anderes behauptet hatte. Aber er legte schließlich Wert auf niveauvollen Umgang. Julia hatte diese Frau auf einem Foto in seinem Handy gesehen, sodass sie sich ausmalen konnte, dass es mit der nicht um Niveau ging ... Das würde sich mit der Zeit von selbst erledigen, wenn er sich ausgetobt hatte und erkannte, dass diese Frau nicht seinen hohen Ansprüchen entsprach. Die sorgte ja nicht einmal für ihn, so abgemagert wie er war. Natürlich würde Julia ihn wieder aufnehmen, wenn er reumütig um Vergebung bat ... Sie war geduldig – irgendwann würde er wieder zu Hause sein, davon war sie überzeugt, egal, wie lange es auch dauern würde, sie würde auf ihn warten. So schlecht wie er aussah, ging es vielleicht sogar schneller, dass er seine Familie brauchte, um wieder zu Kräften zu kommen.

*

Evan bemerkte eine Veränderung an Valeria, die er zuerst nicht wahrhaben wollte. Aber er war nicht der Typ, der Anzeichen übersah, aussaß und hoffte, die Dinge regelten sich von selbst. Er griff aktiv in Situationen ein, bis alles wieder in seinem Sinne lief. Niemals gab er die Zügel aus der Hand. Valeria distanzierte sich immer mehr von ihm und kam nur noch höchstens zweimal in der Woche zu ihm. Am Wochenende hatte sie irgendwelche verlogenen Ausreden parat, warum sie nicht kommen konnte. Wenn er sie anrief, ging sie nicht ans Telefon, obwohl er genau wusste, dass sie seine Anrufe sah. Noch nie hatte es jemand gewagt, so mit ihm umzugehen.

Egal wohin er kam, wurden ihm die Türen geöffnet und man fühlte sich geehrt, zu seinem Kreis dazugehören zu dürfen. Und ausgerechnet sie wagte es, ihn abzuservieren und zu einem Bittsteller zu machen? Sein Zorn auf sie wurde geradezu mörderisch. Was bildete sich dieses Mädchen ein, ihn wie einen lästig gewordenen Verehrer abzufertigen?

Wenn sie sich nicht bald für mich entscheidet, dann ...

Valeria war für ihn geboren worden!
Kein anderer hatte Anspruch auf sie!
Er zwang sich, sie nicht ständig anzurufen. Seine Fantasien wurden mehr und mehr gewalttätig und der Druck in ihm wuchs, in ihr Leben eingreifen zu müssen, egal wie ...
In seinen schlimmsten Nächten stellte er sich vor, wie ein Werwolf über sie herzufallen, sich in ihr festzubeißen, ihre Haut aufzureißen – bis sich ihr Blut mit seinem vermischte. Wenn sie sich weigerte, durfte er sie zwingen, denn schließlich gehörte sie ihm!

Und wenn du nicht willig bist ...

So etwas Gewaltiges an Emotionen konnte nie nur einseitig sein! Ihre Begegnung war ein Schicksalsschlag gewesen! Von Gott gewollt! Je mehr sie sich ihm entzog, desto brutaler wurden seine Fantasien. Er war sich seiner selbst nicht mehr sicher, dass er ihr nicht genau das antun würde, was sich in seinem Kopf abspielte. Seine Gedanken wurden immer beherrschender und bezwingender. Er konnte sie kaum unter Kontrolle bringen, vor allem nachts, wenn er schlaflos wie ein eingesperrtes Tier in seiner Wohnung hin und her lief und nirgendwo mehr Ruhe und Entspannung fand.

In jeder freien Minute war er mit seinem Rennrad unterwegs – ein Versuch, diesen zerreißenden Druck abzubauen. Es gab aber nichts, was ihm echte Erleichterung verschaffen konnte. Nur wenn er mit Valeria schlief, fand er so etwas wie Frieden in sich. Aber er musste sich extrem beherrschen, nicht zu grob zu ihr zu sein, obwohl seine Hände und sein Mund immer weniger seiner Kontrolle unterstanden. Oft stöhnte sie nicht vor Lust, sondern vor Schmerz, wenn er sich mit stahlhartem Griff an sie klammerte und sein Mund sich schmerzvoll an ihrem festsaugte. Von seiner einstigen Zärtlichkeit war nichts mehr übrig.

„Evan! Hör auf! Du tust mir weh!"

*

Valeria war sehr beunruhigt. Sie brauchte Bens wohltuende Nähe mehr denn je. Mit ihm war alles leicht und unkompliziert. Mit ihm konnte ihr nichts passieren.

Aus Selbstschutz hatte sie sich von Evan zurückgezogen, in der naiven Hoffnung, dass sich das Problem, diese Beziehung, von selbst lösen würde. Dass er vielleicht von sich aus Schluss machen würde, weil es ihm zu blöd wurde, ständig vergeblich auf sie zu warten. Vielleicht lernte er eine andere kennen, die besser zu ihm passte und all das zu schätzen wusste, was er zu bieten hatte. Auch wenn Valeria von einer verzehrenden Eifersucht erfasst wurde bei dem Gedanken, dass es eine andere Frau in seinem Leben geben könnte.

Sie musste Schluss machen! Alle Anzeichen deuteten darauf hin, dass es höchste Zeit war, einen Schlussstrich zu ziehen.

Vom Verstand her gab es keinen anderen Weg mehr, aber ihr Gefühl für ihn war noch immer zu stark ... Mit ihm zu reden war bisher unmöglich gewesen. Trotz allem musste er noch eine Chance bekommen, sich zu äußern. Heute würde sie einen letzten Versuch starten. Dieser regnerische, kühle Tag Anfang April entsprach genau ihrer Stimmung.

In ein paar Tagen würden die Bauarbeiten auf ihrem Grundstück beginnen und dann musste sie den Kopf frei haben. So gelähmt und bedrückt wie sie sich seit Wochen fühlte, erschien es ihr unmöglich, ihr Projekt in Angriff zu nehmen, obwohl sie seit einem halben Jahr daraufhin gefiebert hatte. Aber nun war alles anders ... Inzwischen zweifelte sie sogar daran und fragte sich, ob sie überhaupt in der Lage war, ihr Vorhaben in die Tat umzusetzen.

Ihr Herz raste, als sie zu Evans Büro ging. Hoffentlich war Rosie Short da. Sie klopfte an die Tür des Vorzimmers und war froh, als sie Rosies Stimme hörte: „Ja, bitte ... oh, hallo Valeria", begrüßte Rosie sie und schien sich wirklich zu freuen, sie zu sehen.
„Hallo Rosie."

„Was macht ihr beiden denn nur? Ich sehe dich an und sehe Unglück, und ich sehe meinen Chef an und sehe ebenfalls einen furchtbar unglücklichen Mann", wollte Mrs Short sichtlich betroffen wissen.

„Es geht einfach nicht mehr ..." Plötzlich stand Evan im Vorzimmer seiner Sekretärin und Valeria verstummte.
„Komm herein", sagte er knapp. „Mrs Short, ich möchte die nächste Stunde nicht gestört werden."

Aufmunternd nickte sie Valeria zu. Valeria hatte seine Firma für die Aussprache gewählt, ein Ort, der Sicherheit gab und an dem sie nicht mit ihm allein war. Im Vorzimmer saß seine Sekretärin und der nächste Klient wurde in einer Stunde erwartet, wie Evan ihr am Telefon geschäftsmäßig mitgeteilt hatte, als sie ihn um ein Treffen gebeten hatte.

„Hi", begrüßte sie ihn zögerlich.
„Gut, warum bist du hier, anstatt in meine Wohnung zu kommen?", fragte er kurz angebunden und setzte sich in seinen Chefsessel.

„Ich möchte mit dir reden ... über uns", begann sie vorsichtig, während sie sich ebenfalls setzte.

„Was gibt es da zu sagen? Außer dass du mich auf Abstand hältst und offensichtlich nichts mehr mit mir zu tun haben willst!", meinte er und tippte etwas in seinen PC.
„Das stimmt so nicht!", rechtfertigte sie sich. „Bitte, Evan – ich mag dich, sehr sogar. In ein paar Tagen geht meine Baustelle los ..." Sie brach ab, als sie seinen Blick sah. Seine Augen waren starr auf sie gerichtet. Plötzlich fühlte sie sich bedroht – eine Bedrohung, die nicht greifbar für sie war. Valeria senkte den Blick, ihr Herz klopfte bis zum Hals und ihre Hände zitterten. Er saß regungslos vor ihr und sie flehte ihn fast an: „Bitte, sag doch was, du machst mir Angst."

„Du fickst doch noch immer mit deinem Scheißkerl, oder?", war seine einzige Reaktion auf ihren Versuch, mit ihm zu sprechen.

„Darum geht es doch gar nicht. Es geht um uns beide!"

Er nahm eine Zigarette aus seinem Etui, zündete sie an, nahm einen tiefen Zug und sah dem Rauch hinterher, der sich in seinem Büro ausbreitete.

„Du willst Schluss mit mir machen?", fragte er ruhig.

„Ich weiß einfach nicht, was ich tun soll ... aber ja, ich will Schluss machen, weil ich mit Ben zusammenbleiben will!"

Evan schoss aus seinem Bürostuhl hoch, der krachend an die Wand schlitterte. „Nein, mein Mädchen, <u>du</u> <u>bist</u> <u>mit</u> <u>mir</u> <u>zusammen</u>!", zischte er und betonte jedes einzelne Wort, gleichzeitig zielte er mit dem Zeigefinger auf sie. Erschrocken wich sie zurück. „Das sage ich jetzt nur noch ein einziges Mal, also hör mir gut zu", sagte er gefährlich leise, während er sich vor ihr auf die Schreibtischkante setzte. „Du gehörst mir! Ich werde dich nicht gehen lassen! Ich habe mir überlegt, deinem feinen Freund eine Botschaft zukommen zu lassen ..." Er grinste sie abschätzig an. „Ich hätte nicht gedacht, dass du so dumm bist! Meinst du tatsächlich, dass ich dich einem anderen überlasse? Mein Schatz, wann verstehst du es endlich? Ich bin wie der Teufel hinter deiner Seele her!"

Entsetzen und eine bisher nicht gekannte Hilflosigkeit fraßen sich in Valerias Bewusstsein. Er würde über Leichen gehen, um das zu kriegen, was er haben wollte.

„Ich sehe, du verstehst mich." Er stand auf und sah aus dem Bürofenster. Wer war dieser Mann? Mit ihm hatte sie eine überwältigende Nähe erlebt und jetzt hatte sie Angst vor ihm. Sie saß in der Falle. Er war zu allem fähig.

„Du bist wahnsinnig", flüsterte sie.

„Ja, damit könntest du recht haben. Aber weißt du was? Es ist mir egal, verstehst du! Scheißegal! Ich kann nicht glauben, dass du es nicht begreifen willst. Dir wird es an nichts fehlen. Du kannst alles von mir haben. Ich werde alles mit dir teilen, alles! Ich verdiene genug für uns zwei. Du brauchst nicht mehr arbeiten zu gehen. Du sollst nur für mich da sein! Wir werden reisen, in die schönsten Länder und tollsten Hotels. Und dann wirst du ein Kind von mir bekommen …"

Er ging auf sie zu, zog sie aus dem Sessel in seine Arme. Sie ließ es geschehen und fühlte sich wie eine leblose Puppe, nicht wie ein Mensch, als er sie umarmte.

„Ich werde noch komplett wahnsinnig mit dir", flüsterte er. „Was machst du nur mit mir?"

„Ich will das alles nicht mehr!", sagte Valeria mit fester Stimme und wand sich aus seiner Umarmung. Er stieß sie von sich und entgegnete mit scharfem Ton: „Ich weiß, dass ich dich nicht halten kann. Meine Pläne mit uns haben dich nie interessiert! Alles, was ich für dich getan habe, hatte keine Bedeutung für dich! So viel Geld zum Teufel!"

„Weil ich wusste, dass das für mich Gefangenschaft bedeutet hätte! Ich bin nicht dein Besitz!", warf sie ihm zornig entgegen. „Ich lasse mich nicht von dir kaufen! Du beleidigst mich, wenn du von Geld redest! Glaubst du wirklich, dass mich dein beschissenes Geld interessiert? Ich fasse es nicht!"

„Ich weiß das alles!", unterbrach er sie unwirsch. „Mein nächster Termin kommt gleich. Du kannst jetzt gehen!"

Evan wandte sich seinen Unterlagen zu und blätterte darin. Ohne ein weiteres Wort verließ sie sein Büro. Im Vorzimmer stand Rosie und nahm sie in den Arm.

„Es tut mir unendlich leid. Ich wurde unfreiwillig Zeuge und habe mithören müssen, weil es ja doch ziemlich laut war", sagte sie betreten und drückte Valeria an sich. „Soll ich mal mit ihm reden?", fragte sie.

„Nein, bitte nicht. Ich muss das alleine regeln."

„Wie du meinst, aber wenn was ist, ruf mich an, ja?", bat Rosie sie.

„Das mache ich, danke. Es ist schön zu wissen, dass ich zu dir kommen kann, bis bald."

Valeria fuhr zu Sunny hinaus aufs Land. Sie brauchte sie jetzt. Vor allem brauchte sie Ruhe, um nachdenken zu können. Als sie ihr Pferd versorgt hatte und nach langer Zeit mal wieder ausgeritten war, um einen klaren Kopf zu bekommen, setzte sie sich neben die Stute in das frische Heu mit ihrem Tagebuch. Wenn sie mit Evan nicht reden konnte, wollte sie versuchen, ihn mit einem Brief zur Vernunft zu bringen. Ein letzter Versuch, im Guten mit ihm auseinander zu gehen. Das war zumindest ihre Hoffnung.

„Da wir nicht mehr miteinander reden können, schreibe ich dir diesen Brief, um dir meine Gefühle zu erklären. Ein letzter Versuch ...

In der Hoffnung, dass du mich verstehst. Als ich dich kennenlernte, fühlte es sich an, als berührtest du meine Seele.

Eine so starke Anziehung ging von dir aus, der ich mich nicht entziehen konnte – und leider immer noch nicht kann. Du bist der erste Mann, der mir wirklich zugehört hat und echtes Interesse an meinem Leben gezeigt hat. Ich habe dir Dinge anvertraut, die sonst niemand weiß.

Du bist liebenswert. Ja, ich liebe dich.
Und wahrscheinlich werde ich es immer tun.

Wenn du mich jetzt sehen könntest, würdest du meine Tränen sehen und die Trauer, weil wir keine Zukunft miteinander haben. Denn immer wieder, und immer öfter, ergreift der andere von dir Besitz – der kontrollierende und vereinnahmende Mann, der nichts außer seiner eigenen Meinung gelten lässt. Dieser andere Mann lässt mich fühlen wie eine Trophäe, aber nicht wie eine gleichwertige Partnerin auf Augenhöhe.

Du willst zu viel von mir, wozu ich nicht bereit bin.
Der Preis ist zu hoch, denn ich bin extrem freiheitsliebend.
Ich will keine Familie, kein Kind, nicht sesshaft werden und ganz bestimmt will ich meine Arbeit nicht aufgeben!
Ich will die Welt auf meine Weise entdecken und nicht in irgendwelchen Luxushotels rumsitzen!

Ich weiß, dass dein größter Wunsch ist, Vater zu werden. Aber ich will kein Kind, nicht von dir und auch von sonst keinem. Wahrscheinlich nie! Ich habe es bisher nicht über das Herz gebracht, deine Träume zu zerstören. Aber du drängst mich in eine Rolle, die ich nicht will.
Daher muss ich für mich eine Lösung finden. Ich möchte dich nicht verletzen, aber ich brauche eine Auszeit.

Ich brauche Luft zum Atmen, um eine Entscheidung treffen zu können, wie es in meinem Leben weitergehen soll.
All meine Zeit und Energie benötige ich von nun an für mein Projekt. Ich hoffe, du verstehst mich.
Es tut mir sehr leid …

In Liebe, Valeria"

Sie riss die Seiten aus ihrem Tagebuch und faltete sie wie einen Brief. Bevor sie es sich wieder anders überlegen konnte, bat sie die Sekretärin des Reitstalls um ein Kuvert und eine Briefmarke, schrieb seine Privatadresse darauf und warf den Brief in den nächsten Postkasten.

Sie fühlte sich unendlich erleichtert.

Sorgen

Mrs Short machte sich große Sorgen. Seit Wochen war ihr Chef wie ausgewechselt. Und heute war der traurige Tiefpunkt in seinem Büro mit Valeria gewesen. Eine Stunde später war er wortlos an ihr vorbeigegangen und nicht mehr aufgetaucht. Seine Arbeit erledigte er zwar noch zufriedenstellend, aber sie konnte seinen Verfall jeden Tag ein Stück mehr beobachten. Er war nur noch ein Schatten seiner selbst. Und Valeria, das arme Mädchen, war auch unglücklich. Das Letzte, was Rosie wollte, war, über ihn zu tratschen, aber sie wusste sich nicht mehr anders zu helfen. Sie griff zum Telefonhörer und wählte eine Nummer.
„Hätten Sie kurz Zeit für mich? Danke, bis gleich."

Zehn Minuten später stand Sebastian in ihrem Büro.
„Was gibt's?"
„Es ist mir sehr unangenehm, aber ich mache mir große Sorgen", begann sie. Sebastians Gesicht verfinsterte sich.
„Es geht um Ihren Chef, nehme ich an?"
Sie nickte betroffen.
„Nicht nur Sie machen sich Sorgen, glauben Sie mir. Letzte Woche hat er einen wichtigen Kunden versetzt. Ich konnte gerade noch verhindern, dass der uns abspringt."

„Ich erkenne ihn nicht wieder", seufzte Rosie bedrückt.

„Ich auch nicht! Er ist mir völlig fremd. Hat er mit Ihnen etwa darüber geredet, was mit ihm los ist? Seit er mit dieser Frau zusammen ist, geht's bergab mit ihm."
„Nein, mit mir hat er nicht geredet – aber dieses Mädchen kann nichts dafür."

Rosie erzählte ihm, was sie unfreiwillig mitanhören musste. „Ich glaube, er ist besessen von Valeria. Nichts anderes interessiert ihn mehr. Er hat so laut mit ihr gestritten, dass ich leider fast alles gehört habe. Aber vielleicht war das gut so …" Bittend sah sie Sebastian an.

„Sie meinen, ich soll mit ihm reden?"

„Ja, vielleicht dringen Sie zu ihm durch."

„Kann ich mir nicht vorstellen. Er redet schon lange nichts Privates mehr mit mir. Er hat sich von allen Bekannten und Freunden zurückgezogen. Die zerreißen sich schon das Maul über ihn, weil er so fertig aussieht. Manchmal kommt er wie ein Penner daher, mit seinem Sechs-Tage-Bart und seinen schlecht sitzenden Anzügen. Das ist ja auch nicht besonders förderlich für die Firma. Aber ich verspreche Ihnen, dass ich es versuche."

„Ich danke Ihnen von Herzen. Es tut mir alles so leid."

„Sie können ja am allerwenigsten etwas dafür!"
Sebastian nahm sich vor, bei der nächstbesten Gelegenheit mit ihm zu reden. Die bot sich schneller, als ihm lieb war. Kurz vor Feierabend tauchte Evan plötzlich wieder auf, als Sebastian gerade aus dem Hauptausgang hinausging und er davor stand und rauchte.

„Hey, wo warst du?", fragte er ihn freundlich, obwohl ihm nicht nach netter Konversation zumute war, aber er wollte es vorsichtig angehen.
„Hatte was zu erledigen", erwiderte Evan knapp.

„Bitte warte mal kurz!", bat Sebastian seinen Freund, der schon wieder eilig weitergehen wollte. Genervt sah Evan ihn an. Sebastian war nicht sehr wohl bei dem Gedanken, ihn jetzt zu konfrontieren, aber er hatte es Rosie versprochen.
„Darf ich ehrlich sein?", fragte er. Evan zuckte mit den Schultern. „Du siehst aus wie der Tod, mein Freund. Ich mache mir Sorgen um dich – und nicht nur ich, auch deine Rosie."

„Und?", fragte Evan gleichgültig.
„Mann, jetzt reiß dich zusammen! Dein Leben bricht gerade auseinander. Alles wegen dieser Frau! Verdammt, siehst du denn nicht, was aus dir geworden ist? Schau in den Spiegel, wie du wirkst!"

Sebastian griff fest nach seinem Arm und zog ihn zu dem mannshohen Spiegel, der im Foyer der Firma hing.
„Da, schau dich an! Sag mir, was du siehst!", herrschte er ihn an. Evan starrte in den Spiegel, ohne eine Reaktion zu zeigen. Sebastian wandte sich kopfschüttelnd ab:
„Verdammte Scheiße!"

Evan drehte sich zu ihm um. „Ich erwarte nicht, dass du das verstehst. Es geht dich auch nichts an!"
„Ach so, es geht mich nichts an, meinst du? Merkst du eigentlich, dass sich die Kollegen schon das Maul über dich zerreißen? Und dass wir dir wichtige Kunden schon gar nicht mehr überlassen, weil du unkonzentriert und unprofessionell geworden bist?"
„Das interessiert mich nicht! Lass mich jetzt bitte in mein Büro gehen!", entgegnete Evan ungehalten und ließ ihn stehen. Sebastian sah ihm nach.

Er hatte keine Ahnung, wie lange das noch gutgehen würde ... Evan wirkte auf ihn wie eine tickende Zeitbombe.

*

Evan saß in seinem Büro und starrte aus dem Fenster in die Finsternis hinaus. Es war bereits später Abend, außer ihm war niemand mehr im Firmengebäude. Sein Büro war stockdunkel, nur die Straßenbeleuchtung warf etwas Licht in den Raum, in dem Evan eine Zigarette nach der anderen rauchte. Vor ihm stand ein volles Whiskyglas. Wohin sollte er? Allein der Gedanke, in seine leere Wohnung zurückkehren zu müssen, schnürte ihm die Kehle zu.

Sie ist ein verlogenes Luder!

Er musste etwas unternehmen.
Etwas, das ihn – und Valeria – befreien würde. Ein Befreiungsschlag für sie beide! Sie begriff seine Wünsche einfach nicht. Er musste ihr zeigen, was sein sehnlichster Wunsch war. Sie musste es selbst miterleben. Eine fulminante Vereinigung, die allumfassende Erlösung, dann würde sie es endlich verstehen und er hätte seinen Frieden – und sie auch.
Er konnte nicht mehr länger warten.
Er würde die Dinge regeln.

Die Zeit des Hinhaltens war endgültig vorüber.

Erlösung

Seit dem Streit im Büro herrschte Funkstille zwischen ihm und Valeria. Sie hatte ihm einen lächerlichen Brief geschrieben, den er überflogen und sofort weggeschmissen hatte. Wenn sie nicht zu ihm kam, würde er zu ihr gehen.

Endlich war der Abend da, den er akribisch geplant hatte. Er fuhr zu dem Hotel, in dem Valeria arbeitete und parkte auf der gegenüberliegenden Straßenseite. Sie musste gleich herauskommen, es war kurz nach sechs Uhr, ihre Schicht war zu Ende. Er musste nicht lange warten und da erschien sie auch schon in einem eleganten schwarzen Kostüm. Sie hatte hohe Stiefel und eine weiße Bluse an, die für Evans Geschmack viel zu viel Einblick bot. Musste sie die Geschäftsmänner, die in diesem Hotel abstiegen, auch noch aufgeilen – und ihren Chef, mit dem sie sicher was hatte, auch wenn sie das abgestritten hatte.

Als sie die Treppe herunterlief, stieg er aus seinem Auto und ging über die Straße auf sie zu. Erst als er fast vor ihr stand, bemerkte sie ihn, denn sie tippte eifrig auf ihrem Handy herum. Wem sie wohl schrieb?

Sie erschrak so sehr, dass sie ihr Handy fallen ließ. Er hob es auf und las gleichzeitig, was dort stand:
„Bis später, ich freue mich auf heute Abend. Es wird bestimmt wieder lu…"

„Was wird denn ‚lu…'?", fragte er spöttisch.
Sie starrte ihn an und stammelte: „Was machst du denn hier?"

„Tja, was soll ich sonst machen? Ich hab seit Tagen nichts mehr von dir gehört. Was soll ich wohl davon halten?"
„Das tut mir leid, aber …"

„Wage es ja nicht, mir jetzt wieder irgendeine Story aufzutischen, von wegen keine Zeit oder so eine Scheiße!", zischte er. „So, mein Mädchen, jetzt rück mal raus mit der Sprache!"

„Hast du meinen Brief nicht gekriegt?"
„Was für einen Brief?", fragte er viel zu leise, viel zu lauernd. „Ach so, der Brief. Den habe ich ungelesen weggeschmissen!"

„Evan, ich …", suchte sie verzweifelt nach Worten. Sie zitterte vor Angst. Er sah ihre Panik und lächelte kalt.
„Traum ausgeträumt. Macht nichts, wir werden das regeln! Steig ein, wir fahren an einen schöneren Ort. Unsere gemeinsame Zeit soll doch so nicht enden, oder? Lass uns wenigstens einen würdigen Abschluss finden."

*

Sie sah ihn zweifelnd an. „Ja, wir hatten eine schöne Zeit, aber …"

„Du musst dich nicht rechtfertigen, glaub mir, ich verstehe schon", sagte er plötzlich verständnisvoll. Sollte es auf einmal tatsächlich so einfach sein? Sie wusste nicht, ob sie ihm trauen konnte. Sie wollte es gern, aber durfte sie es auch? Monatelang hatte er so viel Druck ausgeübt, aber nun schien er auf einmal völlig entspannt zu sein. Er lächelte sie an und nahm ihre Hand, um sie zu seinem Auto zu bringen.

„Fahren wir an diesem schönen Abend in unser Hotel? Keine Angst, ich will dich nicht verführen. Ich will nur mit dir auf der Terrasse die Sonnenstrahlen genießen, was meinst du? Da essen wir was zusammen und beenden unsere Beziehung, so wie es sich gehört."

„Ja, okay, aber nicht zu lange, ich bin noch mit Freunden verabredet", antwortete sie zögernd.
„Alles klar, Hauptsache, ich hab dich noch ein Stündchen für mich, mehr will ich ja gar nicht."

Er hielt ihr die Beifahrertür auf und sie setzte sich auf den schwarzen Ledersitz. Evan startete den Motor und fuhr langsam die Straße entlang. Schweigend saßen sie an diesem warmen Frühlingsabend in seinem Mustang. Der CD-Player spielte „Every breath you take …".
Immer wieder sah Valeria zu ihm und versuchte, ihn einzuschätzen. Mit undurchdringlicher Miene starrte er auf die Straße. Sie fühlte sich zunehmend unwohl und versuchte, sich einzureden, dass sie sich nur einbildete, dass er irgendetwas anderes im Schilde führte, als mit ihr zum Hotel zu fahren.

„Ich freu mich, dass wir …", begann sie zaghaft.

„Dass wir was?! Mädchen! Worüber. freust. du. dich? Los, sag's mir!" Er hörte sich völlig verrückt an. Nach diesem Ausbruch versank er wieder in Schweigen, gleichzeitig steigerte er das Tempo seines Wagens, sodass er mit weit überhöhter Geschwindigkeit über die Straße raste. Sie kauerte in dem Autositz, verunsichert sah sie ihn an, sein Gesicht war wie versteinert.

Als sie an der Kreuzung ankamen, an der es rechts zu dem Hotel am See gegangen wäre, fuhr er geradeaus weiter. Sie traute sich nicht, noch irgendetwas zu sagen, geschweige denn zu fragen, wohin er mit ihr wollte. In ihr stieg Panik auf, die sich mit jeder Minute steigerte, je weiter sie sich von der Stadt entfernten. Warum nur hatte sie ihm vertraut? Warum, um Himmels willen, hatte sie nicht auf ihr Gefühl gehört, das sie schon so lange gewarnt hatte, sich nicht mehr auf ihn einzulassen?

Seit Wochen war sie ihm aus dem Weg gegangen, weil er immer unberechenbarer auf sie gewirkt hatte. Sein kalter Blick, sein Gesicht, das zu einer Maske erstarrte, wenn er sie ansah, lösten schon lange eine beklemmende Angst in ihr aus. All diese Warnungen hatte sie ignoriert und war ihm nun in die Falle gegangen.

Evan bog in einen Waldweg ein. Langsam fuhr er über den holprigen Boden, sein Wagen war für diese Art Weg nicht gemacht, aber das schien ihn nicht zu interessieren. Immer wieder schrammte er über Wurzeln oder rauschte in Erdlöcher. Unüberhörbar wurde dem Auto zugesetzt, es schepperte und krachte die ganze Zeit. Evan schien das alles gar nicht wahrzunehmen und fern des Geschehens zu sein. Für einen Augenblick überlegte Valeria, aus dem Wagen zu springen und fortzulaufen. Aber das war eine idiotische Idee, er würde sie nach wenigen Metern einholen.

Der Wagen näherte sich einer Waldhütte, die auf einer Lichtung stand. Wäre die Situation eine andere gewesen, hätte man diesen Ort als wildromantisch und sehr idyllisch bezeichnen können. Das also war sein Ziel.

Die Hütte machte einen gepflegten Eindruck. Brennholz war akkurat an der Wand des Hauses aufgeschichtet worden. Neben dem Waldhaus lief ein Rinnsal Wasser aus einem Steinbrunnen. Eine urige Holzgarnitur und Liegestühle standen neben einem Feuerplatz. Unwillkürlich sah Valeria in ihrer Fantasie fröhliche Menschen, die hier ihre Freizeit genossen und Partys feierten. Sie schöpfte Hoffnung – alles wirkte einladend und freundlich. Die Frühlingssonne zauberte ein warmes Licht auf die Lichtung … es war herrlich hier! Sie lächelte und sah Evan an, der den Mustang neben der Hütte parkte. Sein Gesicht war nach wie vor undurchschaubar.

„Es ist wunderschön hier", schwärmte sie. An so einem idyllischen Platz gab es keinen Grund, Angst zu haben. Hysterisch war sie, mehr nicht! Er wollte nur eine schöne Zeit mit ihr verbringen. Diesen romantischen Ort hatte er ausgesucht, um sie vielleicht umzustimmen oder um ein letztes Mal mit ihr zu schlafen. Sie würde sich darauf einlassen, denn sie liebte ihn ja trotz allem.

Wie kam sie bloß auf den absurden Gedanken, dass er etwas Böses vorhaben könnte? Dass er sauer war, konnte sie verstehen – sie hatte ihn viel zu lange hingehalten. Aber sie hatte ihm nie falsche Hoffnungen gemacht.

„Steig aus!"

Sie tat wie ihr befohlen. Es konnte nicht lange dauern, dann würde auch er sich hier bestimmt entspannen. Alles war so friedlich. Sie atmete tief ein und ließ sich in einen Liegestuhl fallen. „Total schön hier!"

Evan stand vor ihr und sah sie an.

„Setz dich zu mir!", forderte sie ihn lächelnd auf.

Er rührte sich nicht, sondern sah sie unverwandt an. „Komm schon, Mr Maglin", neckte sie ihn. Er schenkte ihr ein halbherziges Lächeln, zog sie aus dem Stuhl hoch und geleitete sie mit festem Griff zur Hüttentür, sperrte auf und betrat mit ihr das Holzhaus, während er die Tür sofort wieder hinter sich verschloss. Durch die Fenster schien die untergehende Abendsonne herein und tauchte die einfache, aber gemütliche Einrichtung in ein warmes Licht. Eine urige breite Couch stand direkt im Sonnenlicht und eine kleine Wohnküche lud zum gemütlichen Beisammensein ein.

„Wow! Eine richtige Partyhütte!"

In einem Kaminofen war das Holz bereits so aufgestapelt, dass man es nur noch anzuzünden brauchte. Es war ersichtlich, dass man keine Zeit mit langem Anheizen verlieren wollte, wenn man hierherkam. Überall standen Kerzen, von denen die meisten heruntergebrannt waren. Angebrochene Weinflaschen, sorgfältig mit stilvollen Silberverschlüssen verschlossen, standen herum sowie ein Obstkorb gefüllt mit Trauben. Alles sah so aus, als kämen die Bewohner gleich durch die Tür herein. Eine romantische Liebeslaube – ja, genauso wirkte es.

Evan ließ ihre Hand los. Sie tat ihr von seinem harten Griff weh. „Die Hütte gehört Sebastian", sagte er kurz angebunden, als er ihren fragenden Blick sah. „Nicht, dass du denkst, dass das hier meine Liebeshöhle ist", ergänzte er spöttisch. Valeria versuchte, Vertrauen zu fassen, auch wenn ihr ihr Gefühl keine echte Entwarnung gab. Als er sich eine Zigarette anzündete, war das für sie ein gutes Zeichen.

„Setz dich doch", sagte er plötzlich freundlich, während er auf die Couch deutete. Sie nahm Platz und er lächelte zufrieden. Er ging zu dem Kaminofen und zündete den fertigen Stapel Holz und Papier an, der sogleich Feuer fing und anbrannte. „Ein Glas Wein?", fragte er dann und ging zum Küchenschrank, ohne ihre Antwort abzuwarten. Er holte zwei Gläser heraus, nahm eine neue Flasche aus dem Regal und schlenderte zu ihr zurück. Die Zigarette hing lässig im Mundwinkel, was ihm einen verwegenen Ausdruck verlieh, wie sie, noch immer von ihm fasziniert, feststellte. Er öffnete die Flasche, befüllte die Gläser und gab ihr eines, dann zündete er die Kerzen auf dem Tisch neben der Couch an.

„Auf dich, mein Schatz." Sie stieß mit ihm an und nippte von dem trockenen Rotwein. „Trink, Kleines, damit du dich entspannst. Du bist viel zu angespannt." Sie nahm einen großen Schluck und er lächelte zufrieden. Sofort breitete sich eine wohlige Wärme in ihrem Körper aus, sie hatte den ganzen Tag noch nichts gegessen und daher zeigte der Wein schnell Wirkung. Sie ließ sich in die Kissen fallen.

„Ach ja, übrigens ... das wollte ich dir schon lange sagen. Ich habe Informationen über deinen feinen Vater eingeholt", sagte er und trank einen Schluck Wein.
Erstaunt sah sie ihn an. „Und?"
„Dein Vater hatte sich an einer Praktikantin vergriffen. Sie war erst 16 Jahre alt." Er schüttelte den Kopf. „Man einigte sich damals darauf, das nicht an die große Glocke zu hängen, sondern dem Mädchen eine Abfindung im fünfstelligen Bereich zu zahlen und deinen Vater seines Amtes zu entheben. Natürlich sickerte etwas durch und einige Leute wussten darüber Bescheid."

Valeria schwieg betroffen. Beiläufig sagte er: „Es ist Schnee von gestern. Ich wollte nur, dass du es weißt."

„Danke, aber ich bin sowieso fertig mit dem! Ich hoffe, ich sehe den nie wieder!"

Unvermittelt beugte er sich über sie und küsste sie leidenschaftlich. Sie erwiderte seinen Kuss – nur einmal noch wollte sie mit ihm schlafen.

Nur noch ein einziges Mal ...

Langsam zog er sie aus, Stück für Stück, ohne Hast. Er ließ sich viel Zeit. Sie hatte ihm längst verziehen, dass er vorhin so rücksichtslos gewesen war. In seinen Armen schmolz sie zu einem willenlosen Wesen dahin. Sie konnte nichts dagegen tun ... sie wollte ihn in sich spüren und zerfloss vor Lust auf ihn. Er streichelte sie sanft an ihren intimsten Stellen. Ihr Körper bebte und drängte sich ihm entgegen, aber er ließ sie zappeln. Er umspielte ihre Brustwarzen mit seiner Zunge, drang kurz mit dem Finger in sie ein und setzte sein Spiel fort, sie gefühlvoll zu streicheln.

„Wahnsinn, bist du nass", flüsterte er. Er achtete darauf, dass sie keinen Orgasmus bekam. Er behielt sie die ganze Zeit im Auge, damit er sah, wie weit er gehen konnte. Valeria wand sich stöhnend unter seinen liebevollen Berührungen. Der Druck zwischen ihren Beinen war kaum auszuhalten. Ihre Lust tat ihr weh. Aber plötzlich hörte er einfach auf.

„Bitte nicht!" Sie sah ihn fordernd an.
Er konnte nicht einfach aufhören! Wieso tat er ihr das an?

Noch immer hatte er seine Jeans an. Wie hielt er das nur aus?

„Ich möchte vorher noch etwas mit dir klären", erwiderte er ungerührt und zündete sich eine Zigarette an.

Valeria fühlte sich erbärmlich, denn ihre Lust ebbte nicht ab, alles pulsierte und schrie nach Erlösung. Sie lag nackt vor ihm und fühlte sich schutzlos. Evan dagegen schien völlig unbeeindruckt zu sein, während er lässig neben ihr saß und rauchte. „Noch einen Schluck Wein?", fragte er, während er ihr auch schon das Glas nachfüllte. Sie nahm das Glas und trank es in einem Zug aus. „Braves Mädchen", grinste er. Sie griff nach einer dünnen Decke, die auf der Couch lag und deckte sich damit zu. Sie wollte nicht nackt vor ihm sitzen, während er mit ihr sprach.

„Also, du willst Schluss machen." Sie antwortete nicht.
„Das ist ein ‚Ja' für mich!"
„Evan, ..."

War noch immer nicht alles gesagt?

„Ist schon gut, ich hab's kapiert." Er sah sie nicht an. Er wollte ihre Antworten gar nicht hören. Die scheinbaren Fragen, die er stellte, waren keine Fragen an sie, da er sich die Antworten selbst gab und überhaupt nicht interessiert daran war, was sie wirklich dachte und fühlte. Das wurde ihr in diesem Moment schlagartig klar! Das war das letzte Puzzleteil, was ihr die ganze Zeit gefehlt hatte. Er war nicht im Geringsten an ihr als Mensch interessiert! Er tat nur so!
Er wollte sie besitzen – er glaubte, dass das Liebe sei, aber es war nur seine Vorstellung von Liebe.

Das hatte aber nichts, aber auch gar nichts mit Liebe zu tun. Evan war gar nicht fähig, zu lieben. Valeria wollte nur noch weg! Diese Erkenntnis ernüchterte sie derart, dass sie keine Sekunde länger mit diesem Mann zusammen sein wollte. Wie naiv sie gewesen war, wie unendlich dumm... Er wollte sie von Anfang an nach seinen Vorstellungen und Erwartungen formen.

„Bitte fahr mich nach Hause!", sagte sie in einem festen Ton. Sie wollte nach Hause, zu Ben.

„Ich will nach Hause!", betonte sie noch einmal lauter. Langsam fand sie in ihre Kraft zurück. Sie spürte, dass die wahre Valeria wieder zum Leben erwachte.

Evan lachte: „Ach, Schnucki, ich habe eine Rechnung mit dir offen. Das Schicksal bestraft all jene, die nicht gut zu mir sind! Wusstest du das nicht?"

„Wo sind meine Sachen?", schrie sie. Hektisch suchte sie nach ihrer Kleidung, irgendwo musste sie doch sein. Plötzlich kam es ihr geradezu grotesk vor, nackt, nur in diese Decke gehüllt, vor ihm zu sitzen.

„Die brauchst du nicht mehr", grinste er, während er mit einer knappen Kopfbewegung in Richtung loderndes Kaminfeuer deutete. Erschüttert sah sie ihn an.

„Ich habe lange überlegt, sehr lange", fuhr er fort und ließ sie nicht aus den Augen. Er weidete sich an ihrem Entsetzen. „Was ich tun werde, wenn du mich verlässt. Deinen Kerl umbringen vielleicht? Aber nein, zu uninteressant!"

Er machte eine Pause und sah sie nur an. Valerias Augen füllten sich mit Tränen.

„Braves Mädchen! Du bist doch nur ein liebes Mädchen, das sich mit dem Teufel eingelassen hat."

Er genoss ihre Angst und ihr Ausgeliefertsein sichtlich, und dass ihr Körper nackt war unter der dünnen Decke, die sie immer enger um sich zog. Evans Lachen ließ ihr das Blut in den Adern gefrieren.

„Aber um darauf zurückzukommen, was mich am meisten aufgeilen würde ..." Wieder machte er eine Pause und zündete sich eine Zigarette an. Es war offensichtlich, dass er ihre Panik genoss, also ließ er sich Zeit. Das Feuer im Kamin glimmte nur noch und tauchte die Hütte in fahlen Feuerschein, die Kerze auf dem Couchtisch flackerte unruhig. Im Wald schrie eine Eule. Die Szenerie glich einem Horrorfilm. Nichts war mehr übriggeblieben von der freundlichen Atmosphäre dieses Ortes, im Gegenteil, jetzt war er zu einem Alptraum geworden. Plötzlich nahm Evans maskenhaftes Gesicht einen anderen Ausdruck an und er schien unendlich traurig zu sein, als er leise sagte:
„Okay, ich verrate es dir. Ich habe nichts mehr zu verlieren. Nur du interessierst mich – sonst nichts und niemand. Du bist die einzige Frau, die mir beibringen konnte, endlich etwas zu fühlen, außer Gleichgültigkeit ... und Verachtung. Ich denke jede Sekunde an dich! Meine Familie, meine Arbeit ... nichts hat mehr Bedeutung für mich."

Liebevoll sah er sie an. Er wirkte so verletzlich.

Ein seltener Moment, in dem seine Schutzmauer in sich zusammengefallen war. Der Teufel war verschwunden und der liebende Mann, den er tief in seinem Inneren versteckt hielt, wagte sich wieder hervor. Valeria liebte ihn in diesem Augenblick mehr, als sie sagen konnte.

Für ihn ist es Liebe, was er fühlt.
Wie soll ich ihn dafür verurteilen?

„Was soll mein Leben noch für einen Sinn haben, wenn ich dich verliere? Ohne dich kann und will ich nicht leben! Und ich will nicht darauf warten, bis du mich endgültig abservierst."

Mit einem Griff riss er die Decke weg, sodass sie nackt vor ihm saß. Valeria wich zurück und schlang die Arme um ihren Körper. „Mach die Augen zu, Kleines", sagte er sanft und beugte sich über sie. Sie schloss die Augen. Mit seinen Fingern fuhr er die Kontur ihres Schlüsselbeins nach, umrundete ihre Brustwarze, wanderte ihren Bauch hinab und drang wieder in sie ein. Sie stöhnte auf und bestand erneut nur noch aus Gefühl und Lust. Es war ihr egal, was er mit ihr vorhatte … und wenn sie ihm verfallen war, war es ihr auch egal. Hauptsache, sie liebten sich. Auch wenn ihr bewusst war, dass sie mit seiner Art Liebe niemals glücklich werden würde, kam sie einfach nicht gegen diese extreme sexuelle Anziehungskraft an. Wahrscheinlich machte sie sich etwas vor, wenn sie glaubte, jemals auf diesen süchtig machenden Sex verzichten zu können.
Sie war schon längst verloren … an Evan. Sie konnte sich noch so oft einreden, dass er Gift für sie war, sie würde sich ihm immer wieder hingeben.

Wie eine Verhungernde riss sie ihm seine Kleidung vom Körper. Sie wollte ihn endlich fühlen! Endlich drang er mit einem einzigen kräftigen Stoß in sie ein. Sie zerfloss vor Begehren nach ihm. Aber er blieb regungslos auf ihr liegen und küsste sie zärtlich. Valeria versuchte, sich unter ihm zu bewegen. Sie konnte es nicht mehr ertragen, sie sehnte sich nach Erlösung ...

Aber er verwehrte sie ihr. Er saugte sanft an ihren Brustwarzen, achtete aber darauf, dass sie nicht kam. Plötzlich stieß er unvermittelt zu, mit seiner ganzen Kraft, sie schrie auf und verlor sich in völliger Ekstase.

*

Evan wusste, wann der Zeitpunkt gekommen war.
Er kannte sie so gut, dass er spürte, wann sie zum Höhepunkt kam. Er sah es an ihrem Mund, der sich für einen Moment schloss und hörte es an ihrem Atem, der eine Nuance leiser und tiefer wurde. Ihre Fingernägel bohrten sich in seine Haut. Das war der Moment, in dem sich ihr ersehnter Orgasmus unaufhaltsam anbahnte. Er sah ihr zu, spielte mit ihr, aber dann fokussierte sich seine Aufmerksamkeit auf einen Gegenstand, der versteckt unter einem Kissen lag.

Valeria hatte das Messer nicht gesehen, bei all dem Drama, das er inszeniert hatte. Auch die Täuschung, dass er angeblich ihre Kleidung verbrannt hatte, hatte den gewünschten Effekt erzielt, sie einzuschüchtern. Er hatte ihre Sachen einfach unter die Couch geschoben. Vorsichtig griff er nach dem Messer. Er holte aus und stach es genau dort in ihren Bauch, wo es schnell gehen würde und sie nicht lange leiden musste.

Entsetzt riss sie die Augen auf, gab einen kurzen Schrei von sich und griff sich an die Wunde. Blut strömte über ihren wunderschönen Körper, als er das Messer wieder herauszog.

Jetzt konnte er sich endlich seinem Gefühl hingeben.
Jetzt genoss er ohne Kontrolle und Zwang.

Er hatte den intensivsten Orgasmus seines Lebens, während er Valerias blutverschmierten Mund küsste. Ihm schwanden fast die Sinne vor Ekstase, aber er durfte den wichtigsten Augenblick der totalen Vereinigung auf keinen Fall verpassen – und vor allem sollte sie ihn noch erleben! Damit sie endlich verstand, was sein Herzenswunsch war!

„Du bist nicht allein, Baby!", flüsterte er und rammte sich das Messer in den Hals. Sie sah ihn still an … ihre faszinierenden Augen verloren mehr und mehr ihren Glanz. Sein warmes Blut ergoss sich über ihren Körper und vermischte sich mit ihrem.

Endlich!
Vollkommenes Einssein.
Auf ewig vereint würden sie diese Welt verlassen und endlich wieder zu einer einzigen Seele verschmelzen.

Er lebte noch einen Moment länger als sie. Mit letzter Kraft malte er ein Herz aus seinem und ihrem Blut auf die Couch. Jeder sollte sehen, dass sie füreinander bestimmt waren.

Für alle Zeiten.

Epilog

„Julia, hier ist Sebastian", begann er vorsichtig, während er das Handy an sein Ohr presste.
„Sebastian, was ist los? Warum rufst du mich an?", fragte sie mit zitternder Stimme. „Ist irgendwas mit Evan?"
Sebastian schwieg. Was sollte er ihr sagen? Dass er von Evan seit Tagen nichts mehr gehört hatte und dass er sich die allergrößten Sorgen machte? Er war weder auf dem Handy noch in seiner Wohnung erreichbar gewesen. Seine letzte Hoffnung war, dass Julia wusste, wo er sein könnte oder noch besser, dass er bei ihr war, aber diese Hoffnung zerschlug sich, als er ihre ängstliche Stimme hörte. „Sebastian! Sag doch was!"

„Mach dir keine Sorgen, Julia! Ich dachte nur, du hättest Evan heute vielleicht schon gesehen. Ich brauche ihn in einer dringenden geschäftlichen Angelegenheit", log er.
„Ach so, nein. Ich habe ihn seit Tagen weder gehört noch gesehen. Aber morgen meldet er sich vielleicht, ich habe Geburtstag."
„Ja, das wird er sicher tun", gab er sich zuversichtlich.

*

Letzte Woche wollte Evan den Schlüssel von Sebastians Hütte haben. Er wollte ihm den schon nicht geben, da Evan völlig neben der Spur gewesen war.
„Ich brauche ein paar Tage meine Ruhe. Ich muss allein sein", hatte er gemurmelt und konnte seinen Kollegen dabei fast nicht ansehen. Seine Augen waren trüb, er wirkte, als würde er nächtelang heulen und keine Sekunde mehr schlafen. Sebastian sah ihn voller Skepsis an.

„Ich glaube, du brauchst eher einen Arzt, so fertig wie du bist."

„Gibst du mir nun den Schlüssel?", fuhr Evan ihn an.

„Ehrlich gesagt ungern, wenn ich dich so sehe. Mensch, was ist los?"

„Nichts", erwiderte er und hielt die Hand auf, um den Schlüssel in Empfang zu nehmen. Sebastian hatte sich sehr unwohl gefühlt und war sich sicher gewesen, einen großen Fehler zu begehen, wenn er ihn allein dorthin fahren ließ.
„Soll ich mitkommen?", fragte er in der Hoffnung, dass Evan zustimmen würde.

„Nein!"
„Melde dich, wenn du es dir anders überlegst und du jemanden zum Reden brauchst."
„Ja, ja!" Sebastian nahm den Schlüssel von seinem Schlüsselbund und gab ihn Evan.
„Danke", murmelte er, während er sich bereits zum Gehen umdrehte. In diesem Augenblick, in dem er Evan weggehen sah, fühlte er sich wie alarmiert. In seiner Ratlosigkeit hatte Sebastian abends sogar Rosie Short zu Hause aufgesucht.

„Sebastian, ich bin so froh, dass Sie da sind! Ich bin sehr beunruhigt! Was sollen wir nur tun?", fragte sie verzweifelt.

„Ich fürchte, wir können nichts tun, außer zu hoffen, dass er wieder zu sich kommt."

„Hätte er Valeria bloß nie getroffen. Sie tun sich beide nicht gut", seufzte Mrs Short. „Einmal sagte ich zu ihm: ‚Nun lassen Sie doch das Mädchen endlich in Ruhe', als er wie ein Verrückter hinter ihr hertelefonierte. Sie ist schon gar nicht mehr an ihr Handy gegangen."
Mrs Short und Sebastian beschlossen an jenem Abend, Evan weiterhin zu signalisieren, dass sie jederzeit für ihn da waren. Mehr konnte man wohl erst einmal nicht tun. Auch wollten sie seine Frau nicht informieren und beunruhigen, ihr ging es seit der Trennung sicher schon schlecht genug. Beide hofften, dass er irgendwann einsehen würde, dass er mit Valeria einen Fehler begangen hatte.

*

Nach dem Telefonat mit Julia setzte sich Sebastian in sein Auto. Er wusste, was zu tun war. Diesen Weg musste er jetzt hinter sich bringen – und zwar allein. Er rechnete mit dem Schlimmsten, während er die Stadt hinter sich ließ und in Richtung seiner Hütte über die Landstraßen fuhr. Die Sonne ging bereits unter und färbte den Himmel hellrot.

Als er den Waldweg erreichte, der zu seiner Hütte führte, zogen Nebelschwaden durch den dichten Wald. Nun kam etwas auf ihn zu, was allein seine Aufgabe war. Als er sich der Hütte näherte, sah er Evans Mustang davorstehen. Also war er dort ... aber ... um diese Uhrzeit hätte eigentlich Licht in dem Holzhaus brennen müssen ...

Er parkte seinen Wagen neben dem Mustang, ging zur Holzhaustür und sperrte sie mit dem Zweitschlüssel auf.

Irgendwo schrie ein Käuzchen.

„Oh Gott, Evan ..."

Sobald das Mädchen mich
aus Liebe nicht mehr verlassen will, finde ich
Frieden für uns beide …

Wer zu ergründen versucht, was wahre Liebe ist,
muss bereit sein,
durch das diffuse Licht des Mondes geleitet durch
die tiefste Dunkelheit zu wandern, wie eine Angst
besiegt werden muss in tiefer Vereinigung
– so auch die Liebe!

~ gezeichnet Evan

Der Verlag Sternsaphir

Edition Sternsaphir

Der kleine Verlag „Sternsaphir" wurde im April 2015 in Saldenburg von Nicoline Drexler gegründet. Tochter Nadine arbeitet freiberuflich als Illustratorin für den Verlag und haucht den Geschichten mit ihren zauberhaften Bildern Leben ein.

Der Name „Sternsaphir" wurde aufgrund der Bedeutung des Edelsteins gewählt, der ein „Stein des Himmels" ist. Um den Saphir ranken sich viele Mythen und Legenden, so besagt eine davon, dass die Strahlen des Sternsaphirs Hoffnung, Glaube und Schicksal symbolisieren. Es heißt, in Sternsteinen wohnen „Engel des Lichts", manchmal aber auch Dämonen und Schatten.

Der Saphir steht für Wahrheitsliebe und Weisheit.

Der Verlag Sternsaphir verlegt Bücher, die aus der Reihe tanzen, Herzen berühren, verzaubern, beflügeln, betören, manchmal vielleicht auch verstören - Bücher, die das bunte „Chaos" des Lebens in allen Farben reflektieren.

„Das Leben soll kein uns gegebener, sondern ein von uns gemachter Roman sein."
(Novalis)